박두현 장편소설

비국새

秘國璽

박두현 장편소설

비국새

秘國璽

다차원북스

흥안령산맥

흑수(흑룡강)

송화강

노야령산맥

목단강

오랍

요서

경박호

요수(요하)

▲ 동모산

● 심양

● 요양

▲ 백두산

아리수(압록강)

작품의 무대 약도

• 본문 편집부호 가운데 말줄임표에 마침표를 찍지 않는 등은 작가 특유의 집필의도임을 밝힙니다. ─편집자

밤하늘에 보름달이 떠오르면
붉은 삼족오를 날리리라

차례

뿌연 새벽안개는 어디론지 서서히 흘러가며 흩어졌다. 해가 떠오르자 호수는 검푸른 등줄기를 스르르 드러내며 번들거리기 시작했다. 밝은 햇살이 와르르 쏟아지자 무수한 물고기들이 하얀 비늘을 번쩍이며 몸을 뒤틀어서 수면 위로 뛰어올랐다. 은빛 편린들이 산란하여 유리파편처럼 망막을 찔렀다. 그것이 생명의 환희에 겨운 약동인지 아니면 따스한 햇살로 차가운 피를 데우려는 몸부림인지는 알 수 없었다.

해가 떨어지면 호수는 불그레한 노을로 물들고 주위의 산과 숲은 오래 묵은 수묵화처럼 거무튀튀하게 보인다. 밤이 되면 하늘에는 굵은 모래를 여러 바구니 쏟아놓은 것 같이 별들이 허옇게 널려지고, 시커먼 양탄자처럼 변한 호수는 파도를 잔잔하게 가라앉히고 내밀한 숨결을 토하는 듯했다.

스위스의 레만호에 비견되는 동방 최고의 명승지이자 북방대륙의 빛나는 거울이라 일컬어지는 경박호(鏡泊湖)는 거대하고 장려했다. 화산이 폭발하여 목단강을 막으며 용암 방죽을 형성하여 이루어진 이 호수는 폭이 이십 리이고 길이는 백 리를 뻗었다. 평균 수

심은 백 수십 척이 된다.

경박호 주위에는 이름난 경관과 조수루폭포와 용암석굴과 지하 삼림과 운봉고성 등의 관광지가 많이 있었지만, 나는 사람들이 잘 오지 않는 호젓한 물가에서 하루 종일 호수만 바라보며 시간을 보냈다.

잔잔하게 파도치며 일렁이는 물결은 무언가를 소곤거렸고, 소슬한 바람결은 귓가를 스쳐가며 뭐라고 속삭였다. 호수는 은밀하고 유현한 어떤 이야기를 들려주려는 것만 같았다.

내가 만주로 여행을 와서 경박호까지 찾아온 데에 특별한 목적은 없었다. 근래에 나는 막연한 무망감에 빠져 있었다. 낙관주의자가 되려고 해도 잘 되지 않았다. 우울증도 좀 있었다. 이런 판에 후배 몇 명이 고구려와 발해의 유적답사 여행을 떠난다는 이야기를 듣자, 나는 무조건 달라붙어서 동행을 하게 되었다.

여행을 하는 동안 나는 바람을 쐬러 나왔다는 기분으로 아무 생각 없이 후배들 뒤를 따라다녔다. 여기 저기 산재한 고구려의 고성, 요양의 백탑, 심양의 고궁, 발해의 건국터인 성산자산(동모산)과 육정산의 고분군 등을 보았을 때도 별다른 느낌이 없었다. 번화하게 발전하는 도시와 낡은 유적지를 오가며 덧없는 시공의 변천을 느꼈을 뿐이다.

하지만 경박호를 대했을 때는 느낌이 달라졌다. 크고 검푸른 호수 앞에서 휴면에 잠겼던 심장이 비로소 박동을 시작하고 온몸의 세포가 부스스 잠깨어 일어나는 것 같았다.

경박호는 발해의 터전이다. 호수에서 북동쪽으로 수십 리만 가면 발해의 수도였던 동경성(상경용천부)이 있고, 주위에는 발해의 성터가 많고 사찰도 있다. 이 호수에는 부여와 고구려와 발해의 전설이 깃들어 있고, 금나라와 청나라를 건립한 만주족(여진족)의 설화도 어려 있다.

우리 동이족과 만주족은 옛 조상이 같으므로 삶의 터전도 이웃했거나 겹쳤다. 발해도 우리의 고구려계와 만주족의 조상인 말갈계가 함께 건립했다.

그녀를 만난 건 후배들이 동경성을 찾아간 뒤에 혼자 남아서 호숫가를 둘러보고 있을 때였다. 여행객인 듯한 그녀는 어깨까지 흘러내린 흑갈색 머릿결에 단아한 용모였고, 나이는 묘령으로 보였다. 주홍색 스커트와 베이지색 재킷 등 옷차림은 산뜻했고, 작은 가방을 들고 있었다.

그녀는 현무암이 널려진 호변을 두루 살펴보고, 물가에서 노니는 해오라기와 절벽에 부딪치는 파도와 아득한 수평선을 오래도록 응시하며 떠날 줄 몰랐다. 내가 은연중 호기심을 느끼고 다가가자 그녀는 돌아보며 인사를 건넸다.

"안녕하세요?"

약간 이국적인 어조였지만 상냥하고 맑은 음성이었다. 해외교포 같아서 나는 물어보았다.

"나는 서울에서 왔는데, 아가씨는 어디서 왔지?"

"바이칼에서 왔어요."

"아주 멀리서 왔군."

동시베리아에 있는 바이칼은 세계 최대의 호수 중 하나로서 거대한 초승달처럼 생겼는데, 길이가 600km를 넘고 16km 이상의 깊이를 지닌 곳도 있다고 한다. 지구의 인류가 50년 간 마실 수 있는

담수량을 지녔다는 이 호수는 시베리아의 푸른 눈동자라 불린다.

자연 생태계의 보고인 이 호수에는 우리 민족의 시원이 깃들었다고 하여, 한때 여행객들이 많이 찾아간 적도 있었다. 바이칼의 옛날 이름은 천해(天海)였다. 이곳에 교포가 있을 줄은 미처 몰랐다.

"관광여행 중인가?"

"그런 셈이죠. 홍라녀(紅羅女)에 대한 전설을 들은 탓으로 예전부터 이 호수에 꼭 와보고 싶었어요."

경박호에는 발해 망국의 애사(哀史)와 함께 홍라녀의 전설이 깃들어 있다. 경박호에서 고기를 잡던 어부의 딸이었다고 하는 그녀는 무예에 능하고 피리를 잘 부는 아름다운 처녀였다고 전해진다.

요나라 거란족이 침공하여 발해가 멸망할 때, 그녀는 천리마를 타고 보도를 들고 용감하게 싸우다가 장렬하게 전사하며 훗날 환생하여 나라를 꼭 부활시키겠다는 말을 남겼다고 한다.

홍라녀에 대한 설화는 여러 가지가 전해지는데, 애틋하고 처연한 사랑이 얽혀 있기도 하다. 그녀가 발해 조정의 풍속을 문란하게 한 음탕한 공주였다는 색다른 전설도 있다.

이방에 사는 아가씨에게 이런 홍라녀의 전설이 특별한 흥미를 준 것일까. 그녀가 미소를 지어보였다.

"제가 어제도 선생님을 뵈었어요. 아침부터 해가 떨어질 때까지 하루 종일 호수만 바라보고 계시더군요."

그렇다면 그녀 또한 어제 하루 종일 호숫가에 있었을 것이다. 그녀도 나처럼 경박호에 몰입해 있는 듯 보였다.

"우리는 비슷한 면이 있는 모양이야."

"정말 그런 것 같아요."

그녀는 공감하듯 고개를 가만히 끄덕이더니, 가방에서 조그마한 상자를 하나 꺼내어 내밀었다.

"이걸 한번 보세요. 제가 경박호를 찾아온 건 사실 이 청동갑 때문이에요."

그것은 사방 크기와 높이가 10cm 정도의 청동제 상자였는데, 푸르스름하게 녹이 슬고 고색창연하여 얼마나 오래되었는지 짐작하기 어려웠다. 나는 상자를 받아서 유심히 살펴보았다.

"이게 뭐지?"

"얼마 전에 세상을 떠나신 제 조부님께서 주신 거예요. 경박호와 관계있는 역사의 유물인데, 뚜껑 안쪽에 글이 새겨져 있죠."

청동갑을 열어보니 안에는 아무것도 없었지만, 뚜껑 안쪽에 글이 여러 줄 새겨져 있었다. 하지만 글씨가 희미한데다가 날이 어두워져서 알아볼 수는 없었다.

"무슨 글인지 밝은 데서 봐야겠는데……"

"선생님이 가져가서 한번 보세요."

"진귀한 골동품일 수도 있는데, 내가 가져가도 괜찮을까?"

"내일 돌려주시면 되죠 뭐. 내일 여기 오실 수 있죠?"

"나는 가까운 민박집에 있는데, 하루 이틀 더 머물 예정이니까 내일도 여기에 올 생각이야."

"저는 여기서 멀지 않은 산장에 머물고 있어요. 제 이름은 보경이라고 해요."

"그럼 내일 여기서 만나기로 할까?"

"좋아요. 내일 오후에는 비가 조금 오겠지만, 금방 그칠 테니까 괜찮을 거예요."

날씨가 이렇게 좋은데 어디서 그런 일기예보를 들었을까, 하고 생각하며 나는 시간약속을 정한 뒤 그녀와 헤어졌다. 헤어지는 데 대한 묘한 아쉬움은 내일 다시 만난다는 기대감으로 대체시켰다.

내가 머물고 있는 민박집은 향촌여점이라는 간판을 붙였지만, 일반 가정집이었다. 집은 허름했지만 나이 지긋한 조선족 주인이 친절하고 음식도 그런대로 입에 맞아서 별다른 불편은 없었다. 하루 숙식비는 중국 화폐로 120위안이어서 우리 돈으로 치면 2만원을 좀 상회하는 정도였다.

여점 주인은 옛날에 유소기와 주덕과 등소평 등 중화인민공화국의 거물급들도 경박호에 관광을 왔었다는 이야기를 들려주었다.

국수로 저녁식사를 마친 나는 전등불 밑에서 청동갑 뚜껑 안쪽에 새겨진 글을 살펴보았다. 날카로운 칼로 긁고 파서 새긴 듯한 글자는 마모되고 부식되어 알아보기 어려웠다. 하지만 오래도록 꼼꼼하게 들여다보자 숨겨진 암호처럼 글자가 하나하나 드러나기 시작했다. 그것은 다음과 같은 아홉 줄의 글이었다.

□呼歡喜終成馬
亡國之罪不可言
□願來世還爲畜
今生□於如所願
如今手斬愛妻□
親刺□□心臟處
變□無形之魂魄

暗夜天滿月口口
高揚口赤三足烏

口은 도저히 알아보기 어려운 글자였다. 나는 글을 몇 번이고 거듭해서 읽으며 해석을 해보았다. 뜻은 대강 다음과 같았다.

오오 말이 되었으니 기쁘도다
나라를 망친 죄 너무 큰지라
후생에 축생이 되렸더니
금생에 바로 이루어졌도다
이제 아내의 목을 칼로 베고
내 심장을 깊이 찌르리니
형체 없는 혼백이 되더라도
밤하늘에 보름달이 떠오르면
붉은 삼족오를 높이 날리리라

이게 도대체 무슨 시가(詩歌)일까. 한동안 의혹에 잠겼던 나는 가슴이 서늘해지며 한 가닥 전율이 몸을 전류처럼 관통하여 뻗치는 듯했다. 나는 이 시가에서 발해의 말왕인 대인선을 떠올렸던 것이다.

슬픈 왕이라고 하여 애왕(哀王)이라고 불리는 대인선은 발해의 15대 마지막 임금이다. 요나라의 전격적인 침공에 의해서 도성이 함락되고 왕궁이 포위되자, 애왕은 소복을 걸친 몸을 새끼줄로 묶고 양에게 끌게 하여 요나라 태조인 야율아보기 앞에 가서 무릎을 꿇은 뒤, 이마를 피가 나도록 땅바닥에 찧으며 항복했다.

야율아보기는 당시에 애왕을 〈오로고〉라고 개명시켰는데, 그것은 자신이 타던 말의 이름이었다. 왕비는 야율아보기의 아내인 슐률이 타던 말의 이름을 하사받아서 〈아리지〉로 개명되었다.

이렇게 속절없이 말이 돼버린 애왕과 왕비는 요나라의 수도인 상경임황부로 끌려가서 작은 성에 유폐되었다. 그 뒤에 어떻게 되었는지는 세상에 알려지지 않았다.

시가는 바로 그 애왕의 작품 같았다. 애왕이 직접 지은 시가는 아니라고 하더라도, 그의 비극적이고 참담한 최후를 말해주는 것 같았다. 그런데 붉은 삼족오를 하늘에 날린다는 건 무슨 뜻일까.

삼족오란 옛날에 북방에서 신조(神鳥)로 여기던 세 발 달린 까마귀를 말한다. 고조선에서 삼족오는 환인과 환웅과 단검을 상징했고, 고구려는 태양 속에 있는 삼족오를 왕릉에 벽화로 새겼다.

삼족오는 태양조라고 하여 해를 상징하기도 하고, 세 발은 천지인(天地人)을 의미하기도 한다. 삼족오는 한족(漢族:중국)의 설화에 나온다고 하지만, 천 년에 한 번 울음을 운다는 봉황과 더불어 동방의 영물이다.

시가를 몇 번이나 되새겨보던 나는 이상하게 들뜬 마음이 진정되지 않아서 방을 나섰다.

하늘에는 밝은 달이 떠 있었지만 호변 길은 잡초와 수풀이 무성해서 어둡고 적요했다. 한동안 천천히 발걸음을 옮기다 보니 낮에 보경이라는 아가씨와 만났던 호숫가에 이르렀다.

어둠에 잠긴 호수는 고요했으나 잔잔하게 일렁거리는 물결은 달빛을 반사하여 은색으로 번들거렸다. 한적한 곳이고 깊은 밤이라서 주위에 사람은 아무도 없었다. 그런데 물가로 다가가던 나는 주춤하며 발길을 멈췄다. 한쪽 컴컴한 절벽 아래 물속에 누군가 사람이 있는 걸 발견했던 것이다.

한 여자가 수면 위에 얼굴과 어깨만 내놓고 물에 잠겨 있었다. 유심히 살펴보니 그녀는 바로 보경이었다. 풀어헤친 머리가 물에 젖어서 어깨를 덮었고, 옆으로 보이는 얼굴은 실루엣처럼 희미했지만 틀림없었다.

나는 조용히 그녀를 지켜보았다. 그녀는 잠시 물 위에 유영하듯 떠 있더니 수면 아래로 잠수했다. 달빛을 받은 그녀의 흰 어깨와 등이 잠깐 드러났다가 사라졌다. 등에는 거무스름한 얼룩반점 같은 게 얼핏 보였으나 자세히 확인하지는 못했다.

나는 이상한 기분이 들었지만 사실 이상할 건 없었다. 보경은 바이칼의 호변에서 살고 있으니까 수영이 매우 능숙할 것이다. 그녀는 호수에서 물놀이를 하는 게 땅에서 걷거나 달리기를 하는 것보다 더 쉽고 일상적인지 모른다. 그러므로 밤에 호수에 나와서 수영을 하며 여행의 피로를 풀고 즐길 수도 있다.

수중으로 사라진 보경은 좀체 떠오르지 않았다. 그녀는 잠수하여 무엇을 하는 것일까. 물속이 캄캄하고 차가울 텐데, 조개를 줍거나 물고기를 잡는 건 아니겠지.

얼마 후에야 보경의 얼굴이 수면 위로 솟아오르더니 긴 숨을 내쉬었다. 그리고는 능숙하게 헤엄을 쳐서 물가로 나왔다. 그런데 그녀가 바위로 올라서는 순간, 나는 일시적으로 시야와 머릿속이 하얘지는 듯했다. 그녀가 하얀 알몸이었기 때문이다. 놀랄 필요는 없었다. 가을여행에 수영복을 휴대하지는 않았을 테니까.

밝은 달빛 아래서 하얀 광휘를 발산하는 듯한 그녀의 나신이 수풀 속으로 들어간 뒤에도 나는 잠시 환몽에 빠져 있는 느낌이었다. 하지만 다음날 밤에 바로 눈앞에서 그녀의 잠수를 다시 목격하며 아주 놀라운 사실을 알게 되리라고는 미처 알지 못했다. 그녀의 등에서 본 얼룩반점은 상상치도 못했던 경이로운 증표였던 것이다.

잠시 후 옷을 입고 둔덕을 오르는 그녀가 보였다. 그녀가 어둠 속으로 사라지자 나는 민박집으로 가기 위하여 발길을 돌리며 하늘의 달을 올려다보았다. 정말 몽환적인 달밤이라는 생각이 들었다.

다음날 나는 약속시간 조금 전에 호변으로 나갔다. 보경이 아직 도착하지 않아서 주위를 천천히 거닐고 있을 때, 갑자기 비가 쏟아졌다. 맑은 하늘에 한 덩이의 시커먼 먹구름이 지나가며 뿌려내는 소나기였다.

나는 나무 밑으로 들어가서 소나기를 피했고, 구름이 흩어지며 비는 금방 그쳤지만 내심 놀라지 않을 수 없었다. 잠시 후 보경이 나타나기에 나는 물어보았다.

"조금 전에 소나기가 왔는데, 어제 어떻게 미리 알았지?"

그녀는 입꼬리가 살짝 올라가는 매혹적인 미소를 지었다.

"그냥 그런 예감이 들어서 말씀드린 거예요. 호변에는 바람이 많아서 일기가 불규칙하니까 제 말이 요행으로 맞았겠죠."

요행일 수도 있지만 매우 신기한 일이었다. 그녀는 바람결을 아주 민감하게 느끼는 체질인가. 아무래도 그녀는 평범한 아가씨 같지 않았다. 이국적인 신비로움과 함께 어떤 현기를 지닌 것만 같았다. 그녀의 조부 또한 보통 사람은 아닐 것이다.

내가 청동갑을 돌려주며 뚜껑에 새겨진 글을 해석한 대로 이야기하자, 그녀는 고개를 끄덕였다.

"해석을 아주 잘 하셨어요. 우리 조부님이 가르쳐주신 해석과 똑같아요. 저는 청동갑을 받은 뒤, 알 수 없는 어떤 힘에 이끌리듯이 머나먼 이곳을 찾아왔는데, 선생님을 만난 게 결코 우연 같지가 않아요. 이 세상의 우연은 알고 보면 모두 필연인지도 모르죠."

정말 그런지도 모른다. 나는 보경이라는 이 아가씨를 만나기 위하여 머나먼 경박호를 찾아와서 이 호숫가를 배회하고 있었던 느낌이다. 나 역시 어떤 알 수 없는 힘에 이끌려서 이곳에 온 것만 같다. 이런 상념이 머리를 스치는 가운데 나는 궁금한 걸 물었다.

"옛날에 그 청동갑에는 뭐가 들어 있었지? 그리고 그 시가는 누가 지었을까?"

"제가 조부님으로부터 들은 이야기를 해드리죠. 누구에겐가 이야기를 꼭 들려주고 싶었는데, 경박호에 관심이 많으시고 그 시가까지 해석하신 선생님을 만나서 정말 잘 됐어요. 제가 아무래도 운이 좋은 모양이에요."

"운이 좋은 건 나야."

"하지만 이야기가 대작 영화처럼 길어서 시간이 꽤 걸릴 텐데 괜찮으세요?"

"시간은 얼마든지 있어."

나는 하루 종일 이야기를 들어도 좋을 듯싶었다. 솔직히 말하면 그녀와 함께 시간을 보낼 수 있는 게 좋았다. 근래에 나는 누구에겐가 이렇게 마음이 끌린 적이 없었다.

그녀가 주위를 둘러보더니 한쪽 물가를 가리켰다.

"저기 나룻배가 있군요. 배를 빌려 타고 호수 구경을 하며 이야기를 하면 어떨까요?"

"그럼 더욱 좋지."

이렇게 하여 우리는 물가로 가서 배를 빌리게 되었다. 고기를 잡는 작은 배였는데, 주인 늙은이는 소액을 받고 빌려주었다.

만주족으로 보이는 그 늙은이에게서 나는 아메리카 인디언을 떠올렸다. 깊이 주름진 얼굴과 움푹 들어간 눈에는 쓸쓸한 체념의 빛이 어려 있는 듯했다. 종족의 쇠락에 대한 체념 말이다.

요동에서 흥기한 뒤 금나라와 청나라를 건립하고, 1644년에 명나라를 정복하여 중원대륙으로 진출한 만주족은 1911년 신해혁명으로 청조(淸朝)가 망한 뒤, 대부분 가문을 숨기거나 한족에 동화되었고 멸만흥한(滅滿興漢)운동으로 배척도 당했다. 그리하여 지금은 일천만 미만의 소수민족으로서 고유의 정체성과 언어를 잃고 쇠퇴와 소멸의 길을 가고 있다. 고향 땅인 만주까지 고스란히 한족에게 넘겨주고 바다로 흘러들어간 강물처럼 흔적 없이 사라질 처지가 된 것이다. 근래에는 일부에서 만주족의 본모습을 되찾으려는 자각이 일어나고 있다 하지만……

발해를 끝으로 우리 동이족의 궤적은 만주 땅에서 미미해졌다. 요나라를 세운 거란족은 역사에서 오래 전에 사라졌고, 한때 고금 최대의 제국을 건립했던 몽골족도 지금은 크게 위축되어 한족의 그늘 아래 살아간다.

여러 소수민족이 합쳐졌지만 한족이 대다수를 차지하는 중국은 오랜 곤핍에서 벗어난 뒤, 현재는 대국굴기(大國屈起)라는 슬로건을 내걸고 야심적인 팽창정책을 추구하고 있다. 고구려와 발해는 물론 고조선도 자신들의 변방이나 속국에 편입시키는 등, 역사를 중화주의(中華主義)로 도포(塗布)하여 개편하고, 만리장성의 위치를 만주 일대와 압록강까지 확장하여 공표하는 등의 동북공정(東北工程)도 이 정책의 일환이다.

만약 북한이 붕괴되면, 중국은 그 땅에 진주하여 개입하는 근거로 이런 역사관을 내세울 가능성이 있다. 여기에 대응하기 위하여 우리 역사학계는 만주족의 금나라와 청나라를 동이족의 방계사(傍系史)에 편입시키는 방안을 고려하고 있다지만……

사실 우리가 만주족과의 관계를 경시하거나 망각하면, 광대한 만주 땅의 의미는 퇴색한다. 그 관계를 정립해야 역사적 강역(疆域)이 유지된다.

아무튼 북방대륙에서는 이렇게 여러 종족이 쟁투하고 부침하고 흥망해 왔는데, 시대의 변화나 문명의 양상과는 관계없이 앞으로도 그럴 것이다. 글로벌이나 세계화라는 현대적 경향에도 불구하고 종족이란 어차피 인간들이 벗어나기 어려운 숙명적 집단이다.

종족의 의미가 말라붙은 핏자국처럼 점점 퇴색한다고 해도 사람의 심장에서 피는 여전히 흐른다. 세상이 어렵고 혼란스러워지면 믿고 의지할 데를 찾아야 하므로 피는 더 진해진다.

나는 천천히 노를 저어서 호심으로 나갔다. 청록색 물결이 일렁거리며 갈라지고, 그 위에서 초가을의 투명한 햇살이 눈부시게 부서졌다. 주변의 산과 멀리 보이는 섬은 청명하고 수려한 그림 같았다.

이윽고 보경이 이야기를 꺼냈다.

"이 청동갑의 시가는 발해의 마지막 임금인 애왕이 죽기 직전에 새겼다고 하는데, 마곡가(馬哭歌)라고 해요. 말이 울면서 부르는 노래라는 뜻이죠."

"역시 그렇군."

나는 짐작이 맞았다는 걸 알았다. 그러고 보면 청동갑은 예상보다 더욱 오래되고 진귀한 물건이었다.

"제가 이제 발해의 비국새(秘國璽)에 대해서 이야기를 들려드릴께요. 옛날에 이 청동갑에는 비국새가 들어 있었대요."

나는 고개를 갸우뚱했다. 발해가 망할 때 국새는 야율아보기에게 바쳐졌다고 한다. 하지만 발해를 부활시키려는 비원을 품은 애왕이 국새를 빼앗기지 않으려고 경박폭포(조수루폭포)에 던졌다는 전설도 있다. 그것이 비국새인가.

"그럼 비국새를 찾아서 지금으로부터 360여 년 전의 옛 시공으로 함께 여행을 떠나보도록 해요. 아주 길고 먼 여정이 되겠죠."

그때는 17세기 중반이니까 조선이 왜란과 호란을 거치고, 중원 대륙에서는 명나라와 청나라가 교체되던 시기쯤일 것이다.

그녀의 이야기가 시작되며 아득히 먼 시공이 눈앞에 나타나서 생생한 홀로그램처럼 펼쳐졌다. 그것은 이미 화석이 된 역사 속에 박혀 있는 하나의 두개골이나 척추뼈 아니면 퇴화한 꼬리뼈를 투사한 홀로그램 같았다.

나는 순식간에 그 놀랍고 환상적인 이야기 속으로 빨려들어갔는데, 머릿속에서는 집필 준비를 일깨우는 자명종이 따르릉거리며 요란하게 울렸다. 아주 오랜만에 들어보는 날카로운 종소리였다.

1. 그것

콰르르르르——콰르르르르릉——

기세 좋게 쏟아지는 경박폭포에서는 하얀 포말이 몽몽하게 피어오르고, 웅장한 음향이 주위의 암벽을 진동시키며 울려퍼졌다. 안개처럼 자욱한 포말 위에는 희미한 무지개가 떠올랐다.

경박폭포는 화산이 폭발하면서 용암이 분출되어 목단강의 물길을 잘라서 형성되었는데, 경박호에서는 5리 정도 떨어져 있다.

이 폭포는 갈수기에는 물이 흐르지 않지만, 지난밤에 비가 와서 수량이 불어난 탓으로 대단한 장관을 보여주고 있었다.

폭포는 낙차가 40척쯤 되어서 아주 높지 않아도 폭이 6백 척에 이를 만큼 넓었다. 좌우의 벼랑은 물에 깎이고 이끼가 덮여서 오랜 풍상을 느끼게 해주고, 폭포 밑에는 깊이가 2백 척 이상 되는 깊은 웅덩이를 이루어서 용담이라 불렸다. 그밖에 크고 작은 물구덩이도 수없이 많다. 쏟아진 폭포 물은 급한 계류를 이루어 골짜기로 콸콸 흘러내려간다.

노인과 소녀는 물가의 바위에 걸터앉아서 폭포를 바라보고 있었다. 노인은 깊이 주름진 얼굴에 수염이 허옇고 몸이 청수하게 여위

어서 마치 늙은 황새를 연상시켰다. 세상일에 초탈하면서도 지혜로운 현자와 같은 인상이었다. 손에는 구부러진 나무 지팡이를 들고 있었다.

해맑게 보이는 소녀의 얼굴은 청초하고 아름다웠다. 두 눈동자는 반짝이는 흑진주 같았고 콧날은 오똑하고 입술은 섬세한 꽃잎 같았다. 아직 묘령에 이르지 못한 17살 정도의 나이에 수수한 옷을 입었지만, 어딘지 모르게 비범한 인상을 주는 뛰어난 미소녀였다.

"오늘은 물이 너무 불어서 수색을 못하겠구나. 물살도 매우 거세어서 자칫하면 계류로 휩쓸려가겠다."

눈앞에서 사납게 굽이치며 흘러가는 물결을 바라보며 노인이 이렇게 말하자, 소녀는 동의하듯 고개를 끄덕였다. 그리고는 주위를 한번 둘러보더니 맑은 음성으로 입을 열었다.

"하지만 보통 때는 그 사내들이 이곳을 온통 차지하고 있어서 저는 물속에 발도 들여놓을 수 없으니까, 지금 수색을 해봐야겠어요. 사내들이 그것을 먼저 찾아낸다면 우리의 오랜 노력이 물거품처럼 덧없이 꺼져버릴 테니 큰일이잖아요?"

"그것은 반드시 네가 찾아내게 되어 있다. 정해진 운명처럼 말이야. 그것을 찾아낼 날이 머지않았어."

"그렇다면 다행이지만 그 사내들이 갑자기 나타나서 설쳐대니까 은근히 걱정이 돼요. 그들 중에는 물질에 능한 수부도 있는 것 같던데, 정말 요동의 기주부(旗主府)에서 왔을까요?"

"아마 틀림없을 거야."

파도치는 물결을 유심히 바라보며 잠시 생각에 잠겼던 소녀가 다시 물었다.

“저렇게 물굽이가 치면 바다의 모래 속에 파묻혔던 그것이 밖으로 드러날 수도 있지 않을까요?”

“글쎄……그럴 수도 있지만……”

“물이 없을 때 바닥을 샅샅이 뒤졌어도 나오지 않은 걸 보면, 그것이 모래 속에 깊이 파묻혀 있는 모양이에요. 그러니까 오늘 같은 날은 바닥이 뒤집히며 모래 밖으로 빠져나올 수도 있죠. 힘이 들더라도 이런 때 수색을 해봐야 돼요. 제가 물에 들어가 보겠어요.”

소녀가 몸을 일으켰지만 노인은 약간 걱정스런 기색이면서도 만류하지는 않았다.

“그럼 조심해서 들어가 보아라. 하지만 물살이 세서 몸을 가누기 어려우면 그냥 나오도록 해라.”

“알았어요.”

소녀는 겉옷을 벗었다. 속옷은 물속에서 움직이기에 용이하도록 얇고 간편한 걸 입고 있었다.

소녀는 물속에 발을 들여놓더니 곧 몸을 거꾸로 하여 잠수해 들어갔다. 사나운 수룡처럼 파도치는 물결은 순식간에 그녀를 삼켜버렸다. 물결이 거세므로 수중에서는 아무것도 보지 못할 것이다. 이런 물속의 밑바닥에서 소녀는 무엇을 찾으려는 것일까.

노인은 수면을 주시하며 소녀가 떠오르기를 기다렸다. 소녀는 좀체 떠오르지 않았다. 그러고 보면 소녀는 수중에서의 작업에 매우 익숙한 모양이었다. 물속에서 호흡을 오래 멈출 수 있고 잠수와 수영에도 능통할 것이다. 하지만 사람이 수중에서 머물 수 있는 시간은 한계가 있고, 거센 물결에 휘말리면 마음대로 운신할 수도 없다.

노인의 얼굴에 불안한 빛이 희미하게 나타날 때, 소녀의 머리가 수면 위로 불쑥 떠오르더니 긴 숨을 토해냈다.

"후우우——"

노인도 안도의 한숨을 토해냈다. 소녀는 잠시 숨을 고르더니 다시 잠수하여 사라졌다. 노인은 묵묵히 지켜보았다.

얼마 후 소녀는 수면 위에 재차 떠오르더니 호흡을 고르고는 도로 잠수해 들어갔다. 이런 작업은 여러 차례나 반복되었다.

시간이 많이 흐르자 소녀는 결국 지쳤는지 가쁜 숨을 몰아쉬며 물가로 나왔다. 물이 줄줄 흘러내리는 그녀의 얼굴에는 찾는 것을 발견하지 못하여 실망한 빛이 보였다.

소녀가 바위에 힘없이 걸터앉자 노인이 위로하듯 말했다.

"머지않아 네가 틀림없이 찾아낼 테니까 너무 조급하게 생각하지 말아라. 저녁이 가까웠으니 오늘은 그만 들어가자."

소녀는 아직 미련이 남은 눈치였다.

"할아버지! 마지막으로 한 번만 더 해볼께요. 사실 지난밤에 아주 특이한 꿈을 꿔서 오늘은 꼭 찾아낼 것만 같아요."

"어떤 꿈을 꾸었느냐?"

"세 발 달린 거대한 까마귀가 환하게 밝은 보름달을 향해서 날아오르는 꿈이었어요."

"꿈에 삼족오를 보았다니, 아란사가 길몽을 꾸었구나."

"그런데 새벽에 꿈에서 깨어났을 때는 이상하게 슬픈 느낌이 들었고, 뺨에 눈물이 흐르고 있었어요. 왜 그런지 할아버지가 어디론지 멀리 가버린 것 같았어요. 그래서 할아버지 방으로 가보았더니 안 계셔서 깜짝 놀랐죠. 하지만 뜰에서 산책하는 할아버지를 보고는 겨우 안심했어요."

노인의 얼굴에는 어두운 그늘이 희미하게 스쳐갔지만, 담담하고 조용한 어조로 말했다.

"내가 옆에 없다고 해서 슬퍼할 필요는 없다. 너는 앞으로 내가 가르쳐준 대로만 하면 된다."

"할아버지! 어디 가실 거예요?"

"그런 예정이 있는 건 아니다만……"

"할아버지는 내 곁을 떠나면 안 돼요."

"나도 네 옆에서 떠나고 싶지는 않다."

"이제 내가 한 번 더 물에 들어갈 테니까 지켜보고 계세요."

"알았다. 그렇게 하마."

"그럼……"

아란사라는 소녀는 몸을 일으키더니 다시 물속으로 발을 들여놓고는 그대로 잠수를 했다. 노인은 아란사가 사라진 수면을 주시했다. 아란사는 오래도록 떠오르지 않았다. 노인은 좀 불안해진 듯 목을 길게 빼고 골짜기의 계류 쪽을 살펴보았다. 너무 지친 아란사가 수중에서 물결에 휩쓸려 떠내려간 건 아닐까.

이때 용담 위로 아란사의 얼굴이 불쑥 떠올랐다. 호흡을 고른 아란사가 물가를 향해서 헤엄쳐오기 시작하자 노인은 안도의 빛을 보였다. 물 밖으로 나선 아란사는 무언가를 쳐들어 보였다.

"할아버지! 용담 밑바닥에서 이걸 찾아냈어요. 이게 바로 그것 같아요. 한번 보세요."

아란사의 손에 들려진 건 하나의 청동갑이었다. 가로와 세로가 네 치쯤 되고 높이도 그 정도 되는 구리상자인데, 아주 고색창연한 데다가 이끼가 낀 것처럼 퍼렇게 녹이 슬었다. 손녀가 건네준 청동갑을 받아들며 노인은 은연중 긴장하는 빛을 보였다.

"어디 보자."

노인은 청동갑을 이모저모 살펴보더니 뚜껑을 열었다. 안에는 새카만 오석으로 깎은 인장(印章) 같은 물건이 들어 있었다. 손잡이 부분은 새의 형상이었는데, 세 개의 발에는 네모난 인문판(印文版) 이 붙어 있었다. 새는 눈이 매서웠고 날카로운 부리와 길게 뻗어 올라간 벼슬을 지녔다. 삼각형의 날개를 옆으로 펴고 꼬리는 말아 올렸고, 세 발은 굵고 세 발가락도 튼튼하다. 그 새는 바로 삼족오 였다. 인문판에는 정교한 도형이 새겨져 있었지만, 글자 같기도 하 고 그림 같기도 해서 의미를 쉽게 알 수 없었다.

불그레한 빛이 은은히 어려 있는 듯한 시커먼 오석의 인장을 뚫 어지게 살펴보던 노인의 음성은 격동으로 떨려나왔다.

"바로 이거다! 드디어 네가 찾아냈구나."

"정말 그것이로군요!"

아란사도 기쁨을 금치 못하는 기색이었다. 이때 한쪽 암벽 뒤에 서 몇 명의 사내가 불쑥불쑥 모습을 나타냈다. 그들을 발견한 아란 사는 표정이 굳어졌다.

"저 사내들이 나타났어요. 내가 그것을 찾아낸 걸 알아차린 모양 이에요. 우리를 몰래 지켜보고 있었던 것 같아요."

"어서 옷을 입어라. 가자."

불길함을 느낀 노인이 재촉을 하자, 아란사는 급히 겉옷을 걸쳤 다. 노인은 곧 손녀의 손을 잡고 서둘러 발걸음을 떼어놓았다.

사내들은 걸음을 빨리해서 다가오고 있었다. 아란사는 불안감을 참지 못하여 조부의 손을 잡아끌며 뛰기 시작했다.

"할아버지! 빨리 가요!"

두 사람이 암벽 뒷길로 뛰어가자, 대여섯 명에 이르는 사내들도 급히 달려서 추격해왔다. 사내들이 빠르게 달려왔으므로 두 사람과의 거리는 급속히 가까워졌다.

뒤돌아본 아란사는 두려움을 느꼈다.

"할아버지! 저자들이 그걸 빼앗으려는 모양이에요."

사내들에게 결국 따라잡힐 거라고 판단한 노인은 청동갑을 손녀의 손에 쥐어주었다.

"내가 저자들을 막을 테니까 너는 이걸 가지고 먼저 가라."

"할아버지! 저자들은 무기를 가지고 있는지도 몰라요."

"아무튼 내가 제지할 테니까 빨리 몸을 피해라."

노인은 손녀의 등을 떠밀고는 지팡이를 세웠다. 아란사는 조부의 안위가 불안했지만 일단 도망치지 않을 수 없었다. 그녀는 청동갑을 품속에 넣고 수풀이 보이는 쪽으로 달려갔다.

"저 계집애를 잡아라!"

뒤에서 사내들의 외침소리가 들려오자 더욱 두려움을 느낀 아란사는 정신없이 수풀 속으로 뛰어들었다. 조부와 사내들이 마주쳐서 어떤 일이 벌어지는지 확인할 틈도 없었다. 뒤에서 사내들이 급박하게 추격해오자 아란사는 죽을힘을 다하여 계속 도망치지 않을 수 없었다.

수풀을 벗어나자 앞에 들판이 나타났는데, 넓은 길에 마차 한 대와 수십 명의 기마인들이 열을 지어 지나가는 게 보였다.

뒤쫓아온 사내들이 당장 목덜미를 낚아챌 것 같았으므로 아란사는 앞뒤를 생각할 겨를도 없이 그들을 향하여 달려가며 소리쳤다.

"도와주세요! 나쁜 사람들이 저를 잡아가려고 해요!"

기마인들은 일제히 말을 세우고 돌아보았다.

아란사를 추격해온 사내들도 주춤 멈추어섰다. 창칼을 든 많은 기마인들에게 그대로 들이닥칠 수는 없었던 것이다.

이 틈에 아란사는 기마대 사이로 뛰어들어 몸을 피했다.

추격해온 사내들은 기마대를 유심히 살펴보았다. 기마대는 제복을 입지 않았지만 병기를 제대로 갖추었고 행군에도 질서가 있어서, 잘 훈련이 되고 규율이 잡힌 무사들로 보였다. 세력 있는 가문의 사병(私兵)들이었다.

사내들은 잠시 기마대의 눈치를 살피더니 모두 몸을 돌려서 사라져버렸다. 그들은 기마대의 정체를 알아차리고 아란사를 잡을 수 없다고 판단하여 포기한 것 같았다.

아란사는 겨우 숨을 돌리고는 조부가 있는 쪽을 가리키며 기마인들에게 말했다.

"제 할아버지가 저쪽에 있어요. 저 사내들에게 변을 당할지도 모르니까 좀 구해주세요."

기마대의 우두머리로 보이는 자는 수하들에게 지시를 내렸다.

"한번 가보아라."

몇 명의 무사가 즉시 아란사가 가리킨 쪽으로 말을 달려갔다. 그들은 잠시 후에 돌아오더니 우두머리에게 보고를 했다.

"그쪽에 한 늙은이가 죽은 채 쓰러져 있었습니다."

안색이 창백해진 아란사는 금방 두 뺨으로 눈물을 주르르 흘리더니 그리로 뛰어가려고 했다.

"흐흐흑! 할아버지……"

우두머리는 냉정한 태도로 수하들에게 지시했다.

"그 계집애를 마차에 태워라."

무사 두어 명이 곧 말에서 뛰어내리더니 아란사를 덥석 잡아서 빈 마차 안에 밀어 넣었다.

"할아버지한테 가야 돼요! 저를 내려주세요!"

아란사가 울며 소리쳤으나 마차는 곧 빗장을 걸고 출발했다. 조부가 죽음을 당한 가운데, 아란사는 영문도 모른 채 납치를 당한 셈이었다.

두 마리의 말이 끄는 마차는 길 없는 곳도 갈 수 있도록 바퀴의 폭이 좁았고 차체는 견고했다. 이윽고 마차와 기마대는 어둠이 밀려오는 들판 멀리 아득하게 사라져버렸다.

동쪽 산마루 위에는 달이 떠 있었다. 한쪽이 이지러졌지만 밝고 청백한 달이었다. 엷은 회색 구름이 달 위로 스쳐가자, 달은 구름 속을 헤엄치듯 유유히 흘러갔다.

초원을 가로질러 온 기마대는 야산이 앞에 나타나자 기슭에서 멈추더니 야영할 준비를 시작했다. 말을 풀밭에 매어 놓고 양피천막을 세우고 모닥불을 피우고 밥을 하고 고기를 구웠다.

이윽고 술을 마시고 식사를 마친 무사들은 대부분 천막 안으로 들어가서 잠이 들었고, 서너 명만이 모닥불 옆에 둘러앉아서 마차를 지키며 보초를 섰다.

밤이 이슥해지자 보초들도 고개를 떨어뜨리고 꾸벅꾸벅 졸거나 무릎에 얼굴을 묻고 눈을 감았다. 모닥불은 거의 꺼지고 뿌연 연기만이 흐릿하게 피어올랐다.

이때 컴컴한 숲속에서 한 사내가 그림자처럼 모습을 나타냈다. 그는 간편한 복장에 시커먼 천으로 얼굴을 가렸고, 손에는 석 자 길이의 강목(剛木) 지팡이를 들었다.

보초들을 가만히 살펴보던 그는 마차 뒤로 소리 없이 접근했다. 그리고는 뒷문에 걸린 빗장을 뽑아낸 뒤 문을 열고 안으로 들어섰다. 마차 안에는 한 소녀가 양털가죽으로 무릎을 감싼 채 좌대 위에 비스듬히 누워 있었다.

"소리 내지 마라. 너를 해치지는 않을 테니까."

그는 나직한 목소리로 소녀를 위협하고는, 예리한 눈길로 마차 내부를 여기저기 훑어보았다. 하지만 찾는 물품을 발견하지 못했는지 소녀에게로 시선을 돌렸다.

"사금포(砂金包)는 어디 있느냐? 사금이 든 포대 말이다."

소녀는 머리를 살래살래 흔들었다.

"여기에 사금포는 없어요."

"그럼 어디 있지?"

"몰라요."

"거짓말을 하면 용서하지 않겠다."

"거짓말 아니에요. 나는 사금포를 보지 못했어요."

소녀의 말이 사실이라는 걸 알아차린 그는 눈살을 찌푸렸다. 귀중한 사금이 들어 있는 포대가 마차 안에 있다면, 문에 자물쇠를 채우고 경비도 더 엄중하게 해서 보초들이 결코 방심하지 않았을 것이다.

오판했다는 걸 깨닫고 실망하던 그는 문득 소녀의 얼굴에 눈길을 고정시켰다. 어둠 속에서도 백자처럼 하얗게 보이는 소녀의 얼굴은 슬픈 그늘이 어려 있는 것 같았지만 청초하고 아름다웠다. 평범한 옷을 걸친 일신에는 고아한 기품이 어려 있고 봄미나리처럼 풋풋하고 향긋한 냄새가 풍기는 듯했다.

"너는 누구냐?"

"내 이름은 아란사예요."

그녀는 바로 경박폭포에서 청동갑을 찾아낸 뒤, 사내들의 추격을 피하다가 영문도 모른 채 기마대에게 납치를 당한 아란사였다.

"왜 여기에 갇혀 있느냐?"

"나는 잡혀가는 중이에요."

"왜 잡혀가느냐?"

"이유는 나도 몰라요."

아란사는 조용한 어조로 대답했다. 처음에 그가 마차에 침투할 때부터 그녀는 별로 두려워하는 빛을 보이지 않았다. 슬픔이 안개처럼 어려 있는 기색임에도 불구하고 차분하고 침착했다.

이번에는 그녀가 물었다.

"당신은 도둑이에요?"

"그렇다고 할 수 있지."

"예사 도둑 같지는 않은데……"

"너 도망치고 싶지 않으냐?"

"도망치고 싶긴 해요."

"나를 따라갈 테냐?"

아란사는 그의 눈을 빤히 응시하며 되물었다.

"왜 나를 데려가려고 해요?"

"예쁘기 때문이지."

"나를 데려가서 색시 삼으려고 그래요?"

"난 아직 장가를 안 갔으니까 그럴 수도 있지. 너 나한테 시집올래?"

"그럴 생각은 없지만……"

"너를 잡아먹지는 않을 테니까 겁낼 필요 없다."

"그럼 함께 갈께요."

아란사는 결국 따라갈 생각이 난 듯, 일어서서 창문의 휘장을 제치고 밖을 내다보았다. 그도 창문 밖을 내다보니 보초들이 서로 어깨를 두드려서 잠을 깨우며 일어나는 게 보였다.

낙담한 아란사는 품속에서 청동갑을 꺼내어 내밀었다.

"지금 나를 데리고 마차를 나가면 당신도 잡히고 말아요. 나는 나중에 구해주고 이걸 가지고 혼자 도망쳐요. 지금까지 겨우 숨겨왔지만, 내가 가지고 있으면 어차피 빼앗길 테니까요."

그가 청동갑을 받아들더니 의아한 빛으로 물었다.

"이게 뭐냐?"

"다른 사람들에게는 별 소용이 없지만 나에게는 생명처럼 소중한 거예요. 당신은 보통 사람 같지 않으니까, 기회를 잘 잡으면 나를 구출할 수 있을 것 같아요. 나중에 나를 구해낸 뒤에 그걸 돌려주면 고맙겠어요."

그는 잠깐 생각을 해보더니 고개를 끄덕였다.

"좋다. 이 마차가 가는 곳을 알고 있으니까 너를 구해보마. 그런데 너를 구출한 뒤 이걸 돌려주면, 나에게 뭐를 주겠느냐?"

"당신은 뭘 원하죠?"

"솔직히 말해서 너를 가졌으면 좋겠다."

아란사가 이번에는 결심이 섰는지 고개를 끄덕였다.

"그렇게 해요. 당신 눈을 보니까 괜찮은 사람인 듯하고, 내가 당신을 만난 게 행운 같으니까요. 당신은 이름이 뭐죠?"

"계성이다."

"약속을 꼭 지켜야 해요."

"알았다. 너도 약속을 지켜라."

"물론이죠."

"뜻밖에도 이제 장가를 가게 생겼군."

아란사가 창문 밖을 다시 내다보더니 재촉했다.

"보초들이 이리 오고 있으니까 어서 도망쳐요."

"그럼 나중에 보자."

계성이라는 사내는 청동갑을 품속에 넣더니 마차 밖으로 나섰다. 보초들이 이상한 낌새를 느낀 듯 마차로 다가오다가 그를 보자 일제히 칼을 뽑았다.

"누구냐?"

"그건 알 필요 없지."

"수상한 놈이구나! 꼼짝 마라!"

두 무사가 칼을 세우고 앞으로 나서자, 사내는 강목 지팡이를 좌우로 번개처럼 휘둘렀다. 두 무사가 괴로운 신음을 토하며 거꾸러지는 순간, 지팡이는 나머지 두 무사도 그대로 후려쳐버렸다.

"컥! 크윽!"

그들 역시 외마디 신음을 토하며 거꾸러졌다. 사내가 지팡이를 쓰는 솜씨는 놀랄 만큼 빠르고 정확했다. 그는 곧 어두운 골짜기 쪽으로 몸을 날려서 도망쳤다.

"잡아라!"

쓰러졌던 무사들이 겨우 몸을 일으켜서 추격을 하며 크게 소리쳤다. 천막 안에서 잠자던 무사들은 급히 일어나서 병기를 들고 우르르 몰려나왔다. 훈련이 잘 된 탓으로 그들의 출동은 매우 신속했다.

벌써 말까지 잡아타고 추격해오는 무사들을 보자, 사내는 도망치기를 포기하고 주위를 둘러보았다. 한쪽에 있는 키가 큰 거목에 시선이 미친 그는 얼른 그리로 가서 나무허리를 타고 위로 올라갔다. 그리고는 높은 가지 사이에 몸을 숨기며 중얼거렸다.

"발각이 되면 항아리 속으로 도망친 생쥐 신세가 되겠지. 아무튼 수풀 속에 매어 놓은 말은 발견이 되지 않아야 할 텐데……"

이내 무사들이 우르르 들이닥쳤으나 나무 위를 쳐다보는 사람은 없었다. 그들은 한동안 주위를 수색했지만 사내를 찾아내지 못하자 결국 포기하고 돌아갔다. 사람이 죽지 않았고 마차 안에서 도둑맞은 물건도 없으니까 끝까지 추격할 필요를 느끼지 않은 모양이었다.

무사들이 모두 사라지자 사내는 나무에서 내려왔다. 그는 골짜기 쪽에 말을 매어 놓은 곳으로 향하며 얼굴을 가린 천을 떼어냈다. 그는 눈썹이 짙고 이목구비가 뚜렷해서 좀 거칠면서도 강건한 인상이었는데, 나이는 스물네댓 살 정도로 보였다.

사내는 품속에서 청동갑을 꺼내어 뚜껑을 열어보았다. 안에는 새카맣고 반질반질한 오석으로 깎은 물품이 하나 들어 있었다. 불그레한 빛이 은은히 어려 있는 시커먼 인장 같은 그것을 유심히 살펴보던 그는 눈살을 찌푸렸다.

"수백 년은 묵은 것 같은데, 아주 괴상한 느낌을 주는 고물이로군. 왠지 모르게 가슴이 서늘해지는 기분이야."

그는 청동갑의 뚜껑을 닫아서 품속에 집어넣으며 중얼거렸다.

"이런 쾌쾌 묵은 물건은 관심이 없지만, 고물을 좋아하는 부자를 만나면 돈푼깨나 받을 수 있을지 모르지. 하지만 그 계집애는 결코 보통 물건이 아니야. 그 정도의 뛰어난 미소녀라면 최소한 황금 두 세 냥의 가치가 있지. 임자만 제대로 만나면 더 많이 받을 수도 있고 말이야. 아직 사람을 팔아먹어 본 적은 없지만……"

이윽고 그는 말을 찾아내서 올라탔다. 뚜걱뚜걱 울리는 말발굽 소리가 점점 멀어지더니 골짜기의 컴컴한 어둠은 이내 그를 보이지 않게 삼켜버렸다.

2. 만남

황사풍이 불어오는 북방의 봄은 스산하다. 몽골사막에서 발원하여 초원을 가로질러오는 누런 황사가 하늘을 가리면 사위가 몽몽해지고 집안은 낮에도 등불을 켜야 될 만큼 침침해진다.

초원이었지만 둔덕 아래 골짜기에는 계류가 흐르고, 한쪽에는 물이 고여서 웅덩이를 이루었다.

웅덩이에는 한 사내가 옷을 모두 벗은 채 물고기를 잡고 있었다. 그는 아란사가 갇혀 있는 마차에 침투했다가 청동갑을 받은 뒤 도망친 계성이라는 자였다.

수초를 더듬던 계성이 가물치 한 마리를 잡아서 밖으로 휙 던졌다. 가물치는 풀밭에 떨어져서 거무튀튀한 몸통을 비틀며 꼬리를 퍼덕였다.

해거름이 되어서 황사로 찌푸린 하늘이 점점 컴컴해지는데, 한 젊은이가 말을 몰고 골짜기에 나타났다. 다람쥐털 모자를 쓰고 누빈 바지에 녹비조끼를 입은 젊은이였는데, 어깨에는 활을 메었고 말안장 옆에는 손도끼와 단창이 매달려 있다. 말 등에는 봇짐과 식량자루 등을 실었다. 이러한 행장으로 보아서 젊은이는 직업적인 사냥꾼이었다.

사냥꾼이 잡초밭에서 하마하자 말은 배가 고팠던지 새로 돋아난 풀을 바삐 뜯기 시작했다. 사냥꾼은 마른 나뭇가지를 모아서 모닥불을 피웠다. 봄이라고 해도 밤이 되면 북방의 산야에는 싸늘한 한기가 찾아든다. 부근에 인가가 없으므로 그는 모닥불 옆에서 야숙을 하려는 것 같았다.

고기를 잡던 계성이 물 밖으로 나오더니 수건으로 몸을 닦고 옷을 입었다. 그리고는 어깨에 큼직한 망태를 둘러메고 손에는 강목지팡이를 집어 들었다. 잡은 물고기는 풀잎으로 아가미를 꿰어서 들었는데, 손바닥만한 놈이 네댓 마리 되었다.

계성은 말을 끌고 모닥불 옆으로 다가갔다.

"불을 좀 빌려도 되겠소? 나는 물고기를 구워먹으려고 하는데, 당신도 생각이 있다면 같이 먹어도 좋고."

"그렇게 하오."

사냥꾼이 거절하지 않자, 계성은 모닥불 옆에 앉더니 가느다란 나무꼬챙이에 물고기를 나란히 꿰었다. 아직도 살아서 꿈틀거리는 놈들이 불길 위에 올려지자 구수한 냄새를 풍기며 익어갔다.

"자! 먹읍시다."

계성은 익은 물고기를 사냥꾼에게 건네주었다. 가물치와 메기는 잔가시가 없어서 구워먹기에 좋고 맛도 괜찮다. 하지만 물고기 몇 마리는 먹을 게 별로 없었다. 사냥꾼이 말을 매어 놓은 곳으로 가서 식량자루를 뒤적이더니 육포를 가지고 왔다. 쫄깃쫄깃하게 말린 노루고기 육포였다. 육포는 물에 불려서 구워먹는 게 좋다.

"당신은 주로 어디에서 사냥을 하오?"

구워진 육포를 맛있게 먹던 계성이 이렇게 묻자, 사냥꾼은 덤덤하게 대답했다.

"주로 노야령 일대에서 하지만, 홍안령까지 갈 때도 있소."

대황(大荒:만주) 땅의 동북쪽 변방인 노야령과 북방의 홍안령은 야수들의 천국이다. 자작나무 낙엽송 전나무 황백나무 들메나무 가래나무 가문비나무 잣나무 등이 울울창창한 천년 원시림 속에 범 표범 불곰 흑곰 적록 매록 담비 여우 오소리 너구리 노루 산양 멧돼지 등 수많은 야수가 자유로이 서식한다. 이러한 짐승들의 발자국을 추적해야 하는 사냥은 보통 첫눈이 내리면 시작해서 잔설이 녹는 봄이 오면 끝난다.

"수렵 장비를 보니까 당신은 맹수사냥도 하는 모양인데, 혹시 범을 잡은 적도 있소?"

"아버님과 함께 두어 번 잡아보았소."

"수렵에 능통한 이곳 만주인들도 떼를 지어 나가는 몰이사냥이 아니면 범을 잡을 엄두를 못 내는데, 아주 대단하군."

노련한 사냥꾼도 호랑이를 잡기는 매우 어렵다. 호랑이의 초록빛 감도는 호박색 홍채에서 뻗치는 안광에 부딪치면 아무리 대담한 사람도 공포로 몸이 마비되어서 꼼짝을 못한다. 밤에 등잔불처럼 시퍼렇게 타오르는 호랑이의 눈을 보면 혼백이 날아가고 다리가 풀려서 옷에 대소변을 싸며 풀썩 주저앉는다.

범이 포효를 한번 하면 십 리 안의 모든 짐승들이 두려워서 벌벌 떤다. 암수의 교미는 눈보라 휘몰아치는 동지섣달에 여러 차례 반복되어 이루어지고, 수태한 뒤 4달 만에 태어난 어린 새끼의 파란 눈은 어미가 되면서 노란 호박색으로 변한다.

변방의 원시림 속에는 맹수 외에도 폭우와 폭설과 풍토병과 약탈자 등 여러 가지 위험이 죽음의 함정처럼 도사리고 있다. 사냥꾼은 이런 위험을 무릅쓰고 황야를 누비고 다녀야 한다.

사람들의 이목을 피해야 하는 밀렵꾼은 더욱 힘들다. 콧등 옆에 주근깨가 좀 깔려 있고 햇볕에 그을려서 갈색 빛이 감도는 사냥꾼의 얼굴은 단정하면서도 수수한 인상이어서 맹수를 잡을 만큼 강인하거나 드세게 보이지는 않았다. 나이는 스물 두세 살 정도 됐을까.

"나는 좀 특이한 일을 하지만, 한가할 때는 이걸 둘러메고 산야를 떠돌아다니며 약초를 캐기도 하오."

계성이 자신의 어깨에 걸려 있는 망태를 툭툭 쳐보였다.

"어떤 약초를 캐오?"

"창출 천초근 향포 꼭두서니 남엽 천궁 따위의 흔한 것들이지만, 삼지구엽초(음양곽)나 만삼 등 귀한 약초를 가끔 얻기도 하오."

"산삼도 캐보았소?"

"새끼손가락만한 걸 몇 번 캐본 적이 있소. 산삼은 유월에 하얀 꽃이 피고 팔월에 빨간 씨가 열리는 걸 보고 찾아내지만 발견하기가 지극히 어렵소. 채삼꾼은 포동포동한 어린애 꿈을 꾼 뒤, 처녀의 머릿기름 묻은 은비녀를 품에 지니고 입산을 하면 산삼을 본다고 하오. 채삼꾼은 입산하기 전에 여자와의 잠자리는 삼가지."

"……"

"나는 땅꾼이 아니지만 뱀을 보면 잡기도 하오. 먹치 금화사 구렁이 오사 살모사 칠점사……참! 내 망태에 철 이르게 나온 꽃뱀이 한 마리 있는데 구경하겠소?"

"아니오."

사냥꾼이 머리를 좌우로 흔들자, 계성이 망태를 열려다가 도로
닫으며 이야기를 계속 늘어놓았다.

"맹수 중의 수컷은 경도하는 여자를 만나면, 비릿한 그 피냄새를
맡고 흥분해서 덤벼든다는 게 사실이오?"

"난 모르오."

"발정한 암표범은 수컷 냄새를 맡고 십 리를 따라가오?"

"모르겠소."

사냥꾼의 대꾸가 무뚝뚝했으나 계성은 뜬금없이 물었다.

"홀아비가 염소를 잘 기르는 이유를 아오?"

"모르오."

"염소 암놈의 엉덩이 맛이 여자와 아주 비슷하다오. 그래서 마
누라 없는 홀아비가 밤에 끌어안고 자려고 기르는 거지. 후후후
후……"

사냥꾼은 미간을 찌푸리더니 고개를 들어 하늘을 올려다보았다.
컴컴한 하늘에서는 빗방울이 후드득거리며 떨어지기 시작했다. 모
닥불에서는 푸식푸식, 하는 소리와 함께 매캐한 연기가 피어올랐
다. 계성이 몸을 일으키더니 산모퉁이를 가리켰다.

"저쪽에 초막이 한 채 있소. 낡은 초막이지만 비를 피할 수는 있
으니까, 하룻밤 자고 가려면 따라오구려."

계성이 말을 끌고 떠나가자, 사냥꾼도 몸을 일으켰다. 비가 오는
데 야숙을 할 수는 없는 노릇이었다. 모닥불은 산야에 번지지 않도
록 마무리를 잘 해야 하지만, 비를 맞아서 저절로 꺼져갔다.

문짝도 없는 초막은 허름했지만 마른풀로 지붕을 덮어서 비는 새

지 않았고, 바닥에는 낡은 돗자리가 깔려서 하룻밤 쉬어갈 만했다.

계성이 어두운 초막 안에 자리를 잡고 앉자, 사냥꾼도 기둥에 말을 매고 안으로 들어섰다. 계성은 새삼스레 인사치레를 했다.

"하룻밤 같이 자게 되었으니 통성명이라도 해야지. 나는 계성이라고 하오."

사냥꾼은 덤덤하게 이름을 밝혔다.

"나는 기명이오."

"이름을 버렸다는 뜻이로군. 집은 어디요? 나는 떠돌이라서 집이 없소만."

"완달산 기슭에 있소."

완달산은 대황 땅의 먼 동북부 변방에 있는 험산이다. 그 남쪽에는 경박호가 있고 북쪽에는 송화강이 흐르고 동쪽으로는 노야령의 천년 원시림이 광대한 바다처럼 펼쳐져 있다.

"나는 지금 요동 쪽으로 가는 중이오. 당신은 수렵물의 모피를 팔러가는 모양인데 어디로 가오?"

"나도 요동으로 가볼까 하오."

"멀리 가는 걸 보니까 좋은 물건이 있는 모양이군."

사냥꾼이 대꾸하지 않자, 계성은 팔베개를 하고 벌렁 드러눕더니 혼자 넋두리를 했다.

"어둠 속에 봄비가 운치 있게 내리는데, 보리술 한 잔 없이 초저녁부터 잠이나 자려니까 너무 맨송맨송하군. 이제 돗자리 밑에서 빈대가 슬슬 기어나오면 심심하지는 않겠지만……"

사냥꾼은 여전히 대꾸하지 않고 벽에 기대어 눈을 감았다.

떨어져나간 창문 밖에서는 서늘한 비바람이 밀려들어왔다. 인적

없는 산모퉁이의 초막에 내리는 밤비는 운치가 있다기보다는 을씨년스럽고 스산했다.

"차가운 밤기운이 돌아서 좀 으스스한데, 같이 붙어서 자는 게 어떻겠소? 몸을 서로 꼭 붙이면 숯불을 넣은 화로를 끌어안은 것처럼 따뜻할 테니까."

계성이 이렇게 말했지만 사냥꾼은 못 들은 척했다. 계성이 돌연 팔을 벌리고 몸을 벌렁 뒤집어서 사냥꾼에게 덮쳐들더니 와락 끌어안았다.

"함께 붙어서 잡시다."

갑자기 엉뚱한 수작을 당한 사냥꾼은 몸을 틀며 뿌리쳤다.

"놓으시오!"

"따뜻하게 서로 끌어안고 자자니까."

"이거 못 놓겠소?"

"후후후……하룻밤을 같이 보내게 된 것도 인연이니 거절하지 마오. 그대가 물고기를 먹을 때도 목젖이 안 나오기에 긴가민가했는데, 뱀을 안 보겠다기에 내가 알아봤지. 남자는 모두 뱀 구경을 좋아하니까 말이야."

계성은 진작부터 사냥꾼이 여자라는 사실을 눈치 챘던 모양이었다. 수컷 맹수가 경도하는 여자를 보면 어쩌느니, 홀아비가 염소를 잘 기른다는 따위의 이야기를 늘어놓은 건 그 때문이었다. 일부러 짓궂은 소리를 한 것이다.

여자의 몸으로 사냥을 하자면 사람들의 이목을 끌게 되어 불편하니까, 그녀는 남장(男裝)을 했을 것이다. 밀렵이라면 더욱 그렇다. 비록 여자라고 해도 맹수사냥까지 한다면 결코 보통이 아니겠지만, 계성은 체구가 건장하고 힘이 좋아서 그녀가 몸을 힘껏 뒤틀어도 쉽게 빠져나갈 수 없었다.

그녀는 화가 나서 얼굴이 벌겋게 변했다.

"정말 못 놓겠소?"

"젖가슴이 꽤 실팍하군."

계성은 옷자락을 헤치고 가슴에 손을 집어넣으려 했다. 이 순간 그녀의 팔꿈치가 계성의 턱을 쳐 올리며 한 주먹이 힘차게 뻗었다.

"우욱!"

주먹이 정통으로 가슴을 강타하자 계성은 옆으로 벌렁 뒤집혀서 떨어져나갔다. 그녀는 벌떡 일어서더니 밖으로 뛰어나가서 말안장에 걸어둔 단창을 뽑아들고는 계성을 싸늘하게 노려보았다.

"살고 싶으면 여기서 꺼져라!"

계성은 몸을 부스스 일으켰다.

"하마터면 숨 막혀 죽을 뻔했네. 여자가 웬 주먹이 그리 세오? 생긴 것과는 달리 성깔도 있군. 하긴 그 정도 되니까 맹수사냥을 하겠지만 말이야. 그렇지만 남편이 있는 것도 아닐 테고 몸을 고이 간수하는 여염집 처녀도 아닌데, 설삶은 말대가리처럼 뻣뻣하게 굴 필요 없이 함께 재미 좀 보면 어때서 그러오?"

"빨리 꺼지라니까!"

그녀가 단창을 똑바로 겨누자 계성은 손을 내저었다.

"밤에 저렇게 궂은비가 오는데 어디로 가겠소? 이제 장난을 치지 않고 얌전하게 잘 테니까 걱정 마오. 난 사실 그대를 강제로 어떻게 할 생각은 없었소."

계성을 막무가내로 쫓아낼 수는 없다고 생각했는지, 사냥꾼은 못 마땅한 얼굴이면서도 단창을 거두고 초막에 도로 들어와서 벽에 기대어 앉았다. 계성이 다시 드러누워서 팔베개를 하고 눈을 감자 사냥꾼도 눈을 감았다. 하지만 을씨년스럽게 밤비가 내리는 가운데 서늘한 한기가 감도는 초막에서 두 사람 모두 쉽게 잠이 들지는 못했다.

"그대는 조선 출신이오?"

계성이 나직이 묻자 사냥꾼이 짧게 대답했다.

"그렇소."

"고향은 언제 떠났소?"

"지난 병자년(1636)에 떠났소."

"신세가 나와 똑 같군."

두 사람은 한어와 만주어를 뒤섞어 쓰다가 조선말을 하기 시작했으나 대화는 여기서 끊어졌다.

병자년에 조선을 떠났다는 건 호란(胡亂)을 통해서 이 이역 땅으로 들어왔다는 뜻이었다. 그것은 집과 가족과 삶이 모두 풍지박산 나고 청병에게 노예로 끌려오거나 전란에 휩쓸려와서 이루 말할 수 없는 신고간난을 겪었다는 의미였다. 그리고 고향에 돌아가지 못한 채 낯선 이역 땅에서 10년이나 되도록 힘들고 그늘진 삶을 살아온 것이다.

호란 당시의 참혹한 고통과 분노와 슬픔을 겪은 사람들은 거기 대해서 길게 이야기하는 걸 원치 않았다. 그 참담한 과거를 떠올리고 싶지 않기 때문이다. 노예로서의 온갖 오욕을 겪은 여자는 더욱 그렇다. 기명이라는 사냥꾼의 이름은 성명을 버렸다는 뜻이었다. 그녀는 과거를 잊기 위해서 이름조차 버린 것이다.

두 사람은 더 이상 입을 열지 않았고, 창문 밖에서 추적추적 들리는 빗소리만이 점점 깊어가는 밤의 적막을 나직이 두드렸다.

이제 눈을 감은 기명은 한숨 자고나서 새벽에 일찍 떠나려고 작정한 것 같았다. 계성은 어느덧 잠이 들었는지 베어다 놓은 통나무 토막처럼 움직임이 없었다.

석양이 스러지고 다시 밤이 찾아오자 숲속은 고적해졌다. 새들은 모두 집을 찾아서 날아가버렸고, 새 잎이 다투어 돋아나기 시작한 수목도 어둠 속에서 조용히 숨을 고르며 잠을 청하는 듯했다. 모닥불은 거의 꺼졌으나 아직 훈훈한 온기를 내품었다.

기명은 하늘을 올려다보았다. 나뭇가지 사이로 암청색 하늘에 떠 있는 조각달이 보였다. 별도 희끗희끗 보였다. 잔가지가 많은 거목 아래 자리를 잡았으므로 야숙을 해도 밤이슬을 맞을 염려는 없었다. 말은 가까운 풀밭에 매두었다.

샛길 쪽에서 한 아이가 어슬렁거리며 나타났다. 누더기 같은 옷을 입고 박박 깎은 머리에 얼굴이 땟물로 얼룩진 열네댓 살 정도의 사내애였다. 행색을 보니 집 없이 떠돌아다니는 아이 같았는데, 털이 복슬복슬한 강아지 한 마리를 품에 안고 있었다.

"밤바람이 으스스하니까 불 좀 쬐고 가야겠네."

아이는 모닥불 옆으로 오더니 혀 짧은 소리를 하며 더러운 손을 내밀었다. 기명이 불 위에 나뭇가지를 더 얹자, 녀석은 옆에 쭈그리고 앉으며 청했다.

"말안장에 매달려 있는 저 단창 좀 빌려주쇼."

"단창으로 뭘 하려고 그러느냐?"

"배가 출출해서 이 강아지를 잡아먹으려고 그래요. 몽둥이로 때려잡으면 아플 테니까 불쌍하고, 단창으로 목을 푹 찌르면 단번에 죽을 테니까요."

"내 단창은 개 잡는 데 쓰는 게 아니다."

"강아지를 잡아서 모닥불에 구워먹을 생각이니까 앞다리 하나는 형씨 줄께요."

"난 생각 없다. 그 강아지는 어디서 났느냐?"

"임자 없는 들개 새끼요. 어미에게 버림을 받았는지, 나를 보더니 수풀 속에서 반갑게 기어 나와 졸졸 따라오더군."

어느 집에선가 훔쳐온 게 분명하련만, 녀석은 천연덕스럽게 거짓말을 했다. 좀도둑은 어디에나 흔하니까 기명은 더 묻지 않았다.

"히히히……이것도 암놈이라고 배꼽 밑에 조개가 붙어 있네. 동글납작한 자두처럼 생겼어. 그냥 잡아먹기는 아깝잖아? 아무튼 나는 잠잘 곳이 없으니까 여기서 눈을 잠깐 붙이고 가야지."

강아지의 아랫배를 살펴보며 히죽거리던 녀석은 불가에서 한숨 자고 가려는지 허리를 새우처럼 꼬부리고 옆으로 드러누웠다. 얼마 지나지 않아서 녀석은 품에 강아지를 끌어안은 채 코를 골며 잠이 들었다.

기명은 몸을 일으켜서 물이 있는 곳으로 내려갔다. 모자를 벗은 기명은 머리를 감고, 바지를 걷어 올린 뒤 손발도 꼼꼼하게 씻었다. 물이 깊다면 목욕을 했을 것이다.

사냥꾼은 옷과 몸을 항상 청결하게 하는 습관이 있다. 후각이 예민한 야수를 추적하려면 체취와 땀 냄새 등이 풍기지 않아야 하기 때문이다.

씻기를 마치고 물가를 나서던 추령은 말이 투레질하는 소리를 들었다. 그것은 낯선 사람이 접근했다는 신호였다.

맹수가 나타나면 말은 앞발굽으로 땅을 파고 오줌을 질금질금 싸며 겁에 질린 울음소리를 토해낸다. 배가 고프면 주인 옷을 코로 문지르며 흥흥거린다. 아무리 머리가 나쁜 말도 주인을 몰라보지는 않는다. 총명한 말은 다섯 살짜리 아이 정도로 똑똑하다.

기명은 급히 말을 매어 놓은 곳으로 갔다. 한 아이가 말에 올라타고 채찍을 마구 후려치며 도망치는 게 보였다. 조금 전에 강아지를 안고 나타나서 노닥거리다가 모닥불 옆에서 잠이 들었던 녀석이었다. 녀석은 애초부터 말을 훔치려고 나타났던 모양이었다. 코를 골며 잠든 척한 건 기명을 방심하게 하려는 연극이었다.

연신 채찍질을 당하는 말은 별수 없이 껑충껑충 뛰어가고 있었다. 기명은 재빨리 활을 집어들고는 시위에 화살을 먹인 뒤 팽팽하게 당겨서 사내애를 겨누었다. 하지만 어린 녀석을 쏘기가 마음에 걸리는지 잠시 머뭇거렸다. 맹수를 잡는 강궁의 화살은 사람의 목숨을 단발에 빼앗을 수 있다.

이때 한 사내가 샛길에서 말을 타고 나타나더니 녀석을 뒤쫓아 달려갔다. 기명은 활을 내리고 두 사람을 지켜보았다.

좀도둑 녀석은 제법 말을 다룰 줄 알았지만 사내만큼 능숙하지 못했으므로 거리가 점점 가까워졌다. 마침내 사내가 고삐를 잡아채자 말이 앞발을 번쩍 들고, 녀석은 뒤로 벌렁 뒤집혀서 땅바닥에 굴러떨어졌다.

"어이쿠!"

어디가 얼마나 아픈지 우거지상을 한 채 땅바닥에 쓰러져서 일어서지 못하는 녀석을 내려다보며 사내가 말했다.

"말이 세 필이면 좋은 집 한 채를 살 수 있으니 너는 큰 도둑질을 했다. 네가 이제 도둑질 대신 궁궐에 들어가서 내시를 하게 만들어 줄 테니까 바지를 까고 그걸 내밀어라."

녀석은 겁에 질려서 얼굴이 노래졌다.

"나……나는 내시는 하기 싫어요."

"집이 어디냐?"

"집은 없어요."

"네 빡빡머리를 보니까 몽구리(중) 아들 같은데, 목이 짧고 혀 짧은 소리를 하는 걸 보니까 어미가 절에서 자라 고기를 얻어먹고 낳은 모양이구나. 가족은 어디 있느냐?"

"가족이 아무도 없어요."

잔뜩 울상을 한 녀석을 한심하다는 듯 바라보던 사내는 주머니에서 새끼손톱만한 쇄은편(碎銀片) 하나를 꺼내어 던져주었다.

"가지고 가라."

백은은 아무리 작아도 귀하고 가치가 높아서 구리냄새 나는 동전과는 비교가 안 된다. 백은 한 냥쭝은 동전이 일천 닢이고, 두 냥쭝이면 진주 한 알을 살 수 있다. 가난뱅이는 백은이 한 푼만 있어도 부자가 된 것처럼 마음이 뿌듯하다.

녀석은 놀라는 눈치였다.

"왜……돈을 줘요?"

"너를 보니까 옛날의 나를 보는 듯해서 주는 거다."

사내도 옛날에 집 없는 고아로 떠돌아다니며 말도둑질을 했다는 뜻인가.

"그럼 난 가요."

녀석은 아직도 어리벙벙한 기색이었지만, 얼른 쇄은편을 집어들더니 뒤도 안 돌아보고 줄행랑을 쳤다.

사내는 말고삐를 끌고 돌아서서 기명에게로 갔다. 기명은 고삐를 넘겨받으며 사의를 표했다.

"바로 당신이었군. 말을 찾아줘서 고맙소."

"가는 방향이 같아서 혹시 만날지도 모른다고 생각했지. 지나가다 숲속에서 연기가 나기에 그대가 아닐까 싶어서 와 보았소."

이렇게 말하며 하마하는 사내는 바로 계성이었다. 두 사람은 초막에서 하룻밤을 같이 지내고 헤어진 지 며칠 만에 재회를 한 것이다.

계성이 모닥불 옆에 자리를 잡고 앉더니, 한쪽에 놓여 있는 기명의 봇짐을 돌아보았다.

"저걸 요양성에 가서 처분할 모양인데, 어떤 물건이오?"

기명도 모닥불 옆에 앉았다.

"백호피(白虎皮)가 한 장 있소."

"진귀한 물건이로군. 백호를 혼자 잡았소?"

기명의 얼굴에는 쓸쓸한 빛이 스쳐갔다.

"지난겨울에 아버님과 함께 사냥을 했는데, 그때 아버님은 크게 다쳐서 결국 돌아가셨소."

"안 됐군."

항상 눈보라 휘날리는 북방의 동토에 사는 거대한 백호의 모피는 눈처럼 흰 바탕에 회색 줄무늬가 있고, 목의 갈기털이 길고 두어 평이나 될 만큼 크다.

"물건을 거래하는 곳은 있소?"

"정해 놓은 곳은 없소."

"호피는 돈 많은 부호나 고관대작이라야 제값을 지불하고 살 수가 있지. 요양성에 있는 대패륵장(大貝勒莊)을 아오?"

"알기는 하지만, 가보지는 않았소."

"내가 그곳으로 가는 중인데, 매매를 한번 주선해 보리까? 그 장원은 밀렵도 묵인하고 문제 삼지 않으니까."

"그 장원과는 거래하고 싶지 않소."

"그렇군."

턱을 주억거리던 계성이 건너편 둔덕 쪽으로 시선을 던졌다. 그쪽에서는 희미한 말발굽소리가 들려오기 시작하더니, 둔덕길에 수십 명의 무사들이 호위하는 마차가 한 대 나타났다.

"드디어 왔군."

시커먼 그림자 같은 무사들의 행렬을 계성은 유심히 주시했다. 계성이 그 마차와 어떤 관계가 있는 것 같았으므로 기명은 좀 궁금한 눈치였으나, 남의 일을 알 필요가 없다고 생각했는지 묻지는 않았다.

마차의 행렬이 어둠 속으로 사라지고 나자 계성은 자신의 망태를 한번 툭 쳐보았다. 망태 속에는 아란사로부터 받은 청동갑이 들어 있었다. 방금 지나간 마차에는 물론 아란사가 타고 있을 것이다. 계성은 마차의 행로를 따르고 있는 것이다.

계성이 시선을 돌려서 기명을 바라보았다.

"아무튼 요양성까지는 동행합시다. 나도 그리로 가니까."

기명은 싫다고 하지는 않았다. 조금 전에 겪은 것처럼, 예측하기 힘든 노정에 도움이 될 수도 있으니까 동행할 생각이 없지는 않은 모양이었다.

계성이 한가한 이야기를 꺼냈다.

"인가의 굴뚝에서 검정을 칠하고 나온 족제비가 밭고랑에 꼿꼿이 서 있으면 까치가 말뚝인 줄 알고 날아와서 앉는데, 그러면 그녀석이 냉큼 잡아먹는다오. 정말 그렇소?"

"그런 광경은 못 보았소."

"꼬리털로 황모필을 만드는 족제비는 원래 닭을 잘 잡아먹지만, 나무 위의 새알도 훔쳐 먹는다더군. 뱀굴을 파고 들어가서 뱀알도 훔쳐 먹고 말이야. 족제비와 뱀이 싸우면 어느 쪽이 이기오?"

"모르겠소."

"멧돼지는 독사가 물어도 끄덕 않고 앞발로 꽉 밟은 채 아작아작 씹어 먹고는 독에 취해서 기분 좋게 콧노래를 흥얼거리며 잔다 하오. 그렇게 콧노래를 부르며 자는 멧돼지를 잡아보았소?"

"못 잡아보았소."

"멧돼지가 새끼를 많이 낳는 해에는 도토리 알이 굵어진다더군. 호랑이 똥을 본 멧돼지는 깜짝 놀라서 앞뒤를 안 가리고 정신없이 도망치다가 호랑이와 딱 마주친다는데, 그게 사실이오?"

"당신이 박식해서 더 잘 아니까 내가 오히려 배워야겠네."

기명은 픽 웃었다.

문득 계성이 고개를 틀며 귀를 기울였다.

"어디선가 승냥이 울음소리가 들리는 것 같군. 사냥꾼은 황야에서 마주치는 승냥이떼를 매우 싫어한다고 들었는데……"

"수십 마리의 승냥이가 무리를 지어서 한번 지나가면, 사냥할 짐승은 물론이고 들쥐 한 마리 살아남지 못하오. 또한 승냥이는 잡아도 고기를 못 먹고 껍질도 못 쓰니까 전혀 반갑지가 않소."

"승냥이떼가 길게 울부짖는 소리를 들으면 소름이 오싹 끼치지. 그대도 그런 소리를 들으면 두렵소?"

"황야에서 승냥이떼보다 더 두려운 건 사람이오."

"내가 승냥이보다 두렵소?"

"당신은 별로 안 무섭소."

"나는 그대가 무서운데……"

"사람의 모피는 쓸모가 없어서 탐내지 않으니까 염려 마오."

기명은 다시 픽 웃었다. 흰 이를 보이고 웃는 얼굴이 의외로 야수사냥꾼 답지 않게 순박하게 보였다.

둘이 이런저런 이야기를 두런두런 나누는 가운데 밤이 점점 깊어가며 숲속은 더 고즈넉해지고 허연 조각달은 서쪽으로 서서히 기울어갔다.

3. 비국새

요동이 잠잠하면 세상이 조용하고, 요동에 풍운이 일면 천하의 군마가 움직였다고 한다. 요양성은 심양성과 더불어 요동 최대의 대도이자 심장부였다.

재작년(1644년)에 청나라가 명나라를 정복하여 심양성에 있던 청조(淸朝)가 북경으로 천도해 들어갈 때는 수많은 만주인들이 함께 따라 들어갔지만, 전란을 피하고 살 길을 찾아서 요동으로 나온 한인(漢人)들도 무수히 많았다.

청조는 처음에 한족의 요동 이주를 꺼리다가 장려를 했고, 나중에는 금지를 시키는 봉금(封禁)정책을 취했으나 제대로 시행되지 못했다.

그밖에도 몽골인이나 조선인 등 여러 종족이 살고 있는 요양성은 전란 후의 피폐 속에서도 여전히 번잡했다.

만주족은 본래 여덟 가지 색깔의 깃발인 팔기(八旗)에 의해서 모든 남녀노소가 규합되고 조직되어 농사와 수렵과 싸움을 함께 하는 사회였다. 하지만 천하대란이 일어나서 세상이 바뀌자, 여러 종족의 수많은 유망민과 부랑인 등이 이리저리 옮겨다니며 뒤섞이게 되었으므로 만주족의 견고한 조직사회도 그대로 유지될 수 없었다.

요양성의 남문 가까이에는 먹을거리와 옷가지와 일용품을 사고파는 시장까지 생겨서 장사꾼과 손님과 행인들로 붐볐다. 한쪽에는 작은 천막을 세워놓고 술과 음식을 파는 곳도 있었다.

계성과 기명은 천막 안에서 삶은 양고기를 안주로 하여 값싼 백주를 마시고 있었다. 두 사람은 요양성까지 동행해온 길이었다.

"이곳 요양성의 사정을 잘 아오?"

계성이 이렇게 묻자 기명은 머리를 흔들었다.

"몇 번 와 보지 않아서 잘 알지 못하오."

"그럼 이제 어디로 가서 백호피를 처분할 생각이오?"

"사실 좀 막막하오."

"나와 함께 대패륵장에 가봅시다. 직접 거래를 하기 싫으면 내가 대신 팔아줄 테니까."

"당신은 무슨 일로 그곳에 가오?"

"그 장원의 집사와는 예전부터 잘 아는 사이인데, 좋은 약초로 탕제를 만들어 달라는 부탁을 받았소. 그밖에 다른 볼 일도 좀 있지. 내가 뒤따르는 마차가 대패륵장으로 갔으니까."

"그럼 한번 가봅시다."

기명은 그다지 내키지 않는 기색이었지만, 마땅히 찾아갈 만한 곳이 없으므로 결국 계성의 권유를 따르기로 한 모양이었다.

한 젊은 사내가 천막 안으로 들어서더니 옆에 자리를 잡고 앉았다. 그는 정한(精悍)한 인상이었고 허리에는 예도(銳刀)를 차고 있었다. 예도는 세 자 두 치 길이에 환도(還刀)처럼 끝이 뾰족하고 날카로운 칼이다.

사내는 모대주와 돼지간을 주문하고 나서는 계성의 지팡이를 흘 긋 바라보며 중얼거렸다.

"근사한 칼집이로군."

계성의 눈매가 가느스름해지더니 사내에게로 시선을 돌렸다.

"당신은 말투가 약간 다른데, 중원에서 왔소?"

"그렇소. 요동에 들어온 지 얼마 안됐지."

"요즘 중원의 형편은 어떻소?"

"지방마다 사정이 다르지만 형편이 말이 아니오. 천하대란은 겨 우 끝났지만 대기근이 계속되면서, 굶주린 사람들은 초근목피도 구하지 못하여 낡은 말안장과 장화를 삶아먹고 무덤의 해골을 꺼내 어 부수어먹을 정도지. 쌀은 한 말에 백은 다섯 냥까지 치솟았소."

중원에 대한 흉흉한 소문은 요동에까지 들려오고 있었다. 식량 사정이 극도로 나쁜 곳에서는 사람이 두 발 달린 양각양(兩脚羊)이 라고 지칭되며 소금에 절인 인육이 공공연히 매매되고, 자식을 서 로 바꾸어서 잡아먹는 집도 있다고 했다.

어린애 고기는 상품이라서 한 근에 동전 백 닢, 여자와 젊은 사 람 고기는 중품이라서 팔십 닢, 늙은이 고기는 하품이라서 오십 닢에 팔린다는 소문이었다. 사람고기를 많이 먹으면 머리통이 퉁 퉁 붓고 온몸에 열이 나서 결국 뻣뻣하게 굳어지며 죽는다고 하지 만……

"명나라는 완전히 망했소?"

"명조의 유신과 유민들이 남쪽으로 도망가서 황실의 인척인 복 왕(福王)을 옹립하여 새로운 나라를 세웠다고 하지만, 청나라가 정 벌을 계속하고 있으니까 결국 끝장이 나겠지."

재작년 봄에 청나라의 만주팔기군은 만리장성의 산해관을 돌파하여 중원으로 진입했다. 50만 정병을 거느리고 산해관을 지키던 명나라 대장군 오삼계가 항복을 했으므로, 팔기군은 힘들이지 않고 북경까지 단번에 진격하여 자금성을 접수했다.

오삼계가 항복을 한 건 전란 때문에 헤어진 아리따운 기생 때문에 마음이 심란했기 때문이라고 하는데, 틈왕(闖王)이라 불리던 이자성이 백만의 농민반란군을 거느리고 자금성을 점령한 뒤 배후에서 공격을 한 탓이기도 했다.

역부 출신의 반역아로서 세 달 간 자금성을 차지했던 이자성은 만주팔기군이 들이닥치자 금은보화를 수레에 싣고 황망히 도망치다가 촌민들의 곡괭이에 얼굴을 찍혀서 최후를 마쳤다.

이번에는 사내가 물었다.

"당신은 무슨 일을 하오?"

"나는 약초꾼이오."

"내 눈에는 그렇게 보이지 않는군."

"어떻게 보인다는 얘기요?"

"죽음의 강을 건너다니는 뱃사공 같소. 칼잡이라는 뜻이지."

"나는 칼잡이가 아니오."

계성이 이렇게 대꾸하고 일어서자 사내가 엉뚱한 소리를 했다.

"미안하지만 내 술값을 좀 내주겠소?"

"내가 왜 당신 술값을 내야 하오?"

"지금 내 주머니에 돈이 없기 때문이지. 빌려주면 나중에 갚으리다."

계성은 씁쓸한 낯이 되었으나 사내의 술값까지 지불한 뒤 천막을 나섰고 기명도 뒤따라 나왔다.

뒤에 남은 사내는 술을 쭉 들이키더니 돼지간을 우적우적 씹어 먹었다. 그의 얼굴에는 죽음의 강을 건너다니는 뱃사공처럼 음울한 그림자가 어려 있는 것 같았다.

대패륵장은 요양성의 동문 가까이 있었다. 높은 석담 안에 고래 등 같은 저택과 누각 등이 늘어서고 화목이 잘 가꾸어진 정원이 곳곳에 자리 잡은 장원은 크고 웅장했다. 대문에는 여러 명의 수문무사들이 경비를 하고 있어 보통 사람들은 가까이 접근하지 못했다.

장원의 주인은 우릉치 패륵이었다. 패륵이란 청나라 황실과 친인척이 되는 귀족을 일컫는다.

우릉치는 신분이 높을 뿐만 아니라 수많은 사병까지 거느리고 있어 일국의 군왕 못지않게 위세가 당당했다. 목단강과 송화강 일대에 거대한 사금광과 벌목장도 지니고 있어 요동에서 제일가는 거부(巨富)이기도 했다.

경박호에서 가까운 상경용천부에는 소패륵장이라는 장원을 세워서 아들로 하여금 사금광과 벌목장을 관리하게 했다. 금은 채취는 나라에서만 하므로 불법 채금꾼은 잡히면 참수를 당하지만, 우릉치 패륵은 특별한 신분인지라 오래 전부터 사금광을 운영해왔다.

계성과 기명은 대패륵장을 방문하여 집사의 응대를 받았다. 집사는 깐깐한 노인이었지만, 계성과는 잘 아는 사이였고 기명도 반갑게 맞아주었다. 두 사람은 손님이 머물게 되는 영빈사에 들었는데, 다른 방문객이 없어서 넓은 객사가 조용했다.

"우리 패륵님께서 백호피를 보고 매우 좋은 물건이라고 기뻐하셨네. 어딘가에 선물을 하신다며 구입을 하라고 지시하시더군."

우륭치 패륵에게 보고를 하러 갔던 집사가 돌아와서 이렇게 말하자, 기명은 대패륵장에 물건을 넘기는 걸 탐탁하게 여기지 않으면서도 겉으로 내색하지는 않았다.

"물건이 마음에 드신다니 다행입니다."

"다른 물건은 없는가?"

"녹비(鹿皮)가 좀 있지만 흔한 물건이라서 대단치 않습니다."

"자초(紫貂)는 없는가?"

"지금은 없습니다."

검은색 담비가죽인 자초는 녹용 인삼과 더불어 대황의 삼보(三寶)라 불리는 고급 모피였다. 황색 담비가죽도 질은 약간 떨어지지만 훌륭한 모피다. 검은색 수달피 역시 고급 모피다.

집사가 패물낭 하나를 건네주었다.

"백호피값으로 황금 한 냥 반을 준비했는데, 자네 생각은 어떤가?"

"그 정도면 좋습니다."

그런 대로 괜찮은 값이었으므로 기명은 흥정할 생각을 하지 않았다. 떠돌이 밀렵꾼은 돈을 많이 받을 수도 없다. 패물낭 안에는 노랗게 빛나는 금편(金片)이 몇 개 들어 있었다.

금 한 냥쭝은 열 돈이고 백 푼이며, 백은으로는 열 냥의 가치가 있다. 황금 한 냥이면 소금을 열 섬 이상 살 수 있으므로 결코 적은 돈이 아니었다. 보통 사람은 평생 만져보기 어려운 거금이다.

"자네가 앞으로도 우리 대패륵장과 계속 거래를 하면 좋겠네. 원래 밀렵은 법으로 금지되어 있지만, 우리 장원에서 보호를 해주면 아무런 문제가 없지. 주인님께서는 자네가 표범과 곰도 잡아서 표피와 웅담도 얻기를 희망하시네."

"알겠습니다."

"그럼 편히 쉬고 가도록 하게."

백호피 매매는 이렇게 별 문제 없이 이루어졌고, 집사가 나간 뒤 하녀가 주안상을 가져왔다. 술은 찹쌀로 빚은 황주였고, 오리고기와 잉어조림 등이 차려진 주안상은 그런 대로 풍성했다.

계성과 기명은 마주 앉아서 주효를 마시고 먹었다.

술자리가 끝난 뒤, 하룻밤 자고 떠날 예정인 기명은 먼저 잠자리에 들었고 계성은 마루방에서 탕약을 달이기 시작했다.

계성은 만삼과 삼지구엽초 등으로 우륭치 패륵이 복용할 강장보혈제를 만들어 주기로 되어 있었다. 늙은 하녀가 옆에서 화롯불을 살피며 도와주었다.

"어제쯤 이 정원에 예쁜 소녀가 한 명 들어오지 않았소?"

계성이 지나가는 말처럼 이렇게 묻자, 벌레 먹은 배춧잎처럼 얼굴에 검버섯이 거뭇거뭇하게 피어난 노파는 머리를 갸우뚱했다.

"내원의 이층 별당에 한 소녀가 들어오긴 했는데, 예쁜지 밉상인지 얼굴은 제대로 못 봤다오. 왜 그러시우?"

"밖에서 얼핏 스쳐보았는데, 몹시 예쁘기에 해본 소리요."

"쯧쯧! 사내들은 그저 예쁜 여자라면 사족을 못 쓰지."

"정말 그런 모양이오. 이제 나 혼자 해도 되니까 가보구려."

"그럼 수고하시구려."

졸음을 참고 있던 하녀가 입을 쩍 벌리고 하품을 하며 물러가자,

계성은 건넌방 앞으로 가서 문을 가만히 밀어보았다. 문은 안에서 고리가 걸려 있어 열리지 않았다.

계성은 주머니에서 가느다란 철사토막을 꺼내더니 문틈에 넣고 살살 돌렸다. 잠시 후 딸칵, 하는 소리와 함께 고리가 벗겨졌다.

계성은 문을 열고 안으로 들어섰다.

기명은 잠들어 있었다. 계성은 침상으로 다가가서 그녀의 품속으로 가만히 손을 뻗었다. 품속에는 황금 한 냥 반이 든 패물낭이 갈무리되어 있었다.

"황금냄새가 구수하게 풍기는군. 내가 잠시 보관하도록 하지."

계성은 패물낭을 살며시 빼내더니 코에 대고 냄새를 맡아보았다. 그리고는 기명의 젖가슴을 슬쩍 한번 건드려본 뒤 옷자락을 여며주었다. 계성이 그녀를 대패륵장으로 데려온 건 이런 짓을 할 속셈이 있어서였던가.

계성은 마루방으로 돌아와서 패물낭을 자신의 망태에 집어넣고는 영빈사를 나섰다.

하늘에는 이지러진 달이 떠 있었다. 계성은 초소를 지키는 경비무사의 눈을 피해서 내원의 담장을 넘었다. 꽤 높은 담장이었지만 계성은 몸이 날렵해서 어렵지 않게 넘어들어갔다.

후원에는 과연 이층 별당이 하나 보였다. 계성은 어두운 정원의 화목 사이에 숨어서 별당을 살펴보았다. 일층은 불빛이 없었고 현관문도 닫혀 있었다. 이층 창문에는 불빛이 보였다. 휘장이 드리워진 창문은 닫힌 채여서 안에 누가 있는지 알 수 없었다.

계성은 작은 돌멩이를 하나 집어서 창문으로 휙 던졌다. 돌멩이가 탁, 하는 소리를 내며 창문을 맞추었다. 그러자 창문이 스르르 열리더니 한 소녀가 모습을 나타냈다. 역광을 받아서 분명히 보이지는 않아도 얼굴이 희고 단아한 소녀였다.

그녀는 뒤뜰을 유심히 살펴보았으나 아무것도 발견하지 못하자 돌아서서 사라졌다. 창문은 닫지 않아서 하늘색 비단 휘장이 밤바람에 살랑살랑 흔들렸다.

계성은 별당 옆에 서 있는 노송에 시선을 던졌다. 노송의 높은 가지가 이층 창문 가까이 늘어져 있어, 잘 이용하면 별당 안으로 침투할 수 있을 것 같았다.

계성은 곧 그리로 가서 노송을 타고 위로 오르기 시작했다. 경쾌하고 민첩한 동작이었다. 노송의 윗가지에 이른 계성은 창문을 향해 조심스레 접근했다. 몸무게 때문에 나뭇가지가 부러질 듯 축 늘어져서 위태위태했지만 가만가만 다가갔다.

창문이 가까워지자 계성은 휘장 틈으로 실내를 들여다보았다. 방 안에는 그 소녀가 침상에 혼자 앉아 있었다. 계성과 시선이 마주치자 그녀는 눈을 크게 떴다. 그녀는 바로 마차에서 만났던 아란사였다. 그녀는 대패륵장에 잡혀와 있었던 것이다.

계성은 가볍게 몸을 날려서 창문턱으로 뛰어내린 뒤, 안으로 재빨리 들어섰다. 아란사는 반색을 하며 몸을 일으켰다.

"바로 당신이었군요!"

"내가 누구인 줄 알겠니?"

"그럼요. 눈을 보면 알아요."

아란사는 지난번에 시커먼 천으로 얼굴을 가리고 마차에 침투했던 계성을 금방 알아보았다.

그녀는 방문으로 가서 고리를 걸어 잠그고는 불을 껐다. 실내는 어두워졌지만 창문으로 달빛이 비쳐들어서 아주 캄캄하지는 않았다. 그녀가 어둠 속에서 눈동자를 샛별처럼 반짝이며 속삭였다.

"당신을 기다리긴 했지만, 여기까지 찾아올 줄은 몰랐어요. 물론 나를 구해주려고 왔겠죠?"

"그렇다."

"복도에는 나를 감시하는 무사가 왔다갔다 하는데, 밧줄을 구하여 창문에 늘어뜨려서 타고 내려간 뒤 도망치면 어떨까요?"

"장원의 경비가 엄해서 지금 당장은 탈출하기 어렵다. 하지만 내가 기회를 보아서 꼭 구출해 주마."

"좋은 방법이 있나요?"

"나는 여기에 손님으로 왔으니까 어떤 방법이 있을 거야."

아란사의 눈이 동그래졌다.

"도둑이 어떻게 손님으로 왔죠?"

"원래 도둑을 밤손님이라고 하지."

계성은 침상에 걸터앉더니 지난번에 그녀로부터 받은 청동갑을 품속에서 꺼내서 뚜껑을 열었다. 안에는 시커먼 오석으로 깎은 인장 같은 물건이 그대로 들어 있었다.

"아무리 보아도 이게 뭔지 모르겠더라. 도대체 이게 뭐냐?"

"당신은 뭔지 몰라도 돼요. 잘 간수하고 있다가 나를 구출한 뒤 돌려주면 되니까."

"뭔지 알아야 간수를 잘 할 게 아니냐?"

그녀는 맑은 눈길로 잠시 계성을 주시하더니 나직이 말했다.

"그럼 내가 이야기를 해줄 테니까 다른 사람한테 말하면 절대 안 돼요. 혼자만 알고 있어요."

"알았다. 아무에게도 말 안 할게."

"그건 비국새예요. 세상이 모르게 숨겨진 국새죠."

"비국새……"

"북방에서는 옛날부터 세 발 달린 까마귀가 하늘의 조화를 알고 해를 삼키기도 하고 저승까지도 오가는 영험한 새라고 믿었대요. 그래서 그 비국새의 손잡이에 세 발 달린 까마귀를 새겼으므로 삼족오국새(三足烏國璽)라고도 하죠."

계성은 새삼스레 인장을 유심히 살펴보았다.

"이 시커먼 새가 삼족오란 말이지? 하긴 시커먼 새의 다리가 세 개구나. 그런데 이게 도대체 어느 나라 국새냐?"

"대진국(大震國)의 국새예요."

"대진국이라면……"

"옛날에 멸망한 발해죠. 바닥에 새긴 인문은 대진국황제(大震國皇帝)예요. 나는 알아볼 수 없지만 우리 할아버지가 그랬어요."

"아주 오래 묵은 골동품이로군."

"소중한 보물이니까 잘 간수해야 돼요. 할아버지와 내가 반년 이상이나 경박폭포를 수색해서 찾아냈으니까요."

"그래? 그런데 이걸 보면 난 아주 괴상한 느낌이 들더라. 새가 살아서 날개를 퍼덕이며 노려보는 것 같아서 가슴이 서늘해진다."

"비국새가 영기를 지니고 있기 때문이에요. 혼백을 지니고 있다는 뜻이죠."

"귀신이 씌인 물건이라는 뜻이냐?"

"사실은 나도 잘 몰라요. 아무튼 비국새를 보면 나는 마치 심혼이 끌려드는 듯해요."

"듣고 보니 더 이상한 느낌이 드는구나. 너는 이 비국새를 어디에 쓸 작정이냐?"

"나중에 이야기해줄께요. 아주 경이로운 비밀이 있어요. 비국새는 천기(天機)를 품고 있어요."

"좀 거창한 얘기로구나. 무슨 비밀인지 은근히 궁금하군. 아무튼 물건은 잘 간수할 테니까 걱정하지 말아라."

괴상한 귀물(鬼物) 같은 느낌을 주지만, 명색이 국새라니까 임자를 찾아서 잘 팔면 예상보다 돈을 더 많이 받겠군. 속으로 이렇게 중얼거리며 계성은 청동갑을 도로 품속에 간직하고 나서는 다시 물었다.

"너는 집이 경박호 가까이에 있는 모양인데, 조부는 뭐 하는 사람이냐? 다른 가족은 없느냐?"

아란사의 얼굴에는 쓸쓸한 빛이 나타났다.

"할아버지는 경박호에서 어부 노릇을 했지만, 원래는 조선의 선가(仙家) 출신이고 노선생이라 불렸는데 십여 일 전에 변사를 당하여 세상을 떠나셨어요. 다른 가족은 없어요."

"나는 선가에 대해서 잘 모르지만, 조부가 보통 사람이 아닌 모양인데 안 됐구나. 너는 어떻게 하다가 여기까지 끌려왔지?"

"비국새를 노리는 자들에게 쫓기다가 우연히 대패륵장의 무사들에게로 도망쳤는데, 그들이 무조건 나를 납치해서 끌고 왔어요."

"아마 네가 뛰어나게 예쁜 탓으로 잡혀왔을 거야. 우륭치 패륵이 워낙 미인을 좋아하니까 말이다."

이렇게 말한 계성이 넌지시 물었다.

"여기 와서 우륭치 패륵과 동침을 했느냐?"

"안 했어요."

"다른 남자와 같이 자본 적은 있느냐?"

"없어요."

"그렇다면 아직 개포(開苞)하지 않고 얌전하게 입을 다물고 있는 배꼽 밑의 그 꽃봉오리가 아주 깨끗하겠구나. 물론 파과(破瓜)는 옛날에 했겠지? 첫 경도 말이다."

아란사가 눈을 살짝 흘기고 나서는 물었다.

"당신은 손님이라고 했는데, 지금 어디에 머물고 있어요?"

"나는 약초꾼으로서 외채의 영빈사에 머물며 우릉치 패륵이 복용할 탕제를 만들고 있다."

"도둑이 아니고 약초꾼이에요?"

"본업과 부업이 있지."

아란사는 거듭 물었다.

"당신은 조선 출신이죠? 옛날에 노예로 끌려왔어요?"

"그렇다."

"정말 혼인을 안 했어요?"

"아직 못 했어."

"불쌍한 노총각이네. 하긴 노예 출신의 도둑에게 시집올 여자가 흔치는 않겠지."

아란사는 이제 조선말을 하며 동정하는 빛을 보였다. 계성은 불현듯 욕심이 동한 듯 슬며시 그녀의 손을 잡았다.

"너를 만났으니 이제 처량한 노총각 신세도 끝났다. 호색하는 우릉치 패륵이 결코 너를 그냥 두고 보지는 않을 텐데, 아예 오늘밤에 나랑 같이 자자. 너를 구해주면 내 색시가 되기로 했으니까, 미리 개포를 하마.”

“난 내년이 되기 전에는 남자랑 동침할 수 없어요.”

“그건 무엇 때문이냐?”

“나는 18살이 되기 전에 남자와 동침하면 죽는대요. 우리 할머니가 그랬어요.”

“그럴 리가……”

“할머니는 오래 전에 돌아가셨지만, 영통한 살만(薩滿:샤먼)이라서 사람들의 생사나 남녀관계를 귀신처럼 알아맞혔어요. 할아버지는 사람의 삶과 죽음이 손등과 손바닥처럼 하나라서 물과 얼음처럼 서로 바뀔 뿐이라고 했지만, 아무리 그래도 나는 이 세상에서 더 살고 싶어요. 하긴 뭐 조부모님이 다 돌아가셨으니까 나 역시 저 세상으로 가도 크게 아쉬워하거나 슬퍼할 필요는 없겠지만요.”

특이한 조부모 탓인지 아란사는 어린 나이에도 불구하고 생사에 반쯤 초탈한 듯 보였다. 전번에 보였던 얼굴의 슬픈 그늘도 어느덧 사라진 것 같았다. 계성이 슬며시 그녀의 허리를 끌어안았다.

“그럼 진짜 동침은 내년에 하고, 오늘은 그냥 안고 자도록 하자. 젖가슴이나 엉덩이를 좀 만져볼 수는 있겠지?”

“꾹 참았다가 내년에 실컷 만져요. 그때면 내 젖가슴과 엉덩이가 더 크고 팽팽해질 테니까 당신도 흡족할 거예요.”

“네가 정말 나를 못 견디게 하는구나.”

계성은 참을 수 없다는 듯 그녀를 꽉 끌어안았다. 이때 복도에서 방문을 쿵쿵 두드리는 소리가 들렸다. 계성은 흠칫 놀랐다.

“누구지?”

“저기로 가서 숨어요.”

아란사가 침상 뒤쪽을 가리켰다. 계성은 얼른 침상 뒤로 돌아가서 몸을 낮추어 숨었다.

아란사가 문고리를 열자 공단 호복을 입고, 앞머리는 깎고 뒷머리를 세 갈래로 땋아서 변발을 한 초로인이 들어섰다. 기름기가 번지르르하게 흐르는 얼굴에 몸이 비대한 그는 실내를 한번 둘러보더니 아란사에게 시선을 던졌다.

"별일 없느냐?"

아란사가 미미하게 고개를 끄덕이자 그가 말했다.

"너는 나흘 후에 자금성이 있는 북경으로 출발한다. 앞으로 너는 섭정왕 전하를 모시게 될 것이다. 너는 전하를 뵙게 되면 언행을 각별히 조심하여 실수가 없도록 해라. 그러면 더 없는 부귀영화를 누리게 되리라."

침상 뒤에 숨어 있는 계성은 그가 바로 우룽치 패륵이라는 걸 알아차렸고, 그가 한 말에 내심 놀랐다.

청나라 황제는 여덟 살의 코흘리개였으므로 숙부인 돌곤이 섭정을 맡고 있었다. 돌곤은 지난 병자년의 조선 정벌에 용골대와 마부대 등을 거느리고 참전했고, 만주팔기군을 거느리고 자금성을 접수하여 명나라를 정복했다.

그는 친형인 청태종 홍타이시가 죽은 뒤 그의 후비와 며느리를 차지하고, 미인들을 보는 대로 취하는 등 매우 호색한다는 소문이었고, 조선에서도 미인을 차출하여 첩으로 맞기도 했다.

우룽치가 자금성의 실권자인 섭정왕 돌곤에게 아란사를 보내려는 건 무언가 속셈이 있기 때문이리라. 뛰어난 미인은 자고로 황금보다 더욱 효력이 좋은 뇌물이 될 수 있다.

우륭치는 몸을 돌렸다.

"그럼 먼 여행을 떠나기 전에 편히 쉬도록 해라."

그가 방을 나가자 아란사는 방문을 도로 잠갔다. 침상 뒤에서 나온 계성은 한결 밝아진 얼굴이었다.

"네가 북경으로 간다니 오히려 잘 됐다. 네가 일단 장원 밖으로 나가면, 내가 친구들과 함께 손을 써서 구해내마."

"친구들이 많아요?"

"심양성에 가면 꽤 많지."

"당신은 나보다도 사금포를 노릴 생각이죠? 이번에 황금도 뇌물로서 북경으로 갈 가능성이 크니까 말이에요."

계성은 부인하지 않았다.

"사실 내가 이곳을 찾아온 건 사금포 때문이다. 하지만 너도 북경으로 보낼 생각은 없다. 내가 반드시 구출해 주마."

"아마도 목숨을 걸어야 할 텐데요?"

"나는 항상 목숨을 걸고 살아간다."

"그럼 좋아요. 나는 당신만 믿겠어요."

"그 약속은 반드시 지킬 거지?"

"무슨 약속 말이에요?"

"너를 나한테 주기로 했잖냐?"

"알았어요. 줄께요."

"약속을 확인하는 의미에서 입 한번 맞추자."

계성은 다짜고짜 그녀의 양 볼을 잡고 입술을 겹치더니 삼켜버릴 듯 쭉 빨았다. 아란사는 팔을 힘껏 뻗쳐서 계성을 밀어내고는 아미를 찡그리며 손등으로 입술을 훔쳐냈다.

“당신은 진짜 도둑 같아요.”

계성이 문득 그녀의 기색을 유심히 살펴보았다.

“너 혹시 도둑의 색시가 되기는 싫으니까, 자금성에 갈 생각이 든 건 아니냐? 이 세상에서 제일 웅장하고 호화로운 황궁인 자금성은 방이 9999개이고, 황제의 수라상에는 매일 산해진미의 요리가 99가지씩 나온다더라. 만약 섭정왕의 여자가 되면 기막히게 맛있는 여러 가지 요리를 배꼽이 튀어나오도록 매일 먹을 수 있겠지.”

아란사는 결연한 빛을 보였다.

“요리 따위는 문제가 아니에요. 나는 비국새를 가지고 경박호로 돌아가서 꼭 해야 할 일이 있어요. 그렇지 못하면 나는 아침이슬처럼 덧없이 사라질 거예요.”

“너는 이상한 말을 잘 하는구나. 아무튼 알았다. 나는 탕약을 끓여야 되므로 이만 갈 테니까 푹 쉬어라.”

“들키지 않게 조심해서 가요.”

“남몰래 숨어서 돌아다니는 건 내 전문이니까 걱정 마라.”

“참! 당신은 곧 첫사랑을 만날 것 같은 예감이 들어요.”

“첫사랑……”

창가로 가던 계성은 멈칫했다.

“그녀는 아름다운 마차를 타고 나타날 거예요.”

“그렇다면 한번 만나 보지 뭐.”

터무니없는 뚱딴지같은 이야기였으므로 계성은 건성으로 대꾸하고 창문에서 뛰어내렸다. 이층이 꽤 높았지만 계성은 고양이처럼 가볍게 착지했다. 그런데 이 순간 어두운 정원에서 사람의 그림자 하나가 슬쩍 모습을 감추는 느낌이 들었다. 하지만 그쪽을 유심히 살펴보아도 사람은 눈에 띄지 않았다.

계성은 지체하는 게 좋지 않다고 생각하자 담장으로 접근하여 재빨리 타고 넘어갔다.

계성이 사라지자 아란사는 창문을 닫고 휘장을 드리웠다. 뒤뜰에 서 있는 석등의 불빛만이 희미하게 깜박거리는 가운데 별당은 이제 심야의 적막 속으로 잠겨들었다.

4. 내력

아침에 일어난 기명은 패물낭이 없어진 사실을 알아차렸다. 잠자리에 들 때 분명히 품속에 넣었는데 감쪽같이 없어진 것이다. 자기 전에 걸었던 방문의 고리도 벗겨져 있었다. 황금 한 냥 반을 도둑맞았다는 걸 알고 당황한 그녀는 마루방으로 계성을 찾아갔다.

"집사에게 받은 돈이 없어졌소. 누가 훔쳐간 것 같소."

"이런 대장원에도 도둑이 들어오는 모양이군. 하긴 요즘은 세상이 어수선해서 간덩이가 커진 도둑이 도처에 흔하니까."

탕약을 달이던 계성은 자기 망태 속에 패물낭이 들어 있으면서도 시침을 떼었다. 기명은 낭패감을 감추지 못했다. 누가 훔쳐갔는지 아무런 단서도 없으니 패물낭을 어디 가서 찾는단 말인가.

계성은 짐짓 걱정하는 빛을 보였다.

"일이 아주 난처하게 됐구려. 집사에게 도둑을 맞았다고 하면, 대패륵장을 모욕한다고 오히려 화를 낼 테니까 말이오. 돈을 또 받아내려고 수작을 부린다고 할지도 모르지."

아닌 게 아니라 기명은 집사에게 하소연할 처지도 못되었으므로 어떻게 해야 할지를 몰랐다. 낭패감을 넘어서 암담한 기분이었다.

그녀의 기색을 슬쩍 살펴본 계성이 넌지시 제의를 했다.

"좋은 돈벌이가 있는데 같이 해보겠소? 잃어버린 돈을 충분히 보충할 수 있는 일인데……"

"무슨 돈벌이요?"

"대패륵장이 이번에 경박호 가까이에서 아란사라는 보기 드문 미소녀를 납치해왔소. 그녀를 빼내어 팔면 큰 돈벌이가 될 거요. 호색하는 부자들은 물 좋고 때깔 좋은 미소녀를 보면 돈을 안 아끼고 사들이니까 말이오."

기명은 어이없는 얼굴이 되었다.

"당신은 그런 속셈이 있어서 이 장원을 찾아왔소?"

"사실 그렇다고 할 수 있지."

"당신은 약초꾼이라고 하더니 진짜 정체가 뭐요?"

"요즘은 약초 캐는 철이 아니니까 다른 일을 좀 하는 것뿐이오. 빚을 받아내는 일이라고나 할까."

"무슨 빚이오?"

"대패륵장은 본래 호란 때부터 우리 조선인들의 원수가 아니오? 그대가 대패륵장을 싫어하는 것도 그 때문이잖소? 대패륵장과 나는 개인적인 악연도 있으니까, 무언가를 훔치거나 빼내면 묵은 빚을 약간 받아내는 셈이지."

우룽치 패륵은 지난 병자년의 조선 정벌 때, 청조에 많은 재물을 전비(戰費)로 내고 수천 명의 포로를 보상으로 받았다. 그리하여 포로들을 광대한 사금광과 벌목장에 투입하여 강제 노역을 시켰다.

이러한 노예들은 가축이나 다름없이 매매를 하고 생사까지 마음대로 좌우했다. 청나라는 노예제도를 폐지했지만, 세력 있는 귀족과 호족들의 사노(私奴)는 여전히 없어지지 않고 있었다.

"아무리 그렇다고 해도 난 그런 일은 하고 싶지 않소."

"황금 한 냥 반을 잃어버리고 그냥 떠나겠다는 거요?"

"하지만……"

"내가 패물낭을 찾아볼 테니까 좀 기다려보오."

"무언가 짚이는 일이라도 있소?"

"아무튼 며칠만 기다려보오. 내가 틀림없이 찾아줄 테니까."

기명은 뭐라고 더 말하지 못했다. 계성을 꼭 믿는 건 아니지만 많은 돈을 잃어버리고 그냥 떠날 수는 없으니 일단 기다려보는 도리밖에 없었다.

봄이 무르익었지만 콩알만한 살구는 아직 파릇파릇했다. 한여름이 지나야 살구는 주황색으로 탐스럽게 익는다. 비바람이 몰아치면 채 익지 않은 살구가 아깝게 우수수 떨어진다.

탕약을 달이다가 바람을 쐬려고 뒤뜰로 나온 계성이 살구나무 아래를 천천히 거닐고 있을 때, 건너편 별채에서 한 사내가 모습을 나타냈다. 뜻밖에도 그는 지난번에 시장의 천막주점에서 기명과 함께 술을 마시던 중 만났던 사내였다.

허리춤에 예도를 차고 있는 그가 다가오며 말을 건넸다.

"당신을 여기서 다시 만나는군."

"여긴 웬일이오?"

"이 장원에서 칼잡이를 쓰지 않을까 하여 찾아왔는데, 마침 집사가 적당한 일을 주겠다고 하기에 머물게 되었소."

대패특장에는 무사들이 많은데, 집사가 뜨내기 칼잡이를 고용하여 무슨 일을 시키려는 것일까. 계성은 의아하게 여겨졌지만 자신과 관계없는 일이므로 내색은 하지 않았다.

사내가 물었다.

"당신은 여기서 무슨 일을 하오?"

"탕제를 만들고 있소."

"약초꾼이라고 하더니 그런 일도 하는 모양이군. 아마도 본업이 아닌 부업이겠지."

"……"

"내가 칼잡이가 된 내력을 한번 들어보겠소?"

"들어봅시다."

사내가 느닷없이 신상내력을 들려주려는 이유를 몰랐지만, 계성이 굳이 거절하지 않자 그는 이야기를 시작했다.

"중원대륙은 원래 전란과 재난과 기근이 그치지 않는 땅이지만, 내가 어릴 때도 여러 해나 지독한 흉년이 들어서 살기가 무척 어려웠소. 굶기를 밥 먹듯 했지. 그래서 어느 날 어머니가 한 부잣집에서 푼돈 몇 닢을 받고 허드레 일을 해주다가 비지를 한 바가지 훔쳐왔소. 어머니는 헐레벌떡 들어오더니 바가지를 내밀며 우리 남매에게 빨리 먹으라고 하더군. 이때 뒤따라 들이닥친 부잣집의 하인이 도둑년이라고 소리를 지르며 어머니를 발길로 마구 걷어찼소. 어머니는 비명도 못 지르고 고꾸라졌지."

계성은 묵묵히 들었고 사내의 이야기가 계속 되었다.

"하인이 가버린 뒤 어머니는 어서 비지를 먹으라고 재촉하더군. 무서워서 새파랗게 질려 있던 나와 여동생은 깨어진 바가지 속에서 비지를 움켜쥐어 허겁지겁 입으로 집어넣었지. 풋비린내나는 비지를 한참 먹다보니까 어머니는 죽었더군."

"……"

"그 후에 나는 비럭질을 해서 연명을 했는데, 어느 날 굶주린 여동생이 진흙을 파먹고 배가 굳어서 죽어버렸소. 내가 구걸한 밥으로 혼자 배를 채우고 여동생은 주지 않았기 때문이지. 그 뒤 떠돌이로 성장하며 나는 칼을 잡았소. 처음에는 작은 칼을 잡았지만 나중에는 큰 칼을 잡게 되었지. 이게 나의 간단한 내력이오. 이름은 차일기라고 하지."

계성이 비로소 입을 열었다.

"그런 이야기를 나에게 들려주는 이유가 뭐요?"

"당신의 내력을 알고 싶기 때문이오. 당신도 나와 흡사한 칼잡이로서의 내력이 있겠지?"

"나는 칼잡이가 아니고 들려줄 내력도 없소."

"말하기 싫다면 그만두오. 그런데 당신은 어제 밤늦게 어디를 다녀왔소? 도둑처럼 남의 눈을 피해서 말이오."

계성은 가슴이 뜨끔했다. 아란사를 만나려고 내원에 침투했던 일을 아는 모양이었다. 그러고 보면 그때 어두운 정원에서 본 사람 그림자는 차일기였던 것 같았다. 그는 왜 정원에 숨어 있다가 슬쩍 사라진 것일까. 내심 의혹을 느꼈지만 거기 대해서 캐물을 처지가 아닌 계성이 대꾸하지 않고 발길을 돌리자, 차일기는 뒤에서 괴이한 웃음을 흘려냈다.

"후후후……그것도 말하기 싫소? 몰래 숨겨 놓은 여자라도 만난 모양이군."

아란사를 만난 사실도 그는 눈치 챈 듯했다. 계성은 아무래도 차일기가 불길한 사내로 여겨졌다. 중원의 전란을 피하여 요동으로 들어온 유랑인이라고 해도 정체가 불투명하여 꺼림칙했다. 이목이 예리한데다가 실력이 상당한 칼잡이로 보였으므로 더욱 그랬다.

마루로 들어온 계성은 화로에 부채질을 하며, 자신도 모르게 과거 속으로 빠져들어갔다. 계성도 지나온 내력이 없을 수 없었다.

지난 병자년에 청태종 홍타이시는 15만의 만주철기군을 거느리고 조선을 침공했다.

그 전에 홍타이시는 요동을 비롯한 대황 땅을 만주로 제정했고, 몽골을 굴복시켜서 원나라 전국새(傳國璽)를 차지한 뒤, 그 추장들로부터 신성영무칸(神聖英武汗)으로 추대될 만큼 세력이 커진 터였다. 그리하여 그는 명나라를 칠 야심이 생겼으므로 배후에 있는 조선을 먼저 쳤다.

조선이 명나라에 대한 모화(慕華)에 사로잡혀서 청나라를 오랑캐라고 무시한 탓도 있었다. 또한 청나라의 인구가 적은 걸 아쉬워하던 홍타이시는 최소한 수십만 명의 조선인을 포로로 사로잡아가려는 속셈을 지녔었다.

고질적인 당쟁에 빠져 있는데다가 임금마저 영민하지 못했던 조선은 호란에 제대로 대처하지 못했다.

홍타이시는 조선 땅을 마구 유린하고 짓밟은 뒤, 남한산성으로 도망친 인조(仁祖)를 끌어내서 꿇어앉히고 세 번 절하고 아홉 번 머리 조아리게 하는 치욕적인 항복을 안겨주었다. 이런 이유로 조선의 사대부는 홍타이시를 증오하여 홍태시(紅泰豕)라 불렀는데, 그것은 붉고 큰 돼지라는 뜻이었다.

당시 청나라가 조선에 강요한 세폐는 황금 백 냥과 백은 천 냥 그리고 쌀 만 가마 등이었다. 또한 이 정벌을 통해서 청나라는 조선의 남녀들을 닥치는 대로 사로잡아서 수십만 명을 요동으로 끌고 왔다. 소현세자와 봉림대군과 비빈들도 인질로 잡혀왔다.

당시 노예로 끌려온 조선인들은 농지개간이나 삼림벌채나 성곽 축조 등 험난한 노역에 투입되었고, 젊은 장정들은 만주팔기군에 편입되었다.

매매하는 노예는 귀를 뚫어서 삼노끈에 꿰어 끌고다녔고, 도망치다가 잡히면 발뒤꿈치를 잘라버리거나 〈奴〉라는 먹물글자를 평생 지울 수 없도록 이마에 새기는 묵형을 가했다.

심양성에는 거대한 노예시장이 개설되어 포로들을 가축처럼 사고팔았다. 포로는 누구나 발가벗겨서 발바닥과 이빨을 검사했고, 여자는 가슴과 음부도 조사했다.

젊고 튼튼한 노예는 말 다섯 필 값 이상으로 매매되었고, 용모가 뛰어난 여자는 더욱 비쌌다. 어린 소녀는 몸을 범해서 길을 들이면 도망치지 않고 순종한다고 해서 선호되었다.

청나라는 전쟁에서 사로잡은 한족도 노예로 삼아서 그 숫자가 백만을 넘은 적도 있었지만, 그들은 게으르고 불결하다고 하여 값이 쌌다.

호란이 끝난 후 조선인들은 속(贖)이라는 돈을 지불하고 겨우 고향으로 돌아가기 시작했지만, 모두 귀향을 한 건 아니었다. 강제노역에 시달리다가 굶주림과 질병과 형벌로 죽어간 사람들이 무수히 많았고, 높은 속가를 지불하지 못하여 노예 신세를 면치 못한 사람도 부지기수였다. 청병의 선봉이었던 몽골군에 끌려간 포로는 얼마나 되는지 알 수도 없고 속환도 되지 않았다.

여자들은 청병들의 노리개가 되었으므로, 능욕을 당한 뒤 스스로 목숨을 끊거나 창기로 팔려다니는 경우도 허다했다. 고향을 그리며 애절하게 울던 그 여인들은 소쩍새라 불렸다. 나중에 고향으로 돌아간 여인들은 오랑캐에게 몸을 버린 화냥년(還鄕女)이라 불리며 경멸과 배척을 받았다. 이들에게서 태어난 아이는 호로자식(胡種子)이라 불렸다.

계성의 고향은 함길도(함경도)였고 평범한 농사꾼 집안 출신이었는데, 모친은 일찍이 병으로 죽었고 누이는 호란 때 청병에게 끌려가서 능욕을 당한 뒤 자결했고 부친도 청병에게 목숨을 잃었다.

어느 날 집에 들이닥친 청병이 누이를 잡아갔는데, 며칠 후에 만신창이가 된 몸으로 도망친 누이는 강에 뛰어들어서 스스로 목숨을 끊었다.

청병들이 다시 나타나서 계성을 노예로 잡아가려고 하자, 부친은 그들을 가로막으며 아들에게 빨리 도망치라고 소리쳤다. 청병이 칼을 뽑아서 부친을 내리치는 광경을 보았지만, 계성은 겁에 질린 채 정신없이 도망을 쳤다.

밤새도록 산속에 숨어 있던 계성이 아침에 돌아와 보니 집은 불타서 잿더미가 되었고, 부친의 시신도 함께 타서 뼛조각만 남아 있었다.

부친의 유골을 뒤뜰에 묻은 계성은 오래도록 흐느껴 울고 난 뒤, 청병에게 복수를 하기 위하여 백마산성을 찾아갔다. 백마산성은 임경업 장군이 있던 곳이었다.

의주부윤 겸 청북방어사였던 임경업은 청병에 맞서서 산성을 굳게 지켜냈고, 명나라와 손을 잡고 청나라를 도모할 계획까지 세웠던 명장이었다. 하지만 그는 훗날 명나라 대장군 홍승주의 배반에 의해서 청나라에 사로잡혔고, 조선으로 압송된 뒤에는 모반에 연루되어 인조의 친국을 받고 장살(杖殺)로 최후를 맞이한다.

백마산성에서는 어리지만 당찬 계성을 기특하게 여기고 군영과 관서를 오가는 연락 심부름을 시켰다.

계성은 열심히 임무를 수행했으나 결국은 청병에게 걸려서 사로잡히고 말았다. 그리하여 다른 수많은 노예들과 함께 요동으로 끌려오는 신세가 되었다.

산하가 꽁꽁 얼어붙은 겨울에 누더기를 걸치고 맨발로 천리 길을 끌려오며, 계성은 끔찍하고 참혹한 지옥의 고통과 절망을 뼛속 깊이 맛보고 겪었다.

그 뒤 노예가 된 계성이 정착하게 된 곳이 바로 대패륵장이었다. 긴 악연의 시작이었다고나 할까. 하지만 계성은 이 장원에서 한 계집애 덕분에 탈출을 할 수 있었다.

대패륵장에서 노예로 잡일을 하던 어느 날, 한 무사가 계성을 골방으로 끌고가더니 다짜고짜 바지를 벗기려 했다. 그는 어린 사내들을 상대로 남색을 즐기는 자였다.

계성은 발길로 무사의 배를 힘껏 걷어찼다. 비록 어리다고 해도 계성은 힘이 좋았으므로 느닷없이 일격을 당한 무사는 벌렁 뒤집혀서 거꾸러졌다.

계성은 능욕을 면했지만 거꾸러졌던 무사가 벌떡 일어나서 칼을 뽑아들자 황망히 도망을 쳤다. 잡히면 그대로 목숨을 잃거나 반쯤 죽도록 매질을 당할 것이다.

무사들이 경비를 하고 있는 대문이나 후문으로 도망칠 수는 없었으므로 계성은 무작정 저택 쪽으로 달려갔다. 그러나 저택으로 뛰어드는 건 고양이에게 쫓긴 쥐가 항아리로 들어가는 것과 같다.

이때 한 계집애가 앞에 나타나더니 따라오라고 손짓을 했다. 열두어 살의 어린 계집애였다. 계성은 앞뒤를 생각할 겨를도 없이 계집애를 따라서 한 창고로 들어갔는데, 그곳에는 사다리가 있었다. 계집애가 사다리를 가리키자 계성은 무슨 뜻인지 알아차렸다.

계성은 곧 사다리를 들고 창고를 나서서 한쪽 담장에 걸쳐놓고 위로 올라갔다. 그런데 뜻밖에도 계집애가 뒤따라 사다리를 올라왔다.

계성은 비로소 그 계집애도 도망치려는 걸 알고 내심 놀랐다. 좋은 공단 옷을 입은 걸로 보아서 장주의 가족 같은데, 왜 도망을 치려는 것일까.

계성은 이유를 물어볼 틈도 없이 계집애의 손을 잡고 담장 밖으로 뛰어내렸지만, 무사들이 발견하고 크게 소리쳤다.

"거기 멈춰라!"

높은 담장에서 뛰어내린 계성과 계집애는 다리가 부러진 듯 아픈 것도 깨닫지 못하고 야산 쪽으로 도망을 쳤다. 하지만 여러 명의 무사들이 밖으로 뛰어나와서 추격을 해왔다.

계성은 계집애의 팔을 잡아끌며 계속 달렸으나 무사들과의 거리가 점점 좁혀졌다.

산기슭 가까이 이르자 계성은 더 도망칠 수 없다고 생각하고 한쪽 수풀 속으로 뛰어들었다. 둘이 무성한 수풀 속에 납작 엎드려서 몸을 숨기자 무사들은 미처 보지 못하고 옆으로 달려갔지만, 뒤따라온 몇 명이 수풀 쪽으로 다가오며 소리쳤다.

"여기를 수색해보자!"

수색을 하면 발각이 될 게 분명하므로 계성은 당황하여 얼굴이 노래졌다. 그러자 계집애가 손으로 한쪽을 가리키며 소곤거렸다.

"내가 저쪽으로 뛰어갈 테니까 오빠는 반대쪽으로 도망쳐. 나는 잡혀도 괜찮으니까 오빠 혼자 도망쳐."

계집애는 만주어를 해서 말이 잘 통하지 않았지만 눈치를 보니까 그런 뜻이었다. 계집애는 잡혀도 무사들이 어쩌지 못할 거라고 생각하여 계성에게 살 길을 만들어 주려는 것이다. 계집애는 나이가 어렸지만 아주 총명했고, 갸름한 얼굴이 예쁘장했다.

"네 이름이 뭐냐? 나는 계성이야."

"나는 가미야라고 해."

"가미야……"

"그럼 내가 먼저 나갈게 잘 도망쳐."

계집애는 흑요석처럼 새카만 눈동자로 계성을 뚫어지게 한번 응시하더니 몸을 일으켜서 수풀 밖으로 뛰어나갔다. 계집애를 발견한 무사들은 우르르 추격해갔다.

계성은 머리를 숙인 채 반대편으로 빠져나가서 죽을힘을 다하여 도망쳤다. 뒤도 돌아보지 않고 방향도 모른 채 계속 달렸다.

어두워지기 시작할 때였고 잡목이 많이 들어선 곳이어서 무사들은 계성을 잡지 못했다. 이렇게 하여 계성은 대패특장에서 탈출하여 노예에서 벗어날 수가 있었다.

그 뒤 계성은 낯선 이역 땅을 떠돌며 구걸도 하고, 산야에서 버섯이나 나물을 캐다가 밥과 바꾸어 먹고 좀도둑질도 하며 연명을 했다.

아리수(압록강)를 넘어서 고향으로 돌아갈 엄두는 나지 않았다. 가족이 아무도 없고 집이 불타버린 고향에 돌아가고 싶은 마음도 없었다. 끔찍한 재앙의 땅에 되돌아가고 싶지 않았다.

훗날 계성은 한 떠돌이 약초꾼 늙은이를 따라다니며 밥벌이를 하게 되었는데, 하루는 약초를 캐려고 변방의 깊은 산속을 헤매다가 비적들에게 사로잡히고 말았다.

비적들은 계성이 튼튼하고 민첩한 걸 알자 심부름꾼으로 데리고 다녔다. 그리하여 계성은 성장하면서 비적의 일당이 되었고, 칼을 잡아서 부지런히 수련을 하여 뛰어난 솜씨를 익혔다.

몇 년 전부터는 청산채라 불리는 비적단에 들어가서 사찰이라는 직책을 맡게 되었다. 사찰이란 비적단이 약탈할 대상을 염탐하여 찾아내고, 군사와 관서의 동정도 살피는 직책이었다.

계성이 주로 노리는 대상은 돈 많은 부자나 귀족이었다. 사금포를 노려서 아란사를 호송하던 마차에 침투하고, 대패륵장까지 찾아온 것도 그 때문이었다.

계성은 작년부터 약초꾼으로 위장하여 대패륵장을 출입하면서 가미야에 대해서도 알게 되었다. 그녀는 전란 속에서 죽은 어느 호족의 딸로서 우룽치 패륵이 양녀로 거두어들였다고 했다.

가미야는 대패륵장에 마음을 붙이지 못해서 당시에 도망을 치려고 했던 것으로 짐작되었다. 가미야가 몇 해 전에 양백기주(鑲白旗主)의 아들과 혼인했다는 사실도 알게 되었다. 지금은 대패륵장과 양백기주부가 세력다툼을 벌이고 있지만, 예전에는 만주족의 같은 귀족으로서 혼사를 맺었을 것이다.

하얀 바탕에 붉은 테를 두른 깃발인 양백기는 청나라 팔기(八旗) 중의 하나인데, 그 기주는 요동의 총병관으로서 대황 땅을 다스리는 군왕이나 다름없었다. 나머지 칠기(七旗)는 명나라를 정복하여 중원대륙으로 진출했다.

이미 십 년이 지난 일이고 혼인까지 했으니 가미야도 이제 어린 계집애가 아니었다. 지금은 만나도 얼굴조차 알아보지 못하리라. 계성은 그래도 생명의 은인이나 다름없는 그녀가 아련한 기억으로 가끔 머리에 떠오르곤 했고, 한번 만나보았으면 하는 희망도 사라지지 않았다. 그녀가 아직도 마음속에 남아 있는 셈이었다.

아무튼 온갖 파란이 중첩된 계성의 내력은 대강 이러했다.

5. 첫사랑

계성은 아침부터 대패륵장을 떠날 준비를 했다. 아란사의 출발이 하루 앞으로 닥쳐왔으므로 일을 마쳤다. 망태를 챙기고 있을 때 마침 집사가 나타났으므로 계성은 작별을 고했다.

"준비해 온 약초로 탕제를 다 만들었으니 이만 떠나야겠습니다. 나중에 좋은 약초를 가지고 또 찾아오도록 하리다."

"그동안 정말 수고가 많았네. 패륵님께서도 만족하시네."

집사는 이렇게 치하를 하고 나서는 물었다.

"자네는 요서(遼西) 지방에도 가보았겠지? 약초를 캐려고 대황 땅 구석구석 안 가본 데가 없다고 했으니까."

"몇 번 가보았습니다."

"그렇다면 길을 잘 알겠군. 이번에 우리 호루산 공자님께서 요서로 여행을 가시는데, 자네가 길안내를 좀 해줄 수 있겠는가? 물론 수고비를 지불하겠네."

호루산 공자는 우룽치 패륵의 큰아들이었다. 탐욕스런 부친과는 달리 성격이 나약하고 책 읽기를 좋아하는 호루산 공자는 밖에 나서서 활동하는 일이 별로 없다고 알려져 있었다.

"요서로 가는 길은 어렵지 않습니다. 요수(요하)를 건넌 뒤 소흑산 남쪽을 지나서 의무려산 옆을 지나 대능하를 건너면 되지요."

"공자님은 사람들의 이목을 피해서 조용히 잠행(潛行)을 하려고 하네. 그래서 인적이 드문 길을 택해야 하지. 경호할 무사들 중에는 요서 땅의 지리를 잘 아는 사람이 없더군."

"왜 잠행을 하지요?"

"그럴 만한 이유가 있네. 사실 공자님은 북경까지 가야 하지만, 자네는 요서 땅까지만 안내를 해주면 되네. 그다음에 길잡이를 해줄 사람은 따로 있으니까 말일세."

"공자님 혼자 가십니까?"

"한 소녀를 데리고 가네."

계성은 이 순간 호루산 공자가 아란사를 데리고 간다는 사실을 직감했다. 섭정왕 돌곤에게 선물을 바치러 가는 게 틀림없었다. 계성은 내심 득의를 느꼈으나 내색하지 않고 말했다.

"좋습니다. 나도 이번에 요서로 가볼까 싶었는데 마침 잘 됐군요. 사람들의 이목을 피해서 잠행할 길을 잘 안내해드리리다."

"자네가 길잡이를 해주겠다니 이제야 안심이 되는군. 출발은 내일 밤늦게 하게 되네."

"호위무사는 몇 명이나 갑니까?"

"잠행이니까 많지 않지만 최고 정예가 호위하지."

잘 알겠다는 듯 턱을 주억거리던 계성이 문득 생각난 듯 말했다.

"참! 이번에 내 사냥꾼 친구도 동행할 예정입니다. 그 역시 길을 잘 아니까 같이 가면 도움이 될 거외다."

"그렇다면 더욱 좋지."

의논이 끝나자 집사는 흡족한 얼굴로 돌아갔다. 계성은 더욱 흡족한 기분이었다. 일이 아주 잘 풀리고 있지 않은가. 집사는 달걀을 노리는 너구리에게 닭의 둥지를 맡기는 것과 다름없었다.

그런데 기명이 방에서 이야기를 엿들었는지 밖으로 나오며 따지고 들었다.

"나는 요서로 갈 생각이 없는데, 집사에게 왜 쓸데없는 말을 했소?"

계성이 음성을 낮추었다.

"이번에 호루산 공자는 북경의 섭정왕에게 많은 선물을 가져가는 게 틀림없소. 우리가 같이 가서 그것을 손에 넣읍시다."

기명은 뜨악한 낯을 했다.

"당신은 정말 간덩이가 부었군. 섭정왕에게 가는 선물이라면 나라의 봉물이나 다름없는데 감히 손을 대겠다는 거요?"

"몰래 숨겨가는 물건이니까 관계없소."

"대패륵장에서는 왜 숨어서 잠행을 하려고 하오?"

계성은 세상 돌아가는 사정을 제법 아는 편이었다.

"자금성에서는 이번에 요동왕(遼東王)을 책봉하려 한다는 이야기가 있소. 청나라는 요동을 고향이라고 여기니까 특별히 안배를 하는 거지. 우룽치 패륵은 장차 요동왕이 될 야심을 품고 자금성의 실권자인 섭정왕에게 남몰래 뇌물을 바치려는 것 같소."

"요동왕……"

"이 대황 땅은 지금 양백기주부에서 다스리고 있잖소? 기주부는 우룽치가 요동왕이 되는 걸 원치 않을 테니까, 뇌물이 가는 걸 알면 뒤에서 방해공작을 벌일 가능성이 크지. 근래에는 대패륵장과 기주부의 사이가 좋지 않아서 알력과 암투가 심하다는 소문이오. 그래서 호루산 공자는 몰래 잠행을 하려는 걸 거요."

"듣고 보니 그런 것 같군."

"선물에는 황금과 그대의 백호피도 있을 거요. 내가 아직 패물낭을 못 찾았으니까 함께 가서 손을 씁시다."

대패륵장을 좋지 않게 여기는 기명은 은근히 마음이 동하긴 했지만, 섭정왕에게 가는 선물을 감히 탈취하러 나설 수는 없었다.

"나는 엄두가 나지 않소."

"내 친구들이 있으니까 충분히 해볼 만하오."

"아무래도 나는 안 되겠소."

"돈을 찾아야 혼인도 할 게 아니오?"

"내가 언제 혼인을 한다고 했소?"

"그럼 시집도 안 가고 처녀 사냥꾼으로 늙어죽을 셈이오?"

"남이야 시집을 가든 말든 걱정 마오."

기명의 얼굴에는 노기가 나타났다. 호란 때 청병에게 잡혀서 노예로 끌려온 오욕의 과거를 지닌 여자에게 혼인에 대한 이야기는 금기였다. 계성은 쓸데없는 말을 했다는 걸 깨닫고 얼버무렸다.

"하긴 이 나이가 되도록 장가를 못간 내가 남 걱정할 처지가 아니지. 아무튼 함께 갑시다. 위험한 일은 내가 맡아서 할 테니까 그대는 그냥 따라가기만 하면 되오."

거듭 권유를 받다 보니까 기명은 다시 마음이 슬며시 동했다. 사실 황금 한 냥 반을 잃어버린 채 그냥 떠나고 싶지는 않았다. 그렇지만 계성이 자꾸 붙잡는 이유를 알 수가 없었다.

"도대체 나를 데려가려는 이유가 뭐요?"

"돈을 찾아주기 위해서지."

"왜 돈을 찾아주려는 거요?"

"그대의 딱한 사정을 알기 때문이지."

아무래도 이유가 석연치 않았지만 기명은 더 이상 싫다고 하지는 않았다. 앞일이 어떻게 될지 예측하기 어렵지만, 결국 동행하기로 한 것이다. 그런데 이때 기명의 눈앞에는 죽은 부친과 함께 한 청년의 얼굴이 떠오르고 있었다.

지난겨울에 기명은 부친과 함께 북쪽 멀리 흥안령의 눈 덮인 계곡으로 호랑이사냥을 갔었다. 사백력(시베리아)에서 내려오는 백대호를 잡기 위해서였다. 이 거대하고 흉맹한 호랑이를 사냥하는 건 매우 위험한 일이지만 사냥꾼들에게는 그만큼 유혹적이었다. 호피 값이 매우 높기 때문이다.

기명의 부친이 위험을 무릅쓰고 백대호 사냥에 나선 건 딸의 혼인을 위해서였다. 목돈을 마련한 뒤, 딸에게 사냥 일을 그만 시키고 적당한 남자와 짝을 지어줄 심산이었다.

끈질긴 추적 끝에 두 부녀는 마침내 눈보라 휘날리는 골짜기에서 먹이를 찾아내려온 백대호와 마주쳤다. 가까운 곳에서 조우했기 때문에 활을 쏠 틈은 없었다. 활을 쏘아도 미간을 정통으로 맞추지 못하는 한 집채 같은 백대호를 쓰러뜨릴 수 없다.

부친이 먼저 단창을 들고 앞으로 나섰다. 창으로 입을 찔러서 목구멍까지 꿰뚫는 게 호랑이를 잡는 가장 유력한 방법이다.

부친은 무서운 기세로 덤벼드는 백대호의 입을 창으로 정확하게 찔렀다. 하지만 엄청난 힘을 지닌 백대호는 창을 입에 문 채 부친에게 덮쳐들었다. 강철 갈고리 같은 발톱에 의해서 가슴이 깊이 갈라지며 부친은 거꾸러졌다.

깜짝 놀란 기명은 손도끼를 휘두르며 덤벼들었다. 손도끼가 어깨를 찍었지만 백대호는 쓰러지지 않고 앞발로 기명을 움켜잡으려 했다. 자칫하면 그녀도 발톱에 걸려서 몸이 찢겨질 판이었다.

이 위험천만한 순간에 한 청년이 바람처럼 나타나더니 장검으로 백대호의 가슴을 푹 찔렀다. 장검이 견갑골과 늑골 사이를 깊숙이 찔러서 심장을 관통하자 백대호는 비로소 벌렁 쓰러졌다.

청년의 용력은 진정 놀랄 만했다.

이렇게 하여 기명은 위험을 모면하고 사냥을 끝냈다. 하지만 부친은 바로 숨이 끊어지고 말았다.

기명이 눈물을 비 오듯 흘리며 부친의 시신을 수습하여 말에 싣자, 옆에서 지켜보던 청년은 쓰러져 있는 백대호를 가리켰다.

"저 호피를 우리 둘이 함께 소유하는 게 어떻겠소?"

그는 건장한 체구에 광대뼈가 솟고 눈이 깊숙하여 굴강한 인상이었는데, 수리깃이 꽂힌 가죽모자를 쓰고 있었다. 백대호의 심장을 찔러서 거꾸러뜨린 칼은 훌륭한 패검이었다.

"당신이 아니면 나도 죽었을 테니 도움에 감사하오. 호피는 당신이 가지시오. 호피를 두 조각으로 자르면 가치가 없소."

기명이 이렇게 응답하자 청년은 뜻밖의 말을 했다.

"나는 그대에게 청혼을 한 것이오. 나는 평소 그대처럼 강인하고 용감한 여자를 만나기를 희망해왔소. 내가 이렇게 험악한 설곡을 찾아온 건 아무래도 그대를 만나기 위해서인 것 같소."

"……"

"그러니 우리가 앞으로 혼인을 한다면 호피를 함께 소유하게 되지 않겠소?"

남장을 한 기명이 여자라는 사실을 그는 알아차리고 있었다. 느닷없는 청혼을 받은 기명은 은연중 당황했으나 머리를 흔들었다.

"나는 혼인에 대해서 생각해본 적이 없소."

"부친의 주검을 앞에 두고 청혼을 해서 미안하오. 내 이름은 자무창이며 이만 물러가겠소. 그대의 이름과 집이나 알려주오."

"나는 이름이 없고 떠돌이 사냥꾼이라서 집도 없소."

"알겠소. 나는 산천과 초원을 떠돌며 여행을 자주 하니 나중에 다시 만날 날이 있으리다. 그럼 이만……"

청년은 이런 말을 남기고는 눈보라 속으로 사라졌었다.

기명이 새삼스레 그 청년을 떠올린 건 계성으로부터 혼인에 대한 이야기를 들었기 때문이었다. 그때 청혼을 했던 자무창이라는 청년은 아직도 기억에 생생하게 남아 있었다. 하지만 선친의 생각과는 달리 기명은 그 누구와도 혼인할 마음이 없었다. 노예로서의 과거 때문에 그렇게 되어버렸다.

호란 당시 기명의 모친은 외동딸이 청병에게 끌려가자 깊은 슬픔과 심화(心火)로 죽었다. 사냥꾼이었던 부친은 가산을 정리한 뒤 요동까지 뒤따라와서 온갖 고난 끝에 기명을 찾아내어 속가를 지불하고 구출을 했다. 하지만 기명은 고향으로 돌아가서 환향녀가 되고 싶지 않았으므로 조선으로의 귀환을 거부했다. 그리하여 부친은 낯설고 황량한 이역 땅에서 딸과 함께 사냥을 하며 살아왔지만, 지난겨울에 백대호를 사냥하다가 세상을 떠난 것이다.

심양성 남쪽 교외에는 혼하가 흐르는데, 강변의 한쪽 나루터 가까이에 마상가라는 집이 있었다. 규모가 제법 컸지만 허름한 폐가나 다름없는 이 집에서는 말을 매매했는데, 병든 말을 치료하거나 발굽을 고쳐주기도 했으므로 이런저런 사람들이 들락거렸다.

계성은 마상가에서 용무를 마치고 대문을 나섰다.

마상가는 사실 청산채의 비밀 연락처였다. 말을 매매하는 곳으로 위장을 하고 있는 건 비적들이 자연스레 출입을 하기 위해서였다. 청산채의 본부 산채는 멀리 경박호에서 백여 리 떨어진 야산에 있었다.

계성이 마상가를 찾아온 건 동료 비적들과 함께 대패륵장의 선물을 탈취하기 위한 의논을 하기 위해서였다. 마상가에서는 이번에 이십여 명의 비적들이 출동을 하기로 예정이 되었다. 산채에서 멀리 떨어진 곳이라서 인원이 많지는 않았다.

계성이 말에 올라서 출발할 때, 남문 쪽에서 마차 한 대가 달려왔다. 옆면에 공작새의 문양이 새겨지고 창문에 붉은 휘장이 드리워진 마차였다. 공작새 문양은 양백기주부에서 사용하고 있었다.

마차를 모는 사람은 젊은 여자였다. 마차는 옆으로 지나갔는데, 안에도 여자가 타고 있는 것 같았다.

"기주부의 마차가 어디를 가는가?"

이렇게 중얼거리던 계성은 곧 마차를 좇아서 말을 달려갔다. 사실 예전에도 이런 마차를 보고는 뒤따라가 본 적이 있었다.

얼마 후 야산 옆의 숲속으로 들어서자 한쪽에 서 있는 마차가 보였다. 기슭에는 복숭아나무가 여러 그루 늘어서 있었고, 그 아래 두 여인이 보였다.

한 여인은 화사한 비단옷을 입고 머리에는 장식용 은빗을 꽂고 있었다. 그녀는 젊었지만 부인인 듯했고, 마차를 몰던 여자는 시녀로 보였다. 그들은 소풍 삼아서 바람을 쐬러 나온 것 같았다.

계성은 하마한 뒤 젊은 부인을 유심히 바라보았다. 거리가 멀어서 용모를 분명히 알아볼 수는 없지만 우아한 자태를 지닌 여인이었다.

그녀는 복숭아나무를 올려다보기도 하고 시녀와 이야기를 나누기도 했다. 도화가 떨어진 지 꽤 되었으므로 나무에는 도토리처럼 작고 파란 복숭아가 다닥다닥 맺혀 있을 것이다. 그들은 기주부의 규중 여인들로서 교외에 바람을 쐬러 나온 것 같았다.

계성은 가까이 가서 부인의 얼굴을 보고 싶어도 시녀가 이상하게 생각할까봐 망설여졌다. 이때 가까운 둔덕의 잡초 사이 모래밭에 몸을 숨기고 있는 황갈색 뇌조가 한 마리 눈에 띄었다.

뇌조는 북방의 들꿩으로서 겨울에 하얗던 깃털이 봄이 되면 황갈색으로 변한다. 모래찜질을 하던 뇌조는 움직이지 않고 계성을 빤히 쳐다보고 있었다. 여차하면 날아가려는 것이다.

계성은 주머니에서 밤톨만한 돌멩이 하나를 꺼냈다. 계성은 약초를 캐며 산야를 떠돌아다닐 때 심심풀이 삼아서 돌팔매질에 취미를 붙였는데, 솜씨가 점점 좋아져서 이제 도망치는 산토끼나 꿩을 잡을 정도가 되었다. 작은 돌멩이 몇 개를 항상 주머니에 넣고 다니는 버릇도 생겼다.

뇌조가 위험을 느꼈는지 퍼드득 날개를 치며 솟구쳐오르는 순간, 계성의 손에서 돌멩이가 번쩍 날아갔다. 다음 순간 돌멩이에 맞은 뇌조가 허공에서 벌렁 뒤집히더니 땅바닥에 툭 떨어졌다.

계성은 얼른 뛰어가서 날개를 퍼덕이는 뇌조를 집어들었다. 뇌조는 충격을 받아서 떨어졌을 뿐 멀쩡했다. 머리에 붉은 볏이 있고 꼬리 깃털이 늘어진 수놈이었다.

계성은 이제 복숭아나무가 있는 쪽으로 성큼성큼 걸어갔다.

낯선 사내가 뇌조를 들고 나타나자 두 여인은 의혹의 빛을 보였다. 젊은 부인을 유심히 살펴본 계성은 소리없는 독백을 토했다. 가미야로군! 가미야가 틀림없어!

그 젊은 부인은 바로 가미야였다. 이미 숙녀로 성장을 했지만 어린 계집애 시절의 예쁘장하고 갸름한 얼굴 모습이 그대로 남아 있었다.

사실 계성은 혹시나 해서 마차를 뒤따라왔다. 가미야가 기주부의 며느리가 됐다는 사실을 알기 때문이었다. 하지만 정말로 가미야를 보게 되리라고는 기대하지 않았으므로 예상 밖의 해후였다.

문득 계성은 이틀 전에 아란사가 한 말이 생각났다. 당신은 곧 첫사랑을 만날 것 같은 예감이 들어요. 그녀는 아름다운 마차를 타고 나타날 거예요.

계성은 내심 놀랐다. 내가 가미야를 만나게 되리라는 걸 아란사가 어떻게 미리 알았을까. 가미야를 꼭 첫사랑이라고 할 수는 없지만, 지난날 구명의 도움을 입은 이래 한 가닥 애틋한 감정을 아직도 지니고 있는 건 사실이었다.

아란사는 물론 가미야에 대해서 알 리가 없었다. 그런데 어떻게 그런 말을 했을까. 영통한 살만으로서 남녀 문제를 귀신처럼 알아맞힌다는 조모를 닮았는가. 진정 기이한 일이었다.

계성은 손에 잡은 뇌조를 가미야에게 내밀었다.

"나는 조금 전에 저쪽에서 운 좋게 뇌조를 한 마리 잡았소이다.

나에게는 필요가 없기에 부인에게 선물을 하고 싶소만……"

가미야는 의혹이 풀린 듯 미소를 지었다.

"뇌조가 아직도 살아 있는데 어떻게 잡았죠?"

"햇살이 나른하니까 이 녀석이 모래찜질을 하다가 꾸벅꾸벅 졸고 있었소. 그래서 내가 기척을 죽이고 다가가서 꽉 잡았소이다."

"호호호……뇌조가 굉장한 잠꾸러기였던가 봐."

가미야는 진주 귀걸이를 찰랑찰랑 흔들며 홍소를 터뜨렸다. 시녀도 함께 웃었다. 가미야는 계성을 알아보지 못했다. 아득한 옛날에 본 노예소년의 기억은 이미 머릿속에서 까맣게 사라졌으리라.

뇌조를 건네받은 가미야가 맑은 시선으로 계성을 응시하며 말했다.

"선물은 정말 고마워요. 내가 사례를 하고 싶은데 어떻게 하면 좋을까요?"

"작은 선물이니까 사례는 필요 없소이다. 그럼 이만……"

계성은 발길을 돌렸다. 기주부에 시집을 가서 잘살고 있는 가미야를 잠깐이나마 만나본 것으로 만족할 뿐, 길게 이야기를 나눌 필요는 없었다. 한번 본 것만으로도 가슴이 뿌듯했다. 사실 평소에도 그녀를 한번 보고 싶었었다.

그런데 계성이 말이 있는 곳으로 돌아왔을 때 뒤에서 나직한 음성이 들렸다.

"계성 오빠!"

계성은 흠칫 놀라서 돌아보았다. 뜻밖에도 가미야가 어느새 뒤따라와 있었다. 그녀는 계성의 얼굴을 뚫어지게 바라보았다.

"계성 오빠가 맞죠? 아마도 오빠는 까마득하게 잊었겠지만 내 이름은 가미야예요."

"가미야……"

"옛날에 우리는 대패륵장에서 만난 적이 있어요. 그때 나는 오빠와 함께 사다리를 타고 담장을 넘어서 도망을 치려고 했었죠."

가미야는 계성을 알아보았을 뿐만 아니라 이름까지 기억하고 있었다. 계성은 가슴속에서 이상한 격동이 솟구쳤다.

"가미야! 나도 잊지 않았어. 처음부터 가미야를 알아보았어."

"그럼 왜 모른 척하고 그냥 가려고 했어요?"

그녀는 자못 원망하는 얼굴이 되었다.

"가미야가 기주부의 귀부인이 되었으니까 시녀 앞에서 아는 척할 수가 없었어."

"오빠도 혼인을 했어요?"

"아직 안 했어."

"지금 무슨 일을 하고 있어요?"

"약초꾼으로 밥벌이를 하고 있지."

계성의 얼굴에서 시선을 떼지 않는 가미야의 눈동자에는 아련한 빛이 나타났다. 그녀는 옛일을 그대로 기억하고 있었다.

"그때 오빠가 무사히 탈출을 해서 정말 다행이었어요. 당시에 나는 양녀로 들어간 대패륵장이 무척 싫었는데, 도망을 치려는 오빠를 보자 무조건 따라가야겠다는 생각이 들었죠. 아마도 오빠가 사내답게 잘 생겨서 마음에 들었기 때문일 거예요. 그때 나는 어쩌면 오빠를 따라가서 색시가 되려고 했는지도 몰라요."

가미야는 입을 가리고 웃었다. 계성도 빙그레 웃었다.

"아무튼 가미야가 이제 행복하게 잘살고 있으니 다행이야."

"내가 행복한지 불행한지 오빠가 어떻게 알아요?"

"설마 불행하다는 뜻은 아니겠지?"

가미야의 얼굴에는 쓸쓸한 빛이 나타났다.

"불행할 건 없지만 행복할 것도 없어요. 양부님은 정략적으로 나를 기주부에 시집보냈지만, 남편은 3년 전에 명나라와의 전쟁에서 전사했어요."

계성은 아, 하고 탄식을 토했다. 알고 보니 그녀는 청상(靑孀)이었다. 젊은 나이에 남편을 잃었을 뿐만 아니라, 이제 대패륵장과 기주부가 암투를 벌이는 와중에서 마음도 편치 못할 것이다.

"아무튼 난 오빠를 만나서 너무 기뻐요. 예전부터 오빠를 꼭 한번 만나고 싶었어요."

"나 역시 가미야를 만나고 싶었어."

"앞으로 우리가 자주 만나면 좋겠어요."

"나도 그래."

"그럼 앞으로 자주 만나요."

"그러지 뭐."

시녀가 있는 쪽을 돌아본 가미야가 아쉬운 표정으로 말했다.

"너무 오래 이야기를 나누면 시녀가 이상하게 생각할 테니까 이만 돌아갈께요. 오빠! 언제라도 기주부로 찾아와요. 수문병들에게는 둘째 소부인의 사촌오빠라고 해요. 그러면 나에게 안내를 해줄 거예요."

"알았어."

"오빠! 이걸 내 머리에 꽂아줘요."

가미야는 땅에 떨어져 있는 뇌조의 깃털 하나를 발견하자, 집어서 계성에게 건네주었다. 계성이 깃털을 은빛 옆에 꽂아주자 그녀는 의미 있는 미소를 지었다.

"오빠가 찾아오면 이 깃털을 머리에 꽂은 이유를 말해줄께요. 오빠가 상상하지 못할 이유가 있어요. 더 하고 싶은 이야기도 많으니까 가까운 시일 안에 꼭 찾아와야 돼요."

"응! 찾아갈게."

"정말로 꼭 와야 돼요."

그녀가 거듭 당부를 한 뒤 시녀가 있는 곳으로 돌아가자, 계성은 말에 올랐다. 천천히 골짜기를 나서는 계성은 마음이 좀 착잡했다. 가미야가 그다지 행복하지 못하다는 걸 알았기 때문이다.

앞으로 그녀를 다시 만날 필요는 없었다. 어쨌든 가미야는 양백기주부의 며느리이자 귀부인인데 찾아가서 만나면 무엇 하랴. 아쉽지만 한번 만나본 것으로 만족해야 하리라.

눈앞에 어른거리는 가미야의 모습을 지워버리려는 듯, 계성은 고삐를 후려쳐서 빠르게 말을 달리기 시작했다.

6. 망태

밤이 이슥해질 무렵, 대패륵장의 후문이 열리고 마차 한 대가 조용히 빠져나왔다. 평범하면서도 견고하게 보이는 마차였는데, 30여 명의 기마무사들이 호위를 하고 있었다.

마차 안에는 아란사와 호루산 공자가 타고 있었고, 북경으로 가는 여러 가지 선물을 실었다. 계성과 기명은 선두에서 길 안내를 맡았고, 마차 뒤에는 차일기가 따랐다.

차일기는 중원 출신이라서 요서로 들어선 뒤에 길잡이를 하게 되어 있었다. 알고 보니 집사가 그를 고용한 건 이 선물호송을 위해서였다. 계성은 정체가 불투명한 차일기와의 동행이 달갑지 않았지만 어쩔 수 없었다.

무사들의 지휘자는 쿠탄이라는 청년이었다. 그는 집사의 조카로서 체구가 단단하고 충직한 인상이었는데, 용감한 만주전사 출신이었다.

요양성의 서문을 나온 마차와 일행은 들판 길을 달려가기 시작했다. 밤에는 성문이 닫히지만 대패륵장의 위세로 통과할 수 있었다. 심야였으므로 어둠에 잠긴 들판에는 사람이 아무도 없었다.

"앞으로 수십 리만 가면 혼하가 나타날 텐데, 강은 어떻게 건너는 게 좋겠는가?"

지휘자인 쿠탄이 말머리를 나란히 하며 계성에게 물었다. 앞으로의 여정에 대해서 계성은 미리 생각을 해두었다.

"나루터에서 배를 구하여 마차와 말을 옮기려면 매우 번거롭소이다. 요즘은 갈수기라서 강물이 많지 않으니까 얕은 여울을 찾아서 그대로 건너가는 게 좋겠소."

"알겠네. 하지만 그다음에 나타날 요수는 큰 강이니까 그대로 건너지는 못하겠지?"

"요수는 한적한 나루터를 찾아서 배로 건넙시다. 일단 요수를 건너면 밋밋한 야산과 들판이 펼쳐지니까 길이 험하지는 않소이다. 사람들의 눈을 피하기 위해서는 넓은 길을 피하고 외진 골짜기나 숲속 길을 택해야 하지만, 내가 적당한 곳으로 안내를 하리다."

"자네가 지리를 잘 아니까 나는 걱정할 필요가 없겠군."

계성을 믿음직하게 여긴 쿠탄은 만족하는 기색이었다.

마차와 일행은 빠른 속도로 행군해갔다. 말발굽소리가 밤의 적막을 깨고 울려퍼질 뿐 별다른 문제없는 순조로운 출발이었다.

이틀이 지나자 마차와 일행은 요수를 건너서 소흑산 남쪽 기슭에 이르렀다. 사람들의 이목을 피해서 으슥하고 외진 길을 골라 왔지만 꽤 빠른 행군이었다.

날이 어두워지자 쿠탄은 하룻밤 쉬며 야영을 하기로 결정했다. 낮에 계속 행군을 해왔으므로 사람과 말이 피로하여 휴식이 필요했다. 무사들은 저녁을 해먹은 뒤 천막을 치고 야숙할 준비를 했다.

마차 안에서 식사를 마친 호루산 공자와 아란사는 바람을 쐬기 위하여 밖으로 나왔다. 호루산은 여자처럼 희고 해맑은 얼굴에 체구가 호리호리한 공자였다. 아란사는 바람막이 옷으로 얼굴을 완전히 가리고 있었다.

계성은 옆으로 지나가는 척하며 아란사에게 접근을 해보았지만 이야기를 나눌 수는 없었다. 아란사는 아무도 모르게 의미 있는 눈짓을 살짝 보냈다.

그녀가 쉬기 위하여 마차 안으로 도로 들어가자, 호루산은 잠을 자려고 천막으로 들어갔다. 무사들은 수면을 취하며 교대로 보초를 서서 마차를 지키게 될 것이다.

계성과 기명은 말을 끌고 아래쪽 골짜기로 향했다. 웅덩이에 이른 계성이 말에게 물을 먹이며 나직이 이야기를 꺼냈다.

"사방에 인적이 없어서 우리가 손을 쓰기 적당한 곳에 이르렀으니까, 오늘밤에 결행을 해야겠소. 신호를 하면 내 친구들이 즉시 행동에 나설 거요."

마상가에서 출동한 비적들은 일정한 거리를 두고 은밀히 뒤를 따르고 있었다. 기명이 목소리를 낮추어 물었다.

"당신 친구들은 인원이 얼마나 되오?"

"20명 정도 되오."

"무사들보다 인원이 적으니 어려운 싸움이 되겠소."

"우리는 보초를 서는 무사들만 재빨리 처치하고 마차를 탈취해서 도주하면 되오. 대부분의 무사들은 천막 안에서 자고 있으니까 기습을 하면 성공할 수 있소. 그대는 뒤에서 보고 있다가 함께 도망치기만 하면 되오."

계성이 안심을 시켜도 기명은 은연중 긴장하는 눈치였다. 아무리 기습을 감쪽같이 해도 생사를 좌우하는 접전을 피할 수 없을 것이기 때문이다.

계성이 고개를 갸우뚱했다.

"한 가지 이상한 점이 있소. 얼마 전부터 차일기가 보이지 않는데, 무슨 일인지 모르겠소. 그의 정체가 수상하니까 길안내를 하기 싫어서 사라졌다면 차라리 잘 된 일이지만……"

차일기는 그동안 마차 뒤를 계속 따라왔지만 도중에 없어져버렸다. 기명 역시 차일기를 마땅치 않게 여기던 차였다.

"나도 그가 마음에 걸렸는데, 다시 안 보이면 좋겠소."

계성이 손을 들어 한쪽을 가리켰다.

"내 친구들이 저기 도착했소."

컴컴한 그쪽 골짜기에서는 작은 불꽃이 반짝반짝 피어나는 게 보였다. 신호로 올리는 불꽃은 몇 번 더 피어났다가 꺼졌다. 계성이 두 손바닥을 모아서 입에 대더니 뻐꾸기 울음소리를 냈다.

"뻐꾹 뻐꾹 뻐꾹……"

그것은 응답 신호였다. 잠시 후 어둠 속에서 20여 기의 기마대가 나타나더니 말발굽소리를 내지 않고 천천히 다가왔다. 기마인들은 무기와 복장이 제각각이었는데 기세가 거칠고 험하게 보였다.

기명은 그 사내들의 정체를 짐작했으나 아무 말도 하지 않았다. 기마대의 조장이 가까이 오자, 계성이 마차가 있는 쪽을 가리켰다.

"선물을 실은 마차가 저쪽에 있네. 지금 무사들은 대부분 천막에 들어가서 잠을 자기 시작했고 일부가 보초를 서고 있지. 무사들이 깊이 잠들기를 기다려서 재빠르게 기습을 하면 마차를 탈취할 수 있을 걸세. 그리고 어두운 골짜기로 도망치면 되지."

"알겠소이다. 사찰이 수고가 많소."

조장은 고개를 끄덕이더니 한 손을 흔들어서 수하들에게 신호를 보냈다. 비적들은 하마하지 않은 채 그대로 대기했다. 주위 일대는 아직 아무 일도 없이 조용했지만 기류가 팽팽하게 당겨지는 듯 긴 박감을 주었다.

얼마 후 계성이 조장에게 눈짓을 보내며 지팡이 속에서 칼을 뽑았다. 지팡이는 세강도(細剛刀)가 안에 감추어져 있는 칼집이었지만, 칼태도 없이 정교하게 만들어져서 겉으로 알아보기는 어려웠다.

조장은 한 손을 번쩍 들어 수하들에게 신호를 보냈다. 비적들은 일제히 무기를 뽑아들고 기습할 태세를 갖췄다.

기명도 만약의 경우에 대비하여 활을 잡았다.

바로 이때 건너편 골짜기에서 요란한 말발굽소리가 들려왔다.

쿠두두두두……쿠두두두두두두두……

이내 벌겋게 타오르는 횃불이 무수히 나타났다. 수많은 기마대가 시커먼 구름처럼 밀려오는 게 불빛에 비쳐보였다. 백여 기가 넘는 기마대였는데, 모두 번쩍이는 창검을 들고 있었다.

계성과 조장은 물론 기명도 의혹의 빛을 보였다. 비적들도 모두 의아한 눈치였다. 도대체 어디에서 온 기마대인가.

"우리는 광풍사다!"

"살고 싶으면 마차를 두고 물러나라!"

기마대가 마차를 향해 밀물처럼 쇄도해가며 요란한 함성이 들려왔다. 광풍사란 북방의 변경에 출몰하는 유명한 비적떼였다.

그들은 떠돌이 부랑자나 범법자나 도둑의 무리가 조직을 이루어서 군대나 관서의 힘이 미치지 못하는 변방에 출몰하며 약탈과 살상을 자행했다. 미친 모래바람이라는 이름 그대로 흉포하고 사나운 비적단이었다. 이런 비적떼는 훗날 세력을 더 키워서 대규모 마적단으로 발전하여 횡행하기도 했다.

"비적떼다! 모두 일어나라!"

마차를 지키던 보초들이 놀라서 소리쳤다. 천막 안에서 잠자던 무사들은 벌떡벌떡 일어나서 급히 무기를 찾아들고 나섰으나, 공격하는 광풍사의 인원이 많았으므로 우왕좌왕하며 어쩔 줄을 몰랐다.

계성은 문득 기마대의 선두에서 달려가는 차일기를 목격했다.

"아니 저자가……"

기명도 그를 발견하고 눈을 크게 떴다. 차일기가 광풍사를 이끌고 온 게 틀림없었다. 그렇다면 그는 비적단의 앞잡이였던가.

광풍사는 벌써 마차를 지키는 무사들을 향해서 사납게 덮쳐들고 있었다. 쌍방간에는 이내 급전이 벌어졌다. 창칼이 부딪치는 날카로운 쇳소리가 울리며 고통스런 신음과 비명이 터져나왔다.

계성 일행은 그 자리에서 움직이지 못하고 싸움을 지켜보았다. 그저 보고만 있을 뿐 앞으로 나설 상황이 아니었다.

싸움은 격렬했으나 오래 가지 않았다. 광풍사의 인원이 훨씬 많고 예기치 못한 급습이었으므로 대패륵장의 무사들은 도저히 당해낼 수 없었다. 순식간에 무사들이 반이나 피를 뿌리며 쓰러지자, 나머지 무사들은 더 싸울 엄두를 내지 못하고 뿔뿔이 흩어져서 도망쳐버렸다.

마차는 단번에 광풍사의 차지가 되었다. 그들은 곧 마차를 끌고 어두운 골짜기로 썰물처럼 사라져버렸다. 마차가 있던 자리에는 대패륵장 무사들의 시체만이 뒹굴고 있었다.

아주 짧은 순간에 벌어진 뜻밖의 돌발 사태였다. 버마재비가 노리고 있던 호랑나비를 갑자기 참새가 날아와서 콕 찍어간 것과 같다고나 할까.

산골짜기에 밤이 깊어갔다.

계성과 기명은 나란히 말을 몰아서 컴컴한 골짜기를 빠져나가고 있었다. 마상가에서 출동했던 비적들은 이미 철수했다. 아무 소득 없는 헛수고를 한 셈이었다.

계성은 손 한번 못 써보고 의외의 결과를 맞게 되자 황당할 지경이었다. 지금까지의 모든 노력이 수포로 돌아가지 않았는가.

기명 역시 실망을 금치 못하는 얼굴이었다.

"차일기가 광풍사를 이끌고 나타난 건 정말 뜻밖이오."

계성이 머리를 흔들었다.

"그들은 광풍사가 아니오. 그 비적단은 한때 위세를 떨쳤으나 옛날에 토벌을 당해서 해체가 되었소. 지금은 완전히 없어졌지."

토벌을 당하고 흩어진 광풍사의 잔당이 청산채에 들어왔으므로 계성은 그러한 사실을 누구보다 잘 알았다. 기명은 의아해졌다.

"그렇다면 그들의 정체가 뭐요?"

"이곳에 그런 정예 기마대를 출동시킬 수 있는 건 양백기주부밖에 없지. 그들은 광풍사로 위장한 기주부의 별동대가 틀림없소. 복장을 되는 대로 착용했지만, 진군하고 싸우고 철군하는 걸 보니까 아주 잘 훈련된 병사들이더군."

"그럼 기주부에서 마차를 탈취해갔단 말이오?"

"그렇소. 차일기는 기주부에서 대패륵장에 침투시킨 첩자가 분명하오. 대패륵장의 집사도 그에게 깜빡 속은 거지."

"알고 보니 그렇구려."

기명은 비로소 사건의 내막을 알아차렸다. 차일기는 대패륵장의 동태를 살피려고 기주부에서 파견한 첩자였던 것이다.

기주부가 별동대를 출동시키며 비적단으로 위장을 한 건 대패륵장과의 충돌을 피하고, 자금성의 책임추궁도 면하기 위해서일 것이다. 아주 교묘한 방책이었다.

이렇게 해서 북경의 섭정왕 돌곤에게로 가는 대패륵장의 선물은 양백기주부가 감쪽같이 가로챈 결과가 되고 말았다. 우륭치의 뇌물 공작을 차단해버린 것이다.

아무튼 계성과 기명은 허망하기 짝이 없었다. 달걀을 노리던 너구리가 갑자기 덮쳐든 늑대에게 닭의 둥지를 고스란히 빼앗긴 것처럼 돼버렸으니까.

요동의 심장부에 자리 잡은 심양성은 교통의 요지이자 문물의 집산지일 뿐만 아니라 전략적인 요충이었다.

청태조 누르하치는 요동을 석권한 뒤 심양성을 수도로 정하고 왕궁을 건립했다. 청조가 북경으로 천도한 뒤에 심양성은 배경(背京)이라 불렸다.

심양성의 남문로 한 골목에는 허름한 객점(여인숙)이 하나 있었다. 숙식을 제공하고 술도 파는 집이었지만, 손님이 별로 없어서 조용했다.

해가 떨어질 무렵, 계성과 기명은 이 객점을 찾아들었다. 소흑산 기슭을 떠나서 심양성으로 들어온 길이었다.

저녁식사를 마친 두 사람은 뒤채에 들게 되었는데, 안내를 해준 심부름꾼 녀석이 소곤거렸다.

"여자를 원한다면 내가 데려다 주겠수다. 스무 닢만 내면 함께 잘 수 있다오. 소개비는 열 닢을 받지만, 일곱 닢에 해 주리다."

나이가 어리지만 아주 되바라지고 발랑 까져 보이는 녀석은 객점에 투숙한 손님들에게 창기를 소개해주며 푼돈을 버는 모양이었다. 계성이 머리를 흔들었다.

"여자는 필요 없다."

"아주 괜찮은 여자가 있수다. 남편이 외지로 장사를 다니기 때문에 밤에 혼자 자는 여자가 있는데, 엉덩이가 크고 젖통도 커서 육덕이 아주 푸짐하다오. 늙은 하인과 눈을 맞추었다고 시집에서 쫓겨온 여자도 있는데, 얼굴이 박박 얽어서 낮에 보기는 좀 그렇지만 밤에 캄캄한 데서 안으면 그 맛이 기가 막히다오."

기명은 얼굴을 붉혔고 계성은 손을 내저었다.

"우리는 같이 잘 거니까 여자가 없어도 된다."

"쯧쯧! 이제 보니 당신들은 남색꾼이로군. 그럼 한 방에서 둘이 엉덩이 가운데에 침을 바르고 재미를 본 뒤 자구려."

녀석은 혀를 차며 방문을 하나 열어주고는 가버렸다.

계성과 기명이 방 안으로 들어가 보니 흙벽에서 퀴퀴한 냄새가 나고 침상도 없는데, 한쪽에 개켜 놓은 꾀죄죄한 이부자리와 목침이 보였다.

기명이 한쪽 벽에 기대앉자 계성도 옆에 앉았다.

무언가 잠시 궁리에 잠겼던 계성이 이윽고 입을 열었다.

"그대는 이제 집으로 돌아갈 생각이오?"

"그렇소."

"나도 약초나 캐러 완달산으로 가면 어떨까?"

"마음대로 하오."

"그대의 집에 가서 함께 지내도 되겠소?"

"그건 안 되오."

"이부자리가 하나니까 오늘밤에는 같이 붙어서 잡시다."

"난 옷을 안 벗고 자니까 이불이 필요 없소."

잡담을 마친 계성이 조용히 이야기를 꺼냈다.

"나는 아무래도 기주부를 한번 가봐야겠소. 이제 다른 선물은 빼내기 어렵겠지만, 아란사를 포기하고 싶지는 않으니까."

"혹시 그녀에게 흑심을 품고 있는 건 아니오?"

"워낙 예쁘니까 그런 욕심도 좀 있지. 하지만 이대로 물러서기는 너무 억울해서 그러오. 평소 기주부에 관심이 있었기에 한번 가보고 싶기도 하고."

"그럼 이번에도 당신 친구들을 기주부에 끌어들여서 일을 벌일 생각이오? 손으로 뻐꾸기 울음소리를 내면서 말이오."

친구들이란 비적을 의미했다. 계성이 비적단의 일원이라는 걸 이미 눈치 챘지만 기명은 뜻밖으로 여기지 않았다. 호란 때 노예로 끌려왔던 사람이 비적이 되었다고 해서 놀랄 일이 아니었고 나무랄 수도 없었다. 사실 처음부터 어느 정도 짐작을 했다.

"친구들을 무리하게 기주부까지 끌어들일 수는 없지. 기주부에는 내 첫사랑이 있소. 그녀를 만나보고 아란사를 빼낼 어떤 방법이 있는지 알아봐야겠소."

첫사랑이란 가미야를 일컫는 말이었다. 계성은 지난번에 가미야를 만나지 않았다면, 이번에 기주부까지 찾아갈 생각은 하지 못했을 것이다. 그냥 포기하는 수밖에 없었으리라. 하지만 가미야를 떠올리자 일을 벌여보고 싶은 충동이 들었다. 아란사를 빼내는 것뿐만 아니라 가미야를 한번 만나고 싶었던 것이다.

"마음대로 하오. 난 내일 아침에 떠나겠소."

"그냥 가지 말고 여기서 좀 기다려주오. 내가 틀림없이 잃은 돈을 찾아줄 테니까."

기명은 이제 계성의 말을 믿기 어려웠다. 설령 아란사를 빼낸다고 하더라도 그녀를 팔아서 돈을 챙기고 싶지도 않았다.

"난 그냥 집으로 돌아가겠소."

"사냥철도 이미 끝났으니까 며칠 놀면서 기다린다고 해서 손해날 건 없잖소? 속는 셈치고 한번 기다려보구려."

"나를 자꾸 붙잡는 이유가 도대체 뭐요?"

기명은 아직도 계성이 자꾸 바짓가랑이를 잡듯이 달라붙는 이유를 알 수가 없었다. 계성이 어깨에서 내려놓은 망태를 가리켰다.

"저 망태에는 돈을 주고도 살 수 없는 귀한 약초가 들어 있으니까 보관을 좀 해주오. 왕궁이나 다름없는 기주부를 찾아가는데 저런 망태를 둘러메고 갈 수는 없잖소?"

"쳇! 이제 보니 망태를 맡기려고 나를 잡는군."

기명은 씁쓸한 얼굴이 되었으나 더 이상 떠나겠다고 하지는 않았다. 사실 급한 일이 없었고 무언가 한 가닥 미련도 남아 있었기 때문이다. 그것이 꼭 돈에 대한 미련은 아니어서 자신도 무언지 잘 알 수 없었다.

계성이 다짐을 주었다.

"만약 무슨 일이 있으면 그대는 저 망태부터 챙겨야 하오."

"난 책임 못 지오."

"내가 만약에 돌아오지 못하면 망태 속에 들어 있는 건 그대가 가지도록 하오."

"왜 못 돌아온단 말이오?"

"기주부에서 사로잡히면 못 돌아오는 거지 뭐. 나중에 기주부 뒷문에 와서 내 시체가 버려져 있는지 한번 살펴보구려."

"난 죽은 사람의 뒤치다꺼리를 하고 싶지 않으니까 아예 관을 하나 사서 메고 가시지."

기명은 농담처럼 말하면서도 기주부를 찾아가는 게 매우 위험하다는 걸 아는지라 불안한 빛이었다.

내킨 김에 출발하려는지 계성이 몸을 일으켰다.

"기주부에 들어갈 때는 어차피 얼굴을 숨겨야 하니까 대낮보다 밤이 좋겠지. 여기서 거리도 얼마 안 되니까 지금 바로 가겠소."

문을 나가는 계성을 따라나서며 기명은 주의를 주었다.

"차일기와 부딪치지 않게 조심해야 하오."

"기주부는 넓고 사람이 많으니까 쉽게 마주치지 않소."

"오래 기다리지 않을 테니까 빨리 돌아와야 하오."

"마치 애첩을 찾아가며 마누라의 배웅을 받는 기분이로군."

계성 역시 농담을 했지만, 기주부에 들어가서 벌이려는 모험의 위험성을 잘 알고 있었다.

계성이 말에 올라서 떠난 뒤에도 기명은 한동안 대문 앞에 그대로 서 있었다. 이윽고 그녀는 방으로 도로 들어갔는데, 문득 계성의 망태에 시선이 미쳤다.

"도대체 얼마나 귀한 약초가 들었기에……"

그녀가 망태를 열어서 손을 넣어보니 마른 약초 사이에 무언가 딱딱한 게 잡혔다. 밖으로 꺼내보니 고색창연한 하나의 청동갑이었다. 뚜껑을 열어보니 안에는 오석의 조각품 같은 게 들어 있었다.

"이게 뭘까?"

비국새에 대해서 알지 못하는 그녀는 고개를 갸우뚱거리다가 청동갑의 뚜껑을 닫아서 도로 망태에 넣었는데, 무언가 손에 또 잡혔다. 그걸 꺼내어보는 순간 그녀는 눈이 동그래졌다. 그건 바로 자신이 잃어버린 패물낭이 아닌가. 주머니를 열어보니까 한 냥 반의 금편이 그대로 들어 있었다.

"세상에 이런 괴상망측한 인간이 있다니……"

이 순간 그녀는 야릇한 기분이 되었다. 자신을 떠나지 못하게 하려고 계성이 패물낭을 훔쳐서 지금까지 감추어둔 걸 알았기 때문이다. 정말로 황금이 탐났다면 이렇게 맡기고 갈 리가 없다.

그녀는 패물낭을 도로 망태에 집어넣으며 아주 기묘한 느낌이 들었다. 계성이 우스꽝스럽게 여겨지면서도 마음의 울타리 안으로 슬며시 발을 들여놓는 것 같았기 때문이다. 지금까지 기명은 그 울타리 안으로 사내를 받아들인 적이 없었다.

망태를 제자리에 놓으며 기명은 가벼운 한숨을 내쉬었다. 왠지 모르게 서글프고 착잡한 느낌이었다. 그녀는 오랜 세월 동안 이런 감정을 느껴본 일이 없었다.

7. 기주부

청태조 누르하치가 심양성에 건립한 왕궁은 북경의 자금성만큼 웅대하고 호화롭지는 못하지만, 견실하면서도 당당했다. 이 왕궁은 청조가 북경으로 천도한 뒤 고궁(故宮)으로 이름이 바뀌었다.

고궁의 정문은 태청문이었고 붉은 목책과 높은 담으로 둘러싸인 궁성 안에는 오색 유리기와를 얹은 고루거각과 누대와 망루가 즐비하게 늘어섰다. 양백기주부는 이 고궁 한쪽에 자리 잡고 있었다.

계성이 태청문 쪽으로 다가갈 때, 뒤에서 말발굽소리가 들려오기에 돌아보니 한 젊은이가 유유히 말을 달려오고 있었다.

수리깃이 꽂힌 가죽모자를 쓴 젊은이였는데, 허리춤에는 훌륭한 패검을 찼다. 그는 약간 음울한 분위기를 풍겼지만 광대뼈가 높이 솟고 눈이 깊숙해서 강인하고 비범한 인상을 주었다.

그가 옆으로 다가왔으므로 계성이 물어보았다.

"당신도 기주부를 찾아가오?"

"그렇소."

"그럼 나와 동행이로군."

젊은이는 말머리를 나란히 하며 물었다.

"노형은 무슨 일로 기주부를 찾아가오?"

"아는 사람을 만나러 가오. 당신은 무슨 일로 가오?"

"무슨 일이 있는 건 아니오."

그냥 구경을 간다는 뜻인가. 좀 이상한 대답이었지만, 젊은이가 과묵한 성격 같았으므로 계성은 더 묻지 않았다. 그런데 그와 함께 태청문 가까이 이르자 수문병들이 갑자기 술렁거렸다.

"자무창 공자님이시다!"

병사들은 일제히 허리를 굽혀서 젊은이를 영접했다. 계성은 비로소 그가 기주부에서 신분이 높은 사람이라는 걸 알았다.

자무창이라는 젊은이는 안으로 들어가며 계성에게 물었다.

"노형은 누구를 만나러 왔소?"

"나는 둘째 소부인인 가미야의 사촌오빠요. 그녀로부터 초대를 받고 온 길이오."

계성은 지난번에 가미야가 가르쳐준 대로 말했다.

자무창은 수문병들에게 지시를 했다.

"이분을 둘째 소부인께 안내해 드려라."

"알겠습니다."

수문병들이 공손히 복명하자 자무창은 궁성 안으로 사라졌다. 말에서 내린 계성도 한 병사를 따라서 궁성 안으로 들어갔다.

궁내에는 화려한 전각과 누대가 여기저기 보였다. 비룡각과 상봉각을 지나면 숭정전이 솟아 있고, 그다음에는 협중재와 사선재가 보인다.

연회용으로 사용되는 삼층의 봉황루를 지나면 그 동편에 만주팔기군의 여덟 기주들이 사용하던 십왕전이 있고, 제일 안에는 청태조 누르하치가 사용하던 용상이 자리 잡은 대정전이 있다.

청태종 홍타이시의 보좌가 있는 숭정전과 침소였던 청령궁 등 중요한 전각은 사용하지 않고 그대로 비워 놓은 채 보존을 하고 있다.

중문을 몇 개 통과한 계성은 한 시녀에게 인계되어 영빈전으로 들어갔다. 기주부에서 손님을 맞이하는 곳이었다.

계성이 영빈전의 한 정실로 안내되어 차를 대접받으며 잠시 기다리자, 가미야가 모습을 나타내며 기쁜 빛을 감추지 못했다.

"계성 오빠가 정말 찾아왔군요. 하루하루 무척 기다렸어요."

"나도 빨리 오고 싶었어."

"이제 오빠가 금방 가지 말고 여기 오래 있었으면 좋겠어요. 나는 가깝게 지내는 사람이 별로 없어서 외로워요."

그녀는 남편을 일찍 잃었을 뿐만 아니라 대패륵장과 기주부의 사이가 좋지 않아서 왕래하기도 어려울 테니 더욱 고적하게 지내고 있을 것이다. 계성은 그녀의 처지를 이해할 수 있었다.

"나도 오래 있고 싶지만, 불청객이 찾아와서 하릴없이 빈둥거리면 기주부에서 좋아할까?"

"내가 초청을 했는데, 오빠가 왜 불청객이에요? 내가 명색이 둘째 소부인이니까 무시할 사람은 아무도 없어요."

"그럼 마음 놓고 궁성 구경을 실컷 하고 가야지."

"내가 여기저기 구경을 시켜 드릴께요."

가미야는 환하게 밝은 얼굴이었다. 계성이 찾아온 걸 진심으로 반가워하고 좋아했다. 계성은 우선 궁금한 걸 물어보았다.

"자무창 공자가 누구지? 궁성 앞에서 우연히 만나 함께 들어왔는데, 병사들이 매우 공경하는 것 같더군."

"기주님의 셋째 아드님이에요. 그는 놀라운 용력을 지녔고 검술도 아주 뛰어나요. 명산대천과 광활한 초원을 찾아다니며 여행을 많이 하는데, 가슴속에 무언가 큰 뜻을 품은 것 같아요."

"그렇군."

"장남인 타루간 대공자님은 문무를 겸전한 우리 만주족의 젊은 영웅이죠. 최고 정예인 근위대를 지휘하는 총령인데, 요즘은 병석에 계신 아버님 대신 기주부의 중요한 일을 모두 맡아보고 있어요. 가르멘이라는 따님은 조신하고 총명하지만 아직 혼인을 안 했어요."

양백기주 카일락은 정명하고 학식도 지닌 인물로서 지난해에 청조가 북경으로 천도해 들어간 뒤에는 요동을 비롯한 대황 땅의 최고 지배자가 되었다.

북경에 주둔하는 팔기군을 금려팔기라 했고 지방에 주둔하면 주방팔기라고 하는데, 카일락은 만주에 있는 주방팔기의 총병관이었다.

카일락이 병석에 누워 있다는 이야기는 계성도 들었다. 기주의 세 아들이 모두 걸출한 영웅의 기상이 있고 명나라와의 전쟁에서 큰 공을 세웠다는 이야기도 들었다. 하지만 가미야의 남편인 둘째 아들은 싸움터에서 전사한 것이다.

문이 열리더니 시녀 둘이 주안상을 받쳐들고 들어왔다. 백자 술병에 어육과 전병과 과일 등이 잘 차려진 주안상은 풍성하고 먹음직스러웠다. 고사리를 넣은 닭찜도 보였다.

가미야가 마노 술잔에 향기로운 미주를 찰랑찰랑 따라주었다.

"오빠! 많이 드세요. 전번에 오빠에게 선물 받은 뇌조에 대한 답

례로 준비한 주효예요."

"이렇게 대접이 융숭할 줄 알았으면 뇌조를 한 마리 더 잡아올 걸 그랬네."

"이제 우리가 같이 뇌조를 잡으러 가면 되죠 뭐. 남문 밖에 나가면 잠꾸러기 뇌조가 많은 것 같으니까요. 그런 뇌조는 살금살금 다가가서 그냥 꽉 잡으면 되겠죠?"

"세상모르고 꿈속에 빠져 있는 뇌조를 찾아내야지."

"호호호……그런 뇌조를 보면 내가 잡을께요."

가미야는 명랑하게 웃고 나더니 가벼운 한숨을 내쉬었다.

"돌이켜 보면 나도 지나온 세월이 꿈같기만 해요. 나는 예전에도 오빠를 가끔 머리에 떠올렸어요. 오빠가 성장하여 어떤 모습으로 변했을까 상상도 해보았죠. 전번에 오빠를 만나보니까 내가 상상했던 모습 그대로였어요. 그래서 금방 알아봤죠. 오빠를 만난 게 마치 꿈같기도 했어요."

"나도 예전부터 가미야가 가끔 머리에 떠오르곤 했어."

그녀가 의미 있는 표정으로 물었다.

"전번에 내가 뇌조의 깃털을 왜 머리에 꽂아달라고 했는지 알아요?"

"모르겠어."

"우리 만주인의 옛 조상인 말갈의 총각들은 마음에 드는 처녀를 만나면 청혼의 표시로 새의 깃털을 머리에 꽂아주었대요. 처녀가 깃털을 빼버리면 청혼을 거절하는 거고, 그냥 꽂고 있으면 승낙의 표시였대요. 그래서 내가 오빠에게 깃털을 꽂아달라고 했죠."

"가미야 머리에 깃털이 없는 걸 보니 나는 거절당했군."

"그동안 계속 꽂고 있었지만 오빠가 안 오는 줄 알고 얼마 전에 빼버렸죠 뭐. 이따가 다시 꽂을게요. 그런데 오빠는 언제 혼인할 거예요?"

"시집오겠다는 여자가 없으니까 나도 모르겠어. 나는 장가도 못 가고 산야를 떠돌아다니며 약초나 캘 팔자인가 봐."

"나도 오빠와 함께 약초를 캐며 세상을 떠돌아다니고 싶어요. 사실 오빠가 준 뇌조는 하늘에 날려보냈어요. 자유롭게 마음대로 살아가라구요. 나도 그러고 싶은데, 오빠를 따라갈까요?"

그녀는 궁성에 갇혀 있는 생활이 고적할 뿐만 아니라 답답한 모양이었다. 지난번에 남문 밖의 골짜기로 나가서 꽃도 져버린 복숭아나무 아래를 거닐며 바람을 쐬던 것도 그 때문이리라.

"함께 약초를 캐러 다니면 나야 좋지만 가미야가 힘들걸? 황야에서는 승냥이떼를 만나기도 하고 뱀한테 물리기도 하니까."

"오빠가 나를 데리고 다니기 싫으니까 겁주는 거죠?"

"가미야만 좋다면 나는 업고라도 다니지."

"내가 꽤 무거우니까 오빠가 힘들걸요? 호호호……"

가미야는 상상만 해도 즐거운 듯 크게 웃었다.

옛날에 대패륵장에서 그녀가 함께 도망치려고 했던 때를 떠올리며 계성이 물었다.

"가미야의 고향은 어디지?"

그녀는 아련한 표정이 되었다.

"북대황(北大荒:북만주)의 흑수(흑룡강) 강변이에요. 고향의 끝없이 펼쳐진 초원과 울울창창한 삼림이 생각나요. 아침에 찬란한 해가 강물을 벌겋게 물들이고 풀잎에 이슬이 반짝이면 너무나도 아름답죠. 석양이 지면 초원은 보라색으로 물들고 달밤이면 강가에서 물안개가 뿌옇게 피어올라요. 겨울에 눈꽃이 핀 나뭇가지들은 하얀 산호초처럼 보이고, 하얗게 얼어붙은 흑수는 엄청나게 큰 백사(白蛇) 같은데, 사람들은 썰매와 마차로 강을 왕래하죠. 비가 많이 오거나 오월이 되면 눈이 녹아서 검붉은 강물이 넘쳐흐르므로 코가 큰 승냥이라 불리는 아라사(러시아)의 도둑들도 도강을 못 해요."

"나도 흑수에 가보고 싶군."

"나랑 같이 갈래요? 오빠만 좋다면 내가 데려갈께요."

"정말이야?"

"정말이죠."

두 사람은 진지한 기색으로 서로의 눈동자를 들여다보았다. 가미야가 비밀 이야기를 하듯 나직이 속삭였다.

"흑수에 가서 통나무배를 띄우고 통통하게 살찐 물고기와 진주를 머금은 조개를 잡을까요? 붉은 수수를 키워서 술을 빚고 떡도 해먹어요."

"그러면 정말 좋겠군."

"양도 기르고 숲속에 가서 목이버섯도 캐요. 양은 아무리 배고파도 보채지 않고 가만히 엎드려 있는데, 그 위로 눈이 쌓이거나 비가 쏟아져도 울지 않죠. 초여름에 깎은 양털은 강물에 깨끗하게 빨아서 낙타를 몰고 오는 행상대에 팔아넘기면 돼요."

"아주 평화롭게 살 수 있겠어."

"하지만……"

"하지만 뭐야?"

"나는 정말 그러고 싶지만, 아무래도 그럴 수는 없겠죠?"

가미야가 가벼운 한숨을 토해냈다. 꿈과 현실은 아무래도 다른 것이다. 그게 세상이고 삶이다.

계성도 덩달아 한숨을 내쉬었다.

"그렇게 하려면 내가 가미야를 훔쳐가는 수밖에 없겠지."

"오늘 밤에 내 침실문을 잠그지 않을께요."

"그럼 밤이 깊을 때까지 기다려야겠네."

"정말로 나를 훔치러 올 거예요?"

"응! 하지만 깜박 잠이 들면 못 가겠지?"

"호호호……오빠도 뇌조처럼 잠꾸러기인가 봐."

두 남녀는 이렇게 즐겁고 다정한 이야기를 나누며 밤늦도록 오붓한 시간을 가졌다. 취기 외에도 은은하면서도 달콤한 어떤 도취와 감흥이 두 사람을 감돌고 있는 시간이었다.

이윽고 술자리가 끝나자 가미야는 계성을 침실로 안내해주었다.

"오빠! 이제 자고 내일 또 만나요."

"그렇게 해."

그녀가 돌아간 뒤 계성은 금침이 깔린 침상에 몸을 눕혔다. 아직도 몽롱한 취기 속에서 가미야의 상냥한 목소리와 웃는 얼굴이 눈앞에 어른거렸다. 하지만 기주부를 찾아온 목적을 떠올리자 취기에서 깨어나 제정신이 들었다. 과연 아란사를 빼낼 수 있을까.

아란사를 구출한다고 해도 가미야에게는 피해를 끼치지 않아야 했다. 어렵고 위험한 일이라서 가미야에게 도움을 요청하고 싶지만, 경솔하게 손을 내밀 수도 없었다.

그런데 아란사는 지금 어디에 있는 것일까. 워낙 예쁘니까 누군가 탐욕스럽게 손을 대지는 않았을까. 계성은 이런저런 생각에 잠졌다가 겨우 잠이 들었다.

내궁에 있는 한 별각이었다. 잘 가꾸어진 정원과 푸른 물이 넘실 거리는 연못으로 둘러싸여 있는 이곳은 아늑하고 운치가 있는데다 가 다른 세상처럼 조용했다.

깊은 밤의 적막이 드리워졌지만 아란사는 잠들지 못한 채 침상 에 누워 있었다. 사등(紗燈) 불빛에 비친 그녀의 안색은 약간 창백 했고, 무언가 깊은 생각에 잠겨 있었다.

계성과의 약속이 틀어지고 기주부로 끌려왔지만 크게 두려워하 거나 절망하는 빛은 없었다. 역시 생사에 반쯤 초탈했기 때문일까. 침상 옆의 탁자에는 당과(糖菓) 접시가 놓여 있었지만 손을 댄 흔적 은 없었다.

아란사는 천장에 막연한 시선을 던진 채 중얼거렸다.

"기주부에서 나를 잡아온 건 결코 우연이 아니야. 경박폭포에서 비국새를 수색하던 사내들에게 보고를 받았을 테니까, 내가 대패 륵장에 잡혀 있는 걸 알고 계속 노려왔을 거야. 그런데 비국새를 가지고 있는 계성은 어떻게 되었을까."

이때 문이 열리더니 한 노인이 들어섰다. 그는 머리카락이 없는 두상이 크고 회색 수염이 길게 늘어졌고, 가느다란 두 눈에서 형형 한 광채를 발산하고 있어 범상한 인물로 보이지 않았다.

아란사가 움직이지 않고 가만히 있자, 가까이 다가온 노인이 위 엄 있는 태도로 물었다.

"경박폭포에서 네가 찾아낸 비국새를 어떻게 했느냐?"

아란사는 노인이 누구인지 알아차렸다. 조부에게 들은 바에 의

하면, 비국새를 찾아내려고 기주부에서 경박폭포에 사내들을 보낸 인물은 황법사일 거라고 했다. 황법사는 양백기주인 카일락의 가신으로서 기주부의 실력자라고 했다. 노인은 바로 그 황법사임이 분명했다.

아란사는 사실을 밝힐 수 없었다.

"대패륵장에서 빼앗겼어요."

"우릉치 패륵은 비국새에 대해서 잘 모르므로 관심이 없다. 비국새를 누구에게 넘겨주었느냐?"

"대패륵장 무사들에게 빼앗겼으니까 지금 누가 가지고 있는지 몰라요."

황법사는 비수처럼 날카로운 시선으로 아란사를 정시했다.

"너는 거짓말을 하고 있다. 네 얼굴에 그렇게 씌어 있어."

아란사는 이 순간 노인의 시선이 전류처럼 망막을 찌르며 뇌수로 뻗치는 느낌이 들었다.

노인은 속지 않았다. 그는 사람의 내면을 꿰뚫어보는 능력이라도 있는 것일까. 하지만 아란사가 입을 열지 않자 황법사는 더 다그치지 않고 발길을 돌렸다.

"타루간 대공자가 너를 각별하게 생각하시니 오늘은 더 이상 캐묻지 않겠다. 그렇지만 너는 실토를 해야 한다. 결국 그렇게 될 것이다."

황법사는 이런 말을 남기고 방을 나가버렸다. 아란사의 얼굴에는 어두운 그늘이 어렸다. 아주 무서운 노인이야.

얼마 후 문이 다시 열리더니 한 공자가 들어섰다. 그는 푸른색 공단 호복을 입고 이목구비가 뚜렷한 얼굴에 턱수염 없이 콧수염을 길렀는데, 위풍이 당당하고 늠름했다. 그는 바로 양백기주 카일락의 큰아들이자 근위총령인 타루간이었다. 병석에 누운 부친 대신 기주부의 대소사를 주도하고 있는 타루간은 영민하면서도 대범해서 상하의 신망을 얻고 있는 것으로 알려졌다.

타루간은 침상 옆으로 다가와서 아란사를 내려다보았다. 아란사도 투명한 시선으로 그를 올려다보았다. 처음 보는 건 아니었지만 시선이 마주치는 순간 타루간은 탄상을 토했다.

"너는 진정 아름답구나! 이슬 머금은 한 떨기 백화 같도다."

아란사가 시선을 피하여 눈을 감은 뒤에도 그녀의 얼굴을 한동안이나 바라보던 타루간이 온유한 어조로 물었다.

"불편한 점은 없느냐?"

아란사는 눈을 감은 채 말없이 머리를 흔들었다. 타루간은 비국새에 대한 이야기는 꺼내지 않았다. 그는 비국새보다 아란사의 미모에 더욱 마음이 쏠린 것 같았다.

"나는 너를 괴롭힐 생각이 조금도 없으니까 두려워하지 말아라. 다만 너는 앞으로 내 여자가 될 것이다."

침상 옆에 걸터앉으며 이렇게 말한 타루간이 금침을 제치고 아란사의 발을 잡았다. 그리고는 희고 매끈한 발을 쓰다듬고 매만지기 시작했다. 아란사는 여전히 눈을 감은 채 미동도 하지 않았다.

"내가 장차 요동왕이 되면 너를 후비로 삼으리라. 너는 앞으로 몸과 마음을 다 하여 내 뜻을 따르도록 하라."

타루간은 손을 위로 뻗어서 대리석처럼 매끈한 아란사의 다리를 쓰다듬어 올라갔다. 아란사는 속눈썹이 미미하게 떨렸으나 역시 움직이지 않았다. 속옷 자락을 제치고 백설처럼 희고 부드러운 허벅지로 손길을 뻗어가는 타루간의 얼굴에는 욕망의 열기가 나타났다. 청초하고 순백한 미소녀의 육체를 차지하여 쾌락을 맛보려는 본능적인 욕망이 꿈틀거리며 솟구치고 있었다.

허벅지를 천천히 쓰다듬던 손길이 하복부 한가운데로 뻗쳐오자 아란사는 두 다리를 꼭 오므렸다. 타루간의 손길은 그 사이로 파고들었다.

"내가 이제 너를 진정한 여자로 만들어 주마."

이 순간 그의 눈썹이 살짝 찌푸려졌다. 아란사의 깊고 은밀한 그곳이 천으로 꼭 감싸여서 손을 대지 못하도록 되어 있었기 때문이다. 경도를 하는 중인가.

아란사는 살짝 붉어진 얼굴을 옆으로 돌렸다. 타루간은 웃으며 손길을 거두었다.

"네가 이미 성숙한 여자라는 증거이니 부끄러워할 필요 없다. 나중에 다시 올 테니까 편히 쉬도록 하라. 참! 내 마음의 징표로 너를 주려고 가져온 선물이 여기 있다."

그는 품속에서 작은 금갑을 하나 꺼내어 침상에 내려놓더니 몸을 일으켰다. 그가 돌아서서 방을 나가자 아란사의 감겨 있던 눈이 스르르 떠졌다.

그녀는 금갑으로 손을 뻗어서 뚜껑을 열었다. 안에는 찬란하게 빛나는 홍보석이 하나 들어 있었다. 메추리알만한 크기에 이채롭고 진귀한 보석이었다.

그녀는 홍보석을 손에 집어든 채 유심히 응시하며 무언가 깊은 상념에 잠겼다. 홍보석의 붉은 광채가 그녀의 검은 눈동자에 불꽃처럼 어른거렸다. 그녀는 나직이 독백을 토했다.

"할아버지는 타루간 대공자에 대해서 이야기를 한 적이 있었어. 내가 염두에 두어야 할 중요한 사람이라고 했지."

영빈전의 넓은 화원에는 갖가지 봄꽃들이 제각기 향기와 자태를 뽐내며 피어났다.

계성은 석등이 밝혀진 뜰에서 가미야와 함께 화원을 둘러보고 있었다. 낮에 계성은 가미야의 안내를 받아서 고궁의 이곳저곳을 구경했다. 그리하여 밤이 되었지만 아직도 즐거운 시간을 함께 보내는 중이었다. 계성이 한 꽃봉오리에 시선을 던졌다.

"저건 옥잠화로군."

"오빠는 옥잠화를 좋아해요?"

"좋아하지. 가미야는 옥잠화를 닮았어."

옥잠화는 여름에 꽃이 피는데, 활짝 피기 전의 갸름한 꽃봉오리가 옥비녀처럼 생겼다고 하여 그런 이름이 붙었다. 만개한 꽃보다 작고 하얀 봉오리가 더 정감 있고 고아하다.

"내가 정말 옥잠화를 닮았어요?"

"왠지 모르게 그런 느낌이 들어."

"그럼 앞으로 옥잠화를 보면 나를 생각해줘요."

"알았어. 그럴게."

"약속을 어기면 안 돼요. 앞으로 여름이 오면 옥잠화가 계속 필 테니까 오빠는 내 생각을 많이 하겠네요?"

"그렇겠지."

"나도 옥잠화를 보며 오빠 생각을 할께요."

그녀는 미소를 지었지만 쓸쓸한 빛을 보였다. 자신이 이미 처녀가 아니라서 계성을 좋아할 수 없다고 생각하기 때문일까.

잠시 궁리를 하던 계성이 마침내 이야기를 꺼냈다.

"며칠 전에 아란사라는 소녀가 이곳에 들어오지 않았어?"

"오빠가 어떻게 그녀를 알아요? 그녀는 대공자가 내궁의 이화각으로 데려왔는데, 지금 시녀들이 돌보고 있어요. 사실 감시를 하고 있는 셈이죠. 그녀와 아는 사이예요?"

계성은 간단히 내막을 들려주었다.

"아란사는 대패륵장에서 북경의 섭정왕에게 선물로 보내려던 소녀야. 이번에 기주부에서 별동대를 은밀히 출동시켜서 빼앗아왔지. 나는 어떤 계기로 해서 아란사를 좀 알게 되었어."

"그렇군요. 그토록 아름다운 미소녀를 어디서 데려왔을까 하고 궁금하게 여겼더니……"

가미야는 표정이 약간 굳어졌다. 특별한 사건이 있었다는 걸 알아차린 것이다. 그녀는 기주부와 대패륵장의 암투를 잘 알고 있으므로 무슨 일인지 대강 짐작을 하는 눈치였다.

"대공자는 앞으로 아란사를 어떻게 할 셈일까?"

"그건 나도 잘 모르겠어요. 아무튼 대공자는 그녀를 매우 소중하게 여기는 것 같아요. 보기 드물게 아름다운 미소녀니까요."

타루간은 분명 아란사의 미모를 탐내어 수중에 넣으려 할 것이다. 이번 일의 비밀을 유지하기 위해서라도 그녀를 놓아주거나 외부에 내놓지는 않을 것이다.

가미야가 좀 미묘한 표정으로 물었다.

"오빠와 그녀는 서로 좋아하는 사이예요?"

"그런 건 아니야."

계성이 자세한 이야기를 하지 않자 가미야는 더 묻지 않았다. 사실 계성은 내막을 다 털어놓을 수 없었다. 아란사를 빼내려고 왔다는 말도 아직 할 수 없었다. 기주부의 동정을 살펴본 뒤, 아란사가 갇혀 있다는 이화각에 대한 탐색부터 해야 될 것 같았다.

가미야가 은연중 아쉬운 빛으로 말했다.

"나는 돌아갈 테니까 오빠는 이제 들어가서 자도록 해요."

"알았어. 내일 또 만나지."

"오늘밤에도 내 침실문을 잠그지 말까요?"

"어젯밤에는 정말 안 잠갔어?"

"시녀가 잠갔어요."

"그럼 시녀를 쫓아내야겠군."

"시녀가 나보다 기운이 더 세요."

"결국 그녀가 골치로군."

계성이 머리를 흔들자 가미야는 미소를 지으며 돌아섰다.

"시녀 모르게 꿈속에서 살짝 만나요."

"좋아."

계성은 가미야를 영빈전 밖에까지 배웅해주었다. 그런데 그녀를 보내고 발길을 돌리던 계성은 건너편 전각에서 나오는 한 사내를 발견하고 흠칫했다. 그는 바로 차일기였다.

계성은 어둠 속으로 얼른 몸을 숨기며 영빈전 안으로 들어섰다. 차일기는 뒤따라오지 않았다. 그는 흘낏 시선을 던졌지만, 어두워서 얼굴을 알아보지 못한 모양이었다.

안도의 한숨을 내쉬던 계성은 뒤로 미룰 필요 없이 당장 이화각을 탐색해보아야겠다는 생각이 들었다. 혼자 힘으로 아란사를 구출할 수만 있다면 가미야에게 누를 끼치지 않아도 된다.

가미야와 구경을 하는 동안 고궁의 구조와 지형지물을 대강 파악했으므로 내궁의 위치는 짐작이 되고 침투로도 가늠이 되었다. 이화각은 내궁에 있는 한 별각일 것이다.

계성은 곧 말안장에 매어둔 밧줄 꾸러미를 챙기고는 영빈사를 나섰다. 그리고는 어둠 속에 몸을 숨기며 넓은 정원을 가로질러서 내궁으로 향했다.

얼마 후 앞에 높은 벽돌담이 나타났다. 담장을 넘으면 내궁일 것이다.

계성은 밧줄 꾸러미를 풀었다. 밧줄 끝에는 작은 갈고리가 매달려 있었다. 이것은 지붕이나 담장 따위를 몰래 넘을 때 필요하므로 항상 가지고 다니는 도구였다.

주위를 한번 둘러본 계성은 갈고리 달린 밧줄을 담장 너머로 휙 던졌다. 그리고 밧줄을 당기자 갈고리가 담장의 처마에 걸렸다. 계성은 즉시 밧줄을 타고 담장을 넘어서 안으로 침투했다.

안에는 여러 가지 화목이 잘 가꾸어진 정원이 펼쳐져 있고, 건너편에 호화로운 전각과 누각 등이 보였다. 계성은 정원을 지나서 그쪽으로 접근했다. 어떤 건물이 이화각일까. 사람은 보이지 않고 조용했으나 모든 전각 안에는 환한 불빛이 보였다.

계성은 전각들을 자세히 살펴보기 위하여 좀 더 다가갔다.

이때 어둠 속에서 여러 명의 병사가 불쑥불쑥 나타났다.

"꼼짝 마라!"

흠칫한 계성이 도주로를 찾으려고 옆을 돌아보니 그쪽에도 여러 명의 병사가 불쑥불쑥 나타나고 있었다. 그들은 환도를 뽑아들고 계성을 엄중하게 포위하듯 다가왔다.

계성이 이번에는 뒤를 돌아보자, 차일기가 컴컴한 나무 뒤에서 걸어나왔다. 완전히 포위를 당한 형세였다.

차일기는 허리에 찬 예도의 손잡이를 툭툭 쳤다.

"당신이 양백기주부를 방문할 줄은 미처 몰랐군. 내가 영빈전에 들어가보니 당신이 없기에 이리로 온 줄 짐작했지."

이목이 예리한 그는 조금 전에 영빈전 밖에서 눈길을 보냈을 때, 계성을 알아본 것이다. 그리하여 병사들을 거느리고 영빈전에 들이닥쳤다가 계성이 안 보이자 이리로 뒤쫓아왔다. 계성이 아란사를 찾고 있다는 걸 알아차린 것이다.

계성이 도망칠 곳을 탐색하며 대꾸했다.

"당신이 기주부의 첩자라는 걸 나도 처음엔 미처 몰랐소."

"아란사를 찾으러 왔소?"

"당신에게 빌려준 술값을 받으러 왔지."

"오늘도 마침 내 주머니에 돈이 없군."

"그럼 별수 없이 다음에 받아야지."

이렇게 말한 계성은 재빨리 정원 쪽으로 몸을 날렸다. 하지만 정원으로 들어선 계성은 더 이상 도망치지 못하고 그 자리에 주춤 멈추어 섰다. 그곳에도 환도를 뽑아든 병사들이 엄중한 포위망을 펼치고 있었던 것이다.

계성은 기주부 한가운데에서 무기도 없이 많은 병사들을 물리치고 도망칠 방법이 없었다. 무기가 있어도 가미야의 입장을 생각하면 병사들을 함부로 살상하거나 난동을 부릴 수 없었다.

차일기는 천천히 다가오며 씩 웃었다.

"내가 술값은 어떻게 마련해 볼 테니까 너무 섭섭하게 생각하지 마오."

계성은 결국 꼼짝없이 사로잡힌 셈이었다. 기명이 우려했던 일이 그대로 벌어지고 말았다. 위험을 잘 알면서도 기주부를 찾아온 건 역시 만용이었던가.

8. 함정

어느덧 날이 훤하게 밝아왔다. 뇌옥에 갇힌 계성은 감방의 마룻바닥에 앉아서 하룻밤을 지새웠다. 기주부의 뇌옥은 특별한 죄수만 감금하는 것 같았다. 계성 외에 다른 죄수는 없었다.

나는 이제 어떻게 되는 것일까. 계성이 이렇게 막막한 심정에 잠겨 있을 때, 철창문이 덜컹 열리더니 한 공자와 노인이 모습을 나타냈다. 그들은 타루간 대공자와 황법사였다. 타루간이 카일락 기주의 큰아들이라는 걸 계성은 알아보았다.

타루간이 먼저 물었다.

"자네가 가미야 소부인의 사촌오빠인가?"

계성은 고개를 끄덕였다.

"그렇소이다."

"소부인에게 사촌오빠가 있다는 이야기를 들어본 적이 없는데 이상하군. 소부인은 아직 젊고 아름다우니까 젊은 남자를 불러서 만난다고 해도 이상할 건 없지만 말이야. 자네는 혹시 가미야 소부인의 정부(情夫)인가?"

"절대 아니외다."

가미야가 오해를 받으면 안 되므로 계성은 강하게 부인했다.

"기주부에는 무슨 일로 왔는가?"

"고궁을 구경하려고 왔소이다."

"매우 한가한 사람인 것 같군."

타루간은 믿지 않는 눈치였지만 더 추궁하지는 않았다. 계성에 대해서 별 관심이 없는 것 같았다. 그는 다만 가미야의 사촌오빠라는 말에 반신반의하여 와본 것 같았다.

이번에는 노인이 앞으로 나서며 물었다.

"자네는 아란사와 어떤 관계인가?"

"아무 관계도 아니오."

"자네가 대패륵장에서 아란사와 몰래 접촉했다는 이야기를 들었네. 그녀를 빼가려고 여기까지 찾아왔는가?"

그는 차일기로부터 자세한 보고를 받은 모양이었지만, 계성은 부인하는 도리밖에 없었다.

"아니오."

"자네는 정체가 뭔가?"

"나는 떠돌이 약초꾼이오."

노인이 엄중한 기색으로 본론을 꺼냈다.

"자네는 비국새에 대해서 알고 있는가? 아란사로부터 그런 이야기를 들었겠지?"

그는 뜻밖에도 비국새에 대해서 잘 알고 있는 것 같았다. 하지만 계성은 머리를 좌우로 흔드는 수밖에 없었다.

"그런 말은 들어본 적이 없소이다."

"자네는 거짓말을 하는 것 같군. 비국새에 대해서 안다고 자네

눈동자가 말하고 있네. 아무래도 자네가 비국새를 가지고 있는 모양인데, 아란사가 그걸 맡긴 모양이군."

계성은 이 순간 노인의 안광이 전류처럼 망막을 찌르며 뇌수로 뻗치는 느낌이 들었다. 노인은 속지 않았을 뿐만 아니라 직접 본 것처럼 사실을 정확하게 짚어냈다.

"그 문제는 황법사에게 맡기겠소."

타루간은 이런 말을 남기고 감방을 나갔다. 그는 비국새에 대해서도 별 관심이 없는 것 같았다.

계성과 단둘이 남자 황법사가 다시 추궁했다.

"자네가 비국새를 가지고 있는가?"

"가지고 있지 않소이다."

"현재는 가지고 있지 않다는 뜻이로군. 그럼 어디에 보관해 두었는가?"

"난 모르는 물건이오."

계성은 계속 부인했지만 황법사는 믿지 않았다.

"나는 아란사의 조부인 노선생이 오래 전부터 경박호와 경박폭포에서 비국새를 추적하고 있다는 걸 알고 있었네. 사실 나도 사람들을 보내어 비국새를 찾아보도록 했지. 그런데 이번에 아란사가 비국새를 찾아냈는데, 우연찮게도 대패륵장 무사들이 그녀를 납치해왔지. 하지만 우룽치 패륵은 비국새에 대해서 아는 바가 없으니까, 그걸 탐내지는 않았을 걸세."

계성이 궁금증을 느끼고 물었다.

"비국새는 도대체 어디에 쓰는 물건이오?"

"내가 묻는 말에만 대답하게. 비국새는 지금 어디 있는가?"

"난 모르오."

"자네는 혹시 지옥에 가보았는가?"

"살아 있는 사람도 지옥을 구경할 수 있소?"

"나는 옛날에 토번(티베트)에서 밀교(密敎)를 공부한 적이 있네. 밀교에서는 우매한 인간이 풍병에 걸려서 이 세상의 지옥을 헤맨다고 하지. 토번에서는 죽으면 천장(天葬)을 해야 혼백이 하늘로 올라간다고도 하네. 자네가 살아서 지옥을 구경하고 싶다면, 내가 그렇게 해주겠네. 아니면 천장을 해주기를 원하는가?"

이 말은 실토를 하지 않으면 이 세상에서 지옥의 고통을 맛본 뒤 죽음을 당한다는 뜻이었다.

밀교는 천축(인도)에서 전해진 불교의 한 종파인데 매우 깊고 오묘한 진리를 품고 있다고 한다. 밀교는 토번에 전해지면서 브라만교와 합쳐져서 라마교가 되었다.

천장이란 시신을 칼로 찢어서 바위 위에 놓아두고 독수리 등 새를 불러들여서 먹게 하는 장례이다. 천장이 끝나면 두개골 등 큰 뼈는 화장하여 산자락에 뿌리고, 나머지 인골로는 악기도 만들고 아이들이 공기놀이도 한다.

"나는 옛날부터 죽음의 고통을 끝없이 겪었기 때문에 이제 면역이 되었소이다. 당장 이 세상을 떠난다 해도 아무렇지도 않소."

계성이 태연하게 대꾸했으나 황법사는 조소를 흘렸다.

"만용을 부려도 소용없네. 자네는 지금 두려워하고 있어."

그는 역시 사람의 마음을 꿰뚫어보는 능력이 있는 모양이었다. 사실 이 세상에 육신의 고통이 두렵지 않은 사람은 없고, 죽기를 원하는 사람도 별로 없다. 물론 극심한 고통이 계속되면 차라리 죽기를 원하기도 한다. 고통은 그만큼 무서운 것이다.

계성은 은연중 황법사에게 위압되는 느낌을 떨쳐버리려고 이야기를 돌렸다.

"당신은 화상인지 도인인지 알 수가 없소. 도대체 정체가 뭐요?"

"나는 중원의 도가(道家)를 좀 공부했지만, 대단한 신통력은 없네. 동방의 선가도 공부를 약간 했지. 옛날에 몽골에서 번승(라마승) 노릇을 한 적도 있는데, 뜻한 바 있어 오래 전에 요동으로 들어왔네. 법사라는 호칭은 별 의미가 없네."

황법사는 내력이 아주 특이한 인물이었다.

몽골에는 번승이 많고 대접도 받는다. 옛날에 몽골족이 세운 원나라에서는 번승들이 국정을 지배하고 초야권을 행사하는 등 특별한 지위를 누렸다.

초야권이란 나이 많은 번승이 갓 혼인한 여자를 맡아서 첫날밤을 치르는 것이다. 육체의 본능적인 욕망을 중요시하는 좌도밀교의 진리에 따라서, 여자에게 쾌락의 세계를 가르쳐주어 남편과의 원활한 교합을 유도하고, 아이를 많이 낳게 하여 종족의 번성에 기여하게 한다는 의미였다. 이러한 번승들의 지나친 발호는 창병(瘡病:성병)의 창궐로 이어지고 인구까지 줄게 하여 결국 몽골족의 쇠퇴를 불러왔다.

황법사가 다시 물었다.

"자네는 무슨 야심을 품었기에 비국새를 숨기고 아란사를 빼가려고 하는가?"

"나는 아무런 야심도 없소이다."

"그럼 아란사의 미색에 혹했는가?"

"별로 그렇지도 않소."

황법사가 태도를 부드럽게 하여 제의했다.

"황금 3냥을 주면 비국새를 내놓겠는가?"

계성이 쉽게 굴복할 성격이 아니라는 걸 알자 위협보다는 회유가 효과적이라고 판단한 것일까. 황금이 3냥이라면 대단한 거금이었다. 하지만 계성은 그것이 죽음의 미끼라는 걸 알았다. 황금이 탐나서 비국새를 내놓는다면 곧 죽음을 당할 게 뻔했다.

섭정왕에게로 가는 대패륵장의 선물을 기주부에서 탈취한 비밀을 지키기 위해서라도 결코 살려보내지 않을 것이다. 비국새를 내놓지 않아도 결국 죽음을 당할 것이다. 그리고 보면 살 길이 없지 않은가.

아무튼 비국새는 예상보다 더욱 대단한 물건 같았다. 계성은 그 비국새가 자신의 목에 치명적인 올가미를 채웠다는 생각이 들었다.

"나중에 다시 올 테니까 잘 생각해서 마음을 정해두게. 타루간 대공자의 뜻에 따라서 아란사는 아직 심문을 하지 않았지만, 자네가 고집을 피워도 그녀가 결국 실토할 걸세."

황법사는 이런 말을 남기고 감방을 나갔다. 철창문이 덜컹, 소리를 내며 닫히자 계성은 더 한층 암담한 심정이 되었다. 아란사를 구해내기는커녕 헤어날 수 없는 깊은 함정에 빠진 느낌이었다.

잠시 후 복도에서 뚜벅거리는 발자국 소리가 들리더니 철창문에 자무창의 얼굴이 나타났다. 그는 카일락 기주의 셋째 아들이라고 했다. 자무창은 무표정한 얼굴에 묵직한 음성으로 말을 건넸다.

"대패륵장에서 온 마차에 백호피가 한 장 있었소. 그 백호피의 주인이 어디 있는지 아오?"

그 백호피라면 바로 기명이 팔아넘긴 물건일 것이다.

"백호피의 주인은 왜 찾소?"

"가슴에 칼자국이 있는 그 백호피는 내가 본 적이 있소. 그 주인도 알고 있기에 물어보는 거요."

"당신이 기명을 안단 말이오?"

"이름은 처음 듣지만, 그녀를 지난겨울에 한 번 만난 적이 있소. 그녀는 지금 어디 있소?"

자무창이 기명을 알고 있다는 건 뜻밖이었다. 하지만 계성은 이번에도 사실대로 이야기를 할 수 없었다.

"그녀가 어디 있는지 난 모르오. 대패륵장에 백호피를 팔고나서 어디론지 떠나갔으니까."

자무창은 낙담하는 빛을 보이더니 묵묵히 돌아서서 가버렸다. 기명 외의 다른 문제에 대해서는 관심이 없는 것 같았다.

계성은 객점에서 기다리고 있을 기명을 떠올렸다. 만약 내가 돌아가지 못한다면, 그녀가 망태를 열어보고 비국새와 패물낭을 발견할 것이다. 그녀는 패물낭을 도로 찾는 셈이지만, 비국새를 어떻게 처리할지는 알 수 없다.

계성은 차가운 돌벽에 기대어 눈을 감았다. 아무래도 기명과 다시 만나기는 어려울 것 같았다.

복도에서 또 발자국 소리가 나기에 눈을 떠보니 이번에는 철창문에 차일기의 얼굴이 나타났다. 그는 덤덤한 어조로 물었다.

"기분이 어떻소?"

계성은 씁쓸한 낯을 했다.

"그런 대로 괜찮소."

"그렇다면 다행이군."

차일기는 턱을 주억거리더니 엉뚱한 이야기를 꺼냈다.

"나는 예전에 중원에서 술집에 다니다가 한 기녀를 알게 되었소. 칼을 써서 돈을 벌면 모두 그녀를 가져다주었지. 그녀는 다른 손님을 자신의 방에 들이지 않겠다고 약속했소. 그런데 어느 날 밤늦게 가보니까 그녀의 방에 한 사내가 숨어 있더군. 나는 단칼에 사내와 계집을 한꺼번에 베어버렸지. 그러자 기녀가 가슴에서 피를 흘리고 죽어가면서 말하더군. 그 사내는 자신의 오빠이며, 병사들에게 쫓기고 있는 복명회(復明會) 요원이라고……"

복명회란 멸망한 명나라의 유신과 지사들이 나라를 다시 세우려고 건립한 비밀결사로서, 청조에 쫓기며 지하활동을 하고 있었다.

"그 뒤에 나는 중원을 떠나서 요동으로 들어왔소. 지금도 나는 술을 마시고 나면, 가진 돈을 모두 기녀에게 주오. 하지만 한 기녀에게 주지 않고 여러 기녀들에게 나누어주지."

"좋은 술버릇이로군."

계성이 이렇게 대꾸하자 차일기가 물었다.

"당신은 돈을 벌면 어디에 쓰오?"

"밥을 먹고사는 데 쓰지."

"당신은 곧 죽을 것이오. 하지만 한 가지 살 길이 있지."

"어떤 살 길이 있소?"

"비국새를 황법사에게 바치고 충성하는 길이오. 나처럼 돈을 받고 일을 해주는 거지. 당신은 일류 칼잡이로 보이니까, 황법사가 좋은 조건으로 고용해줄 거요."

차일기는 보수를 받고 황법사의 충복 노릇을 하는 모양이었다. 계성이 궁금해져서 물었다.

"황법사는 도대체 어떤 인물이오?"

"그는 자무창 공자에게는 스승이 되고, 기주님에게는 유능한 가신이 되는 분이지. 양백기주부의 실력자라고 생각하면 되오. 나도 잘 모르지만, 그는 무언가 큰 야망을 가슴속에 품은 것 같소."

"그렇군. 당신이 나에게 살 길을 가르쳐주는 이유는 뭐요?"

"우리가 비슷한 종류의 인간 같기에 호의를 베푸는 거지. 당신이 죽으면 기분이 그다지 유쾌하지 않을 것 같으니까."

계성이 입을 다물고 있자 차일기가 물었다.

"혹시 쾌왜도라는 사내를 아오?"

"모르오."

"그는 섬나라 왜국 출신의 특이한 내력을 지닌 사내인데, 칼을 귀신처럼 빠르게 쓴다고 해서 그런 이름이 붙었소. 아마도 바닷가를 떠돌며 왜구노릇을 하다가 여기까지 흘러들어왔겠지. 그 사내는 지금 타루간 대공자의 특별 경호인으로 밥벌이를 하고 있소. 칼잡이는 어차피 그런 식으로 살아가게 되지. 나는 그 사내를 별로 좋아하지 않지만 말이오."

"……"

"내가 한 이야기를 참고해서 당신도 살 길을 찾도록 해보오."

차일기는 이런 말을 남기고 사라져버렸다.

계성이 가만히 생각해 보니 정말로 황법사에게 비국새를 바치고, 그의 수하가 되는 게 유일한 살 길 같았다. 하지만 죽으면 죽었지 청나라 기주부를 위해서 일할 수는 없지 않은가.

계성은 다시 돌벽에 기대어 눈을 감았다. 아무리 궁리를 해보아도 헤어날 길 없는 깊은 함정에 빠진 것 같았다.

9. 탈출

밤이 깊어가자 복도를 왔다 갔다 하는 간수병의 장화 발자국소리가 뚜벅뚜벅 들려올 뿐 뇌옥은 더욱 조용해졌다.

계성은 여전히 감방에 갇혀 있었다. 황법사는 아직 모습을 보이지 않았지만 곧 나타날 것이다. 그의 느긋한 여유는 계성을 더욱 불안하게 했다. 죽음이 뒷짐을 지고 팔자걸음으로 유유히 다가오는 것 같았다.

복도에 인기척이 나더니 철창문에 한 젊은 여자의 얼굴이 나타났다. 지난번에 남문 밖에서 가미야와 재회했을 때, 마차를 몰던 그 시녀였다. 그녀는 나직한 음성으로 말했다.

"저는 메자라고 해요. 가미야 소부인께서 어떻게 된 일인지 알아보라고 하셔서 왔어요."

계성이 갑자기 체포되어 뇌옥에 갇힌 걸 알게 되자, 놀란 가미야가 연유를 알아보려고 시녀를 보낸 모양이었다.

계성은 자신 때문에 가미야가 곤란한 처지에 빠지지 않을까 걱정하던 차였다. 그러므로 그녀가 이번 일에 연루되지 않기를 바라며 말했다.

"별 일이 아니니까 걱정 말라고 소부인에게 전해주오."

"하지만……"

"가미야 소부인과는 전혀 관계없는 일이니까 아무런 문제가 없을 거라고 전해주면 되오."

"알겠어요. 그럼 그렇게 전하겠어요."

시녀는 일이 심상치 않다는 걸 느끼는 눈치였지만, 계성이 태연한 모습을 보이자 그냥 물러갔다.

계성은 힘없이 돌벽에 등을 기댔다. 이제 가미야도 다시 볼 수 없을 것이다. 등에 닿는 돌벽의 서늘한 감촉이 마음을 시리게 했다. 그런데 얼마 지나지 않아 복도에서 발자국소리가 들리더니 이번에는 가미야의 얼굴이 철창문에 나타났다. 그녀는 굳은 표정이었다.

"계성 오빠! 이게 어떻게 된 일이에요?"

시녀가 아무 문제가 없다고 전했지만, 계성이 체포된 연유를 듣지 못하자 가미야는 더욱 의아하고 걱정이 돼서 직접 찾아온 것이다. 계성은 내심 반가웠으나 자세한 이야기를 할 수는 없었다.

"아란사와 관련된 문제 때문에 이렇게 됐어."

"누가 오빠를 감금한 거예요?"

"황법사가 나서서 나를 추궁하고 있어."

"신변을 위협하고 있어요?"

"그런 셈이지."

"그럼 어떻게 하면 좋죠?"

"사실 나도 어떻게 해야 좋을지 잘 모르겠어."

사태가 예상보다 더욱 심각하다는 걸 가미야는 알아차린 것 같았다. 그녀는 복도 쪽을 돌아보더니 목소리를 낮췄다.

"신변이 위험하다면 탈출을 해야지요."

"무슨 방법이 있을까?"

"이 감방만 빠져나가면 내 마차를 타고 탈출할 수 있어요. 궁성의 수문병들이 내 마차를 검색하거나 제지하지는 못하니까요."

한 가닥 희망을 찾은 계성의 눈빛이 예리해졌다.

"이곳을 지키는 병사들이 몇 명이지?"

"이 뇌옥은 별도용이라서 병사들이 많지 않아요. 복도에 간수병이 한 명 있고, 출입구에는 경비병이 두 명 있어요."

"마차는 언제 준비할 수 있어?"

"내 거소로 가면 언제라도 마차를 탈 수 있어요."

그렇다면 어떤 방법을 쓰더라도 이 뇌옥만 빠져나가면 된다. 하지만 계성은 새로운 문제점을 깨달았다.

"가미야가 탈출을 도와주면 나중에 발각이 돼서 문제가 되지 않을까? 나 때문에 가미야가 피해를 보면 안 되지."

"나에게도 생각이 있으니까 그건 조금도 걱정하지 말아요."

가미야는 결연한 빛을 보였다. 계성도 목숨이 달린 일이므로 앞뒤를 계산만 하고 있을 수는 없었다.

"그럼 언제 결행을 하는 게 좋을까?"

"지금 당장이 좋아요. 밤이 늦어서 보는 눈이 없으니까요."

계성이 목소리를 더욱 낮추었다.

"그렇다면 간수병이 철창문을 열고 이 감방 안으로 들어오도록 가미야가 유인을 해줘. 내가 갑자기 급병이 나서 쓰러졌다고 해."

"알았어요. 그렇게 할께요."

가미야는 돌아서서 간수병에게로 갔다. 그리고는 품속에서 쇄은 편 하나를 꺼내어 건네주며 말했다.

"감방에 있는 사람은 우리 사촌오빠인데 갑자기 복통이 나서 쓰러졌다. 바로 눕히고 좀 살펴주면 고맙겠다."

"소부인 마님의 지시대로 하겠습니다."

적지 않은 돈을 받은 간수병은 두말 않고 열쇠를 꺼내들더니 철창문 앞으로 다가왔다. 철창문을 열고 안으로 들어선 그는 바닥에 쓰러져 있는 계성을 부축하려고 몸을 숙였다. 이 순간 계성이 주먹을 힘차게 뻗었다. 강력한 주먹이 급소인 명치를 강타하자, 간수병은 비명도 못 지르고 풀썩 거꾸러졌다.

몸을 벌떡 일으킨 계성은 간수병의 허리춤에서 환도를 뽑아들고 감방을 나섰다. 그리고는 가미야와 함께 복도를 지나서 출입문으로 갔다.

계성이 출입구에서 불쑥 뛰어나오자 밖에 지켜서 있던 두 경비병은 깜짝 놀랐다.

"아니 당신이……"

계성은 환도로 번개처럼 두 병사를 후려갈겼다. 살상을 피하려고 칼등으로 쳤지만, 목을 맞은 두 병사는 새된 비명을 토하며 거꾸러졌다. 병사를 죽이면 문제가 더 심각해지므로 칼날을 쓰지 않은 것이다.

가미야가 앞장을 섰다.

"오빠! 이제 나를 따라와요."

계성이 주위를 살펴보고 그녀를 따라가며 물었다.

"아란사를 구해갈 수 없을까?"

"이화각에는 병사들이 없으니까 내가 시녀들한테서 빼내볼께요. 우선 마차가 있는 내 거소로 가요."

두 사람은 어둠 속에 몸을 숨기며 내궁으로 향했다. 사람들이 대부분 잠자리에 든 심야였고, 가미야가 궁성의 경비 상태를 잘 알고 있었으므로 계성은 무사히 내궁까지 갈 수 있었다.

자신의 거소로 들어간 가미야는 시녀에게 급히 여행할 준비를 하고 마차에 말도 매라고 지시했다. 이윽고 시녀가 마차를 몰고나오자 계성과 가미야는 이화각으로 향했다.

이화각은 내궁 깊숙이 있는 한 별각이었다.

이화각의 현관 앞에는 한 사내가 경비를 하고 있었다. 그는 짧게 삭발한 머리에 인상이 강퍅한 사내였는데, 허리춤에 큰 칼을 차고 허리띠에는 작은 칼을 꽂고 있었다.

계성은 그 사내의 정체를 짐작했다. 그는 차일기가 이야기한 섬나라 왜국 출신의 쾌왜도라는 사내 같았다. 왜국의 칼잡이들이 크고 작은 두 개의 칼을 잘 쓴다는 이야기를 들었기 때문이다. 사내는 타루간의 명을 받고 이화각을 경비하고 있을 것이다.

계성이 가미야에게 나직이 말했다.

"왜국 출신의 저 칼잡이가 실력이 대단한 모양이던데, 내가 저 자와 대결을 벌이게 되면 승패를 알 수 없을 뿐만 아니라 다른 병사들이 몰려올 텐데 어떻게 하지?"

가미야는 잠시 생각을 하더니 앞으로 나섰다.

"오빠는 가만히 숨어 있어요. 내가 어떻게 해볼께요."

그녀는 이렇게 말하더니 쾌왜도에게로 다가갔다. 계성은 숨을 죽이고 그녀를 지켜보았다.

쾌왜도는 가미야를 알아보고는 허리를 굽혀서 예를 표했다. 가미야가 위엄있게 말했다.

"대공자께서 급히 외궁으로 나가시며 그대를 찾는 것 같았소. 봉황루 쪽으로 가보오."

"알겠소이다."

쾌왜도는 의심하지 않고 중문으로 향했다. 그가 사라지자 가미야는 계성에게 기다리라는 신호를 보낸 뒤 이화각의 현관으로 들어갔다.

아란사는 침상에 누워서 천장을 망연히 응시하고 있었다. 밤이 늦었어도 여러 가지 상념 때문에 잠이 오지 않았다.

눈앞에는 계성이 떠올랐다. 그는 지금 어디 있을까. 소흑산 기슭에서 양백기주부의 별동대가 출동했을 때 어디론지 도망을 쳤겠지. 그가 비국새를 가지고 있으니 꼭 다시 만나야 되는데……

아란사의 눈앞에는 타루간도 떠올랐다. 대공자는 언제 다시 나타날까. 그가 나타나면 내 몸을 또 차지하려 할 텐데 어떻게 해야 할까.

이렇게 그녀가 이런저런 생각에 잠겨 있을 때, 문이 열리더니 황법사가 들어섰다. 아란사는 얼른 눈을 감았다.

황법사는 침상 옆으로 와서 그녀의 얼굴을 내려다보았다.

"네가 자지 않는 걸 아니까 눈을 떠라."

아란사는 눈을 스르르 떴다. 순간 망막을 찌르는 듯한 황법사의 안광에 부딪친 그녀는 은연중 두려움을 느꼈다.

"대공자는 너를 매우 아끼기에 가혹하게 심문하지 말라고 했지만, 내가 몇 가지만 묻겠다. 너는 계성이라는 사내를 알고 있지?"

아란사는 내심 놀랐다. 이 노인이 어떻게 계성에 대해서 알고 있을까. 계성도 잡혀왔는가.

그녀를 정시하며 황법사가 다시 물었다.

"너는 비국새를 계성에게 넘겨준 모양인데, 그 사내가 그것을 어디에 숨겨 놓았는지 아느냐?"

계성에게 비국새를 맡긴 건 또 어떻게 알고 있단 말인가. 하지만 비국새가 아직 계성의 수중에 있는 것 같았으므로 아란사는 머리를 살래살래 흔들었다.

"나는 몰라요."

"나를 속일 생각은 말아라."

비수처럼 예리한 황법사의 눈길 앞에서 아란사는 저절로 몸이 굳어졌다. 거짓말이 전혀 통할 것 같지 않았다. 그렇다고 해서 사실을 밝힐 수도 없다.

돌연 문이 덜컥 열리더니 가미야가 급히 들어섰다. 그녀는 이화각으로 들어서며 황법사가 와 있다는 걸 알았지만, 시간을 지체할 수 없으므로 그냥 들어왔다.

"대공자께서 나에게 아란사를 돌봐달라는 부탁을 했어요. 그래서 그녀를 데리러 왔어요."

가미야는 복도에 있는 시녀들에게도 이렇게 말하고 들어왔다. 시녀들은 조금도 의심하지 않았다. 그렇지만 황법사는 달랐다.

"내가 조금 전에 대공자를 만났지만 그런 이야기가 없었는데 이상하군. 아란사를 어디로 데려가려고 하오?"

"내 거소로 데려갈 거예요."

"그대의 복장을 보니까 거소로 가려는 것 같지 않군. 아란사를 기주부 밖으로 데리고 나갈 셈이오?"

황법사가 속아 넘어가지 않자 가미야는 당황했다. 그는 결코 아란사를 내주지 않을 것 같았다. 상황은 화급한데 어떻게 할 것인가. 가미야는 도로 나가서 계성에게 알려야겠다고 생각했다. 계성을 불러서 황법사를 제압하고 아란사를 데려가는 수밖에 없었다.

"그럼 내가 대공자를 불러오겠어요."

가미야가 돌아서자 황법사가 앞을 막으며 제지했다.

"대공자를 불러올 필요 없이 나와 함께 가서 무슨 일인지 확인을 합시다."

가미야는 더욱 당황했다. 황법사는 이제 의심을 하고 자신을 잡으려는 기색이 아닌가. 이렇게 그냥 잡혀버리면 모든 일이 틀어지고 만다.

가미야는 몸을 돌리고는 소맷자락 속에 숨겨둔 비수를 살며시 꺼냈다. 그것은 만약의 경우를 위해서 준비한 호신용 비수였다. 그녀는 휙 돌아서며 비수로 황법사의 목을 겨누었다.

"저리 비켜요!"

하지만 황법사에게는 통하지 않았다.

"칼까지 빼어들다니 그대가 매우 수상하군."

그는 한 손을 번쩍 쳐들어서 비수를 쥔 가미야의 손목을 탁, 쳐냈다. 이 순간 그녀의 입에서 외마디 신음소리가 흘러나왔다.

"헉!"

손에 쥔 비수가 옆으로 튕겨져서 그녀의 목을 푹 찔러버린 것이다. 가미야는 그 자리에 풀썩 쓰러졌다.

바로 이때 계성이 문에 나타났다. 밖에서 기다리던 계성은 가미야가 쉽게 나오지 않자 무언가 심상치 않은 일이 벌어진 것 같아서 들어온 것이다.

목에서 피를 흘리며 바닥에 쓰러진 가미야를 보자, 계성은 환도를 번쩍 들어서 황법사를 후려쳤다.

"물러나라!"

황법사는 급히 몸을 틀었지만 어깨에 칼을 맞고 고통스런 신음을 토하며 비틀비틀 물러섰다.

"으으음——"

계성은 품에 가미야를 안아들고 아란사를 돌아보았다.

"아란사! 빨리 나가자."

"알았어요!"

아란사는 갑자기 벌어진 사태에 놀라면서도 계성이 자신을 구출하려고 나타난 걸 알자 얼른 옷을 걸치고 나섰다.

가미야를 안은 채 계성은 밖으로 뛰어나갔고 아란사가 뒤를 따랐다. 복도에 있는 시녀들은 무슨 일인지 몰라서 주춤거릴 뿐 막아서지 못했다.

계성과 아란사는 서둘러 이화각을 나섰다. 뜰에는 마차가 대기하고 있었고, 마부석에는 시녀인 메자가 앉아 있었다.

가미야가 심하게 다친 걸 알자 메자는 몹시 놀랐다. 계성은 가미야를 마차 안에 눕히고 아란사도 타게 했다.

이때 쾌왜도가 급히 모습을 나타내며 소리쳤다.

"마차를 세워라!"

그는 봉황루에 가보았으나 대공자를 만나지 못하여 되돌아온 길이었다. 그리고 무언가 이상한 일이 발생했다는 느낌이 들자 마차를 제지하려고 한 것이다. 쾌왜도는 계성을 보자 수상하다는 생각이 들었는지 마차 옆으로 다가서며 칼을 뽑았다.

"그대는 누구인가?"

계성이 대꾸하지 않고 마차의 문을 닫자, 쾌왜도는 즉시 칼을 뻗쳤다.

"멈춰라!"

계성은 번개처럼 환도를 휘둘러 칼을 쳐내며 발길로 쾌왜도의 가슴을 걷어찼다. 의외의 일격을 당한 쾌왜도는 벌렁 거꾸러졌다.

"허억!"

메자가 채찍을 휘둘러 말을 후려갈기자 마차는 궁성의 후문을 향해 달려갔다. 쾌왜도는 얼굴이 고통스럽게 일그러졌으나 몸을 벌떡 일으키며 소리쳤다.

"마차를 잡아라!"

하지만 주위에는 병사들이 없어서 마차를 제지할 수 없었다. 쾌왜도 역시 빠르게 달리는 마차를 추격하지 못했다. 사실 그는 무슨 일이 벌어졌는지 아직 제대로 알아차리지도 못한 상태였다.

후문에는 여러 명의 수문병이 지켜서 있었으나, 메자는 그대로 마차를 몰아가며 소리쳤다.

"둘째 소부인께서 출타하시니 빨리 궁문을 열어라!"

수문병들은 늦은 밤의 출타를 이상하게 여겼으나 가미야의 마차가 틀림없으므로 문을 열어주었는데, 뒤에서 돌연 요란한 양피북 소리가 울리기 시작했다.

둥둥둥둥……둥둥둥둥둥둥둥……

비상사태를 알리는 북소리였다. 이 북소리가 울리면 궁성의 모든 문은 폐쇄되어 통과할 수 없다. 부상을 당한 황법사가 겨우 이 화각을 나와서 비상북을 치도록 지시한 것 같았다.

이런 경황에서도 후문을 아슬아슬하게 벗어난 마차는 쾌속으로 달려갔다.

이때 한쪽에서 급한 말발굽소리가 들려왔다. 궁성의 외곽을 지키는 경비대가 북소리를 듣고 달려온 것이다.

마차는 더 한층 속도를 내어 달려갔지만, 경비대는 뒤에 나타나서 빠르게 추격해왔다.

그들이 바짝 다가오자 계성은 주머니에서 돌멩이 몇 개를 꺼냈다. 다음 순간 돌멩이가 빛살처럼 연속 날아가며 비명이 터져나왔다.

"컥! 크윽!"

몇 명의 병사가 얼굴과 가슴에 돌멩이를 맞고 쓰러졌다. 하지만 돌팔매질이 추격을 멈추게 하지는 못했다. 기마대는 계속 급박하게 따라붙었다.

이렇게 상황이 매우 위태로울 때, 뜻밖에도 기명이 한쪽 가로에서 말을 달려왔다. 말안장에는 계성의 망태와 지팡이가 매달려 있었다.

기명은 객점에서 계성을 기다렸으나 며칠이 지나도 돌아오지 않자 궁금증을 참지 못하여 기주부까지 찾아온 길이었다. 그러나 기주부 안으로 들어가지는 못하고 후문 쪽에서 오락가락하던 중, 밖으로 급히 빠져나온 마차에서 돌팔매질을 하는 계성을 발견하고 달려온 것이다.

기명은 활시위에 화살을 재었다. 이내 화살이 핑, 하는 파공성을 울리며 날아가더니 경비대의 선두에서 달려오던 말이 구슬픈 울음을 토하며 거꾸러졌다.

히이힝!

화살이 연이어 날아가며 말은 계속 거꾸러지고 경비대는 놀라서 이리저리 흩어졌다. 기명의 활솜씨는 아주 놀라웠다.

이렇게 하여 추격이 지체되자 마차는 점차 거리를 벌리며 도주할 수 있었다. 기명도 마차 뒤를 따라서 달려갔다.

한쪽 길가에서는 한 청년이 이 광경을 유심히 바라보고 있었다. 마차와 함께 도망치는 기명을 뚫어지게 주시하는 그 청년은 바로 자무창이었다. 그는 출타했다가 돌아오던 중 그녀를 목격한 것이다. 그는 기명이 완전히 사라질 때까지 시선을 떼지 않았다.

메자는 말머리를 동쪽으로 돌렸다. 심양성을 벗어나려면 남문이 빠르지만 그곳은 옹성(甕城))이 있어 경비가 더 엄중했다.

콰두두두두……콰두두두두두두두……

뒤에서 요란한 말발굽소리가 밤거리를 진동시키며 다시 울려오기 시작했다. 수많은 추격대가 출동한 것 같았다.

메자는 뒤돌아보지 않고 계속 마차를 달려갔다.

얼마 후 마차는 성곽의 동문 앞에 이르렀다. 늦은 밤이라서 성문은 닫혀 있었고 보초를 서는 수문병들이 보였다.

메자는 성문 앞으로 마차를 몰아가며 소리쳤다.

"기주부의 둘째 소부인께서 급한 용무로 밖으로 나가려 하시니어서 성문을 열어라!"

한 수문병이 옆으로 다가서며 물었다.

"소부인 마님께서 심야에 어디를 가십니까?"

"네가 감히 기주부 내부의 일을 알려고 하느냐?"

메자는 채찍으로 그의 얼굴을 후려갈겼다. 수문병은 두 손으로 얼굴을 감싸쥐고 비틀비틀 물러섰다.

나머지 수문병들은 찍 소리 못하고 황급히 성문을 열었다.

마차는 마침내 성문 밖으로 달려나갔다. 드디어 심양성을 벗어난 것이다. 이제 들판을 지나서 으슥한 숲이나 야산으로 도망치면 추격대에 잡힐 염려는 없었다. 캄캄한 어둠 속에서 마차가 어디로 갔는지 방향을 찾을 수 없기 때문이다.

계성은 달리는 마차 안에서 가미야의 상태를 살펴보았다. 지혈을 시키고 상처를 동였지만 그녀의 부상은 아주 위중했다. 그녀는 고통 속에서 불규칙한 숨결을 토하고 있었다.

계성이 손을 내밀어 파리한 뺨을 어루만지자 가미야가 눈을 스르르 떴다. 계성은 고개를 숙여서 그녀의 눈을 들여다보았다.

"가미야! 무척 아프지? 조금만 참아. 요양성에 가면 의원을 찾아서 치료를 할 테니까."

가미야가 희미하게 입술을 달싹거렸다.

"오빠! 무사히 탈출했어요?"

"응! 이제 안심해도 돼."

"나는 이제 오빠를 따라가고 싶어요."

그녀가 기주부로 돌아갈 수 없으므로 계성은 고개를 끄덕였다.

"그래! 내가 가미야를 데려갈게."

"나는 사실 처음부터 오빠를 따라가고 싶었어요. 옛날에 대패특장에서 따라나설 때처럼 말이에요."

"나도 가미야를 데려가고 싶었어."

가미야는 내궁을 떠날 때, 급히 보따리 하나를 챙겨가지고 나왔다. 계성을 구출하려고 마음먹었을 때부터 기주부를 떠날 생각이었던 것이다.

가미야의 파리한 얼굴에는 희미한 미소가 피어났다.

"나는 사실 오빠와 함께 살기를 꿈꾸어왔어요. 지난번에 심양성의 남문 밖에서 오빠를 만난 뒤부터……오빠가 혼인을 안 했다고하니까……"

계성은 격동을 느끼고 그녀의 손을 꼭 잡았다.

"가미야! 앞으로 나랑 같이 살자."

"오빠! 정말이에요?"

"물론이지! 나도 가미야랑 같이 살고 싶어."

"그럼 흑수 강변에 있는 우리 고향에 갈까요?"

"그래 가자! 흑수에 가서 통나무배를 띄운 뒤 물고기도 잡고 조개도 잡자. 수수도 키우고 양도 기르고 버섯도 캐며 살자."

가미야의 얼굴에는 만족한 빛이 나타났다.

"오빠! 나는 이제 죽어도 괜찮아요. 오빠한테 듣고 싶은 말을 지금 들었으니까요."

"가미야는 죽지 않아."

점점 숨이 가빠지는 그녀가 미약한 음성으로 소곤거렸다.

"오빠! 내가 옥잠화를 닮았다고 했죠? 옥잠화를 보면 나를 생각하겠다는 약속을 지켜야 해요. 내가 이 세상을 떠나고 없더라도 옥잠화를 보면 나를 보듯이……"

계성은 두 팔을 뻗어서 그녀의 어깨를 감싸안았다.

"가미야! 죽지 않을 테니까 기운을 내."

"나는 이미 틀렸어요."

"아니야. 치료를 받으면 살 수 있어."

"계성 오빠……안녕히 계세요. 나는 이제 저 세상으로 떠나요."

"가미야! 죽지 마!"

"오빠……부디 안녕히……"

가미야는 마지막으로 계성을 뚫어지게 한번 응시하더니 눈을 스르르 감았다. 그리고는 고개를 힘없이 옆으로 떨어뜨렸다.

"가미야! 안 돼!"

계성이 소리치며 어깨를 흔들었으나 그녀는 아무런 응답이 없었다. 숨이 끊어진 것이다. 점점 차갑게 식어가는 그녀를 꽉 끌어안고 놓지 못하는 계성의 뺨에는 눈물이 주르르 흘러내렸다.

"가미야! 네가 나를 살리고 대신 죽었구나!"

가미야가 아니었으면 계성은 기주부에서 무사히 빠져나오기 어려웠을 것이다. 그녀는 자신을 희생하여 계성을 살린 셈이었다.

계성이 어릴 때 대패륵장에서 도망칠 수 있었던 것도 가미야 덕분이었다. 계성은 청나라 만주인들을 원수로 여겼으나, 가미야는 오히려 생명의 은인이라고 할 수 있었다.

가미야는 사실 계성에게 풋풋하고 애틋한 첫사랑이나 다름없었다. 두 사람은 이번에 재회하자, 서로 맺어지기 어렵다는 걸 알면서도 정말로 사랑의 감정이 싹트기 시작했다. 하지만 조그마한 옥잠화의 봉오리가 피어나기도 전에 비바람에 떨어지듯이 그 사랑의 싹은 금방 꺾이고 말았다.

계성의 눈물은 쉽게 멈추지 않았다. 아란사는 비통해 하는 계성을 말없이 지켜보았다.

　마차는 어둠을 뚫고 계속 달려갔다. 기명은 옆에서 말을 달려 따르고 있었다. 추격병들은 더 이상 따라오지 못했다.

10. 작별

산야는 점차 청록빛이 짙어졌다. 막막한 초원은 아득하게 펼쳐진 녹색의 바다 같았다. 어느덧 봄이 지나고 여름이 오는 중이었다.

계성 일행은 초원을 가로질러서 북동쪽으로 나아갔다. 공작새의 문양이 새겨진 기주부의 마차는 버릴 수밖에 없었으므로, 기명과 아란사는 말머리를 나란히 하여 계성을 따라갔다.

계성은 오는 도중에 가미야의 시신을 한 산기슭에 묻어주었다. 보따리도 함께 묻었다. 주인의 봉분 앞에서 슬피 울던 메자는 시골집으로 들어간다고 하며 떠나갔다. 그녀는 옛날 대패륵장에서부터 가미야의 시중을 들던 충복이었다.

가미야가 마지막에 부탁한 대로 계성은 앞으로 옥잠화를 보면 그녀를 떠올릴 것이다. 옥잠화가 아니라도 그녀를 결코 잊지 못하리라. 먼 훗날에도 그녀의 희고 갸름한 얼굴이 눈앞에 어른거릴 것이다. 그리하여 언제까지나 애련하고 애틋한 기억을 떨쳐버리지 못하리라.

일행이 한 야산 골짜기에 이르렀을 때는 날이 뉘엿뉘엿 기울었다. 계류가 졸졸 흐르는 곳이 나타나자 세 사람은 하룻밤 야숙을 하기로 했다.

기명이 마른 나뭇가지를 모으고 소나무의 관솔을 척척 쳐서 불을 피웠다. 초여름이 다가오고 있었지만 북방의 밤공기가 서늘한 데다가 야수의 접근을 막기 위해서는 불을 피워야 했다.

기명은 오는 도중에 잡은 산토끼 한 마리를 모닥불에 올려놓고 구웠다. 회색 연기가 피어오르며 털이 타는 누린내가 풍겼다. 겉가죽이 시커멓게 타버리자, 그녀는 주머니칼을 꺼내어 껍질 속의 고기를 베어서 소금통과 함께 아란사에게 내밀었다.

"산토끼는 물에 삶아서 양념을 해야 좋지만, 산야에서는 간단히 구워 먹을 때도 있어."

아란사는 고기를 소금에 찍어서 먹어보더니 감탄을 했다.

"아주 별미예요."

기명은 설익은 부위를 뒤집어서 더 구웠다. 산토끼 고기를 한참 맛있게 먹고 난 아란사가 이야기를 꺼냈다.

"타루간 대공자는 거칠거나 흉포한 사람은 아니에요. 그는 요동 왕이 되려는 뜻을 품고 있는데, 그럴 만한 영웅의 풍모가 보였어요. 하지만 황법사는 아주 무서운 사람이에요."

계성은 아무 말이 없었다. 가미야가 죽은 뒤로 계성은 울적해지고 과묵해졌다. 아란사가 말을 이었다.

"황법사는 비국새를 손에 넣으려고 우리를 추적해올 거예요. 내가 경박호로 돌아가는 걸 짐작할 테니까요. 타루간 대공자는 비국새에 큰 관심이 없지만, 나를 잡으려고 역시 뒤따라올 것 같아요."

계성이 비로소 입을 열었다.

"비국새는 도대체 어떤 용도를 지녔지?"

아란사가 잠시 뜸을 들이더니 조용히 말했다.

"옛날에 대진국이 망할 때, 애왕이 요나라의 야율아보기에게 바친 국새는 가짜였어요. 진짜 국새는 애왕이 자신의 혼백을 불어넣어서 경박폭포에 던졌죠. 이것은 비밀리에 숨겨진 국새라고 해서 비국새라 불리는 거예요. 내가 가지고 있는 국새 말이에요."

"그렇다면……"

"비국새는 대진국의 부활에 대한 천기를 품고 있어요."

"대진국이 부활한다고……"

"그 수수께끼를 풀기 위해서는 오탑(烏塔)을 찾아가야 돼요. 원래 이름은 삼족오탑이죠."

"오탑은 또 뭐냐?"

"옛날에 대야덕이라는 선인이 제자인 조의선인들과 함께 백성들의 염원을 모아서 만든 탑이에요. 대진국의 국사였던 대야덕은 나라가 멸망하자, 애왕으로 하여금 국새를 숨겨서 경박폭포에 던지도록 했고, 비밀리에 오탑을 세웠죠. 대진국의 부활을 위해서 말이에요."

계성은 뜨악한 낯이 되었다.

"도대체 대진국이 어디에서 언제 부활한다는 거냐?"

"이 대황 땅에서 앞에서 부활하죠. 이 땅이 원래 대진국의 영토였으니까요."

"청나라 영토인 이 대황 땅에서 대진국이 부활한다고……"

계성은 터무니없다는 얼굴이 되었다. 아득한 옛날에 멸망한 대진국이 이제 와서 어떻게 부활을 한단 말인가. 청나라가 대황 땅은 물론 중원까지 차지한 지금 어디에 대진국이 건립될 수 있을 것인

가. 아란사가 진지하게 말했다.

"나는 이제 경박호로 가면 오탑을 찾아낼 거예요. 할아버지로부터 약간의 단서를 들었으니까요. 당신도 나랑 함께 가서 오탑을 찾도록 해요."

계성에게는 여전히 황당하게 들리는 이야기였다. 비국새와 오탑이 어떤 신묘한 조화를 지녔는지는 몰라도, 대진국이 부활한다는 건 한낱 백일몽이나 다름없었다. 벼락을 맞아서 완전히 불타버린 채 수백 년이 흐른 고사목이 어떻게 새싹을 틔울 수 있단 말인가.

계성이 시큰둥한 얼굴로 물었다.

"황법사가 비국새를 탐내는 이유는 뭐지? 그가 설마 대진국의 부활을 믿거나 원하는 건 아닐 텐데 말이야."

"그는 비국새를 어떤 특별한 목적에 이용하려는 것 같아요. 타루간 대공자는 청조의 책봉을 받아서 요동왕이 될 계획이니까 비국새에 관심이 없는 것 같지만요."

황법사는 괴이한 인물이니까 비국새를 어딘가에 이용해볼 생각을 품었는지도 모른다. 아란사도 아직 어린 소녀로서 특이한 인물인 조부의 말을 듣고 꿈같은 몽상에 빠질 수 있다. 하지만 아무리 조부의 영향을 받았다고 해도, 어린 소녀가 그런 문제에 그토록 관심을 가지고 있다는 건 아주 이상하게 여겨졌다. 보통 소녀라면 뜬구름을 잡는 것처럼 막연하고 창창한 그런 문제에 흥미를 느낄 리가 없다. 아란사가 예사로운 소녀가 아닌 건 틀림없었다.

아무튼 계성은 이미 나라뿐만 아니라 고향에 대한 관심도 사라졌으므로 자신과는 아무런 관계가 없는 일로 여겨졌다. 또한 계성은 이제 비국새에 대한 호기심이 사라졌다. 그것은 단지 부황한 전설이 얽혀 있는 이물로 여겨졌다.

계성이 몸을 일으켰다.

"나는 바람 좀 쐬어야겠다."

계성은 골짜기의 물가로 향했다. 가느다란 계류는 달빛 아래서 납빛 뱀처럼 구불거리며 흘러가고 있었다.

물가에 이른 계성은 계류를 물끄러미 바라보며 생각했다. 이제 모두 헤어질 때가 되었군.

돌연 옆에서 물소리가 나기에 돌아보니 어느새 뒤따라온 아란사가 옷을 모두 벗고 계류로 발을 들여놓고 있었다. 달빛을 받은 그녀의 하얀 알몸이 물속으로 스르르 잠겨들었다. 물은 별로 깊지 않아서 몸이 다 잠기지는 않았다.

아란사는 물속에서 천천히 유영을 하며 손짓을 했다.

"계성! 당신도 옷 벗고 이리 들어와요."

"밤에 물놀이를 하면 촉상(觸傷:감기)이 오니까 빨리 나와라."

"나는 경박호에서 오래 살았기 때문에 차가운 물에도 익숙해서 괜찮아요. 겨울밤에 홀랑 벗고 경박폭포에 뛰어든 적도 있어요."

그녀가 몸을 세우자 수면 위로 드러난 둥근 어깨 위에서 달빛이 하얗게 반짝이며 부서졌다. 그런데 그녀가 갑자기 다급한 신음을 토해냈다.

"으윽——"

"아란사! 왜 그러니?"

"모……몸이 마비되었어요. 꼼짝도 못하겠어요."

그녀는 옆으로 쓰러지며 머리까지 물속으로 쑥 잠겨들었다.

계성은 옷을 벗을 사이도 없이 물속으로 뛰어들었다. 그리고는 급히 다가가서 그녀를 잡아 일으켰다.

"다리에 쥐가 났느냐?"

그녀는 백사 같은 팔을 뻗어서 계성의 목에 매달리며, 두 다리로 허리를 휘감았다.

"다리가 아니고 다른 데 쥐가 났어요."

"다른 데 어디냐?"

"엉덩이요. 한번 만져 봐요."

아란사는 몸을 바짝 밀착시켜서 계성을 꽉 끌어안았다. 달빛을 받아서 흑진주처럼 반짝이는 그녀의 눈동자에는 보일 듯 말 듯 웃음기가 배어나왔다.

계성은 속았다는 걸 알았다. 그녀가 연극을 한 것이다. 계성은 손을 뻗어서 그녀의 엉덩이를 철썩 때렸다.

"쥐가 나면 이렇게 때려야 풀린다."

"호호호……엉덩이는 한 대 맞았더니 마비가 금방 풀렸어요. 하지만 이번에는 가슴이 마비된 것 같아요."

아란사는 홍소를 터뜨리며 봉긋한 가슴을 내밀어 계성의 가슴에 부딪쳤다. 물에 젖은 하얀 젖가슴의 두 꼭지에는 연자주색의 조그마한 유두가 앙증맞게 붙어 있었다.

계성은 착 달라붙은 그녀의 몸을 떼어낸 뒤 손을 잡아끌고 물 밖으로 나왔다.

"어서 옷을 입어라."

"호호……내 알몸을 보고 싶지 않아요?"

달빛 아래 드러난 그녀의 나신은 백옥의 조각상 같았다. 고혹적인 곡선을 그리며 날씬하게 뻗어내린 희고 아름다운 몸매가 밤인데도 눈이 부셨다. 계성은 얼굴을 돌리고 안 보는 척했다. 아란사가 몸의 물기를 닦고 옷을 입더니 계성의 팔을 끼며 소곤거렸다.

"당신이 나를 구해주고 비국새를 돌려주었으니까 우리가 처음 만났을 때 한 약속을 지킬게요. 나는 이제 당신의 여자예요. 18살이 되기 전에는 같이 잘 수 없지만, 입은 맞춰도 돼요. 지금 입을 한번 맞춰요. 당신은 나랑 입 맞추는 거 좋아하죠?"

그녀는 발꿈치를 들고 계성의 목을 안으며 쪽, 소리가 나게 입을 맞췄다. 가미야의 죽음으로 울적해진 계성의 기분을 돌리기 위해서 아란사는 일부러 요염을 떨며 아양을 부리는 것 같았다. 그리하여 경박호에 데려가려는 속셈이리라.

계성이 물었다.

"앞으로 기주부에서 추격해오면 어떻게 할 셈이냐?"

"할아버지가 만약의 경우에 대비하여 경박호에 있는 한 섬에 은신처를 마련해 두었어요. 돌섬이라는 작은 무인도인데, 그곳으로 들어가면 황법사가 뒤따라와도 못 찾을 거예요."

"그렇다면 다행이다만……"

계성은 더 말하지 않고 입을 다물었다.

초원의 밤이 점점 깊어갔다.

기명은 물가에 무성하게 자라난 키 큰 잡초 뒤로 돌아가서 옷을 벗었다. 옷 속에서 둥근 어깨가 나타나더니 봉긋하게 솟은 젖가슴이 드러났다. 햇볕에 탄 얼굴과는 달리 그녀의 나신은 어둠 속에서도 뽀얗게 보였고 몸매는 젊은 여자답게 튼실했다. 기명은 물속으로 들어가서 몸을 씻었다.

이윽고 그녀가 목욕을 마치고 나와 보니 계성은 모닥불 옆에 앉아 있고, 아란사는 야숙용 녹비침낭 안에서 잠들어 있었다. 녹비침낭은 기명이 내준 것이다.

　기명이 모닥불 옆으로 다가가는데, 말들이 갑자기 몸을 떨며 앞발로 땅을 벅벅 긁었다. 어딘가에 맹수가 출현한 걸 감지하면 말은 이런 행태를 보인다. 이럴 경우 소는 겁에 질린 채 허공을 멍하니 바라본다.

　기명은 주위를 둘러보았다. 건너편 언덕 위에 시커먼 물체가 나타나며 두 개의 노란 불꽃이 번쩍이는 게 보였다. 그 불꽃은 불곰의 두 눈이었다. 거대하고 시커먼 불곰이 나타나서 느릿느릿 다가오고 있었다.

　공포에 질린 말들은 오줌을 찔끔찔끔 싸며 울음소리를 냈다.

　계성도 곰을 발견하자 지팡이에서 급히 세강도를 뽑아들며 몸을 일으켰다. 기명은 말안장에 걸어둔 활을 잡으며 전통에서 화살을 빼냈다.

　불곰은 사냥을 당해서 배가 터지고 내장이 흘러나올 정도의 심한 상처를 입어도 물러나지 않고 덤벼든다. 황소의 목을 앞발로 쳐서 부러뜨릴 만큼 엄청난 괴력도 지녔다. 작은 나무는 뿌리째 뽑고 물가의 큰 바위를 하루 종일 들었다 놓았다 하며 시간을 보내기도 한다. 이토록 흉포하고 큰 불곰에게는 승냥이떼도 얼씬 못하고 호랑이도 슬며시 피해버린다.

　어슬렁어슬렁 접근하던 불곰이 걸음을 멈추더니 계성과 기명을 노려보았다. 긴장한 계성은 세강도를 세우고 불곰을 주시했다. 기명은 활시위에 화살을 재어 힘껏 당긴 채 불곰의 미간을 겨누었다.

한동안 두 사람을 노려보던 불곰이 몸을 돌리더니 엉덩이를 실룩실룩 흔들며 천천히 멀어져갔다. 활활 타오르는 모닥불 앞에서 주눅이 든 것일까. 아니면 계성과 기명의 당당한 기세에 눌렸는지도 모른다.

불곰이 사라지고 나자 기명은 활을 내렸고, 계성이 세강도를 거두고 그녀를 돌아보았다.

"왜 활을 쏴서 곰을 잡지 않았소? 혹시 덩치만 크고 쓸개가 없는 곰이었소?"

"사냥꾼이라고 해서 짐승을 닥치는 대로 잡는 건 아니오. 사냥철에 적당한 놈만 골라서 잡아요."

"그렇군. 여름에는 짐승이 털도 빠지고 새끼도 기르니까 함부로 잡지 않겠지. 기명은 이제 집에 가면 무얼 할 예정이오? 아직 사냥철이 되려면 몇 달 남았는데……"

"그냥 쉬겠소."

계성이 문득 생각난 듯 물었다.

"자무창이라는 사람을 아오?"

기명은 흠칫해서 되물었다.

"당신은 그 사람을 어떻게 알고 있소?"

"기주부에서 만났는데 백호피 이야기를 하며 그대를 찾더군. 자무창은 카일락 기주의 셋째 아들이라고 들었소."

기명은 내심 놀랐다. 지난겨울에 백대호 사냥을 하던 중 위험에 빠졌을 때 홀연 나타나서 도움을 베풀어준 자무창이 양백기주의 아들일 줄은 미처 몰랐다. 기명은 간단히 말했다.

"지난겨울에 사냥길에서 한번 만난 적이 있는 사람이오."

계성은 더 묻지 않고 망태 속에서 패물낭을 꺼내어 내밀었다.

"이건 내가 가지려고 했는데, 아무래도 돌려줘야겠군."

"이제 보니 내 돈을 당신이 훔쳤군."

"미안하오. 도둑질하는 버릇이 있다 보니까 나도 모르게 그만 손이 가서……"

"정말 황당한 사람이네."

기명은 어이없다는 빛을 보였으나, 계성이 패물낭을 망태 속에 숨기고 있다는 건 예전부터 알았다.

계성이 조용히 이야기를 꺼냈다.

"아란사가 은신할 집이 경박호의 한 섬에 있다고 하니 그대가 좀 데려다주면 좋겠소. 나는 도중에 들를 곳이 있어서 경박호까지 동행할 수가 없소."

"아란사를 팔아먹겠다고 하더니 마음이 변했소?"

"내년에 나한테 시집을 오겠다고 하니 팔아먹을 수가 없군."

기명은 집이 있는 완달산으로 가자면 경박호를 경유해야 하므로 아란사를 데려다주는 게 어렵지 않았다.

"그럼 내가 아란사와 동행을 하겠소."

"고맙소. 나는 그만 친구들에게로 돌아가야 하오."

계성은 이제 청산채의 산채로 돌아갈 계획이었으므로 아란사를 기명에게 맡기려는 것이다. 풋풋하고 용모가 뛰어난 아란사에 대하여 사내로서의 어떤 욕심이 없는 건 아니지만, 애초부터 그녀를 팔아먹을 의도는 없었다. 어리고 가녀린 소녀가 용담호혈 같은 대패륵장으로 잡혀가는 게 불쌍해서 구해줄 생각이었다. 기명도 전부터 그렇게 짐작하고 있었다.

계성은 또한 비국새에 대한 흥미가 사라졌으므로 경박호에 갈 마음도 나지 않았다. 가미야의 죽음을 겪고 나자 만사가 시들하게 여겨진 탓인지도 모른다.

기주부에서 경박호까지 추적해오면 아란사는 꼼짝없이 섬에 숨어 있어야 할 뿐, 오탑을 찾겠다고 나서지는 못할 테니까 오히려 위험에 빠지는 일이 없을 것이다.

기명과도 갈 길이 서로 다르니 작별을 해야 했다. 지금까지 왜 기명을 억지로 붙잡고 있었는지, 계성 자신도 이유를 알지 못했다. 고통스럽고 비참했던 과거가 같고, 세상 사람들의 눈을 피하며 위험하고 가파른 벼랑을 타듯 살아가는 현재의 처지가 비슷해서 동류감을 느꼈기 때문인지 모른다.

계성이 조용히 물었다.

"그대 이름은 무엇이오?"

"옥정이오. 이옥정……"

기명은 나직하게 대답했고, 계성은 혼잣말처럼 한번 되뇌었다.

"옥정……"

그녀의 얼굴에는 쓸쓸한 빛이 스쳐갔다. 그녀도 결국 계성과 작별하리라는 걸 알고 있었다. 다만 예상보다는 작별의 시간이 조금 빨리 온 것뿐이었다.

옥정은 속으로 작별할 준비를 하던 중이었다. 이름을 알려준 것은 그 때문이었다. 다시는 못 만나게 될 테니까 마지막으로 이름이나 알려주고 싶었는지 모른다. 계성도 그래서 이름을 물어보았을 것이다.

두 사람은 이제 더 할 말이 없었다.

검푸른 초원이 아득하게 펼쳐져 있었다. 한낮의 따가운 태양은 중천에 떠 있는데, 옥정과 아란사는 말을 나란히 하여 초원을 달려갔다. 옥정은 아란사를 경박호까지 데려다주려고 동행하는 길이었다.

경박호는 얼마 남지 않았다. 계성은 도중에 갈라져서 떠나갔는데, 아란사에게는 나중에 돌섬으로 찾아가겠다고 약속했다. 돌섬의 위치를 알려준 아란사는 그 약속을 의심하지 않는 눈치였다.

계성과 작별한 이래 옥정은 쓸쓸한 기분이었다. 어느 새 계성이 마음의 울타리 안으로 깊숙이 들어와 있었던가. 하지만 옥정은 이제 그를 잊어버릴 생각이었다. 그럴 수밖에 없었다.

한쪽에 숲이 나타나자 두 사람은 쉬어가기 위하여 나무 그늘로 들어섰다. 그들은 하마하여 말에게 풀을 뜯기고, 수건으로 얼굴의 땀을 닦으며 한숨을 돌렸다.

이때 멀리 언덕 위에 한 기마인이 나타나더니 유유히 달려왔다. 옥정은 얼른 말과 아란사를 이끌고 나무 뒤로 몸을 숨겼다. 혹시 기주부의 추적자일지도 모른다고 생각했기 때문이었다.

가까이 달려오는 기마인을 나뭇잎 사이로 살펴보니, 수리깃이 꽂힌 모자를 쓰고 허리에 패검을 찬 젊은이였다. 그를 알아본 옥정은 흠칫 놀랐다. 그는 바로 자무창이 아닌가.

자무창은 카일락 기주의 아들이라고 하니 병사들을 거느리고 추격을 해온 게 아닐까. 주위를 유심히 둘러보았으나 병사들은 보이지 않았다. 자무창 혼자 나타난 것이다.

그는 이내 언덕을 넘어서 사라져버렸다. 하지만 옥정은 예감이 좋지 않았다. 자무창이 동북쪽으로 갔기 때문이다. 그쪽으로 가면 경박호가 나타난다.

아란사가 옥정을 돌아보며 물었다.

"지금 지나간 청년과 아는 사이예요?"

"그는 양백기주의 셋째 아들인 자무창인데, 오래 전에 한 번 만난 적이 있을 뿐이야. 그가 아무래도 경박호 쪽으로 간 것 같으니까, 아란사는 마주치지 않게 조심해야 돼."

아란사는 고개를 갸우뚱하며 이상한 말을 했다.

"자무창이라면 황법사의 제자로군요. 기주부에서 이야기를 들은 적이 있어요. 그런데 그 사람은 언니를 추적하고 있는 것 같아요. 마치 자신의 짝을 찾듯이 언니를 찾고 있어요. 왠지 모르게 그런 느낌이 들어요."

옥정은 의혹을 느꼈다. 자무창이 청혼을 한 데 대해서 아무에게도 이야기를 한 적이 없는데, 아란사가 어떻게 그런 말을 하는 것일까. 기이한 느낌이 들었다. 하지만 옥정은 더 이야기할 필요가 없으므로 입을 다물었다.

문득 아란사가 언덕 쪽을 가리켰다.

"자무창이 되돌아오고 있어요."

그녀 말대로 언덕 위에 다시 나타난 자무창은 빠르게 말을 달려서 다가오고 있었다. 아란사는 불안한 빛을 보였다.

"어떤 육감을 느끼고 이 숲을 수색해보려는 것 같아요."

옥정은 주변을 둘러보았다. 숲이 작았으므로 수색을 하면 이내 발각이 된다. 지금 말을 타고 도망쳐도 자무창은 금방 알아차리고 추격해올 것이다. 아란사는 말타기가 능숙하지 못하므로 결국 잡히고 만다. 어떻게 할 것인가.

옥정이 한쪽의 수풀을 가리켰다.

"아란사는 말을 끌고 저기로 가서 숨어 있어. 내가 자무창을 만나보겠어."

"언니가 만나도 괜찮을까요?"

"아마 괜찮을 거야."

"그럼 언니 말대로 할께요."

아란사는 얼른 말을 끌고 수풀 속으로 들어가서 몸을 숨겼다.

옥정은 말에 올라서 숲을 나섰다. 그녀를 발견한 자무창이 급히 달려왔다. 이윽고 옥정 앞에 이른 자무창은 말을 세웠다.

"다시 만나서 반갑소. 그대는 지금 어디로 가는 길이오?"

"완달산으로 가오."

"그럼 함께 가면서 이야기를 나누도록 합시다."

"나는 바빠서 서둘러 가야 하오."

이렇게 대꾸한 옥정은 말배를 걷어차서 쾌속으로 달리기 시작했다. 자무창은 즉각 말을 달려서 뒤를 따라갔다. 두 남녀는 급박하게 쫓고 쫓기며 언덕 아래 골짜기 쪽으로 순식간에 사라져버렸다.

아란사는 수풀 속에서 이 광경을 지켜보며 중얼거렸다.

"역시 자무창은 언니에게 마음을 두고 쫓아왔어. 그는 나를 추격하는 게 아니야. 앞으로 언니에게 상당한 곤란이 닥칠 것 같아."

얼마 후 옥정이 언덕 위에 다시 모습을 나타내더니 천천히 달려왔다. 자무창은 보이지 않았다. 다행히 그를 따돌려버린 모양이었다. 아란사는 안도하는 얼굴이 되면서도 다시 중얼거렸다.

"아마도 자무창은 포기하지 않을 거야."

11. 노예

청산채는 숲이 울창한 계곡을 끼고 야산의 기슭에 자리 잡고 있었다. 경박호에서 서쪽으로 백여 리 떨어진 야산은 크지 않았지만, 지형이 험하고 길도 없어서 접근하기가 쉽지 않았다.

여러 채의 통나무집과 천막과 목책 등으로 이루어진 산채는 비적단의 소굴답게 경비가 엄중하고 비상시에 이용할 도주로도 마련되어 있었다. 나라의 법과 힘이 잘 미치지 않는 변방이지만, 군사들에게 토벌을 받게 되면 도망을 쳐야 하는 것이다.

비적단은 어차피 정처가 없는 무리라서 일순간에 뿔뿔이 흩어지거나 소탕을 당해서 없어지기도 한다. 소굴도 이리저리 옮겨다니고 갑자기 폐쇄가 되기도 한다.

사위는 어둠에 잠겼지만 산채 곳곳에서는 고기 굽는 연기가 피어오르고 독한 술 냄새가 풍겼다. 비적들은 여기저기 둘러앉아서 먹고 마시고 떠들며 밤을 보내고 있었다. 출동이 없는 날은 이렇게 한가한 시간을 가지게 된다.

한번 출동하면 닥치는 대로 약탈을 하며 산하를 횡행하지만, 언제 어디서 피를 뿌리며 거꾸러져서 최후를 마칠지 모른다. 먹을 게 없을 때는 굶어야 하고 풍토병에 걸려서 죽기도 하고 모질게 추우면 얼어죽는 수도 있다. 비적들의 삶이란 원래 위험하고 척박하고 거칠어서 내일이 없다.

청산채의 인원은 칠팔십 명이나 되므로 결코 작지 않은 규모였는데, 유망민 죄수 부랑자 도둑 양민 노예 등 온갖 부류가 모여 있었다. 만주족 한족 몽골족 조선인 등이 두루 섞인 이들은 어떤 이유에서든지 세상 사람들과 어울려 살지 못하고 산채에 모여서 짐승 같고 하루살이 같은 삶을 영유하는 것이다.

산채의 가운데 자리 잡은 한 통나무집 안에는 세 사내가 탁자에 둘러앉아서 술을 마시고 있었다. 그들은 청산채의 두령과 부두령과 사찰인 계성이었다.

두령은 흑표라 불렸지만 물론 본명이 아니었다. 본명을 쓰는 비적은 별로 없었다. 흑표는 만주팔기군의 좌령 출신으로서 사십대 중반의 나이에 용력이 뛰어나고 대담했으나 탐욕이 많고 잔혹한 성품이었다.

좌령이란 300명의 병사로 이루어진 팔기군의 기본조직인 우록의 지휘자를 말한다. 흑표가 팔기군에서 이탈한 것은 마음에 들지 않은 상관을 칼로 난도질하여 죽였기 때문이라고 했다.

부두령인 현무는 조선 출신이었고 냉정하고 과묵한 성격이었다. 계성은 젊은 나이에도 불구하고 칼솜씨가 뛰어난데다가 민첩해서 사찰이 되었다.

하부조직으로는 서너 명의 소두목이 있어서 조장 역할을 하며, 각기 20여 명 정도의 수하를 거느렸다.

흑표가 독주 한 잔을 쭉 들이켜고 나서 이야기를 꺼냈다.

"웅타이는 아비인 우룽치 패륵과 사이가 좋지 않다는 소문이지. 사금도 대패륵장으로 다 보내지 않고 따로 숨겨놓았을 거야. 아마도 소패륵장에는 큼직한 사금포가 숨겨져 있을 걸?"

웅타이는 우룽치 패륵의 둘째 아들이었는데, 상경용천부에 있는 소패륵장의 주인이었다. 대패륵장 소유의 사금광과 벌목장은 모두 소패륵장에서 관리했는데, 웅타이는 많은 무사들을 거느리고 있어 경박호 일대에서 세력과 위세가 당당했다.

흑표가 눈길을 계성에게 던진 채 이야기를 계속했다.

"얼마 전에 우룽치 패륵의 딸이 소패륵장을 찾아왔다고 하더군. 웅타이의 여동생이지. 그런데 성격이 괄괄한 그녀가 매일 말을 달려서 경박호 일대를 제멋대로 돌아다닌다는 걸세. 길을 안내하는 하녀 한 명만 데리고 말이야. 마을에서 술을 마시고 속치마를 펄렁거리며 돌아다니기도 한다더군. 마을에서는 말괄량이 같은 그녀에게 무법공주라는 별명을 붙였다네."

두령이 왜 이런 이야기를 하는지 몰랐으므로 계성은 묵묵히 듣기만 했다. 두령이 의미 있는 표정으로 물었다.

"우리가 그녀를 잡아오면 용도가 많을 것 같은데, 사찰은 어떻게 생각하지?"

계성은 비로소 두령이 무슨 말을 하는지 알아차렸다. 웅타이의 여동생을 납치하고 싶다는 이야기였다.

청산채는 약탈을 나갔다가 사람을 잡아와서 소패륵장에 노예로 팔아넘기기도 했으므로 서로 거래를 하는 관계였지만, 어차피 비적단에게 신의 따위는 없었다. 언제라도 배신하고 속일 수 있다.

계성은 싫든 좋든 그 일을 자신이 맡아야 한다는 걸 알았다. 두령의 말하는 태도로 보아서 지시를 내리는 것과 마찬가지였기 때문이다.

"내가 그녀를 잡아오리다."

"좋아. 우리가 손을 뻗쳤다는 걸 소패륵장이 눈치 채지 못해야 되니까 혼자 가서 감쪽같이 잡아오게."

"알겠소이다."

"그녀를 잘 이용하면 큼직한 사금포가 하나 생기겠지. 젊고 반반하다니까 그 외에도 쓸모가 많겠고 말이야. 흐흐흐……"

두령은 결국 그녀를 미끼로 하여 웅타이에게 사금을 빼내겠다는 이야기였다. 그녀를 범하거나 팔아먹겠다는 욕심도 있을 것이다.

"그럼 나는 이만 물러가고, 내일 출발하겠소이다."

"그렇게 하게."

계성은 일어나서 통나무집을 나왔다. 그러자 현무가 뒤따라나오더니 어깨를 툭 쳤다. 그는 무언가 할 이야기가 있는 눈치였다. 두 사람은 같은 조선 출신이고 마음이 서로 통했기 때문에 산채 안에서 가장 가까웠다.

현무가 나직이 말했다.

"두령이 요즘 자네를 마땅치 않게 여기네. 자네가 무언가 다른 생각을 하며 제멋대로 행동한다고 의심하고 있지."

"나도 어느 정도는 짐작하고 있소이다."

이번에 계성은 밖에서 여러 날을 보내고 왔지만 아무런 성과가 없었고, 두령에게 자세한 보고도 하지 않았다. 아란사에 대한 일이나 양백기주부에 침투했던 일은 입 밖에 내지 않았다. 아란사를 구출해서 그냥 보내 주었으므로 말할 수 없었다.

계성은 전에도 그런 경우가 있었다. 청산채에 잡혀온 사람들을 몰래 풀어준 적도 있었다. 그러므로 두령의 의심을 받는 것이다.

"이번 일은 별로 내키지 않겠지만 잘 처리하게. 두령이 자네를 시험하려고 일부러 일을 맡겼으니까 말일세."

"알겠소이다. 이야기를 해줘서 고맙소."

"그럼 다녀오게."

현무는 계성의 어깨를 툭툭 쳐주고 도로 들어갔다.

현무는 평범한 비적이 아니었다. 계성 외에는 아무도 모르지만, 그는 다물계(多勿契)의 요원이었다. 다물계란 요동에 있는 조선인들이 특별한 목적으로 조직한 비밀결사였다.

다물(多勿)이란 옛날 고구려의 연호로서 고조선의 광대한 영토를 되찾는다는 뜻을 품고 있다. 요동에 있는 조선인들의 비밀결사인 다물계도 그러한 원대한 기원을 품고 조직되었다.

현무는 호란 때 청병에게 아내를 빼앗기고 이역 땅까지 흘러들어온 내력을 지니고 있었다. 자세한 이야기를 하지는 않았지만, 그의 아내는 결국 자살한 것으로 짐작되었다. 그리하여 현무는 통한을 품고 다물계의 요원이 된 것이다.

그가 청산채에 투신한 건 청나라의 추적을 피하며 무언가를 도모하려는 내밀한 목적이 있는 것으로 짐작되었다. 계성은 다물계에 가입하지 않았지만 현무가 원한다면 기꺼이 헌신할 용의가 있었다.

쏴아아아아아……

갑자기 하늘에서 비가 쏟아지기 시작했다. 먹구름이 잔뜩 몰려들고 있어서 비가 제법 많이 올 것 같았다. 밖에 나와 있던 비적들은 천막으로 우르르 뛰어들었다. 계성도 거처로 쓰는 작은 통나무 집으로 들어갔다. 비가 쏟아지자 산채는 오히려 조용해졌다.

상경용천부는 사방이 낮은 산으로 에워싸이고 경박호에서 내려오는 목단강이 서쪽에서 북쪽으로 둥그렇게 에돌아 흐른다.

이곳은 토지가 비옥하고 물산이 풍부하며 교통도 편리하여 옛날에 대진국이 도읍했던 땅이다. 특산품은 각종 수렵물 외에도 인삼 우황 사향 꿀 말 양 구리 철 명주 등 다양하게 많았다.

대진국이 융성하여 대황 땅의 사방 5천 리를 지배할 때는 상경용천부가 동방 최대의 대도로서 당나라 수도인 장안에 비견되었을 정도였다. 지금은 비교적 한산해졌지만 변방에서는 여전히 큰 시읍으로 여겨졌다.

상경용천부의 서쪽 교외였다.

여름을 맞이하여 검푸르게 펼쳐진 초원에 두 젊은 여자가 말을 달려가고 있었다. 백마를 탄 여자는 비단 옷을 입고 있어 부유한 집안의 소저로 보였고, 회색 말을 탄 다른 여자는 하녀인 듯했다.

소저는 처녀의 몸으로 활짝 벌린 두 다리를 치마 밖으로 내놓은 채 안장에 걸터앉아서 말을 달리자면 마음이 편치 않으련만, 보는 사람이 없는 탓인지 개의치 않는 것 같았다.

"저쪽에 물이 흐르는구나. 좀 쉬었다 가자."

현무암 바위가 널려진 용암지대가 나타나자 소저는 말머리를 돌렸다.

암벽 밑에는 지난밤에 온 많은 비로 갑자기 생긴 계류가 콸콸 흘러갔다.

소저는 하마하더니 물가의 나무에 말고삐를 매었다. 하녀도 말
에서 내렸다. 두 여자는 계류 옆으로 가서 바위에 걸터앉더니 암벽
위에서 작은 폭포처럼 떨어지는 물줄기를 바라보며 휴식을 취했다.

이때 암벽 옆에서 한 사내가 소리 없이 모습을 나타냈다. 그는
바로 계성이었다. 계성은 두 여자를 잠시 지켜보더니 말이 매어진
곳으로 접근했다. 백마와 회색 말은 우두커니 서 있었다.

계성은 백마 옆으로 가더니 살며시 고삐를 풀어냈다. 그리고는
말머리를 계류 쪽으로 틀고는 손바닥으로 엉덩이를 후려쳤다. 깜
짝 놀란 백마는 계류 속으로 펄쩍 뛰어들었다.

히이이힝!

계류가 작아도 물살이 빨랐으므로 백마는 아래로 떠내려가며 긴
울음을 토해냈다. 계성은 재빨리 바위 뒤로 몸을 숨겼고, 두 여자
는 돌아보더니 깜짝 놀랐다.

"내 말이 물에 빠졌어!"

소저는 급히 뛰어오더니 백마를 끌어내려고 물속에 뛰어들었다.
하지만 급류에 밀려서 떠내려가는 말을 끌어내기에는 역부족이었
다. 하녀도 뒤따라 물속으로 뛰어들어서 가세했지만 마찬가지였
다. 백마뿐만 아니라 두 여자도 급한 물살에 휩쓸려서 헤어나지 못
하고 허우적거렸다.

계성이 곧 바위 뒤에서 모습을 나타내며 소리쳤다.

"내가 구해줄 테니까 잠깐 기다리시오!"

계성은 물속으로 뛰어들어서 먼저 소저를 밖으로 끌어냈다. 다
음에 하녀를 끌어낸 뒤 백마의 고삐를 잡았다. 체구가 장대한 백마
는 끌어내기가 쉽지 않았지만, 계성은 힘껏 밀고 당겨서 가까스로

물 밖으로 끌어올렸다.

소저는 놀란 가운데도 계성에 대해서 감탄을 금치 못했다.

"당신의 용력은 정말 대단하군요."

그녀는 피부가 햇볕에 타서 가무잡잡했지만 이목구비가 단정해서 미인이라고 할 만했다. 물에 흠뻑 젖은 옷이 몸에 착 달라붙었지만 전혀 신경을 쓰지 않는 걸 보면 성품은 대범한 듯했다.

계성이 대수롭지 않다는 듯 말했다.

"말이 순해서 별로 어렵지 않았소."

"아무튼 위험 속에서 큰 도움을 받았으니 진심으로 감사해요. 어떻게 사례를 하면 좋을까요?"

"돈을 준다면 고맙게 받겠소."

"얼마나 줄까요?"

"백은 열 냥만 주시오."

액수가 의외로 많았으므로 소저는 미간을 살짝 찌푸렸다. 하녀가 곤란하다는 얼굴로 가로막고 나섰다.

"사례비가 말값보다도 비싸니까 너무 많아요."

"말값은 그렇지만, 사람도 두 명이나 구해냈으니까 그 정도는 받아야 하지 않겠소?"

하녀가 더 대꾸하지 못하자 소저가 다시 나섰다.

"좋아요. 백은 열 냥을 주죠. 하지만 지금 내 수중에는 없으니까 우리 집으로 찾아와요."

"소저의 집이 어디요?"

"소패특장이에요."

"아! 소패특장의 소저시구려."

계성은 놀라는 시늉을 해보였다. 사실 계성은 아침 일찍부터 소패륵장의 대문을 몰래 지켜보다가 밖으로 나오는 두 여자를 미행해온 터였다. 그리하여 암벽 뒤에 말을 매어두고 나타나서 한 차례의 연극을 펼쳤다. 물론 소저가 바로 웅타이의 여동생이라는 걸 알아보았기 때문이었다. 계성은 두령의 지시에 따라서 그녀를 납치하러 나온 길이었다.

계성이 옆에 있는 바위에 걸터앉으며 말했다.

"돈을 달라는 건 농담이었소. 그 정도 수고를 하고 무슨 돈을 받겠소? 젖은 옷이나 말리고 가겠소이다."

하녀는 그러면 그렇지 하는 얼굴이 되었고, 소저는 이제 계성에게 호감을 느낀 듯 미소를 지었다.

"당신은 아주 재미있는 사람이군요. 이 근처에 사나요?"

"나는 약초꾼이라서 정처 없이 여기저기 떠돌아다니오."

계성의 아래 위를 유심히 살펴보던 그녀가 다시 물었다.

"당신은 혹시 칼을 잡아본 적이 있나요?"

"왜 그러오?"

"당신은 용력이 뛰어나고 눈빛이 예리하고 자세에도 빈틈이 없어서 약초꾼이라기보다는 검객 같은 느낌이 들어요."

그녀는 사람을 알아보는 안목이 있는 것 같았다. 대패륵장이나 소패륵장에서 많은 무사들을 보아왔기 때문이리라.

"사실 칼을 잡을 때도 있소."

"역시 그렇군요. 실력이 아주 대단하죠?"

"자화자찬하기는 좀 그렇지만, 솜씨가 약간 있는 편이오. 하지만 칼솜씨란 험악한 세상을 살아가기 위해서 필요할 뿐 결코 자랑할

게 못되오."

햇살이 따가웠으므로 두 사람의 젖은 옷은 빠르게 마르며 김이 모락모락 피어올랐다. 무언가 잠시 궁리를 하던 소저가 청했다.

"나는 지금 어딘가를 가던 중인데, 바쁘지 않다면 당신이 경호를 좀 해주겠어요? 으슥한 숲을 지나가야 하는 먼 길이라서 그래요. 물론 소패특장에 가서 수고비를 충분히 지불할께요. 내 이름은 파비혜예요."

뜻밖의 청이었지만 계성은 선뜻 고개를 끄덕였다.

"난 시간이 많으니까 얼마든지 좋소."

계성은 사실 파비혜를 납치할 마음이 없었다. 그녀를 납치하려면 하녀는 처치해야 한다.

파비혜를 납치하여 산채로 끌고가면 먼저 흑표가 손을 대고 다음에는 여러 사내가 짓밟을 것이다. 그리고는 소패특장과 흥정을 하여 사금포와 교환을 한다는 계획이다. 하지만 청산채의 소행이라는 사실을 숨기기 위해서는 그녀를 살려보낼 수가 없다. 결국 파비혜는 죽이거나 멀리 팔아버리고, 소패특장을 속여서 사금포를 탈취한다는 복안이었다.

계성은 이런 일이 내키지 않았으므로 파비혜에게 손을 안 대고 사금포만 손에 넣을 궁리를 하고 있었다. 그렇게 하자면 일단 소패특장으로 들어가야 한다. 계성이 말을 이용하여 연극을 한 것은 파비혜에게 접근하여 소패특장으로 들어가기 위해서였다. 그런데 그녀가 먼저 경호를 부탁하며 접근하니 계성은 즉각 승낙한 것이다. 일이 저절로 잘 풀려가는 것 같았다.

"그럼 출발하죠."

파비혜가 하녀를 돌려보내고 말에 오르자 계성도 자신의 말을 끌고와서 올라탔다. 두 사람은 나란히 말을 달리기 시작했다.

낙엽송 적백송 홍송 황벽 피나무 잣나무 가문비나무 들메나무 가래나무 자작나무 전나무……수많은 나무들이 거대한 바다를 이룬 울울창창한 수해(樹海)였다.

계성과 파비혜는 숲속으로 나란히 말을 달려갔다. 파비혜가 벌목장에 잠시 들를 일이 있다고 해서 계성이 경호를 하며 동행하는 중이었다.

삼림을 한동안 달려가자 넓은 벌목장이 앞에 나타났다. 능목하의 지류가 옆으로 지나가는 벌목장에는 거대한 통나무들이 수없이 베어져서 널려지고, 한쪽에는 산처럼 높다랗게 쌓여 있었다. 벌목장 본부는 강의 이름을 따서 능목소라 불렸다.

능목소 안으로 들어서며 파비혜가 말했다.

"요즘 벌목작업이 예정보다 늦어지니까 독촉과 경고를 해서 바짝 다그치고 오라고, 오빠가 지시를 했어요. 오빠는 사금광을 둘러보려고 갔는데, 하루 이틀 지나야 돌아올 거예요."

벌목은 겨울에 나무를 베어서 눈 위로 끌어낸 뒤, 강에서 뗏목으로 엮어 옮기는 게 보통이다. 여름에는 잡초가 무성하고 모기와 파리떼가 들끓기 때문에 벌목을 잘 하지 않는다. 하지만 능목소는 계절과 관계없이 일을 하는 모양이었다. 일이 그만큼 더 힘들고 어려울 것이다. 그래서 지체가 되니까 웅타이가 독려를 하는 것이다.

능목소 안에는 아름드리 통나무를 베고 운반하고 쌓아올리는 수많은 노예들이 보였다. 경비견들이 사납게 짖는 소리도 들려왔다.

완전히 헐벗었거나 다 떨어진 누더기를 걸친 노예들은 수백 명이나 되었는데, 모두 굶주리고 지쳐서 비틀거리며 노역을 하고 있었다.

무사들은 옆에서 감시를 하며 조금이라도 한눈을 파는 노예가 있으면 사정없이 채찍질을 했다. 쓰러지는 노예가 있으면 발로 걸어차고 짓밟았다. 끝내 일어나지 못하는 노예는 그대로 죽음을 당해서 경비견의 먹이가 될 것이다. 노예들의 앙상하게 여윈 등짝에는 채찍 자국이 검붉은 뱀처럼 이리저리 휘감겨 있었다.

노예들의 비참한 모습을 목도하자 계성은 가슴이 무겁게 짓눌리는 것 같았다. 노예 중에는 호란 때 끌려와서 아직까지 고향에 돌아가지 못한 조선인도 많을 것이다.

계성은 소년 시절에 겪은 노예의 한없는 고통과 절망이 되살아났다. 아울러 가슴 깊은 곳에서 분노가 치밀어올랐다.

파비혜도 눈살을 찌푸렸다.

"저렇게 힘들게 일을 하는데 더 다그쳐야 된다니……"

계성이 무겁게 입을 열었다.

"노예들을 잘 부리는 방법을 내가 알고 있소."

"어떤 방법이죠?"

"이곳의 책임자에게 직접 가르쳐 주고 싶소."

이때 능목소를 관리하는 소주가 급히 나타났다. 소패륵장에서 파비혜 소저가 왔다는 전갈을 받자 서둘러 영접을 나온 것이다.

소주는 파비혜 앞에서 공손히 허리를 굽혔다.

"삼가 소저를 뵙습니다."

노예들을 감독하다가 왔는지 그의 손에도 가죽채찍이 들려져 있었다. 계성이 하마하더니 앞으로 나섰다.

"나는 파비혜 소저의 정혼자다. 당신이 능목소의 책임자인가?"

계성이 매우 위압적인 태도를 보이는데다가 파비혜의 정혼자라는 말에 소주는 허리를 굽실거렸다.

"그렇습니다. 소인이 이곳의 관리를 맡고 있습니다."

"여기 있는 모든 무사들을 집합시키도록 하라."

"예! 알겠습니다."

무슨 일인지 몰랐지만 소주는 불복하지 못했다. 계성이 어쩌려는지 몰라서 파비혜는 그냥 지켜보았다.

수십 명에 이르는 무사들이 집합하여 열을 지어서 죽 늘어서자, 계성은 손을 내밀며 소주에게 명령했다.

"채찍을 이리 주고 무릎을 꿇어라!"

소주는 영문도 모른 채 채찍을 바치고 엉거주춤 무릎을 꿇었다. 다음에 계성은 무사들에게도 지시를 내렸다.

"너희들도 모두 무릎을 꿇어라!"

무사들 역시 영문을 몰라서 어리둥절하며 모두 무릎을 꿇었다. 계성은 엄숙한 태도로 소주에게 물었다.

"너희가 노예들에게 등짝이 벗겨지도록 채찍질을 하는 건 일을 더 많이 시키기 위해서이냐?"

"그렇습니다만……"

"그럼 나도 네가 일을 더 많이 하도록 해주겠다."

이렇게 말한 계성은 가죽채찍을 번쩍 쳐들더니 소주의 등짝을 사정없이 후려갈기기 시작했다.

철썩! 철썩! 철썩!……

채찍이 마구 휘둘러지자 소주의 입에서는 숨 막히는 신음소리가 흘러나왔다. 그의 옷자락은 순식간에 갈기갈기 찢어져나가고 피가 어지럽게 튀어올랐다. 소주는 고통을 이기지 못하여 땅바닥에 쓰러져서 벌레처럼 꿈틀거리며 비명을 토해냈다.

"으헉! 으허헉!"

무사들은 모두 놀라서 안색이 변했다. 파비헤도 내심 놀랐다. 노예들도 모두 놀라서 이 광경을 주시했다.

소주가 피투성이가 되어서 거꾸러졌을 때에야 채찍질을 멈춘 계성은 싸늘하게 힐문했다.

"노예들에게 하루 음식은 얼마나 주느냐?"

소주는 몸을 일으키지도 못하고 고통으로 얼굴이 잔뜩 일그러진 채 떨리는 목소리를 토해냈다.

"자……잡곡죽을 한 그릇씩 줍니다."

"그렇게 먹어서 일을 잘할 수 있다면, 앞으로 너도 그렇게 먹도록 해라! 그리고 모든 무사들에게 매일 등짝이 벗겨지도록 채찍질을 하고 잡곡죽 한 그릇씩을 주도록 하라! 모두 열심히 일해서 이 능묘소를 잘 운영하기 위해서는 그렇게 해야 된다!"

계성이 왜 분노했는지 소주는 비로소 알아차렸다. 구체적인 이유는 알 수 없지만, 노예들을 가혹하게 다루는 데 대해서 분노한 것이다. 소주는 잘잘못을 따질 계제나 처지가 못 되므로 이마를 땅에 박고 넙죽 엎드렸다.

"소인의 잘못을 잘 알겠습니다. 앞으로 노예들에게 절대 채찍질을 하지 않을 것이며 음식도 충분히 주도록 하겠습니다. 부디 용서해 주십시오."

겁을 먹은 무사들도 앞뒤를 가릴 여유 없이 일제히 머리를 땅에 박고 엎드렸다. 계성은 비로소 채찍을 던졌다.

"소주! 너는 지금 한 말을 반드시 이행하라!"

"예예! 반드시 이행하겠습니다."

소주는 무조건 머리를 조아렸다.

이 광경을 본 노예들은 감동과 기쁨을 금치 못했다. 앞으로는 채찍질을 당하지 않고 굶주리지도 않게 되었기 때문이다. 노예들은 지극히 감사하는 마음으로 계성을 우러러 보았다.

긴장으로 굳어졌던 파비혜의 얼굴에는 희미한 미소가 나타났다. 계성이 말에 오르며 파비혜를 돌아보았다.

"용무를 마쳤으니 그만 갑시다."

"좋아요. 가요."

파비혜는 할 일을 제대로 마쳤다는 홀가분한 얼굴이었다.

이윽고 능목소를 나선 두 사람은 숲속으로 나란히 말을 달려갔다. 한동안 말을 달리던 파비혜가 웃는 얼굴로 계성을 돌아보았다.

"당신이 언제부터 내 정혼자가 됐죠?"

"임시 정혼자였으니까 나한테 시집오라고 하지는 않겠소."

"비참한 노예들을 보고 나도 가슴이 아팠는데, 당신이 참 잘했어요. 채찍질을 당하는 소주를 보자 내가 아주 통쾌했어요."

파비혜는 후련하고 흡족한 빛이었다. 하지만 계성은 그 정도로 가슴속의 울혈이 모두 풀리지는 않은 듯 밝지 않은 얼굴이었다. 노예들의 비참한 모습이 여전히 눈앞에 어른거리기 때문이었다.

그들은 지옥에서 모진 목숨을 이어가는 망자들이나 다름없었다. 앞으로 대우가 좀 나아진다고 해도 그들에게는 여전히 삶의 희망이 없었다.

"이제 소패륵장으로 가요. 내가 수고비를 지불할께요."

"좋소. 갑시다."

두 사람은 빠르게 말을 달리기 시작했다. 우람한 거목들이 하늘을 가리고 있어 햇살이 들지 않는 숲속은 벌써 어둑어둑해졌다.

12. 황금

소패륵장은 규모가 크고 경비가 엄중한 장원이었다. 많은 노예와 무사들이 줄지어 출입하는 육중한 철제 대문은 은연중 위압감을 주었으므로 마을 사람들은 가까이 오지 않았다.

계성이 소패륵장에 온 지 사흘이 지났다. 파비헤는 며칠간 쉬어 가라고 했는데, 그것은 계성이 바라는 바였다. 계성은 장원의 구조와 동정을 살피며 사금포를 빼낼 수 있을지 탐색을 했다.

이날은 저녁때가 되자 무슨 일인지 장원이 웅성거렸다. 이상하게 생각하던 계성은 마침 파비헤가 찾아왔으므로 물어보았다.

"무슨 일이 있소?"

"요동에서 아버님이 오셨어요."

갑자기 우릉치 패륵이 왜 찾아왔을까. 계성이 의아한 낯을 하자 파비헤가 내막을 들려주었다.

"지난번에 오빠는 대패륵장의 아버지에게 사금을 보내지 않았어요. 그 전에도 제대로 보내지 않았죠. 아버지는 그래서 오신 거예요. 오빠가 사금을 빼돌려서 숨겨놓았다고 생각하여 추궁하려고 오신 거죠."

계성으로서는 물론 웅타이가 어딘가에 사금을 숨겨놓았기를 바랐다. 이어서 파비혜의 입에서는 뜻밖의 말이 흘러나왔다.

"예친왕 다이샨도 아버님과 같이 왔어요. 예친왕은 이곳 상경용천부에 있는 옛날 생가를 방문하려고 왔지만, 사실은 나한테 생각이 있어서 온 거죠."

계성은 약간 놀랐다. 예친왕 다이샨은 섭정왕 돌곤의 대형이자 어린 황제에게는 백부가 되는 인물이었다.

다이샨은 옛날에 청태종 홍타이시와 왕권다툼을 벌이다가 밀려나서 조선에 귀화한 경력이 있었다. 조선에서는 귀영개라 불렸는데, 호란이 나자 조선 관리를 죽이고 도망쳐서 청나라에 복귀했다. 그는 이미 쇠락한 처지여서 실권자는 아니지만 청조의 높은 어른이었다.

"예친왕이 소저에게 생각이 있다는 게 무슨 말이오?"

"내가 대패륵장을 떠나서 이곳으로 온 건 아버지가 나를 다이샨에게 보내려고 했기 때문이에요. 나는 그의 첩이 되기 싫어서 도망을 친 거죠. 아버지가 오늘 찾아온 건 나를 예친왕에게 넘겨주기 위한 목적도 있어요. 나는 이미 예상하고 있었죠."

"그렇구려."

우룽치 패륵은 요동왕으로 책봉을 받기 위해서 섭정왕에게 뇌물과 아란사를 바치려고 했을 뿐만 아니라, 예친왕에게는 딸을 주려고 하는 모양이었다. 세력 있는 가문이나 귀족들은 대개 혼인을 정략적으로 이용한다.

"사실 웅타이 오빠와 나는 하녀에게서 태어났어요. 아버지가 노비처럼 부리던 여자와 관계를 맺어서 우리를 낳았지요. 그러므로 아버지는 우리를 대단치 않게 여겨요."

웅타이와 파비혜가 그런 출생내력을 지닌 건 뜻밖이었지만 계성은 뭐라고 말할 수 없었다. 파비혜는 결연한 빛을 보였다.

"나는 예친왕에게 절대 가지 않을 거예요. 내가 예전부터 사랑하는 남자는 따로 있으니까요."

좋아하는 사람이 있다면, 아무리 신분이 높아도 노인의 첩이 되고 싶지는 않을 것이다. 파비혜가 술을 퍼마시고 제멋대로 행동하여 마을에서 무법공주라는 별명을 얻은 까닭을 알만했다. 그렇지만 그녀가 말괄량이 짓을 한다고 해서 해결될 문제 같지 않았다.

"그럼 소저는 어떻게 할 생각이오?"

"그 문제 때문에 나는 당신에게 한 가지 부탁을 하려고 해요."

"무슨 부탁이오?"

"나중에 이야기를 할게요."

그녀의 내심을 계성도 어느 정도 짐작하고 있었다. 그녀는 무언가 부탁할 게 있어서 자신을 데려와서 지금까지 머물게 했을 것이다. 아마도 칼을 써야 되는 부탁을 할 것 같았다.

"지금 외택에서는 주연이 벌어지고 있어요. 오늘은 별일 없을 테니까 당신은 식사를 하고 푹 쉬도록 해요."

"그렇게 하겠소."

파비혜가 방을 나간 뒤, 하녀가 식사 쟁반을 가지고 들어왔다. 잔치음식이라서 제법 푸짐하고 술도 있었다. 식탁을 차리는 그녀에게 계성이 넌지시 물었다.

"웅타이 공자님은 지금 어디 계시지?"

"외택에서 귀빈을 위해 주연을 베풀고 있어요."

"그럼 내택에는 누가 있지?"

"사람이 별로 없어요. 하녀들도 모두 외택으로 나가서 음식을 마련하고 시중을 들고 있으니까요."

"웅타이 공자님의 방은 어디에 있는가?"

"내택의 복도 제일 안쪽에 있어요. 그런데 왜 그래요?"

"내일 공자님을 만날 일이 있어서 그래. 나는 식사하고 일찍 잘 테니까 그만 가봐도 돼."

얼굴이 반반한 하녀는 좀 미묘한 태도를 보이며 머뭇거렸다.

"파비혜 소저가……저보고 여기서 자라고 하셨는데……"

계성은 무슨 말인지 알아차렸다. 파비혜가 동침할 여자를 보낸 것이다. 손님의 잠자리에 여자를 대주는 건 매우 융숭한 대접이다. 이런 접대로 보아서 파비혜가 부탁하려는 게 결코 쉬운 일이 아닐 거라는 짐작이 들었다.

"나는 엄인(閹人:고자)이라서 같이 자도 아무 재미가 없어."

"그럼……어서 식사나 드세요."

하녀는 안 됐다는 얼굴을 하더니 방을 나가버렸다.

식사를 마친 계성은 밤이 좀 깊어지자 지팡이를 찾아들고 시커먼 천으로 얼굴을 가린 채 별채를 나섰다. 사금포를 찾아볼 좋은 기회가 왔다고 판단한 것이다.

주연이 벌어진 외택 쪽에서는 노랫소리가 들리고 웃음소리도 들려서 시끌벅적했다. 예친왕과 우룽치 패륵과 웅타이 뿐만 아니라 장원의 무사들도 모두 흥겹게 먹고 마시는 것 같았다.

계성은 어둠 속에 몸을 숨기며 내택으로 향했다. 장원의 구조는 대강 파악해둔 터였다.

내택의 담장은 높지 않아서 어렵지 않게 안으로 침투할 수 있었다. 어두운 정원으로 들어선 계성은 저택을 살펴보았다.

현관 앞에는 두 무사가 계단에 앉아서 고개를 떨어뜨린 채 꾸벅꾸벅 졸고 있었다. 집 안에는 등롱이 밝혀졌지만 사람의 기척이 들리지 않아서 조용했다.

계성은 지팡이를 세우고 현관으로 다가갔다. 두 무사에게 접근하자 짙은 술냄새가 풍겨왔다. 술을 많이 마셔서 잔뜩 취한 상태였다. 계성은 소리 없이 그들을 지나쳐서 현관을 들어섰다.

복도 끝에 불빛이 흘러나오는 문이 보였는데, 그곳이 웅타이의 방 같았다. 앞으로 가보니 문에는 자물쇠가 채워져 있었다. 안에 사람이 없다는 증거였다.

계성은 지팡이로 자물쇠를 힘껏 내리쳤다. 퍽, 하는 소리가 나며 자물쇠는 부서져서 떨어져나갔다.

주위를 한번 둘러본 계성은 문을 열고 안으로 들어섰다. 이 순간 계성은 주춤했다. 사람이 없는 줄 알았더니 뜻밖에도 열서너 살 정도의 소년이 침상에 걸터앉아 있는 게 아닌가. 해맑은 얼굴에 몸매가 호리호리한 소년이었다.

계성이 의아하여 물었다.

"너는 누구냐?"

"제 이름은 시오눈이에요."

"왜 여기 갇혀 있느냐?"

"저는 잡혀왔어요."

"왜 잡혀왔느냐?"

"이유는 저도 몰라요. 그냥 잡혀왔어요."

"집이 어디냐?"

"경박호에서 멀지 않아요."

웅타이가 노예로 삼으려고 잡아온 것일까.

계성은 실내를 둘러보았다. 가구와 집기가 구색대로 갖추어진 방이었지만 특별한 점은 없었다. 계성은 옷장과 탁자 서랍 등을 열어보며 수색을 시작했다. 구석구석을 샅샅이 뒤져보아도 사금포는 나오지 않았다.

소년이 침상에서 일어서더니 한쪽 벽에 걸린 구슬주렴을 슬쩍 건드렸다. 계성은 그 주렴을 무심코 보았지만 가만히 생각해 보니 이상했다. 주렴을 문이 아닌 벽에 걸어놓았기 때문이다.

계성은 그리로 가서 주렴을 쳐들어보았다. 안에는 작은 문이 하나 붙어 있었다. 주렴은 그 문이 보이지 않도록 가려놓은 것이었다.

계성은 문을 열어보았다. 그곳은 칼과 소뿔피리와 가죽채찍 등이 걸려 있는 방이었다. 웅타이가 사물을 보관하는 방으로 보였다. 그러나 사금포는 역시 눈에 띄지 않았다. 그런데 한쪽에 놓인 대리석 다탁이 눈에 들어왔다. 훌륭한 고급 다탁이었지만, 골방과는 맞지 않는다는 느낌이 들었다. 다탁은 서재나 대청에 배치해야 어울린다.

계성은 다탁을 옆으로 밀어보았다. 그러자 밑에 장방형의 석대가 나타났다. 석대를 쳐들자 아래로 내려가는 좁은 계단이 보였다.

"여기 지하방이 있구나."

은연중 흥분한 계성은 촛불을 집어들고 계단을 내려갔다. 계단 끝에는 목문이 있었는데, 열어보니까 작고 컴컴한 방이 나타났다.

이 지하방은 갑작스런 위험이나 재난이 닥칠 경우에 대피하는 피신처로 보였다. 전란이 많은 북방에서 귀족이나 부자들은 긴급한 상황에서 몸을 숨길 수 있는 은밀한 피신처를 집 안에 만들어 둔다.

지하방에도 침상과 비상식량과 물통 외에 별다른 건 없었다. 실망하던 계성의 시선이 문득 벽에 걸린 하나의 산수화에 미쳤다. 지하방과는 잘 맞지 않는 고상한 그림이었다.

계성은 그림을 벽에서 떼어보았다. 뒤에는 조그마한 벽장문이 붙어 있었다. 벽장문을 열자 작은 뒤주만한 철궤가 하나 보였다.

"무언가 있기는 있군."

계성은 철궤에 채워진 백동자물쇠를 손으로 잡고 힘껏 비틀었다. 자물쇠가 우지직, 소리를 내며 떨어졌다.

철궤의 뚜껑을 열자 안에 가죽포대가 하나 보였다. 갓난애 베개만한 포대를 집어서 들어보니 묵직했다.

"바로 이거다!"

열어보지 않아도 사금포가 틀림없었다. 결국 찾아낸 것이다.

계성은 득의하여 사금포를 들고 계단을 올라서 지하방을 나섰다. 침실로 되돌아와 보니 시오눈이라는 소년은 침상에 그대로 앉아 있었다. 계성이 손짓을 했다.

"도망치려면 나를 따라와라."

"알았어요."

시오눈은 몸을 일으켜서 따라나섰다. 복도로 나온 계성은 무사들이 있는 현관을 피하여 뒷문으로 가서 문고리를 열고 저택을 빠져나왔다.

뒤뜰에는 아무도 없었다. 계성은 밖으로 빠져나가기 위하여 담장 쪽으로 다가갔다. 시오눈이 뒤를 따랐다.

담장 앞에 이른 계성은 시오눈의 발을 받쳐서 위로 올려주었다. 이때 컴컴한 정원 옆에서 무사 두 명이 나타나며 소리쳤다.

"거기 누구냐?"

그들은 순찰을 돌고 있던 무사들이었다. 그들이 다가오자 계성은 사금포를 담장 위의 시오눈에게 넘겨주었다.

"이걸 잠깐 가지고 있어라."

시오눈이 사금포를 받아들자, 계성은 지체 없이 지팡이를 뻗어서 두 무사를 공격해갔다. 무사들은 미처 칼을 뽑을 틈도 없었다. 술에 취한 상태여서 몸도 제대로 쓰지 못했다. 지팡이가 허공을 좌우로 힘차게 가르자 두 무사는 외마디 비명과 함께 털썩 거꾸러졌다.

"컥! 크윽!"

계성은 곧 담장 위로 올라갔다. 그런데 시오눈이 어디로 갔는지 보이지 않았다. 계성이 무사들에게 손을 쓰는 틈에 시오눈이 사금포를 가지고 도망친 것일까. 어처구니가 없어진 계성이 입을 딱 벌리는데, 저만치 나무 뒤에서 시오눈이 나타났다.

"너 도망치지 않았느냐?"

"당신한테 이걸 주고 가야지요."

시오눈은 사금포를 내밀었다. 시오눈은 위험을 피하려고 담장에서 뛰어내린 뒤 어둠 속에 숨어서 계성을 기다렸던 것이다.

사금포를 받은 계성이 안도의 숨을 내쉬며 물었다.

"이 가죽포대 안에 뭐가 들었는지 아느냐?"

"황금이 들어 있는 것 같아요."

"그런데 이 사금포가 욕심나지 않았니?"

"저는 황금이 필요 없어요."

"그래? 너는 아주 이상한 아이로구나."

비록 나이가 어리다고 해도 황금이 필요 없다는 건 정말 기이한 일이었다. 아이들도 모두 돈을 좋아하지 않는가. 귀신조차도 돈을 좋아한다고 사람들은 말한다.

"그럼 너는 이제 집으로 돌아가라."

"사금포의 임자는 따로 있으니까 나중에 돌려주세요."

"사금포의 임자가 누구냐?"

"강에서 사금을 캐낸 사람들이죠."

듣고 보니 틀린 말이 아니었다. 목단강과 송화강에서 강제 노역을 하여 사금을 캐낸 노예들이 사금포의 진짜 임자라고 할 수 있지 않은가. 계성이 뭐라고 대꾸를 못하자 시오눈은 발길을 돌렸다.

"당신은 황금을 조금만 가지고, 나머지는 꼭 돌려주세요."

아이는 이런 당부를 남기고 떠나갔다. 계성은 어둠 속으로 멀어지는 시오눈의 뒷모습을 멀거니 바라보았다. 정말 괴상한 아이로군.

계성은 문득 정신을 차리고 가죽포대를 열어보았다. 안에는 또하나의 가죽포대가 들어 있었다. 그것을 열어보니 아이의 손바닥만한 금괴가 5개 들어 있었다. 사금을 정제한 금괴였는데, 최소한 30냥쭝은 넘을 것 같았다. 무게가 거의 2근이나 된다. 웅타이가 부친에게 보내지 않고 빼돌려서 숨겨둔 황금일 것이다.

일찍이 계성은 이런 막대한 황금을 본 적이 없었다. 자신도 모르게 흥분이 되어 가슴이 고동쳤다. 좋은 기회를 잘 잡아서 어렵지 않게 엄청난 건수를 올린 것이다.

계성은 숲으로 들어가서 지팡이로 한쪽 바위 밑의 땅을 팠다. 작은 구덩이가 파지자 사금포를 넣은 뒤, 흙을 덮고 마른풀을 덮어서 아무런 흔적이 없게 했다.

이윽고 계성은 장원으로 돌아가려고 얼굴을 가린 천을 떼어내고 담장을 넘었다. 무슨 일인지 몰라도 파비혜의 부탁을 들어주고 떠나기 위해서였다.

지난밤 늦게 소패특장에는 한바탕 소란이 벌어졌다. 방에 가두어놓았던 시오눈이 도망치고 사금포를 도둑맞은 사실을 알게 된 웅타이는 노기충천했다. 하지만 무사들을 풀어서 사방을 수색해보아도 작은 단서조차 잡을 수 없었다.

계성을 의심하는 사람은 없었다. 정체불명의 도둑이 귀신처럼 사금포를 훔쳐간 셈이 되었다.

하지만 아침에 파비혜가 싸늘한 빛으로 계성을 찾아와서 말했다.

"지금 많은 무사들이 이 별채를 포위했어요."

"이곳을 왜 포위했단 말이오?"

"당신을 체포하기 위해서죠. 당신이 어젯밤에 내택으로 침투해서 오빠가 숨겨놓은 사금포를 훔쳐갔죠?"

계성은 흠칫 놀랐다. 그게 이미 들통이 났을 줄은 꿈에도 몰랐다. 그녀는 차가운 시선으로 계성을 쏘아보았다.

"어젯밤에 몰래 나갔다가 돌아오는 당신을 하녀가 봤대요. 그밖에도 나는 여러 가지 정황을 곰곰이 생각해본 결과, 도둑이 바로 당신이라는 결론을 내렸어요. 당신은 대담하고 무서운 도둑이에요."

계성은 어젯밤에 그냥 도망치지 않고 공연히 되돌아왔다는 후회가 생겼다. 이 상황을 어떻게 돌파할 것인가.

계성이 옆에 놓아둔 지팡이를 움켜잡자 파비혜가 조소를 지었다.

"그 지팡이 속의 칼을 빼서 나를 위협하여 인질로 삼은 뒤, 이곳을 탈출할 생각인가요?"

"아무래도 그 방법밖에 없을 것 같소."

"오빠는 황금이 중요할 뿐 나는 안중에도 없으니까 인질로 삼아도 소용없어요. 사금포를 찾기 위해서라면 내가 죽어도 눈 한번 깜빡하지 않을 거예요."

정말 그럴까. 그렇다면 어떻게 탈출할 것인가. 내심 당황하는 계성을 넌지시 살펴보며 파비혜가 물었다.

"당신은 어젯밤에 사금포를 수중에 넣었는데, 왜 떠나지 않았나요? 슬쩍 떠나버렸으면 그만인데요."

"그대의 부탁을 들어주기 위해서였소."

"정말이에요?"

"그렇소."

파비혜는 태도를 바꾸어 조용히 말했다.

"나는 사실 황금에 관심이 없어요. 당신이 훔쳐간 사금포도 나와는 아무런 관계가 없죠. 나는 황금이 사람에게 탐욕과 재앙을 불러오는 마물이라고 생각해요. 그러므로 내가 말한 그 부탁을 당신이 틀림없이 들어준다면, 아무 일이 없도록 해주겠어요."

그렇다면 계성으로서는 다행이었다.

"무슨 부탁인지 말해 보오."

"결행할 시간이 오면 이야기할께요."

"알겠소. 부탁을 반드시 들어주겠소."

"좋아요. 그럼 약속했어요."

파비혜는 만족한 얼굴이 되더니 뜻밖의 사실을 털어놓았다.

"무사들이 이 별채를 포위했다는 건 거짓말이에요. 당신이 사금포를 훔쳤다는 건 나 외에 아무도 몰라요. 나도 처음에 이야기를 꺼낼 때는 의심을 했을 뿐 확신하지는 못했어요. 결국 당신이 자백을 한 셈이죠."

계성은 보기 좋게 속았다는 걸 알고 씁쓸해졌다. 파비혜의 유도에 걸려든 것이다. 하지만 약속은 지키기로 했다. 그녀가 악의에서 한 거짓말이 아니기 때문이다.

아무튼 그녀는 황금을 대단치 않게 여기는 듯했다. 탐욕이 전혀 없는 것이다. 결코 흔하지는 않아도 세상에는 그런 사람도 있다.

계성이 궁금한 걸 물었다.

"지난밤에 오빠의 방에 갇혀 있던 소년은 누구요?"

파비혜는 부끄러운 기색이 되었다.

"오빠는 남색꾼이라서 여자보다 소년을 더 좋아해요. 그래서 나이가 들도록 아직 혼인도 안 했죠. 그 소년은 예쁘장하니까 밤에 데리고 자려고 잡아온 거예요."

중원에서는 남색 취미가 있는 부자나 한량들을 상대해주는 소년을 연동(孌童)이라 불렀다. 고운 옷을 입은 연동은 화장을 하고 비파를 타고 다니며 호객을 하고, 상대자와 하룻밤 같이 자고 나면 돈을 받는다. 북방이나 변방에도 남색꾼은 흔했다.

"예친왕은 아직 이 장원에 머물고 있소?"

"그는 생가로 갔어요. 일이 벌어지면 내가 다시 올께요."

파비혜는 이런 말을 남기고는 방을 나갔다. 무슨 일이 벌어질지 모르지만, 계성은 기다리는 수밖에 없었다.

　저녁때였다.

　주안상에는 술과 요리가 잘 차려져 있었으나 우룽치 패륵은 심기가 편치 않았다. 지난번에 북경의 섭정왕에게 바치려던 아란사와 선물이 탈취당한 이래 우룽치의 심기는 계속 불편했다.

　그때 광풍사라는 비적단이 마차를 탈취해갔다고 했지만, 양백기 주부에서 손을 뻗쳤다는 걸 짐작했다. 하지만 증거가 없었으므로 추궁할 도리가 없었다. 큰아들인 호루산은 당시 발길에 걷어차여서 척추를 다치는 중상을 당하여 반병신이 되고 말았다.

　이런 판에 북경에서 예친왕이 생가를 방문하려고 요동에 나타나자 우룽치는 좋은 기회가 왔다고 판단했다.

　예친왕은 섭정왕 돌곤의 대형이었으므로 기주부의 행태를 알게 되면 묵과하지 않을 것이다. 이번에 예친왕을 잘 이용하면 카일락 기주를 아예 제거할 수 있다고 판단했다. 그리하여 예친왕이 생가가 있는 상경용천부를 찾아오자 함께 동행해온 것이다.

　우룽치는 이제 예친왕에게 파비혜를 넘겨주고 뇌물도 바칠 생각이었다. 섭정왕에게 바치는 황금도 따로 준비할 예정이었다. 그런데 웅타이가 사금포를 도둑맞았다고 하며 내놓지 않았다.

　지난밤에 한바탕 소란이 벌어졌지만, 아들이 사금을 내놓지 않으려고 연극을 한다고 판단한 우룽치는 분노하지 않을 수 없었다. 아들이 고분고분하지 않고 불손한 태도를 보이는 것도 그를 화나게 했다.

　"아무래도 웅타이 이놈을 그냥 둬선 안 되겠어."

우륭치가 술잔을 쭉 들이키고는 이렇게 중얼거릴 때, 젊은 하녀가 어탕을 가지고 들어왔다.

주안상에 어탕을 놓아주는 하녀를 무심코 바라보던 우륭치의 눈빛이 좀 미묘해졌다. 하녀의 얼굴이 제법 반반한데다가 몸매도 오동통해서 갑자기 어떤 욕망을 불러일으켰기 때문이다.

우륭치는 넌지시 물었다.

"너는 혹시 대패륵장으로 갈 생각이 없느냐?"

하녀는 다소곳하게 고개를 숙이며 응답했다.

"가고는 싶지만 웅타이 공자님이 허락해 주시지 않을 거예요."

그녀는 남색꾼인 웅타이가 밤마다 변태적으로 괴롭히기 때문에 소패륵장을 떠나고 싶던 차였다. 요동의 대패륵장이 매우 크고 호화로운 장원이라는 건 그녀도 이야기를 들어서 알았다.

"내가 데려갈 테니까 걱정하지 말아라. 대패륵장으로 가면 너에게 좋은 일이 많을 것이다."

우륭치는 슬며시 하녀의 손을 잡았다. 그가 음욕을 품었다는 걸 알았지만 하녀는 싫다고 하지 않았다. 어차피 남자의 노리개가 되어서 살아갈 팔자라면, 거칠고 난폭한 웅타이보다는 나이 지긋한 우륭치가 차라리 나을 것 같았다.

우륭치는 그녀를 끌어안더니 치마 속으로 손을 집어넣었다. 바로 이때 웅타이가 불쑥 들어섰다. 우륭치는 치마 속에서 얼른 손을 뺐지만, 웅타이는 발길을 들어서 하녀를 걷어찼다.

"천박한 년! 썩 나가라!"

발길에 차여서 방바닥에 나동그라졌던 하녀는 울면서 방을 나갔다. 웅타이가 이렇게 하녀를 걷어차서 쫓아낸 건 부친에 대한 노골적인 모욕이나 다름없었다. 사실 부친을 걷어찬 것과 마찬가지였다.

웅타이는 오래 전부터 부친에게 불만이 많았다. 하녀에게서 태어났다는 이유로 부친이 제대로 자식 취급을 해주지 않을 뿐만 아니라, 항상 사금을 많이 보내라고 압박을 가하기 때문이었다.

이번에는 몰래 숨겨두었던 사금포를 도둑맞고 시오눈까지 도망치자 속이 부글부글 끓는 판인데, 부친이 사금을 내놓으라고 다그치니 더 한층 울화가 치밀어오른 상태였다.

아들의 방자한 행태를 보자 우릉치도 분노했다.

"이놈! 아비 앞에서 이 무슨 버릇없는 짓이냐?"

"아버지는 하녀를 붙잡고 무슨 추태를 부리고 있습니까? 천박한 계집에게서 또 자식이라도 볼 생각이오?"

"네가 이 아비를 능멸할 작정이냐?"

우릉치는 벌떡 일어서더니 웅타이의 뺨을 철썩 후려쳤다. 뺨에 손바닥 자국이 벌겋게 찍힌 웅타이는 눈을 치뜨고 소리쳤다.

"아버지가 언제 나를 제대로 된 아들로 취급했습니까? 지금까지 사금이나 빼내려고 나를 계속 이용만 해먹지 않았습니까?"

"이 발칙한 놈! 그럼 나는 이제 네놈과 관계를 끊겠다!"

우릉치는 다시 주먹으로 아들의 얼굴을 후려갈겼다. 입에서 핏물과 함께 부러진 이빨이 튀어나온 웅타이는 불길 같은 분노를 참지 못하여 발길로 술상을 힘껏 걷어찼다.

"마음대로 하시오!"

"이 나쁜 놈! 나는 더 이상 네놈을 아들로 생각하지 않겠다!"

"좋소! 나는 이제 당신 아들이 아니오!"

이렇게 소리친 웅타이는 방을 휭하니 나가버렸다. 엎어진 술상 앞에서 우룽치는 노기충천하여 얼굴이 시뻘겋게 변했다. 부자지간에는 이렇게 심각한 갈등이 당장 폭발할 지경에 이르고 있었다.

밤이 되자 소패특장에는 더욱 긴장된 기류가 흘러서 마치 폭풍 전야 같았다.

계성은 파비헤와의 약속에 따라 별채에서 대기하고 있었다. 마침내 문이 덜컥 열리더니 그녀가 들어섰다.

"아버지와 오빠가 당장 싸울 것 같아요."

"부자지간에 왜 싸운단 말이오?"

"황금 때문이죠. 아버지는 오빠를 믿지 않으므로 사금광에서 손을 떼게 하려고 요동으로 데려갈 생각이에요. 하지만 오빠가 순순히 복종하지 않으니까 싸움이 벌어지는 거죠. 오빠는 이 소패특장과 사금광을 자신의 소유라고 생각하니까요. 이제 당신이 나설 때예요."

"내가 어떻게 하면 되오?"

"아버지는 대패특장에서 쿠탄이라는 무사를 경호인으로 데려왔는데, 그의 오른손목을 잘라줘요. 그게 내 부탁이에요."

쿠탄이라면 지난날 북경으로 가는 선물 호송대를 지휘하던 청년이 아닌가. 그는 집사의 조카로서 만주전사 출신의 실력 있는 무사였다.

계성은 몹시 의아해졌다.

"왜 그의 손목을 자르려 하오?"

"아버지는 오빠를 쫓아내고 이 장원을 쿠탄에게 맡기려고 해요. 하지만 나는 쿠탄과 함께 멀리 떠나고 싶어요. 내가 사랑하는 사람이 바로 쿠탄이니까요. 쿠탄도 나를 좋아하지만 아버지가 두려워서 내색은 못하죠."

계성은 잘 이해가 되지 않았다.

"쿠탄을 사랑한다면서 손목을 잘라야 하는 이유가 뭐요?"

"쿠탄은 고지식하고 충성심이 있어서 아버지의 지시대로 이 장원을 맡으려고 해요. 하지만 오른손목이 없어지면 칼을 못 잡으니까 이 장원에서는 쓸모가 없죠. 그러면 쿠탄은 별수 없이 나와 함께 떠나게 될 거예요. 나는 그와 함께 깊은 산골로 들어가서 아무 일이나 하며 살겠어요. 아버지는 이번에 나를 끌어다가 예친왕에게 바치려고 하니까 도망칠 수밖에 없어요."

계성은 예상치 못했던 부탁을 받고 잠시 망설였다. 하지만 자신의 운명을 결정하려는 파비혜의 결심이 확고한 것 같았으므로 승낙하기로 했다.

사실 쿠탄은 대패륵장의 충견 노릇을 하는 무사였으므로 칼을 잡지 못하도록 오른손목을 잘라버린다고 해서 나쁠 게 없었다. 파비혜의 부탁이 아니라도 할 만한 일이었다.

"좋소. 해보겠소."

"어서 나를 따라서 내택으로 가요."

계성은 그녀를 따라나섰다.

내택에서는 벌써 사단이 벌어지고 있었다. 웅타이가 불쾌한 기색으로 후원을 오락가락하는데, 우룽치가 모습을 나타냈다. 옆에는 쿠탄이 따랐다.

우룽치는 애써 노기를 억제하고 말했다.

"애야! 이번에 나와 함께 요양성으로 가자. 너도 이제 혼인을 하고 대패륵장 일을 맡아볼 때가 되었다. 네 형이 중상을 당하여 지금 제대로 운신을 못하니 네가 대신해야 한다. 여기 일은 당분간 쿠탄에게 맡기겠다."

웅타이는 냉소하는 얼굴로 대꾸했다.

"내가 요양성에 가서 무슨 할 일이 있겠습니까? 나는 가지 않겠소."

"대패륵장의 일이 여기 일보다 더 중요하다. 지금 양백기주부에서 우리를 농락하며 망동을 하고 있으니 대응을 해야 된다."

"난 벼슬할 주제도 못 되니까 귀족들의 세력다툼에는 관심이 없습니다. 그냥 여기서 이대로 살아가겠소."

노기를 참지 못한 우룽치는 버럭 고함을 질렀다.

"네놈이 끝까지 이 아비 말을 거역할 셈이냐?"

"싫다는 사람을 왜 핍박하오? 나를 그냥 내버려두시오."

"그렇다면 나는 정말 네놈과 부자관계를 끊겠다!"

"나는 아무래도 좋습니다! 관계를 끊고 싶으면 끊으시오!"

웅타이가 끝내 굽혀들지 않자 분기탱천한 우룽치는 쿠탄을 돌아보며 호통을 쳤다.

"뭘 꾸물거리고 있느냐? 웅타이 저 놈의 두 다리를 잘라서 밖으로 끌어내라! 그리고 말에 매달아서 요양성으로 끌고 가라!"

쿠탄은 표정이 잔뜩 굳어졌다. 웅타이가 부친에게 불복한다고 해도 패륵의 아들임에는 틀림이 없는데, 어떻게 다리를 자른단 말인가. 하지만 우룽치의 명령을 거역할 수도 없었다. 우룽치는 매우 잔인해서 무사나 노예들의 눈알을 뽑고 손가락을 뒤로 꺾고 팔다리를 잘라버리는 혹형을 가하는 경우도 흔했다.

쿠탄은 칼을 뽑으며 웅타이 앞으로 나섰다.

"둘째 공자님! 어서 아버님께 용서를 빌고 분부를 따르십시오. 그렇지 않으면 소인이 어쩔 수 없이 손을 쓰겠습니다."

웅타이는 코웃음을 쳤다.

"네놈이 감히 나를 어쩌겠단 말이냐?"

"저는 패륵님의 지시를 따를 수밖에 없습니다."

"그렇다면 내가 먼저 네놈을 처치해버리겠다."

웅타이는 허리춤의 단도를 쑥 뽑더니 그대로 쿠탄을 찔러갔다. 두 사람 사이에는 결국 싸움이 벌어졌다. 탱, 소리를 내며 두 개의 길고 짧은 칼이 충돌했다.

쿠탄은 검술 실력이 뛰어났으므로 웅타이가 단도로 상대하기는 무리였다. 쿠탄의 칼이 한 번 번득이는 순간 웅타이의 입에서는 외마디 신음소리가 흘러나왔다.

"윽!"

그의 한쪽 다리에서는 피가 확 튀어올랐다. 다리를 완전히 자르지는 않았지만 쿠탄은 우룽치의 분부를 이행한 것이다.

웅타이는 분노와 고통으로 얼굴이 잔뜩 일그러진 채 비틀거렸다.

"네놈이 정말 내 몸에 칼을 대다니……"

"패륵님께 불복하면 저는 손을 또 쓸 수밖에 없습니다."

쿠탄은 다시 칼을 세우며 압박을 가했다.

계성과 파비혜가 나타난 건 바로 이때였다. 웅타이가 부상당한 걸 보자 파비혜는 다급하게 계성을 재촉했다.

"어서 손을 써요!"

계성은 즉시 몸을 날리며 세강도를 뻗쳐갔다.

"쿠탄! 여기를 보시오!"

갑작스런 공격을 받은 쿠탄은 흠칫해서 돌아보았다. 이 순간 세강도가 번쩍 바람을 가르며 쿠탄의 오른손목이 싹둑 베어졌다. 검붉은 피가 확 뿌려지며 베어진 손목과 환도가 허공을 날아서 땅바닥에 뚝 떨어졌다.

"으흑!"

쿠탄은 괴로운 신음을 토하며 쓰러질 듯 비틀거렸다.

웅타이는 계성이 갑자기 나타나서 출수를 한 이유를 몰랐지만, 이 기회를 놓치지 않고 쿠탄을 단도로 푹 찔러버렸다.

"내 몸에 칼을 댄 네놈을 용서할 수 없다!"

어깨가 찔린 쿠탄은 벌렁 쓰러졌다. 이 광경을 본 우룡치는 사리를 판단할 겨를도 없이 칼을 집어들고 웅타이에게 덮쳐들었다.

"네놈이 미쳐서 이제 눈에 보이는 게 없구나! 아예 내 손으로 네놈을 없애버리겠다!"

하지만 두 눈에 광기를 드러낸 웅타이는 몸이 둔중한 우룡치가 미처 칼을 쓰기도 전에 단도를 쭉 뻗었다. 단도는 우룡치가 피할 틈도 없이 복부를 푹 찔러버렸다.

"으허헉!"

우룡치는 숨막히는 단말마를 토하며 고목이 쓰러지듯 털썩 쓰러졌다. 복부에서 울컥울컥 솟아난 피가 땅바닥으로 주르르 흘러내렸다. 이 모든 건 찰나간에 벌어진 일이었다.

우룡치는 눈을 멀거니 뜨고 허공을 바라보았지만 동공이 이미 초점을 잃고 허옇게 풀려갔다.

웅타이는 순간적으로 격동하여 단도로 찌르긴 했지만, 막상 검붉은 피를 줄줄 흘려내며 널브러진 부친을 눈앞에 보자 안색이 창백해졌다.

"아……아니야! 이건 내 책임이 아니야!"

그는 거친 숨을 몰아쉬더니 몸을 휙 돌려서 앞뜰로 뛰어나갔다.

파비혜는 큰 충격을 받고 얼굴이 새파랗게 질린 채, 땅바닥에 쓰러진 부친을 멍하니 바라보았다.

"결국……이렇게 되고 말았어. 결국……"

우륭치는 이내 숨이 끊어져서 고개를 옆으로 툭 떨어뜨렸다. 아들에게 덧없이 목숨을 잃었으니 비참하고 허망한 최후였다.

이때 웅타이가 다시 나타났는데 손에는 커다란 가죽부대를 들고 있었다. 그는 우륭치의 시신을 부대 속에 집어넣었다. 그리고는 정원 안으로 질질 끌고 들어갔다. 사람들이 모르게 부친의 시신을 감추려는 것이다.

패륵인 부친을 죽였다는 사실이 외부에 알려지면 웅타이도 결코 무사할 수 없었다. 사실을 숨기는 길밖에 없었다.

"쿠탄! 일어나요."

파비혜가 문득 정신을 차리고 쿠탄에게로 다가갔다. 한 손목이 잘려지고 어깨에 부상을 당한 쿠탄은 전신이 피투성이였지만, 치명상은 면한 듯 괴로운 신음을 흘려내면서도 몸을 일으켰다. 파비혜가 그를 껴안아서 부축했다.

"오빠가 오기 전에 어서 도망쳐야 해요!"

우륭치가 죽은 지금 쿠탄도 몸을 피하는 길밖에 없었다. 두 남녀는 서로 부둥켜안고 앞뜰 쪽으로 허겁지겁 뛰어갔다. 그들은 이내 어둠 속으로 사라져버렸다.

 의외의 결말 앞에서 계성은 머리를 절레절레 흔들었다. 우륭치의 갑작스런 변사는 정말 뜻밖이었다. 물론 그의 죽음을 아쉬워할 이유는 없었다. 계성은 평소 조선인 노예들의 원수인 우륭치를 제거하고 싶었지만, 적당한 기회를 잡지 못했을 뿐이었다. 그런데 이제 명이 끊어졌으니 잘된 일이라고 할 수도 있었다.

 아무튼 황금에 대한 탐욕이 빚어낸 일막의 참극은 이렇게 끝났다. 황금이 재앙을 불러오는 마물이라고 한 파비헤의 말이 맞았다.

 이윽고 계성은 장원을 떠나기 위하여 발길을 돌렸다.

13. 돌섬

거대하고 검푸른 경박호는 주위의 산과 숲이 어우러져서 운치가
있고 장려했다.

계성은 호수의 전경을 둘러보았다. 소패륵장을 떠나서 경박호를
찾아온 길이었다. 물론 숲속의 바위 밑에 묻었던 사금포는 도로 파
내서 망태에 넣었다.

계성은 이제 청산채로 돌아갈 생각이 없었다. 애초부터 청산채
에 뼈를 묻을 작정이 아니었고 흑표에게 충성할 마음도 없었다. 한
몫 크게 챙기면 떠날 속셈이었다. 그러니 막대한 황금을 손에 넣은
지금 청산채로 돌아갈 필요가 어디 있는가.

계성은 이제 어디든지 가고 싶은 데로 가서 평생 호의호식하며
살 수 있게 되었다. 운수가 대통하여 하룻밤 새에 팔자가 확 폈다.

나중에라도 현무는 한 번 만나야 했다. 5개의 금괴 중 2개 정도
는 다물계를 위하여 쓰도록 현무에게 넘겨줄 생각이었다.

아무튼 이렇게 살판이 나자 계성은 갑자기 아란사를 한번 만나
보고 싶었다. 그녀가 옥정과 함께 무사히 돌섬으로 들어갔는지 궁
금해졌다.

옥정은 완달산으로 떠났을까. 혹시 황법사나 타루간이 추격해와서 아란사를 잡아가지는 않았을까, 하는 걱정도 생겼다.

아란사가 찾아오라던 돌섬은 경박호의 북동쪽 끝에 있다고 들었다. 그리하여 계성은 이곳을 찾아온 길이었다.

돌섬은 사람이 살지 않는다고 했으니까 널리 알려진 섬은 아닐 것이다. 경박호에는 크고 작은 섬이 많으니까 가까이 사는 마을사람이 아니면 잘 알지 못할 것 같았다.

주위에 사람이 없는지 계성이 둘러보는데, 가까운 둔덕에 한 영감이 어슬렁거리며 나타나는 게 보였다. 그는 허름한 옷을 입고 똥지게를 졌는데, 너부데데한 얼굴이 취기로 불그레했다.

계성은 전에 그 영감을 본 적이 있었고, 그에 대한 이야기도 들었다. 그는 마발통이라는 별명으로 불렸는데, 그것은 똥통이라는 뜻이었다.

마발통은 혼자 사는 영감으로서 마을의 명물로 알려져 있었다. 그는 식은밥 한 덩이와 술 한 잔만 주면 무슨 일이든지 한다고 했다. 하루 종일 논밭도 매주고 송장도 치워주고 측간을 치우는 일도 마다 하지 않았다. 특히 커다란 똥장군을 지게에 지고 다니며 밭에 거름 주는 힘든 일을 도맡아했으므로 마발통이라는 별명이 붙었다.

그는 좀 이상하고 바보 같았지만 싫어하는 사람은 없었고, 개나 소나 말 같은 짐승도 잘 따른다고 했다.

분뇨 냄새를 풀풀 풍기는 마발통이 지게 작대기를 흔들며 다가오더니 말을 건넸다.

"자네는 어디에서 왔는가?"

"서쪽에서 왔소."

"호수를 구경하려고 왔는가?"

"그렇소."

"그럼 바람소리를 들어야지. 호수에 부는 바람소리를 들으면 세상일을 알 수가 있어."

마발통은 좀 비정상적인 사람이니까 무슨 이야기를 하더라도 너무 귀담아 들을 필요는 없으리라. 계성은 고개를 끄덕여보였다.

"좋은 얘기요."

"바람이 어디에서 불어오는지 아는가?"

"잘 모르겠소."

"서풍은 서쪽에서 불어오고, 동남풍은 동남쪽에서 불어오지."

"알고 보니 그렇구려."

마발통이 의외의 것을 물었다.

"자네가 소패륵장에서 사금포를 훔쳐냈는가?"

계성은 흠칫했다.

"그걸 어떻게 알았소?"

"내 제자에게 이야기를 들었네."

"제자라면……"

"시오눈을 만나지 않았는가?"

계성은 약간 놀랐다. 시오눈이 마발통의 제자일 줄은 미처 몰랐다. 항상 술에 취해서 똥통을 둘러메고 다니는 영감이 뭘 가르치겠다고 제자를 두었을까.

마발통이 게슴츠레한 눈으로 다시 물었다.

"자네는 홍라녀를 찾아왔는가?"

"홍라녀가 누구요?"

"홍라녀를 모르다니 자네는 아주 무식하군. 그녀는 아득한 옛날에 죽었지만 다시 되살아났지. 그녀는 지금 이 경박호에서 살고 있네. 하지만 그녀가 어디 사는지는 말해줄 수가 없어."

"나는 돌섬을 찾아왔소. 돌섬이 어디 있는지 아오?"

"이 호수에는 돌섬이 많이 있지. 돌이 있는 섬은 다 돌섬이니까 말이야."

마발통과는 더 이야기를 해보아야 소용이 없고 좋은 일도 없을 것 같았으므로 계성은 말을 끌고 발길을 돌렸다.

"잘 알겠으니까 난 이만 가보리다."

"홍라녀를 황금으로 꼬셔볼 생각인가? 하지만 홍라녀는 쉽게 넘어가지 않을 걸세. 허허허……"

제멋대로 이렇게 늘어놓은 마발통은 너털웃음을 터뜨리며 떠나갔다. 마발통은 역시 괴상한 사람이었다.

계성은 비탈을 내려가서 물가로 다가갔다. 물가에는 작은 나룻배 한 척이 떠 있는데, 어부로 보이는 늙은이가 뱃줄을 풀고 있었다. 한쪽 눈에 백태가 끼어서 애꾸처럼 보이는 늙은이였다.

계성이 옆으로 다가가며 물어보았다.

"혹시 돌섬이 어디인지 아오?"

"돌섬은 사람이 살지 않는 곳인데 왜 찾는가?"

그가 돌섬을 제대로 아는 것 같아서 계성은 반가웠다.

"나는 약초꾼이오. 그 섬에 좋은 약초가 있다는 말을 들었기에 가보려고 하오."

"돌섬에 약초가 있다는 말은 못 들었는데……"

"약초가 없으면 섬 구경이나 할 생각이오."

"암석과 수풀만 있어서 볼품도 없는 섬일세."

"아무튼 그 섬까지 배로 좀 태워다 줄 수 있겠소? 물론 배삯은 드리리다."

"그럼 오십 닢만 내게."

계성은 조그마한 쇄은편 하나를 내밀었다.

"여기 있소."

"귀한 백은이로군. 거스름돈은 없으니까 다음에 주겠네. 어서 배에 오르게."

늙은이는 쇄은편을 얼른 받아서 품속에 집어넣었는데, 나중에라도 거스름돈을 줄 생각은 없는 것 같았다.

계성이 말을 끌고 배에 오르자 늙은이는 노를 젓기 시작했다. 나룻배는 잔잔한 물결을 헤치고 유유히 나아갔다.

늙은이가 지나가는 말처럼 물었다.

"자네는 처음 보는데, 어디에서 왔는가?"

"나는 세상을 이리저리 떠돌아다니므로 정처가 없소."

"그렇다면 세상 돌아가는 형편을 잘 알겠군. 여기는 캄캄한 벽촌인데, 바깥세상 이야기를 좀 들려주게."

"어떤 이야기를 듣고 싶소?"

"명나라는 완전히 멸망했는가?"

"남명조(南明朝)가 서긴 했지만 청나라에 의해서 토벌이 되고 있어 거의 끝장이 난 모양이오. 섭정왕 돌곤의 동생인 아제격 대장군과 다탁 대장군이 무자비한 정벌을 계속하고 있다오."

계성이 들은 대로 말해주자 어부는 혀를 찼다.

"쯧쯧! 결국 그렇게 될 줄 알았어. 백성들을 언제라도 가마솥에 삶아먹을 수 있는 개돼지처럼 생각하는 명나라 황제와 벼슬아치들은 너나없이 썩어문드러져서 사치와 방탕으로 세월을 보낸다고 했으니까 결국 망조가 들기 마련이지. 이제 한족은 한 줌밖에 안 되는 만주족에게 허리를 굽실거리며 벌레처럼 살아갈 거야. 옛날에 원나라 몽골족에게도 그랬으니까."

"……"

"청나라 조정은 명나라보다 훨씬 건실하다는 소문을 들었네. 황실도 수만 명의 궁녀를 모두 없애고 십만 명의 환관도 5백 명으로 줄였다더군. 청나라는 아무래도 명나라와는 다른 모양일세. 나야 뭐 세상이 어떻게 돌아가든 관심도 없지만 말일세. 나는 이렇게 물고기나 잡으며 살아가면 족하지."

그는 중원 출신의 한족인 듯했다. 계성이 생각하기에도 그의 말은 틀리지 않는 것 같았다.

명나라에는 국가 세입의 반 이상으로 자신의 무덤을 축조하여 나라의 재정을 탕진한 황제도 있었고, 환관이 나라를 좌지우지하는 가운데 수만 명의 후궁을 거느리고 주지육림에 빠져서 세월을 보낸 황제도 많았다고 들었다. 궁녀에게 매년 들어가는 지분 값이 수십 만 냥에 이를 정도라고 했으니, 알고 보면 이렇게 황음하고 방탕했던 황제나 일신의 부귀만 탐했던 벼슬아치들이 나라를 망친 거나 다름없었다.

계성이 한쪽 호변에 시선을 던졌다. 그쪽에는 수목 사이로 커다란 장원의 붉은 담장과 푸른 기와지붕이 보였다. 변방의 호숫가에 자리 잡은 장원이지만 웅장하고 호화롭게 보였다.

"저 장원의 주인은 누구요?"

"저건 양백기주부의 별장인데 만호원이라고 하지. 얼마 전에 기주부의 가신이라는 대머리 노인이 수십 명의 몽골전사들을 거느리고 찾아와서 머물고 있네."

계성은 예상대로 황법사가 경박호에 나타났다는 걸 알았다. 그런데 기주부의 병사들이 아닌 몽골전사들을 거느리고 왔다는 게 좀 이상했다. 황법사는 옛날에 몽골에서 번승 노릇을 한 적이 있다고 했는데, 아직도 몽골족과 어떤 관계를 맺고 있는 것일까.

계성은 아란사가 무사한지 더욱 궁금해졌다. 옥정은 완달산으로 떠나버렸을까.

얼마 후 흐릿한 물안개 속에서 하나의 섬이 모습을 나타냈다.

늙은이가 노를 저어가며 턱짓으로 섬을 가리켰다.

"저게 돌섬일세. 마을에서도 거들떠보지 않는 섬이지."

돌섬이라고 하지만 암석을 뒤덮은 수풀과 수목이 무성해서 짙은 초록색으로 보였다.

이윽고 배가 섬의 한쪽에 닿자, 계성은 말을 끌고 내렸다. 늙은이가 뱃머리를 돌리며 물었다.

"저녁때 데리러 오면 쇄은편을 하나 더 주겠는가?"

"돌아갈 때는 아무 배나 불러서 타겠소."

"그럼 나중에 보세."

어부가 배를 몰고 떠나간 뒤, 계성은 섬을 둘러보았다. 막상 상륙해 보니 멀리서 보기보다는 섬이 꽤 컸고 숲도 울창하여, 어디가서 아란사를 찾아야 할지 막막했다.

일단 섬을 한 바퀴 돌아보기로 한 계성은 말을 끌고 걸음을 떼어놓기 시작했다. 그런데 얼마 가지 않아서 한쪽 암벽 위에 서 있는 한 소녀를 발견했다. 멀리서 보기에도 그녀는 바로 아란사였다.

아란사도 계성을 알아보고는 빠르게 암벽을 내려왔다. 잠시 후 그녀가 반가운 얼굴로 뛰어왔다.

"당신이 드디어 찾아왔군요. 무척 기다렸어요."

그녀는 암벽 위에서 섬에 접근하는 배를 살펴보고 있었던 것 같았다. 남 몰래 숨어 있는 처지니까 누가 나타나는지 확인할 필요가 있을 것이다.

무사한 그녀를 보자 계성은 안도감이 들었다.

"그동안 별일 없었지?"

"아무 일도 없었어요."

"황법사가 몽골전사들을 거느리고 와서 양백기주부의 별장인 만호원에 머물고 있다고 들었는데, 너도 알고 있느냐?"

"호수에 배를 타고 나갔다가 멀리서 황법사를 한번 보았어요. 황법사는 나를 찾고 있겠지만 이 섬을 아직 몰라요."

"타루간은 안 왔는가?"

"그는 아직 안 온 것 같아요. 옥정 언니와 함께 오는 도중에 자무창을 보았는데, 그는 만호원에 와 있는지도 몰라요."

계성이 주위를 둘러보자 아란사가 눈치를 채고 말했다.

"옥정 언니도 여기 있어요."

"아직 완달산으로 안 갔어?"

"당신이 올 때까지 함께 있어달라고 내가 붙잡았어요."

사냥철이 아니라서 서둘러 갈 필요가 없으니까 옥정은 아직 떠나지 않은 모양이었다.

아란사가 손을 잡아끌었다.

"어서 집으로 가요. 옥정 언니는 집에 있어요."

"집이 어디 있지?"

"저쪽 암벽 옆에 있어요."

"여기에 배도 있느냐?"

"나룻배 한 척을 으슥한 곳에 숨겨놓았어요."

아란사는 계성을 데리고 숲으로 들어갔다. 여러 가지 잡목이 들어선 숲에는 길이 없었다. 사람들이 다니지 않는 곳이라 수풀이 우거져서 헤치고 나가기가 쉽지 않았다. 숨어 있기에는 좋은 곳이라고 할 수 있었다.

암벽의 모퉁이를 돌아가자 큰 바위와 나무로 가려진 으슥한 곳에 집이 한 채 나타났다. 통나무와 나뭇가지와 판자 등으로 얼기설기 엮은 집이었지만 제법 견실하게 보였다.

집 앞에 서 있는 옥정을 보자, 계성은 덤덤하게 말을 건넸다.

"그동안 잘 있었소?"

"당신이 왔군요."

그녀도 덤덤한 표정이었다.

아란사가 집으로 들어서며 손짓을 했다.

"이리 들어와 봐요."

계성이 집 안으로 들어가 보니 마치 움막 같은 구조였지만, 방이 두 개였고 마루와 부엌도 있어서 두세 명이 살기에는 불편이 없을 듯싶었다. 그런 대로 아늑하고 편리하게 지은 집이었다. 통나무를 베어서 탁자와 의자도 만들어 놓았다.

"집이 좋구나."

"뒤뜰에는 샘물도 있고 텃밭도 있어요. 파밭도 있고 강냉이도 심었죠. 식량도 충분히 준비를 해 놓았어요."

"황법사가 떠날 때까지 꼼짝 말고 여기 숨어 있어라. 너를 못 찾으면 결국 요동으로 돌아가겠지."

아란사는 자못 심각한 표정이 되었다.

"황법사는 비국새를 손에 넣지 못하면 오탑을 찾아서 파괴해버릴 거예요. 그러므로 우리가 오탑을 먼저 찾아내야 해요."

"오탑이 어디에 있느냐?"

"아마도 등천벽 밑에 있을 거예요. 할아버지에게 그런 이야기를 들었어요. 등천벽은 저 건너편 호숫가에 있는 가파르고 험악한 바위절벽인데, 만호원에서 그리 멀지 않으니까 탐색을 하려면 조심해야 돼요."

"절벽 밑에 탑이 있단 말이냐?"

"등천벽 아래 깊은 물은 선와소라 불리는데, 소용돌이가 매우 사납죠. 오탑은 그 소용돌이 속으로 들어가야 있대요."

계성은 역시 황당한 전설이라는 생각이 들었다. 호수의 소용돌이 속에 탑이 있다는 건 터무니없는 이야기가 아닌가. 전설이란 원래 세상 사람들이 꾸며낸 것이다.

계성은 그런 데 대해서 더 생각할 필요가 없었다. 돌섬을 찾아온 건 비국새나 오탑 때문이 아니었기 때문이다.

옥정은 말없이 두 사람의 이야기를 듣고만 있었다. 계성은 그녀와 이야기를 나누고 싶었으나, 막상 무슨 말을 해야 할지 생각이 나지 않았다. 이미 작별을 했다가 다시 만나서 그런지 좀 어색한 기분도 들었다.

아란사가 부엌으로 들어갔다.

"점심으로 쌀을 많이 섞어서 조밥을 할께요. 반찬은 들오리 장육과 붕어조림이에요. 옥정 언니가 들오리를 한 마리 잡았어요."

"나는 갑자기 삶은 강냉이가 먹고 싶구나."

"강냉이는 아직 통통하게 알이 배지 않았어요."

계성은 망태를 내려놓고 마루에 털썩 앉으며 옥정을 돌아보았다.

"나는 여기에 안 오려다가 그대가 보고 싶어서 왔소."

옥정은 말없이 웃었다. 계성이 물었다.

"완달산에는 언제 갈 예정이오?"

"당신이 왔으니까 내일 떠나야지요."

"나도 함께 가면 어떻겠소?"

"아란사가 허락해줄까요?"

"몰래 도망쳐야지. 내일 함께 도망칩시다."

계성이 이렇게 소곤거리자 옥정은 다시 웃었다.

"예전처럼 또 공연히 발목을 잡지 말아요."

그녀의 말투는 여자답게 좀 다소곳해진 듯 느껴졌다. 예상치 못한 재회를 하여 속으로 반가워서 그런지 태도도 한결 부드러웠다.

아란사는 기분이 매우 좋은지 부엌에서 밥을 지으며 휘파람을 불었다.

계성은 문득 집 옆의 암벽 틈을 스르르 기어가는 뱀을 한 마리 발견했다. 그놈은 흑질황장이라고도 불리는 먹치였는데, 독이 없지만 시커먼 몸통에 누런 띠를 두르고 있는 커다란 뱀이었다.

"아란사! 저기 뱀이 있구나."

그녀는 돌아보지도 않고 대꾸했다.

"암벽 틈의 굴에 사는 뱀이에요. 내가 휘파람을 불면 밖으로 나오는데, 이름은 파사라고 지었어요. 지난 초봄에 암벽 사이에서 똬리를 틀고 따뜻한 햇볕을 쪼이는 걸 보고 내가 휘파람을 불어서 알게 됐죠. 파사는 이 돌섬을 지키는 섬지기예요."

계성은 피리나 휘파람으로 뱀을 부른다는 이야기를 듣긴 하지만, 그런 광경을 보는 건 처음이었다. 아무튼 아란사가 여러 모로 특이한 소녀라는 생각이 새삼스레 들었다.

만주족은 개구리가 조상이었다는 전설도 있는데, 그래서 그런지 대개 뱀을 무서워했다. 그런 의미라면 뱀이 섬지기 노릇도 할 수 있으리라.

밤이 깊어지자 시커먼 호수 물결이 잠이 든 것처럼 잔잔해지고 어둠에 잠긴 섬은 적막해졌다.

계성은 혼자 물가의 바위에 걸터앉아서 생각에 잠겨 있었다. 앞으로 어떻게 할 것인가. 비국새를 가지고 오탑을 찾아갈 생각은 없었다. 아란사의 희망을 들어줄 마음이 없는 것이다. 그렇다면 다음은 옥정이 문제였다. 그것은 아주 미묘한 문제였다.

문득 뒤에서 발자국 소리가 나기에 돌아보니 아란사가 어둠 속에서 다가오고 있었다. 그녀는 옆으로 와서 계성의 얼굴을 빤히 들여다보며 물었다.

"혼자 무슨 생각 했어요?"

"아무 생각도 안 했다."

"거짓말 말아요. 옥정 언니와 도망칠 궁리를 하고 있었죠?"

"눈치가 아주 빠르구나."

계성은 덤덤하게 대꾸하면서도 뾰족한 침으로 급소를 콕 찔리는 느낌이었다.

아란사는 바위 뒤로 돌아가더니 옷을 벗기 시작했다.

"나는 밤마다 호수에 나와서 헤엄을 쳐요. 당신도 헤엄을 치고 싶으면 옷을 모두 벗고 물에 들어가요. 밤이라서 보는 사람이 아무도 없으니까요."

계성이 곁눈질로 보니까 그녀는 이내 알몸이 되어 물속으로 들어갔다. 하늘에 구름이 끼어서 별빛조차 없었지만, 그녀의 하얀 알몸이 잠깐 환영처럼 보이다가 수중으로 사라졌다.

잠시 후 아란사는 가까운 물에 떠오르더니 유유히 헤엄을 치며 팔을 쳐들어 손짓을 했다.

"당신도 빨리 옷 벗고 이리 들어와요. 내 몸에 쥐가 나면 당신이 잡아서 끌어내야 되니까요."

그녀의 속셈이 무엇인지 계성은 알아차렸다. 내가 딴생각을 품고 섬을 떠나지 않도록 여우같은 아란사가 유혹의 손길을 내미는군.

계성은 짐짓 무뚝뚝한 태도를 보였다.

"물귀신한테 끌려갈까봐 안 들어간다."

"내가 물귀신처럼 보여요?"

"나를 홀리려는 것 같다."

"나처럼 예쁜 물귀신이 어디 있담."

"어두워서 예쁜지도 잘 모르겠다."

계성이 신통한 반응을 보이지 않자, 아란사는 유혹을 포기했는지 간단히 목욕을 하고 나와서는 옷을 입었다. 그리고는 자못 숙연한 빛으로 말했다.

"당신은 나에게 선택을 받았으니까 도망칠 수 없어요."

"신랑감으로 선택을 받았다는 뜻이냐?"

"그보다 훨씬 더 중요한 일이에요."

"그게 무슨 일이냐?"

"비국새에 대한 일이죠. 당신이 나를 만난 건 결코 우연이 아니에요. 당신은 그 일을 피할 수 없는 운명이에요."

"……"

"공연히 쓸데없는 염두 굴리지 말고 들어와서 자요."

아란사는 이렇게 말하고 돌아서 떠나갔다. 계성은 그 자리에서 움직이지 않았다. 아란사가 뭐라고 해도 비국새는 관심이 없었다. 하지만 아직 생각할 문제가 남아 있었다. 그것은 옥정에 대한 문제였다.

14. 납치

수면에 쏟아지는 밝은 햇살은 무수한 물고기의 비늘처럼 은빛으로 반짝이며 부서졌다. 검푸른 물결은 잔잔하게 파도치며 일렁거렸다. 호변의 산들은 짙은 암록색으로 변해가고 있었다.

계성은 나룻배에 옥정을 태우고 노를 저어갔다. 완달산으로 떠나는 옥정을 데려다 주려고 나온 길이었다. 아란사가 만류했지만 옥정은 집으로 가겠다고 하며 출발했다.

계성은 천천히 노를 저으며 무언가 심각하게 궁리를 하고 있었다. 뭍이 점점 가까워지자 계성이 마침내 입을 열었다.

"나도 완달산에 함께 가면 어떻겠소?"

"마음대로 해요."

계성이 어제 했던 농담을 또 하는 것으로 들은 옥정은 대수롭지 않게 대꾸했다.

"옥정의 집에 가서 함께 살아도 되겠소?"

"그건 곤란해요."

옥정은 씩 웃었다. 계성이 정색을 했다.

"내가 이번에 소패륵장에서 사금포를 빼냈는데 대단한 거금이 들어 있었소. 평생 돈 걱정을 안 해도 될 정도지. 소패륵장을 찾아 왔던 우륭치 패륵은 아들에게 죽음을 당했소. 나는 이제 더 이상 바라는 게 없으니 비적단을 떠나려 하오. 사실은 벌써 떠났소. 난 지금까지 힘들게 살아왔지만 앞으로는 좀 편안하게 살고 싶소. 아마 옥정도 그럴 거요. 그래서 같이 가자는 거요."

옥정은 비로소 계성의 말이 농담이 아니라는 걸 알고 표정이 굳어졌다. 계성이 진지한 얼굴로 말을 이었다.

"완달산이 아니라도 괜찮으니까 어디든지 조용하고 평화로운 곳으로 함께 갑시다. 조선의 고향으로 돌아가도 괜찮겠지."

계성은 지금까지 여자와 함께 살겠다는 생각을 해본 적이 없었다. 황야의 야수처럼 정처 없이 떠돌아다니는 삶이 팔자려니 여겼다. 하지만 막대한 황금을 손에 넣자 생각이 달라졌다. 이제 얼마든지 안락한 가정을 꾸려서 살아갈 수가 있지 않은가.

옥정과는 참담한 과거와 현재의 고단한 삶이 비슷하니까 서로 이해하고 아끼며 살아갈 수 있을 것이다. 물론 옥정이 한 여자로서 마음에 들었기 때문이었다. 사실 계성이 돌섬을 찾아온 까닭은 아란사보다는 옥정을 만나기 위해서였다.

옥정은 잠시 계성을 말없이 바라보더니 수평선으로 시선을 돌렸다. 눈부신 햇살이 하얗게 부서지고 있는 수평선은 망망했다. 그녀는 아무 말이 없었다. 계성도 이제 입을 다물고 노를 저었다.

이윽고 배가 물가에 닿았다. 옥정은 말을 끌고 하선했다. 그리고는 말에 오르더니 고개를 옆으로 돌린 채 입을 열었다.

"당신의 호의는 진정 고맙지만 나는 같이 갈 수 없어요. 정말 미안해요. 그럼……안녕히……"

계성이 뭐라고 하기도 전에 옥정은 말배를 걷어차서 출발했다. 말은 빠르게 달려갔다. 계성이 우두커니 보고 있는 사이에 그녀는 벌써 둔덕 너머로 가물가물 멀어져갔다.

그녀가 완전히 보이지 않게 되자 계성은 힘없이 어깨를 늘어뜨렸다. 그리고는 뱃머리를 돌리며 투덜거렸다.

"쳇! 정말로 평생을 혼자 살아갈 모양이군. 나야 한물간 닭보다는 신선한 풋꿩이 더 좋으니까 관계없어."

초원에서는 짙은 풀냄새를 품은 후끈한 바람이 불어왔다. 옥정은 말을 타고 호변을 에돌아서 북쪽으로 가고 있었다. 완달산으로 가려면 3백여 리를 북상해야 된다.

옥정은 쓸쓸하고 착잡한 심정이었다. 어디든지 함께 가자는 계성의 말이 진심이라는 걸 알았을 때는 속으로 너무나 고맙고 기뻤다. 자신도 모르게 눈물이 핑 돌았지만 겉으로 내색하지 않으려고 애썼다.

하지만 계성과 함께 갈 수는 없었다. 오래 전부터 평생 혼자 살아가기로 결심했기 때문이다. 호란을 통해서 겪은 과거가 그녀를 그렇게 만들었다. 그러므로 계성과 재차 작별할 수밖에 없었다. 이제 정말로 다시 만나는 일은 없으리라.

가슴이 아릿해진 옥정이 입술을 지그시 깨물며 말을 재촉할 때, 건너편 언덕 위에 서너 명의 기마인이 나타났다. 그들이 몽골전사들이라는 걸 알아본 옥정은 말머리를 옆으로 틀었다. 그들을 피해 가려는 것이다. 그러자 한 몽골전사가 뿔피리를 쳐들더니 길게 불었다.

뚜우우우우——

뿔피리 소리가 허공으로 울려퍼지자 언덕 너머에서 여러 명의 몽골전사가 나타나더니 빠르게 말을 달려왔다. 그중에 자무창의 모습을 발견한 옥정은 미간을 찌푸렸다.

자무창은 급히 말을 달려와서 옥정 앞에 멈추어섰다.

"그대를 찾으려고 무척 애를 썼는데, 다시 만나서 반갑소. 경박호에서 혹시 만날지도 모른다고 생각하여 매일 이 일대를 헤매고 다녔소. 내가 꼭 하고 싶은 이야기가 있는데, 같이 갈 수 있겠소?"

옥정은 머리를 좌우로 흔들었다.

"안 되오. 나는 오늘 먼 길을 가야 하오."

"오늘은 그냥 보낼 수 없소."

자무창은 손을 뻗어서 옥정의 말고삐를 잡았다. 옥정은 냉정한 태도로 말머리를 옆으로 돌렸다.

"나는 가지 않겠소."

"나는 그대를 꼭 데려가겠소."

자무창은 무조건 옥정의 말을 끌고 가려고 했다. 말은 낯선 사람에게 끌려가지 않으려고 앞발을 번쩍 들고 크게 울부짖으며 저항했다. 그러자 자무창이 패검을 쑥 뽑더니 말의 목을 푹 찔러버렸다.

히이힝!

말은 구슬픈 울음을 토해내며 거꾸러졌다. 이 서슬에 땅바닥에 굴러떨어진 옥정은 놀라서 안색이 변했다. 지난날 자무창이 패검으로 백대호의 심장을 찔러서 거꾸러뜨린 일이 생각났다.

자무창이 이렇게 무자비하게 손을 쓴 것은 지난번에 만났을 때, 옥정이 말을 달려서 도망쳤기 때문이었다. 자무창은 훌쩍 하마하더니 옥정을 번쩍 안아서 자신의 말에 태웠다.

"내 말을 줄 테니 함께 갑시다."

용감하고 대담한 옥정도 이 순간 본능적인 두려움을 느끼고 몸이 굳어졌다. 거역하면 자무창의 패검이 가차 없이 목을 찌를 것 같았다.

자무창은 말을 끌고 성큼성큼 걸어가기 시작했다. 뒤에는 여러 명의 몽골전사들이 호위하듯 따랐다. 옥정은 꼼짝 없이 사로잡힌 것과 마찬가지였다.

해가 서쪽으로 기울어지며 돌섬에는 황혼이 어렸다.

계성이 집으로 들어서자 아란사가 금편 한 개를 내밀었다.

"옥정 언니가 이걸 주고 갔어요. 우리 둘이 쓰라고요."

그것은 대패륵장에서 호피 값으로 받은 금편 중의 하나일 것이다. 계성은 금편을 거들떠보지도 않고 망태 속에서 사금포를 꺼냈다. 그리고는 가죽포대를 열고 금괴를 보여주었다.

"이걸 보아라."

누렇게 빛나는 금괴를 본 아란사는 놀라서 눈이 동그래졌다.

"어머나! 이 엄청난 황금이 어디서 났어요?"

"소패륵장에서 빼냈다."

"당신이 결국 훔쳐냈군요."

"이 금괴는 한두 개만 해도 평생 남부럽지 않게 잘 살 수가 있지. 나는 지금 이곳을 떠날 생각인데, 너도 따라갈래?"

계성은 이제 옥정 대신 아란사를 데려가려는 것이다. 사실 아란사가 더 예쁘고 깨끗하고 풋풋하지 않은가. 꿩 대신 닭이 아니라,

닭 대신 꿩이었다.

아란사가 넌지시 물었다.

"옥정 언니에게도 같이 가자는 얘기를 했죠?"

계성은 무안했으나 눈치 빠른 아란사를 속일 수가 없었다.

"그녀에게 걷어차였다."

"언니는 아무래도 어려운 일을 겪을 것 같은데……"

아란사는 무슨 생각이 떠오르는지 혼잣말로 나직이 중얼거리더니, 맑은 시선으로 계성을 정시했다.

"우리가 여기를 떠나면 비국새는 어떻게 하죠?"

"아득한 옛날에 멸망한 나라의 퀘퀘 묵은 국새가 무슨 조화를 부리겠느냐? 황법사는 특이한 사람이니까 어떤 유별난 생각이 있는 모양이지만, 우리는 공연히 그와 맞서서 위험에 휩쓸릴 필요가 없다. 비국새나 오탑 따위는 잊어버리고 그냥 떠나자."

"안 돼요. 나에게는 비국새가 생명보다 더 소중하게 생각돼요."

"너는 부질없는 몽상에 빠져 있어."

"나는 할아버지의 뜻을 받들어 오탑을 찾아가서 비국새에 대한 천기를 꼭 알아내야 돼요. 나는 그런 운명을 타고났어요."

"네 조부는 보통 사람이 아니다."

"아무튼 나는 지금 떠날 수 없어요. 달이 밝은 밤이면 비국새가 나에게 애끓게 호소하는 소리가 들리는 듯해요. 오탑을 꼭 찾아가라구요. 그 소리가 내 심혼에 울려와요."

계성은 미간을 찌푸렸다.

"그건 네 마음속에서 나오는 부질없는 소리다."

"비국새에 깃든 영력(靈力)이 내는 소리예요. 혼백의 힘이 내는 소리란 말이에요."

"나는 믿지 못하겠다."

"나는 분명히 그런 소리를 들어요."

"그럼 나랑 같이 안 가겠다는 거냐?"

"일을 마치고 나서 같이 갈께요."

아란사까지 고분고분하지 않고 엇나가자, 계성은 울화가 치밀어서 사금포를 망태 속에 집어넣었다. 그리고는 몸을 벌떡 일으켰다.

"나는 혼자 떠나겠다. 너는 앞으로 무얼 하든 마음대로 하되, 황법사의 눈에 띄지 않도록 조심해라."

"나를 버려두고 혼자 떠난다구요?"

"나는 이제 위험을 피해서 편안하게 살고 싶다."

계성이 뜰로 나서자 아란사는 따라나서며 사정을 했다.

"너무 서둘지 말고 나랑 이야기 좀 해요. 떠나더라도 오늘밤은 여기서 자고 내일 가요. 날도 이미 저물었잖아요?"

"내가 오늘밤을 여기서 자면 너에게 어떤 짓을 할지 모르니까 지금 떠나겠다. 너는 18살이 되기 전에는 나랑 함께 못 잔다고 했지? 나는 침만 질질 흘리며 못 기다린다. 잘 있어라."

계성이 말을 끌고 배를 숨겨둔 곳으로 향하자, 아란사는 무언가 속으로 궁리를 하더니 급히 뒤따라나왔다.

"그럼 내가 호수 밖에까지 바래줄께요."

두 사람이 배에 올라서 섬을 떠날 때는 황혼이 스러지고 어둠이 밀려왔다. 시무룩한 계성 대신 아란사가 노를 잡았는데, 호숫가에서 오래 살아온 탓으로 노를 젓는 솜씨가 매우 능숙했다.

두 남녀 사이에 아무 말이 없는 가운데, 나룻배는 흑청색 물결을 가르며 빠르게 나아갔다.

한참이 지나자 호변 한쪽에 깎아지른 듯한 절벽이 나타났다. 높고 가파른 절벽이었다. 아란사가 손을 들어 그쪽을 가리켰다.

"저 절벽이 바로 등천벽이고, 그 아래 소용돌이가 치는 곳이 선와소예요. 오탑은 선와소 속으로 들어가면 있대요."

계성은 그쪽을 바라보았으나 대꾸하지 않았다.

"선와소는 사나운 소용돌이 때문에 들어가기가 무척 어려워요. 나도 몇 번이나 잠수를 해보았지만 깊이 들어가지는 못했어요. 할아버지는 보름달이 뜰 때면 들어갈 수 있을 거라고 했어요."

소용돌이와 보름달은 또 무슨 관계가 있단 말인가. 계성은 이런 의문이 들었지만 어차피 상관없는 문제였으므로 입 밖에 내지 않았다.

선와소라는 곳이 가까워지자 나룻배가 파도를 탄 낙엽처럼 일렁거렸다. 아무리 큰 배라도 소용돌이에 한번 휩쓸리면 무사하지 못할 것 같았다. 계성이 주의를 주었다.

"방향을 돌려라. 자칫하면 배가 뒤집히겠다."

"알았어요. 옆으로 돌아갈께요."

아란사는 노를 옆으로 휘저어서 뱃머리를 틀었다. 하지만 너무 성급하게 뱃머리를 돌린 게 사단이었다. 소용돌이에서 밀려온 파도가 뱃전을 치며 허연 포말이 높이 솟구치자, 말이 놀라서 머리를 획 돌리며 앞발을 번쩍 들었다. 이 순간 배의 무게중심이 한쪽으로 확 쏠리며 아란사가 옆으로 쓰러지고 계성도 기우뚱했다.

다음 순간 배가 벌렁 뒤집히며 말과 사람이 모두 물속으로 풍덩 빠지고 말았다.

"아얏!"

아란사의 놀란 외침소리가 터져나왔다. 계성은 물속에 거꾸로 처박혔다가 수면으로 떠올랐는데, 어깨에 멘 망태가 홀렁 뒤집힌 걸 깨닫고 깜짝 놀랐다. 급히 망태 안을 살펴보니 불길한 예감 그 대로였다.

"사금포가 없어졌다!"

몸이 뒤집힐 때 망태 속의 사금포가 물속으로 떨어진 것이다. 계 성은 파도치는 물결에 휩쓸려 허우적거리며 마치 악몽을 꾸는 것 만 같았다. 아란사가 뒤집힌 배를 잡으며 소리쳤다.

"사금포는 내가 나중에 찾아볼 테니까 배를 바로 엎어요!"

겨우 정신을 차린 계성은 배를 잡아서 아란사와 함께 되엎었다. 그리고는 가까스로 배 위에 올라탔다. 하지만 소용돌이치는 깊은 물속에 가라앉은 사금포는 어떻게 찾는단 말인가. 물론 말도 구해 낼 수 없었다.

계성은 요동치는 나룻배 위에서 망연자실해졌다.

"도대체 이럴 수가……"

막대한 황금이 허망하게 날아가버린 것이다. 황금이 그대로 물 거품이 되어버렸다. 정말 한바탕의 악몽이었다.

"집으로 돌아가요."

아란사는 아무 일도 없었다는 듯 노를 젓기 시작했다. 얼이 빠진 계성과 달리 그녀는 은연중 홀가분한 표정이었다. 어둠은 이미 짙 어져서 사위가 캄캄했다.

호숫가에 있는 양백기주부의 별장인 만호원이었다.

장원은 곳곳에 등롱이 환하게 밝혀진 채 밤을 맞이하고 있었다. 대문과 후문을 지키는 경비병들과 후원을 오가는 하녀들이 몇몇 보일 뿐 장내는 조용했다.

옥정은 한 정실 안에 우두커니 앉아 있었다. 방은 깨끗하고 아늑했지만, 그녀는 감금당해 있는 것과 다름없었다.

하녀가 주효 쟁반을 가지고 들어왔다. 그녀가 술과 요리를 탁자에 차려놓고 나가자, 자무창이 들어오더니 마주 앉으며 말했다.

"기주부에서 본 그대의 백호피는 내가 보관하고 있소. 우리가 함께 소유하기 위해서요."

옥정이 외면하고 대꾸하지 않았지만, 자무창은 술 한 잔을 쭉 들이키더니 직선적으로 이야기를 꺼냈다.

"나는 장차 이 대황 땅을 다스리는 제왕이 되고자 하오. 그러므로 그대처럼 강인하고 용감한 아내가 필요하오. 그대가 조선 출신이라는 것도 짐작하고 있소. 내가 이제 그대에게 정식으로 청혼을 할 테니 받아주오."

양백기주부에서는 타루간 대공자가 장차 요동왕이 되려는 야망을 품고 있다고 했다. 그는 카일락 기주의 후계자로서 사실상 기주부를 이끌어가고 있으니, 장차 요동왕으로 책봉될 수도 있을 것이다. 그런데 자무창이 어떻게 제왕이 될 수 있단 말인가. 대황 땅에 왕이 두 명일 수는 없지 않은가.

옥정이 내심 의혹을 느끼면서도 아무 말 않자 자무창이 이야기를 계속했다.

"나는 칭기즈칸 대황제의 후예요. 대황제께서는 지난날 이 세상을 모두 정복하여 고금제일의 광대한 제국을 건립하셨소. 나 또한 이 땅에 크고 위대한 제국을 건립하고 싶소."

원나라를 건립했던 칭기즈칸은 북방에서 대황제라 불린다. 푸른 숫늑대와 흰 암사슴 사이에서 태어났다는 몽골족은 모두 칭기즈칸의 후예를 자처한다.

옥정이 궁금증을 참지 못하고 물었다.

"당신은 몽골 출신이오?"

"그렇소. 나는 소년 시절에 양백기주부에 양자로 들어갔소."

알고 보니 자무창은 몽골족이었다. 하지만 제왕이 되겠다는 말은 역시 이해하기 어려웠다. 칭기즈칸의 후예라고 해서 모두 제왕이 될 수는 없지 않은가.

칭기즈칸은 수많은 종족과 나라를 짓밟고 초토화시킨 정복자였다. 그는 하늘로부터 이 세상을 통치하라는 신탁(神託)을 받았다고 하며, 평생 동안 끊임없이 전쟁을 했다.

고려도 7차례나 침공을 당하여 엄청난 피해와 참화를 입었고 수많은 백성들이 살상을 당했다. 고려는 결국 원나라의 부마국(駙馬國:사위나라)이 되어서 사직을 보존할 수밖에 없었다.

일만의 케식(친위대)과 수십 만의 쾌속기마대인 탐마적군을 거느린 칭기즈칸은 끝없는 정벌로써 영토를 무한히 넓히고 재물을 약탈하고 사람을 살육하고 여자를 차지했다.

그는 사로잡은 여자를 5백 명이나 처첩으로 거느렸는데, 어느 소국을 정복한 뒤 왕비를 간음하다가 국부에 상처를 입고 죽었다.

칭기즈칸이 건립한 원나라는 여러 종족의 풍속과 전통을 인정하고 문물과 무역을 장려하고, 낡은 제도를 타파하여 법으로 통치를 했다는 후세의 평가를 받기도 했다. 그러나 공포스럽고 무자비한 정복을 통해서 건립된 이 거대한 제국은 오래 가지 못하고 백 수십 년 만에 결국 붕괴되어 흩어졌다.

몽골족은 지금 만주족의 제어를 받으며 살아가지만, 청나라에서 그런 대로 대우를 받는 터였다. 청나라는 명나라와 싸울 때 몽골과 연맹을 하여 많은 도움을 받았다.

청태조 누르하치의 아들들은 대부분 몽골여인과 결혼했고, 청태종 홍타이시는 5명의 몽골여자를 후궁으로 맞이했고 딸 12명을 모두 몽골의 부족장에게 시집보냈다. 이렇게 굳게 동맹을 맺은 결과 만주팔기군이 조선을 정복하고 중원으로 진입할 때 몽골전사들은 선봉을 맡았다. 그러므로 청나라는 다른 종족과 달리 몽골족을 대우해 주었다.

하지만 몽골족은 천하를 제패했던 칭기즈칸의 후예라는 자부심으로 만주족을 대단치 않게 여겼다. 한족은 더욱 하찮게 여겼다. 반면에 조선은 무지개가 뜨는 나라인 솔롱고스라고 부르며 동경했다.

자무창은 이런 까닭으로 피가 다른 형인 타루간 대공자를 대단치 않게 여기는 듯했고, 조선 출신인 옥정에게는 특별한 호감을 품은 것 같았다. 자무창이 묵직한 음성으로 다시 말했다.

"스승의 말에 의하면 나는 대황제의 황릉에서 신탁을 받았다 하오. 그러므로 장차 제왕이 될 수 있소."

칭기즈칸의 황릉이 어디에 존재하는지 아는 사람은 없다.

몽골족은 낙타에 시신을 싣고 초원으로 나가서, 낙타가 처음으로 오줌을 누는 곳을 무덤의 위치로 정한다고 한다. 무덤은 평평하게 만들고 그 위에 나무를 심어서 아무도 모르게 한다.

칭기즈칸의 황릉도 이렇게 만들어진 뒤, 일만 명의 일꾼들은 모두 죽음을 당했다. 황릉의 위치를 완전한 비밀로 하기 위해서였다.

당시 황릉의 위치를 아는 건 오직 늙은 암낙타 한 마리뿐이었다고 한다. 칭기즈칸의 관을 실은 수레를 끌던 이 암낙타의 새끼는 황릉 앞에서 처참하게 죽음을 당했는데, 이렇게 하면 새끼의 죽음을 목격한 어미가 나중에도 그 장소를 잊지 않고 다시 찾아갈 수 있다고 한다.

자무창이 징기즈칸의 황릉에서 신탁을 받았다는 말은 기이하게 들렸다. 그는 몽골족의 제국을 세울 권능을 타고 났다는 말인가. 그래서 타루간과는 관계없이 장차 제왕이 되겠다는 뜻인가. 아무튼 자무창이 큰 야망을 품고 있는 건 틀림없었다.

그가 말을 덧붙였다.

"아란사에 대해서는 묻지 않으리다. 나에게는 비국새보다 그대가 더 중요하기 때문이오."

자무창이나 황법사가 아란사에 대해서 추궁을 해도 옥정은 물론 입을 열지 않을 작정이었다. 옥정이 비로소 대구를 했다.

"나는 당신의 청혼을 받아들일 수 없소."

"이유가 뭐요?"

"나는 누구와도 혼인할 마음이 없기 때문이오."

"나는 이미 마음을 결정했으니 오늘밤에 그대를 취하겠소. 그대를 통해서 용맹한 아이를 빨리 낳고 싶으니까 말이오."

이렇게 말한 자무창은 몸을 일으키더니 옥정의 팔을 덥석 잡았다. 그리고는 그녀를 번쩍 안아들더니 침상으로 갔다. 그는 아주 단도직입적이었다.

옥정은 뿌리칠 틈이 없었고 금강역사 같은 그의 힘을 당할 수도 없었다. 하지만 자무창이 침상에 눕히고 덮쳐들려고 하자, 옥정은 그를 똑바로 노려보며 싸늘하게 말했다.

"당신이 만약 강제로 나를 범한다면, 나는 평생 동안 당신을 원수로 생각하겠소."

그녀가 서릿발처럼 차갑고 단호한 태도를 보이자 자무창은 멈칫했다. 자무창은 잠시 그녀의 눈동자를 뚫어지게 응시하더니 결국 몸을 떼고 뒤로 물러났다.

"그대가 마음의 준비를 할 시간을 주리다."

그는 강압적으로 옥정을 차지해서는 안 된다는 사실을 깨닫고 후퇴한 것이다. 그는 옥정을 아내로 맞을 생각이었으므로 강제로 범하여 평생의 원수로 만들 수는 없었다. 평생의 원수라면 목숨까지 노림을 당하게 될 것이다.

옥정은 이렇게 하여 능욕을 면했지만 여전히 포로나 다름없는 처지였다. 자무창이 결코 보내주지 않을 것이기 때문이다.

15. 여왕

　돌섬에 밤이 깊어갔다. 호수에서 파도소리가 은은히 들려올 뿐 사위는 적막에 잠겨서 고요했다. 벽에 걸어놓은 사방등의 불빛은 바람결을 타고 꺼져버릴 듯 펄렁거렸다.

　계성은 팔베개를 하고 마룻바닥에 누운 채 천장을 멀거니 바라보았다. 아란사는 통나무 의자에 앉아 있다.

　계성은 결국 돌섬을 떠나지 못하고 그대로 머물게 된 판이었다. 깊은 호수에 빠져버린 사금포를 찾아주겠다는 아란사의 말을 믿기는 어려웠지만, 막대한 황금을 포기하고 그냥 떠날 수는 없었다. 자신을 떠나지 못하게 하려고 아란사가 일부러 소용돌이 쪽으로 접근하여 배를 엎어버렸는지 모른다는 의심이 들기도 했으나, 이제 와서 추궁해본들 아무 소용이 없었다.

　"사금포는 언제 찾을 수 있겠느냐?"

　계성이 맥 빠진 어조로 묻자, 아란사는 어렵지 않게 대답했다.

　"물결이 거울처럼 잔잔해지면 찾을 수 있어요. 수심이 매우 깊으니까 파도가 치면 찾기 어렵죠."

　소용돌이가 그토록 사나운데 언제 물결이 거울처럼 잔잔해진단 말인가. 결국 가망이 없다는 이야기였다.

계성이 긴 한숨을 토해내자, 아란사가 몸을 일으키더니 침상 밑에서 청동갑을 꺼내왔다.

"여기 새겨진 글을 좀 읽어봐요."

그녀는 청동갑의 뚜껑을 열더니 계성의 눈앞에 내밀었다. 뚜껑 안쪽에는 과연 날카로운 칼끝으로 새긴 듯한 글이 여러 줄 보였다. 미처 발견하지 못했던 글이었다. 오래된 청동판이 퍼렇게 녹이 슬었고 글자를 거칠게 새겨서 알아보기는 힘들었다.

계성은 몇 번이나 읽어본 뒤에야 겨우 해석을 할 수 있었다.

오오 말이 되었으니 기쁘도다
나라를 망친 죄 너무 큰지라
후생에 축생이 되렸더니
금생에 바로 이루어졌도다
이제 아내를 칼로 베고
내 심장을 깊이 찌르리니
형체 없는 혼백이 되더라도
밤하늘에 보름달이 떠오르면
붉은 삼족오를 높이 날리리라

계성이 고개를 갸우뚱했다.

"이게 무슨 글이지?"

"그것은 마곡가라고 해요. 말이 울면서 부르는 노래라는 뜻이죠. 그 시가를 새긴 사람은 대진국의 마지막 임금인 애왕이에요."

"이 시가가 무슨 뜻이냐?"

"내가 이야기를 들려줄께요."

아란사는 차분한 어조로 애왕과 비국새에 얽힌 내력을 풀어놓기 시작했다. 계성은 은연중 호기심을 느끼고 귀를 기울였다.

애왕은 비운의 임금이었다. 대진국이 멸망한 뒤에도 세상 사람들은 애왕을 욕하고 조롱하고 비난했다. 황음방탕하고 무능하여 나라를 순식간에 멸망의 구렁텅이로 몰아넣었다는 이유에서였다.

사실 애왕은 한때 주색에 빠져서 나라와 조정을 제대로 돌보지 않은 과실이 있었지만, 본래 그는 영민한 임금이었다.

거란족의 요나라 세력이 점점 커져서 위협을 가하자, 애왕은 나라를 유지하기 위해서 여러 가지 노력을 기울였다. 당나라에 지원을 요청하기도 하고 신라와 연합을 하려고 애쓰기도 했다. 고려와도 손을 잡고 요나라의 압박에 대항하려고 했다. 그러나 대부분의 나라가 혼란과 격동의 시기에 처해 있던 때였으므로 지원을 받을수가 없었다. 신라는 약속을 배반하고 거란과 손을 잡기도 했다.

거란족과의 세력다툼은 수십 년이나 계속돼 왔는데, 요나라가 서쪽에서 점점 요동을 잠식하자 불안을 느낀 발해의 귀족과 장수들은 고려로 투항하기도 했다.

대진국은 지배계급이었던 고구려계와 기층민을 이루었던 말갈계 사이에 심각한 내분도 있었다.

애왕이 호전적인 야율아보기를 만난 것도 불운이었다. 거란족의 추장으로서 요나라를 세우고 대성대명천황제(大聖大明天皇帝)를 자처한 야율아보기는 생전에 두 가지의 목표를 세웠는데, 하나는 서방정벌이고 또 하나는 동방정벌이었다. 야율아보기는 당항 토욕혼 화북 등 서방을 정벌한 뒤에 동방정벌에 나서며 대진국을 침공했다.

야율아보기가 대규모의 정예기마병으로 전격적인 침공을 개시하여 부여성을 점령하고 상경용천부를 완전히 포위한 뒤 왕궁을 공격하니, 애왕은 결국 항복하고 말았다.

요나라 역사서인 〈요사(遼史)〉에는 발해의 멸망에 대해서 다음과 같은 글이 전해진다.

先帝因彼離心乘而動故不戰而克

야율아보기가 그 갈린 마음을 틈타 움직이니, 싸우지 않고 이겼다는 뜻이었다. 대진국에 분란이 있어서 쉽게 승리했다는 의미였다. 이것은 고구려계와 말갈계의 분란을 의미했다.

항복한 애왕은 야율아보기로부터 〈오로고〉라는 이름을 하사받았다. 그것은 야율아보기가 타던 말의 이름이었다.

왕비도 〈아리지〉라고 개명이 되었는데, 그것은 야율아보기의 아내인 슐률이 타던 말의 이름이었다. 애왕과 왕비는 이렇게 말이 돼버린 것이다.

그 뒤 야율아보기는 병으로 급사했지만, 애왕과 왕비는 요나라의 수도인 상경임황부로 끌려가서 작은 성에 유폐되었다. 그리하여 한없는 오욕과 회한의 날들이 찾아왔다.

뇌옥이나 다름없는 그 소성에는 늙은 시종 한 명이 있을 뿐 시녀조차 없어서 침식도 직접 해결해야 했다. 식량을 제대로 구하지 못했고 갈아입을 의복도 없었다.

어느 날 야율아보기의 아내인 슐률이 이곳을 찾아왔다.

슐률은 야율아보기로 하여금 거란족의 여덟 부족장을 몰살시키고 왕위에 오르도록 음모를 꾸며서 교사를 한 여인이었다. 야율아보기가 대진국을 정벌할 때는 함께 출정해서 장수들을 독려하기도 했다. 야율아보기가 죽은 뒤에는 태자였던 첫째아들 야율배를 밀어내고, 둘째아들 야율덕광을 왕위에 올린 뒤 막후에서 권력을 행사하고 있었다.

황후복을 온갖 패물과 보석으로 화려하게 치장하고 나타난 슐률은 부엌에서 식사준비를 하는 왕비에게 말했다.

"아리지여! 배가 고파서 여물을 먹으려 하는가? 나는 이제 그대를 타고 출타하려고 하니 허리에 등자를 차고 말굽에 편자를 박아야겠구나. 하지만 아리지여! 그대 남편은 평소 바람피우기를 좋아했다고 들었는데, 이곳에는 다른 암말이 없으니 그대는 질투를 할 필요가 없어서 마음이 편하겠구나. 호호호……"

한 줌의 좁쌀로 밥을 짓던 왕비는 말할 수 없는 모욕을 받고 눈물을 흘렸다.

거란족은 원래 대진국으로부터 미개한 오랑캐라고 업신여김과 경멸을 받아왔다. 요나라를 건립한 야율아보기와 슐률은 황제와 황후를 자처했지만, 대진국에서는 오랑캐 족장과 그 마누라 정도로 여겼다. 그리하여 슐률은 지난날 그런 수모를 당한 데 대해서 복수를 하는 것이다.

슐률은 방에 있는 애왕에게도 모욕을 가했다.

"오로고여! 그대가 원한다면 젊은 암말을 한 마리 넣어주겠다.

그대가 질탕하게 즐기도록 말이다. 하지만 대진국을 되찾겠다는 생각은 버려라. 마지막 저항을 하던 그대의 아들도 이미 고려로 도망쳐버렸다. 또한 상경용천부의 왕궁은 불타서 완전히 잿더미가 되어버렸으니 대진국은 이제 이 세상에서 영원히 사라졌노라."

애왕은 치욕감뿐만 아니라 절망을 느꼈다. 최후의 희망을 품었던 태자가 수만 명의 유민과 함께 고려에 투항했다는 소문이 사실이라는 걸 알았기 때문이다. 왕궁이 불타버린 것도 사실일 것이다.

슐륭이 한동안 희롱을 하고 돌아간 뒤, 암담한 심정에 잠겼던 애왕은 늙은 시종에게 청동갑을 가져 오게 했다. 그리고는 그 안에서 삼족오국새를 꺼내들며 왕비에게 말했다.

"나는 이제 국새를 붉게 물들여서 경박폭포로 보내야겠소."

아율아보기에게 바친 건 가짜 국새였고, 진짜 국새는 시종이 지금까지 몰래 숨겨 가지고 있었다.

왕비는 회한과 슬픔의 눈물을 흘리며 품속에 숨기고 있던 진주 목걸이를 꺼내놓았다.

"천비도 폐하의 뒤를 따르오리다."

국사인 대야덕이 처음에 대진국의 멸망에 대비해서 국새를 붉게 물들여서 경박폭포에 던져야 된다고 했을 때, 애왕은 불길한 이야기를 한다고 대노했다.

애왕은 즉시 대야덕을 감옥에 가두고 물 한 모금 주지 못하도록 했다. 대야덕을 굶겨 죽일 생각이었다. 하지만 왕비가 몰래 대야덕에게 음식을 넣어주고, 만약의 경우에 대비하여 가짜 국새를 만들도록 애왕을 설득했다. 진짜 국새는 이렇게 하여 숨겨서 보존돼 온 것이다.

하지만 국새를 붉게 물들인다는 말이 무슨 의미인지 알았으므로 애왕은 지금까지 실행할 용기를 내지 못했지만, 이제 결단을 내린 것이다. 국새가 훗날 세상에 출현하여 오탑으로 가면 대진국이 부활한다는 대야덕의 말에 한 가닥 희망을 걸 수밖에 없었다.

애왕은 숨겨 지니고 있던 날카로운 소도로 청동갑의 뚜껑 안쪽을 파고 긁어서 글을 새겼다. 그것은 마곡가였다.

한 자 한 자 힘들여 글을 새기고 난 애왕은 이를 악물고 칼로 왕비의 목을 찔렀다. 왕비는 선혈을 뿌리며 숨이 끊어졌다.

다음에 애왕은 칼로 자신의 심장을 깊이 찌른 뒤 콸콸 흐르는 검붉은 선혈로 삼족오국새를 흠뻑 적셨다. 이것은 망국을 불러온 자신의 죄과를 하늘에 속죄하고 국새에 혼백을 불어넣기 위함이었다.

애왕은 숨이 끊어지기 전에 청동갑의 뚜껑을 닫아서 늙은 시종에게 넘겨주며, 진주목걸이로 감시병을 매수하여 소성을 빠져나간 뒤, 국새를 경박폭포에 던지라는 마지막 분부를 내렸다.

시종은 애왕과 왕비의 시신 앞에서 구슬프게 흐느껴 울다가 청동갑을 품속에 숨긴 채 진주목걸이를 들고 밖으로 나갔다.

비록 전설이라고 해도, 아란사의 이야기를 듣고 난 계성은 그 참담한 비극에 은연중 압도되었다. 비로소 뜻이 이해된 마곡가는 가슴을 저릿하게 했다. 정말로 말이 울면서 부르는 노래가 아닌가. 하지만 계성은 한 가지 의문이 남았다.

"시가에서 삼족오를 하늘에 날린다는 건 무슨 뜻이지?"

"대진국의 부활을 의미하겠죠."

"삼족오를 어떻게 날리지?"

"애왕이 출현해서 날리겠죠 뭐."

"수백 년 전에 죽은 사람이 출현한다는 게 말이 되느냐?"

"비국새를 가지고 오탑으로 가면 진실을 알게 될 거예요."

아란사의 이야기는 좀 허황했지만, 계성은 이제 비국새를 결코 낡은 골동품으로만 볼 수는 없었다. 대진국이 정말로 부활하리라 고 믿을 수는 없지만, 비국새와 오탑에는 무언가 깊은 오의가 깃들 어 있는 것 같았다.

"너는 비국새를 어떻게 찾아냈느냐?"

"동방의 선가에 전해지는 비전(秘傳)에 따라서 할아버지가 경박 폭포와 주위 일대를 오랜 동안이나 샅샅이 탐색했지만 찾아낼 수 가 없었죠. 그런데 지난봄에 비가 많이 왔을 때, 내가 폭포 아래 물 이 깊은 용담 속을 조사하다가 비국새를 기적적으로 발견했어요. 아마도 모래 속에 깊이 묻혀 있다가 물이 불어서 소용돌이치며 위 로 떠오른 것 같았어요."

고개를 느릿느릿 주억거리던 계성이 다시 물었다.

"대진국이 멸망한 지 수백 년이나 지난 뒤에야 비국새가 발견되 었으니, 나라가 부활하기에는 너무 늦은 게 아니냐?"

"아니에요. 비국새는 때를 맞추어 나타났어요. 청나라 만주족이 중원으로 진출한 뒤, 요동을 비롯한 대황 땅에는 지금 공백이 생겼 으니까요. 대진국 부활의 씨를 뿌릴 수 있는 여건이 마련된 거죠. 비국새가 출현한 건 그 때문이에요."

대진국이 멸망한 후에는 치열한 부흥운동이 발생했다. 발해유민 들이 요나라에 격렬하게 저항하기 시작하며 여러 지방에서 부흥운 동이 일어났다.

홀한성에서는 후발해가 일어났고, 요동에서는 대연림이 흥요국을 건립했고, 서경압록부에서는 정안국이 일어났다. 고영창이 요양성에 대발해국을 세우기도 했다.

고려로 간 발해유민들도 옛 땅을 찾으려고 오래도록 애썼다. 대진국은 이렇게 2백 년에 걸친 치열하고 끈질긴 부흥운동을 벌였지만 결국 성공하지 못하고 역사의 뒤안길로 사라지고 말았다.

계성은 깊은 생각에 잠겼다. 기나긴 세월 동안 폭포 아래 모래 속에 잠겼던 비국새가 모습을 나타낸 건 정말 대진국이 부활하기 위해서일까. 아무래도 그대로 믿을 수는 없었지만, 비국새에 대한 생각은 이제 달라졌다. 사라졌던 호기심이 되살아난 것이다.

계성은 오탑을 찾아가서 그 수수께끼를 풀어보고 싶었다.

등천벽 바로 옆에는 하나의 신전이 있었다. 원래 이름은 선수전(仙修殿)이었는데, 몹시 퇴락한데다가 오래 전에 인적이 끊어졌으므로 마을 사람들은 폐전이라 불렀다.

계성은 아란사를 따라서 잡초가 무성한 폐전의 경내로 들어섰다. 아란사가 설명을 해주었다.

"이 신전은 옛날에 대진국의 조의선인들이 나라의 융성을 기원하며 선도를 수련하던 곳이에요. 오탑은 이곳에서 대야덕 선인이 제자인 조의선인들과 함께 만들었죠."

조의선인들은 일신의 장생불사보다 나라에 충성하고 백성과 세상을 구하려는 소명감이 강했다. 조의선인은 본래 고조선의 국자랑(國子郎)에서 시작되어 고구려를 거쳐서 대진국으로 전해졌다.

신라의 화랑과 백제의 무절(싸울아비)도 조의선인에서 비롯되었고, 멀리 섬나라 왜국에까지 전해져서 사무라이가 되었다.

폐전 앞에는 쓰러진 돌탑과 석물의 조각과 깨어진 기왓장 따위가 널려 있었다. 계단은 거의 무너져서 제대로 남아 있지 않았다.

현관을 지나서 복도로 들어서보니, 쩍쩍 갈라진 벽과 부서진 돌기둥 등이 을씨년스럽기 그지없었다. 오래전에 멸망한 대진국의 유적은 아무도 돌보지 않아서 폐허나 다름없었다.

마을 사람들은 아무도 이곳에 오지 않는다고 했다. 무언가 쓸 만한 물건은 옛날에 도굴꾼들이 땅속까지 파헤쳐서 다 훔쳐갔다고 했다.

"정말 황량한 폐전이로군."

계성은 복도와 회랑을 둘러보며 한숨을 내쉬었다.

복도 끝에 이른 아란사는 떨어져나간 문을 통해서 대전으로 들어섰다. 계성이 뒤를 따랐다. 안에는 서늘한 기운이 감돌았고 바닥에는 깨어진 향로 조각과 도자기 부스러기가 널려 있었다.

대전의 좌우 벽에는 거의 마모되고 퇴색해버린 벽화가 새겨져 있었다. 연꽃무늬와 구름무늬가 흐릿하게 남아 있고, 병사와 악사와 궁녀 등의 형상도 보인다.

병사는 갑옷을 입고 칼을 찼다. 악사들은 공후와 피리와 비파를 들었다. 전면 벽에는 말을 달리는 기마병들이 조각되었다. 대진국의 철갑기마군일 것이다.

오랜 세월이 흐르는 동안 조각은 마모되고 부서져서 형태도 알아보기 어려웠으나, 유심히 보자니까 수많은 철갑기마군이 지축을 흔들며 말을 달리는 소리가 은은히 들려오는 듯했다.

그 배후에는 궁궐이 새겨져 있었다. 전각과 누대와 망루가 즐비하게 늘어선 궁궐이었다. 그것은 옛날 상경용천부에 있던 대진국의 왕궁일 것이다.

아란사가 대전 옆에 붙은 한 소전으로 들어갔다. 아무것도 없이 텅 빈 소전이었는데, 한쪽 벽에 두 날개를 활짝 펴고 날아오르는 새의 형상이 음각으로 새겨져 있었다. 비국새에 새겨진 삼족오의 형상이었지만, 마모되고 부식된데다가 퍼런 이끼로 덮여 있어 거의 알아보기 힘들었다.

아란사는 그 삼족오를 뚫어지게 응시하며 어떤 특별한 감흥을 느끼는 것 같았다. 계성도 삼족오가 평범한 조각 같지는 않아서 좀 특이한 느낌이 들기는 했다.

이때 서늘한 바람이 휙 불어오더니 어둠 속에서 한 사람이 그림자처럼 나타났다. 아란사와 계성은 흠칫 놀라서 그를 뚫어지게 바라보았다.

그는 백발이 성성한 선풍도골의 노인이었다. 그는 깊은 눈길로 아란사와 계성을 주시하며 무언가 말을 하는 것 같았다. 어떤 말이 환청처럼 귓가에 들려오는 듯했다. 하지만 그는 실체가 아닌 환영이었다. 잠시 후 그는 연기처럼 스르르 사라져버렸다.

계성은 약간 놀라서 멍해졌다. 하지만 아란사는 무언가를 알아차린 듯 굳은 표정으로 깊은 생각에 잠겼다. 이윽고 그녀가 조용히 입을 열었다.

"조금 전의 그 환영은 대진국의 국사로서 오탑을 건립한 대야덕 선인이에요. 그는 우리에게 하고 싶은 말이 있어서 현신했어요. 나는 그의 말을 들은 것 같아요. 그의 눈빛이 돌아가신 우리 할아버지와 똑 같았어요."

계성은 여전히 얼떨떨한 기분이었다.

"그가 뭐라고 말했지?"

"형제와 함께 오는 보름날에 비국새를 가지고 등천벽으로 가라고 했어요. 그러면 오탑으로 들어갈 수 있을 거라고요."

"형제가 누구지?"

"나중에 이야기해 줄께요."

이렇게 대답한 아란사는 발길을 돌려서 밖으로 향했다.

계성은 뒤를 따르며 이상한 환몽에서 깨어나려는 듯 머리를 설레설레 흔들었다. 아란사의 말을 그대로 믿기 어려웠지만 안 믿을 수도 없었다. 대야덕 선인이라는 노인의 환영은 아직도 눈앞에 생생하게 어른거렸다.

16. 홍라녀

돌섬의 나무와 수풀은 점점 무성해지고 암석은 여름 한낮의 쏟아지는 햇살 아래 뜨겁게 달아올라서 열기를 품어냈다. 호수에서 바람이 불어왔기 때문에 그다지 덥지는 않았다.

필릴리……필릴리……필릴릴리……

아란사는 그늘진 바위에 걸터앉아서 풀잎으로 만든 피리를 불었다. 피리소리는 아름답고도 구슬프게 들렸다. 묘한 감흥을 불러일으키는 운율이 끊어질 듯 이어지며 허공에 울려퍼졌다.

옆에 앉아서 피리소리를 듣던 계성은 크고 검누른 뱀이 바위 사이로 스르르 지나가는 걸 보았다. 아란사가 파사라는 이름을 붙인 먹치였다. 파사는 검은 혓바닥을 날름거리며 계성을 바라보더니 바위 뒤로 스르르 사라졌다. 피리소리를 듣고 나타난 모양이었다.

계성이 시선을 아란사에게로 돌렸다.

"피리를 잘 부는구나. 누구에게 배웠느냐?"

아란사는 입술에서 피리를 떼며 약간 쑥스러운 빛을 보였다.

"배우지 않았어요. 그냥 혼자 피리를 만들어서 불어보는 거예요. 사실 노래 곡조도 몰라요."

"피리의 곡조가 왠지 모르게 슬프게 들린다."

"사람의 삶이 원래 슬픈 거죠."

"마치 인생을 다 살아본 사람처럼 말하는구나."

"어떤 때는 내 나이가 백 살이 넘은 것 같은 느낌이 들어요."

"나도 어떤 때는 몇 백 년 살아온 것 같은 느낌이 들지."

"사실 나는 머지않아 죽을지도 몰라요."

"내년이면 내 색시가 된다고 하더니 왜 죽는단 말이냐?"

아란사는 쓸쓸한 표정이 되었다.

"왠지 모르게 그런 예감이 들어요. 할아버지는 내가 홍라녀의 운명을 지닌 것 같다고 했어요. 홍라녀는 피리를 아름답게 잘 불었는데, 18살에 죽었대요."

계성은 섬에 처음 찾아올 때 만난 마발통이라는 영감을 떠올렸다. 그가 홍라녀라는 말을 했기 때문이다.

"마발통이라는 영감을 아느냐?"

"당신도 그 영감님을 만나봤군요? 영감님은 할아버지의 친구인데, 호수의 바람소리를 듣고 세상일을 알아내죠. 할아버지가 변사를 당하셨을 때 시신을 찾아서 무덤을 만들어준 사람도 마발통 영감님이에요."

좀 모자라는 듯한 마발통이 선가의 인물인 노선생과 친구였다는 건 뜻밖이었다. 하지만 바람소리를 듣고 세상일을 알아낸다는 건, 앞뒤도 없는 엉뚱한 소리를 잘 하니까 하는 말일 것이다.

"홍라녀가 도대체 누구지?"

"대진국의 전설에 나오는 처녀예요. 그녀는 요나라가 침공하여 나라가 망할 때 용감하게 싸우다가 장렬하게 죽었는데, 훗날 환생하여 대진국을 부활시키겠다는 말을 남겼다고 해요.”

“보통 처녀가 아니었구나.”

“내가 그녀에 대한 전설을 이야기해 줄께요. 아주 의미 깊은 전설이에요. 또한 홍라녀는 전설 속의 인물이지만 실재했던 처녀일 거예요.”

아란사는 이어서 홍라녀의 전설을 들려주었다.

홍라녀는 경박호에서 고기를 잡는 어부의 딸이었는데, 꽃과 달이 부끄러워할 만큼 눈부시게 아름다운 처녀였다.

그녀는 고니 털로 짠 우단을 인삼꽃으로 붉게 물들여서 입었고 황혼녘이면 호숫가에서 피리를 불었다. 그녀의 신비롭고 오묘한 피리소리는 물고기가 수면에 떠올라 춤을 추도록 했고 숲속의 새가 화답하여 노래를 부르게 했다. 그녀는 또한 무예 익히기를 좋아하고 말 타기도 즐길 만큼 성품이 활달했다.

어느 날 경박호에 유람을 나왔던 애왕은 절세미녀인 홍라녀를 보자 후궁으로 맞이할 욕심을 내게 되었다. 하지만 홍라녀는 이미 한 청년을 사랑하고 있었다. 그는 말갈족 젊은이로서 훤칠하고 용감한 전사였다.

이런 사실을 알아차린 애왕은 도저히 살아서 돌아올 수 없는 험악한 싸움터로 그 젊은이를 내보냈다. 젊은이는 결국 전사하고 말았다. 그 뒤 애왕은 슬픔에 잠긴 홍라녀를 잡아서 왕궁으로 데려갔다. 하지만 홍라녀는 후궁이 되기를 거부했기 때문에 감옥에 갇히고 말았다.

그녀는 식음을 전폐하고 죽음을 기다렸다. 이러한 홍라녀를 가

엽게 여긴 왕비는 몰래 손을 써서 그녀를 탈출시켰다.

홍라녀는 자유를 찾았지만 영원히 잃어버린 사랑을 생각하며 비탄의 눈물을 흘렸다. 급기야는 세상을 비관한 나머지 경박폭포에 몸을 던졌다. 스스로 목숨을 끊어서 저 세상으로 간 정인을 만나려고 한 것이다.

이때 대야덕 선인이 홀연히 나타나서 그녀를 구해낸 뒤 말했다.

"너의 생명을 내가 구했으되 세속의 기쁨을 줄 수는 없노라. 너는 이제 특별한 운명을 맞이할 것이다."

"저는 죽고 싶어요."

"너는 머지않아 죽겠지만, 영원히 죽지 않는 불멸의 생명을 얻게 되리라."

"그게 무슨 뜻이죠?"

"너는 순간적인 사랑보다 더 깊고 큰 사랑을 하게 된다는 뜻이다. 그것은 우리 종족과 나라에 대한 사랑이다. 그 사랑을 알게 되면 이 세상에 대한 환멸이 사라지고, 비국새를 심장의 선혈로 적셔서 속죄할 애왕 또한 용서하게 되리라."

"무슨 말씀인지 저는 아직 모르겠어요."

"나를 따르면 자연히 알게 되리라. 너는 이제 영력을 길러서 국새에 불어넣어야 한다. 너는 앞으로 그 비국새와 영원한 생명을 함께 하게 되리라."

홍라녀는 여전히 이해할 수가 없었지만, 자신이 대진국의 국새와 어떤 불가사의한 관계를 맺게 된다는 사실을 알게 되었다.

이렇게 하여 홍라녀는 대야덕의 제자가 되어 선도에 입문했다.

그녀는 한 정실에서 수련을 시작했는데, 벽에는 두 날개를 활짝 펴고 날아오르는 삼족오가 새겨져 있었다.

삼족오는 눈매가 예리하고 날카로운 부리와 길게 뻗어 올라간 벼슬을 지녔다. 삼각형의 날개를 옆으로 펴고 꼬리는 말아 올렸고, 세 발을 힘차게 뻗었다.

삼족오는 영통한 신조로서 이 세상의 진리와 나라의 정기를 품고 있다고 대야덕은 말했다. 삼족오는 달빛 속에서 비상하여 태양을 향해 날아가는데, 세 발은 천지인(天地人)을 의미한다고 했다. 대진국의 국새에는 이 삼족오가 새겨져 있다고 했다.

공부를 계속하는 동안 홍라녀는 벽에 새겨진 삼족오가 살아서 피가 흐르는 생명체처럼 느껴지기 시작했다. 자신과 혼백이 서로 통하는 것 같았다. 그리고 자신의 등에서 커다란 새가 날개를 퍼덕이는 듯한 느낌을 받았다.

이때 그녀의 등에는 삼족오의 형상이 나타나고 있었다. 그것은 불그레한 반점처럼 보이는 신비로운 형상이었다.

대야덕은 우화하여 이 세상을 떠나기 전에 그녀에게 말했다.

"너는 머지않아 이 세상을 떠나겠지만 먼 훗날 경박폭포에서 나타날 비국새와 함께 다시 출현하리라. 그리하여 머지않아 멸망할 대진국을 부활시키기 위하여 오탑으로 가게 되리라."

홍라녀는 앞으로 어떤 일이 생길지 알 수 없었지만 자신의 천분을 깨달았다. 대진국의 흥망과 연관된 어떤 운명을 예감했다.

그 뒤 거란족이 침범해오자 홍라녀는 오탑을 건립한 조의선인들과 함께 용감하게 싸우다가 장렬한 죽음을 맞이했다.

대야덕의 유훈에 따라서, 조의선인들은 그녀를 경박폭포에 수장해주었다. 그런데 대진국이 망한 뒤 애왕이 숨겨 놓았던 비국새가 경박폭포에 던져지자, 홍라녀는 홀연히 현신했다. 그리고는 어디론지 떠나가며 다음과 같은 말을 남겼다.

"나는 비국새의 분신으로서 먼 훗날 환생하여 대진국을 부활시키리라. 비국새에 심장의 피를 묻혀서 속죄한 애왕은 이제 원망하지 않노라."

이때 거대한 삼족오의 환영도 나타나서 그녀와 함께 사라졌다고 한다. 홍라녀는 대진국의 부활을 위하여 원수인 애왕도 용서하여 마음을 합친 것이다.

이렇게 하여 홍라녀와 비국새가 언젠가는 다시 출현하여 대진국을 부활시키리라는 전설이 전해지게 되었다.

홍라녀가 나라의 풍기를 문란시킨 음탕한 공주였다는 전설도 있는데, 그것은 대진국의 부활을 막으려는 요나라에서 퍼뜨린 소문에서 비롯되었다.

이야기를 다 듣고 난 계성은 놀랍고도 기묘한 느낌이 들었다. 전설 자체도 그렇지만 아란사의 존재가 더욱 그랬다. 눈앞에 있는 아란사가 바로 홍라녀 같았기 때문이다.

대야덕이 남긴 말대로 아란사는 지금 대진국의 부활을 위하여 비국새를 가지고 오탑으로 가려고 하지 않는가.

"너는 혹시 홍라녀의 환생이 아니냐?"

계성이 새삼스레 아란사를 유심히 바라보며 이렇게 묻자, 그녀는 심상하게 응답했다.

"그걸 내가 어떻게 알아요? 환생은 저 세상과 관계되는 일이라서 이 세상 사람은 알 수가 없죠."

"그건 그렇지만, 네 부모님은 혹시 뭐라고 안 했느냐?"

"부모님에 대한 기억은 없어요. 아주 어릴 때는 할머니와 함께 천해(天海)의 호변에서 살았어요. 그래서 할아버지가 천해에 여행을 갔다가 할머니를 만나서 함께 경박호로 오게 되었죠."

"천해……"

"이 세상에서 가장 큰 호수인 천해(바이칼)는 길이가 천오백 리에 이르고 깊은 곳은 수심이 사십 리나 되는데, 마치 푸른 초승달처럼 생겼대요. 경박호보다 훨씬 더 거대한 호수죠. 이 호수는 여기서 만 리나 되는 서북방의 사시사철 눈보라 휘날리는 사백력(시베리아)에 있지만 기후가 온난하고 풍광이 지극히 수려하대요. 천해에는 예맥족에서 비롯되는 우리 동이족의 시원이 깃들어 있는데, 아득한 옛날에는 이 호수가 고조선의 모태였던 환국(桓國)의 터전이었대요. 환국은 이 세상에서 가장 오래 된 나라죠."

아란사의 내력은 결코 예사롭지 않았다.

"너는 역시 보통 소녀가 아니구나."

"그러니까 당신은 앞으로 내 말을 잘 들어요. 천해는 불멸경(不滅境)을 의미한다고 할아버지가 말했어요. 사라지지 않는 영원한 생명을 지닌 곳이라는 뜻이죠. 죽은 뒤에 경박폭포에서 현신한 홍라녀는 아마도 불멸경으로 갔을 거예요. 언젠가 다시 이 세상에 환생하기 위해서 말이에요. 어쩌면 이미 환생해 있는지도 모르죠."

아란사의 이야기에 대해서 계성은 신비로움을 느끼지 않을 수 없었다. 홍라녀가 정말로 환생해서 옆에 앉아 있는 듯한 느낌도 들었다. 계성이 갑자기 아란사를 잡아서 돌려세우며 말했다.

"아란사! 윗옷을 벗어보아라."

"왜 이래요?"

"등에 삼족오가 새겨졌는지 보려고 그런다. 홍라녀라면 아마도 등에 삼족오가 있을 거야."

"그런 거 없어요."

아란사는 몸을 틀어서 뿌리쳤다. 계성은 더 이상 강요하지 않았으나, 비국새와 오탑에 대해서 더욱 호기심을 느끼게 되자 한 가지 충동이 솟구쳤다.

"내가 호수로 나가서 선와소에 한번 들어가보아야겠다."

"요즘은 하현달이 뜰 때니까 보름이 되려면 아직 멀었어요. 보름달이 떠야 선와소의 소용돌이를 헤치고 들어갈 수 있어요."

"보름달이 소용돌이와 무슨 관계가 있지?"

"파도가 밀려오고 밀려가는 바다의 조수는 달과 밀접한 관계가 있대요. 달이 파도를 끌어당기고 밀어내는 거죠. 경박호도 바다처럼 크니까 소용돌이가 달의 영향을 받을 거예요. 달빛은 영력과도 관계가 있어요. 보름달이 떠오르면 영력이 강해져요."

"영력이 도대체 뭐냐?"

"말 그대로 혼백의 힘이죠. 영력이 없으면 선와소를 헤치고 오탑에 들어가지 못해요. 할아버지와 할머니는 내가 영력을 지녔다고 했어요. 그래서 나는 보름이 되기를 기다리는 거예요."

아란사의 이야기는 괴이하기까지 했다. 영력이 무슨 조화를 부리는지 몰라도 아란사는 정말 그런 걸 지닌 것 같기도 했다.

계성은 잠시 망연한 생각에 잠겼다가 몸을 일으켰다.

"아무튼 나는 선와소에 한번 가보아야겠다. 오탑은 못 찾더라도 사전답사는 되겠지."

"지금 가면 소나기를 맞을 거예요."

"저렇게 해가 쨍쨍한데 무슨 소나기가 온단 말이냐?"

"비가 조금 오다가 말 테니까, 그럼 나랑 같이 가요."

아란사는 더 반대하지 않고 뒤따라 일어섰다.

저녁 햇살이 여전히 따가웠지만 호수에 부는 바람은 시원했다.

계성과 아란사는 나룻배를 타고 선와소를 찾아가는 중이었다. 아란사가 부지런히 노를 저어가는 계성에게 물었다.

"당신은 오탑보다도 사금포를 찾으려고 하죠?"

"사실 그런 생각도 있다."

"사금포를 찾으면 여기를 떠날 거예요?"

"안 떠난다. 나는 이제 오탑으로 가서 비국새의 수수께끼를 풀어 보기로 했다."

"그렇다면 안심이에요."

"지난번에 내가 떠나지 못하게 하려고, 네가 일부러 나룻배를 뒤집어서 사금포를 물속에 떨어지게 한 건 아니냐?"

계성이 이렇게 캐묻자 아란사는 생긋 웃었다.

"맞아요. 그때 내가 일부러 배를 뒤엎었어요. 나중에 사금포를 도로 찾아낼 수 있을 것 같았기 때문이죠."

"내가 그럴 줄 알았다."

계성은 영악한 아란사에게 당한 것이다. 계성은 눈을 치뜨고 그녀를 노려보며 엄포를 놓았다.

"네가 사금포를 건져내지 않으면 그냥 두지 않겠다. 오탑보다 사금포 먼저 찾아내라."

"공연히 겁주지 말아요. 당신은 조금도 안 무서우니까."

"너 나한테 혼 좀 나볼래?"

"당신이 나한테 혼나지나 말아요."

아란사가 태연하게 받아치는데, 돌연 빗방울이 후드득거리며 떨어지기 시작했다. 맑은 하늘에 한 덩이 먹구름이 지나가며 뿌려내는 소나기였다.

계성이 내심 놀라서 아란사를 뚫어지게 바라보았다.

"저렇게 비가 올 걸 아까 어떻게 알았느냐?"

"바람이 부는 걸 보고 알았죠."

"정말 신통하구나. 네가 영력이라는 걸 지녔기 때문이냐?"

"바람에 좀 민감한 것뿐이에요."

구름이 빠르게 멀어져가며 소나기는 금방 그쳤다. 아까 아란사가 말한 대로였다. 계성은 기이했지만, 아란사는 별다르게 생각하는 것 같지 않았다. 정말 바람결을 느끼고 비 올 걸 미리 알아낸 걸까. 역시 아란사는 예사 소녀가 아니었다. 정말 홍라녀의 환생인가.

배가 선와소로 접근하자 거센 물결이 밀려왔다. 소용돌이는 여전히 사나운 기세로 몰아치고 있었다.

계성이 은연중 긴장하자 아란사가 좀 걱정스런 빛을 보였다.

"당신은 헤엄을 잘 쳐요?"

"물에 빠져죽지는 않는다."

"나도 같이 물속에 들어갈까요?"

"너는 배를 지키고 있어."

계성은 신발을 벗고 윗옷도 벗어서 바지만 입은 채 물에 뛰어들 준비를 했다. 아란사가 파도를 살펴보며 주의를 주었다.

"오늘은 파도가 높지는 않지만 조심해야 돼요. 선와소는 아주 위험한 곳이에요."

"설마 물귀신은 없겠지?"

"그야 알 수 없죠. 선와소에서 소용돌이에 휩쓸려 죽은 사람도 많을 테니까."

"내가 안 나오면 예쁜 처녀 물귀신을 따라간 줄 알아라."

"처녀 물귀신에게 잡아먹히고 싶은 모양이네."

배가 선와소로 들어서서 높은 파도를 타며 요동을 치자, 계성은 몸을 일으키더니 물속으로 뛰어들었다. 그리고는 거꾸로 헤엄을 쳐서 수중으로 잠수해 들어갔다.

계성은 거대한 수룡처럼 꿈틀거리는 소용돌이 속에 휘말려들었다. 거세게 회오리치는 물결에 휩쓸린 계성은 정신이 아득해진 채 헤엄을 제대로 칠 수 없었다. 파도 속에 떨어져서 빙글빙글 돌아가는 한 조각 낙엽과도 같았다.

오탑은 물론이고 호수 밑바닥 어딘가에 떨어져 있을 사금포를 찾을 엄두조차 낼 수 없었다. 그냥 소용돌이에 휩쓸려서 허우적거릴 뿐이었다.

어느덧 숨이 막힌 계성은 의식이 희미해졌다.

이때 사람의 그림자 하나가 앞에 나타났다. 계성이 걱정되어 뒤따라 들어온 아란사였다.

그녀는 아무것도 입지 않은 알몸이었는데, 능숙하게 헤엄을 쳐서 다가오더니 계성의 팔을 잡고 위로 끌어올렸다.

겨우 정신을 차린 계성은 안간힘을 다하여 수면으로 솟구쳐올랐다. 잠시 후 수면 위로 얼굴을 내민 계성은 막혔던 숨을 길게 토해냈다. 아란사는 나룻배를 잡고 있었다.

"어서 배에 올라타요."

계성은 뱃전을 잡고 기어올랐다. 그리고는 가쁜 숨을 몰아쉬며 머리를 설레설레 내저었다.

"선와소는 바로 용궁의 입구로구나."

"이번에는 내가 오탑을 한번 찾아볼께요."

이렇게 말한 아란사는 다시 수중으로 잠수해 들어갔다. 날씬하고 하얀 알몸이 거꾸로 뒤집혀서 검푸른 물속으로 쑥 들어가는 모습을 보며, 계성은 눈을 가늘게 떴다.

"마치 한 마리의 인어 같군."

배 위에는 그녀가 벗어 놓은 옷이 보였다. 계성은 속옷을 집어서 코에 대고 냄새를 한 번 맡아보고는 도로 놓으며 중얼거렸다.

"아란사가 정말 내년에는 나한테 시집을 올까? 워낙 이상한 소녀라서 어떤 때는 이 세상의 여자 같지가 않으니……"

얼마 후 아란사의 머리가 수면 위로 떠오르더니 배로 다가왔다. 그녀는 백사 같은 팔로 뱃전을 잡고는 숨을 고르며 말했다.

"오탑은 못 찾았어요. 역시 보름날까지 기다려야 되겠어요."

"사금포도 못 찾았느냐?"

"숨이 가빠서 못 찾아보았어요. 다음에 찾아볼께요."

"그럼 그만 배 위로 올라와라."

"내가 옷을 다 입을 때까지 돌아앉아서 눈을 감고 있어요."

"우리 사이에 그럴 필요가 어디 있느냐?"

"오늘 저녁밥을 먹고 싶으면 시키는 대로 해요."

계성은 별수 없이 돌아앉아서 눈을 감았다. 잠깐 뒤에 눈을 뜨고 슬쩍 돌아보니, 그녀는 벌써 옷을 다 입고 머리의 물기를 손으로 훑어내고 있었다.

계성은 무언가 아쉬운 느낌이 들어서 가만히 한숨을 내쉬었다. 아란사가 문득 기슭 쪽을 돌아보았다.

"낯선 배가 이리 오고 있어요."

계성이 돌아보니, 중간 크기의 배가 한 척 나타나서 빠르게 다가오고 있었다. 배에는 대여섯 명의 사내가 노를 젓는 게 보였다.

계성은 사납고 우락부락하게 보이는 그들의 정체를 알아보았다.

"몽골전사들이다. 황법사가 저자들을 보내서 선와소 주위를 감시하고 있었던 모양이다."

"어떻게 하죠?"

몽골전사들의 배가 가까이 접근하자 아란사는 두려운 빛을 보였다. 계성은 무기를 가지지 않았으므로 삿대를 틀어잡았다.

몽골전사들은 배를 충돌이라도 시킬 기세로 바짝 접근했다. 만약 충돌한다면 작은 나룻배는 부서지거나 벌렁 뒤집힐 것이다. 몽골전사들이 노를 놓고 칼자루를 잡으며 소리쳤다.

"꼼짝 마라!"

계성은 위험을 느끼고 아란사에게 말했다.

"너는 물속으로 피해라."

"알았어요."

아란사는 즉시 물속으로 풍덩 뛰어들었다. 몽골전사들은 물속으로 뛰어들어 추격하지는 못했지만 칼을 던질 기세를 보였다.

이 순간 계성이 비호처럼 몸을 날려 그들의 배로 뛰어들었다. 그리고는 삿대를 번개처럼 휘둘러서 몽골전사들을 닥치는 대로 후려갈겼다.

무기도 없는 계성이 이런 선제공격을 하리라고는 예상치 못했던 몽골전사들은 미처 피하지 못했다.

"컥! 크윽——"

계성이 사납게 휘두르는 삿대에 얼굴을 맞고 목이 찔린 전사들은 이리저리 쓰러지고 물속으로 떨어졌다.

삿대로 급소를 찍고 때리는 계성의 솜씨는 쾌속하고 정확해서 용감한 몽골전사들도 당해낼 수 없었다.

순식간에 여섯 명의 전사를 모두 거꾸러뜨린 계성은 나룻배로 되돌아와서 아란사가 있는 쪽으로 노를 저어갔다.

"어서 타라."

수면 위에 얼굴을 내놓고 사태를 주시하던 아란사는 얼른 배 위로 올라왔다. 계성은 빠르게 노를 젓기 시작했다.

몽골전사들은 뒤따라오지 못했다. 그들은 원래 수상에서의 싸움은 약하고 배도 잘 다루지 못한다. 몽골초원과 사막에는 호수나 강이 별로 없기 때문이다.

물이 귀한 몽골족은 목욕도 거의 하지 않아서, 태어날 때 대강 씻고는 혼인할 때나 제대로 씻는다는 이야기까지 한다.

물 대신 말젖이나 마유주(馬乳酒)를 잘 마시고 물고기는 먹지 않는다. 유목을 하므로 농사는 전혀 모르고 농사꾼을 우습게 여기고 경멸한다.

해가 떨어져서 어둑어둑해졌으므로 나룻배는 이제 몽골전사들의 시야도 벗어나게 되었다. 하지만 아란사는 걱정이 되는 얼굴이었다.

"오탑이 선와소에 있다는 사실을 황법사도 아는 모양이에요. 그러니까 몽골전사들이 배를 띄우고 주위를 살피고 있었겠죠. 황법사도 아직 오탑을 찾아내지는 못했겠지만, 앞으로 우리가 오탑에 들어가기가 매우 어렵겠어요."

계성이 무겁게 고개를 끄덕였다.

"그렇구나. 내일은 만호원에 가까이 가서 동정을 한번 살펴봐야겠다. 황법사가 만약 우리를 잡으려고 호수 일대를 수색해서 돌섬까지 알아내면 위험하니까 대비를 해야지."

"타루간 대공자가 도착했는지도 알아봐요."

"그는 비국새에 별 관심이 없다니까 안 오는지도 모르지."

"나를 찾아서 꼭 올 거예요."

"너는 마치 그가 오기를 기다리는 것 같구나."

아란사가 대꾸하지 않자 계성이 다시 말했다.

"너는 옷이 물에 젖어서 축축하겠구나. 옷을 모두 벗어서 물을 쪽 짜내고 입으렴. 내가 돌아앉아서 안 쳐다볼 테니까."

"당신은 아주 엉큼해요. 하긴 사내들이 다 그렇지 뭐."

"요즘 네 젖이 제법 커진 것 같다."

"자꾸 쳐다보지 말아요."

아란사는 샐쭉한 표정을 지으며 물에 젖은 옷이 착 달라붙은 젖가슴을 두 손으로 가렸다. 계성은 곁눈질을 하며 헛기침을 했다.

어둠이 밀려오는 가운데 나룻배는 돌섬을 향하여 계속 나아갔다. 하늘에는 가느다란 하현달이 떠 있었다.

17. 예언

만호원은 조용했다.

계성은 호숫가의 둔덕 위에서 만호원을 유심히 살펴보는 중이었다. 나무 사이에 몸을 숨기고 한나절이나 장원을 지켜보았지만 별다른 동정은 없었다.

황법사는 보이지 않았고 몽골전사들도 출동하지 않았다. 선와소 근처에 배가 나타나지도 않았다.

타루간은 아직 도착하지 않은 것 같았다. 별다른 동향은 없는 셈이었다. 하지만 밖에서 살펴볼 뿐이니까 만호원의 내부동정을 파악할 수는 없었다.

해가 서쪽으로 기울자 멀리 마을에서 저녁밥 짓는 연기가 뿌옇게 피어올랐다. 밭에서 일하던 농부들도 거의 집으로 돌아갔다.

그만 가려고 몸을 돌리던 계성은 발길이 멈칫했다. 언제 나타났는지 차일기가 가까운 나무에 비스듬히 기대서 있는 게 아닌가.

그가 덤덤하게 입을 열었다.

"결국 이렇게 다시 만났군. 반갑소."

계성은 반갑지 않아서 미간을 찌푸렸다.

"나에게 무슨 용무라도 있소?"

"나는 별 용무가 없지만 황법사가 당신을 만나고 싶어하오. 황법사는 아란사도 만나고 싶어하는데, 그 아름다운 소녀는 어디 있소?"

"그녀는 여기 없소."

"그럼 당신이라도 나와 함께 만호원으로 가야 하오."

"나는 가고 싶지 않군."

"나는 당신을 데려가야 돈을 받소."

"나는 돈을 못 받을 테니까 갈 필요가 없지."

차일기가 예도의 손잡이를 잡았다.

"그럼 칼을 뽑는 수밖에 없군. 나는 사실 당신과 대결을 해보고 싶었지만 한편으로는 원치를 않았는데, 오늘은 어쩔 수가 없구려."

계성도 피할 수 없는 상황이라는 걸 알자 지팡이를 잡았다.

"그럼 나도 어쩔 수가 없지."

"나는 좀 불길한 느낌이 드는데, 만약 내가 패하여 죽으면 들개가 와서 시체를 뜯어먹도록 그냥 버려두오. 해골은 풀밭 위를 굴러다니며 비도 맞고 햇볕도 쪼이고 싶소."

계성은 고개를 끄덕였다.

"그렇게 하겠소."

"나는 당신을 산 채로 잡아가야 하지만, 만약 죽으면 시신을 어떻게 처리해 주기 바라오?"

"나는 호수에 넣어서 물고기 밥이 되게 해주오."

"알겠소. 당신이 죽으면 수장을 해주지."

말을 마친 차일기가 예도를 뽑자 계성도 지팡이에서 세강도를 뽑았다. 두 사람이 칼을 겨누고 정면으로 마주 서자 주위의 기류는 활시위를 팽팽하게 당긴 듯 응축되었다.

두 사람은 한동안 미동도 하지 않았다. 두 칼잡이의 승패와 생사가 가려질 순간이었다.

차일기의 예도가 허공을 가르며 서서히 원을 그리더니 마침내 계성의 목을 노리고 쇄도했다.

"가겠소!"

계성은 즉시 세강도를 뻗쳐서 막아냈다. 두 개의 칼이 격렬하게 충돌하더니 번개처럼 찌르고 베고 쳐내고 후리며 서로를 공격하고 방어했다.

태앵! 채채채챙!……

급박한 공방이 펼쳐지며 칼빛이 눈부시게 번쩍이고 칼바람이 사납게 휘몰아쳤다. 한번 시작된 대결은 숨돌릴 틈도 없이 끝장을 향해서 질주했는데, 시간은 오래 끌지 않았다. 두 개의 칼날이 전광처럼 번득이며 교차되는 찰나, 묵직한 신음소리가 흘러나왔다.

"으음——"

차일기는 뒤로 비틀비틀 물러섰다. 그의 가슴은 길게 베어져서 선혈이 주르르 흘러나오고 있었다.

계성은 세강도를 지팡이 속에 집어넣고 뒤로 물러섰다. 대결은 끝난 것이다.

차일기가 고통스런 빛으로 띄엄띄엄 말했다.

"예상대로 당신은 강하군. 하지만 당신의 칼끝이 조금 덜 뻗친 탓에 아직 목숨이 붙어 있으니, 누울 곳을 찾아야겠어."

그는 돌아서더니 휘청거리며 걸어가기 시작했다. 핏물이 땅바닥에 뚝뚝 떨어지며 뒤를 따라갔다. 잠시 비틀비틀 걸어가던 차일기는 무성한 풀밭에 쓰러지듯 드러누웠다. 그리고는 눈을 가늘게 뜨고 서쪽 하늘을 바라보았다. 기울어가는 해는 주황색 광채를 발산하고 있었다.

"마지막으로 보는 석양이 꽤 아름답군."

계성이 옆으로 다가가서 차일기의 얼굴을 내려다보며 말했다.

"당신이 원한다면 마을의 의원에게 데려다주겠소."

차일기는 메마른 입술을 달싹거렸다.

"내버려 두오. 나는 사는 게 별 재미도 없어서 그냥 떠나도 관계없소."

"……"

"알고 보면 나도 조선과는 약간 관계가 있지. 모친이 조선 출신이었소. 처녀 때 섬나라 출신의 왜구들에게 끌려가서 중원의 절강성으로 팔려갔다고 하더군. 고향으로 몹시 돌아가고 싶어했지만, 아비가 누구인지도 모르는 나를 낳고 나서는 희망을 버렸지. 역시 누구의 씨인지도 모르는 여동생을 낳은 뒤에는 고향을 아예 잊어버렸고……"

독백하듯 이렇게 중얼거리던 차일기가 문득 물었다.

"자무창이 당신 여자를 만호원으로 잡아 왔는데, 알고 있소?"

"내 여자라니……"

"그 여자사냥꾼 말이오."

뜻밖의 말을 들은 계성은 흠칫 놀랐다.

"그녀가 지금 만호원에 있단 말이오?"

"자무창은 몽골의 패자(귀족) 출신인데, 제왕이 될 야망을 품고 호랑이를 잡는 여자사냥꾼을 아내로 맞이할 생각이지. 용맹한 아들을 낳기 위해서 말이오."

계성은 만호원 쪽으로 시선을 돌렸다. 옥정이 완달산에 가지 못하고 자무창에게 잡혀서 저 장원에 갇혀 있단 말인가.

어둠 속에서 나룻배가 물가에 닿았다. 한쪽 눈에 백태가 낀 늙은 어부는 배에서 내린 뒤 말뚝에 뱃줄을 맸다.

계성은 모습을 나타내어 옆으로 다가갔다. 늙은이는 쇄은편이 또 생길지도 모른다는 기대감으로 반색을 했다.

"자네로군. 또 돌섬에 가려고 하는가?"

"아니오. 당신은 만호원에 대해서 잘 알고 있소?"

"내가 만호원 주방에 물고기를 대주니까 잘 알지. 그런데 왜 그러는가?"

"이유는 묻지 말고, 장원의 내부구조와 경비상태를 좀 알려줄 수 있겠소?"

"무슨 일인지는 몰라도 그건 말하기가 곤란한데……"

계성은 쇄은편 두어 개를 꺼내서 내밀었다.

"당신한테는 아무런 문제가 없도록 하겠소."

"그렇다면 이야기를 해주지."

쇄은편을 나꿔채듯이 받아든 늙은이는 눈치를 보듯 계성의 기색을 살피며 잠시 뜸을 들이다가 말했다.

"만호원은 출입문의 경비가 엄해서 들어가기가 쉽지 않네. 자네가 들어가려면 다른 방법을 쓰는 게 좋을 걸세."

"어떤 방법이 있소?"

"내가 주방에 보내는 물고기를 대신 가지고 가면 쉽게 들어갈 수 있지. 후문의 경비병에게 가서 등노인 대신 왔다고 하면 주방으로 들여보내 줄 걸세."

"괜찮은 방법인 것 같소."

"장원 안에서 외택은 대문 쪽이고 내택은 후문 쪽인데, 외부인은 대개 외택에 있지만 귀빈은 내택에 드네."

"알겠소."

"그럼 오늘 잡은 물고기를 사 가도록 하게."

"좋소."

계성은 쇄은편 하나를 더 꺼내주었다. 등노인은 얼른 쇄은편을 받더니 배에 있는 물고기 몇 마리를 풀잎에 꿰어서 내밀었다.

어둠이 더 짙어지자 계성은 만호원을 찾아갔다. 등노인이 준 물고기 꾸러미를 손에 들었고, 농사꾼들이 햇볕을 가리려고 쓰는 허름한 밀짚모자를 하나 구해서 꾹 눌러쓴 채였다.

장원의 후문에는 칼을 든 네댓 명의 경비병이 보였다.

"나는 등노인으로부터 이 물고기를 주방에 전해달라는 부탁을 받고 왔소이다."

계성이 물고기 꾸러미를 쳐들어보이자, 병사들은 의심하지 않고 안으로 들여보내 주었다.

"오른쪽으로 쭉 들어오면 주방이 있네."

"알겠소이다."

후문을 들어선 계성이 넓은 정원 옆을 지나서 잠시 걸어가자 주방인 듯한 사채가 보였다. 물고기를 든 계성을 보자, 안에서 일하던 하녀가 쪼르르 나왔다.

"당신은 처음 보는 사람인데, 물고기를 팔러 왔나요?"

"등노인이 이 물고기를 좀 전해달라고 했소."

"그 영감님은 어디 아픈가요?"

"볼 일이 있다고 해서 내가 대신 왔소."

"오늘은 물고기가 큼직하군요. 영감님은 여기 오면 술을 한 잔씩 얻어먹고 가는데, 당신도 마실래요?"

"나는 정원이나 좀 구경하고 싶소."

"좋아요. 얼마든지 구경해요."

"그럼……"

하녀가 주방으로 들어가자 계성은 정원 앞으로 갔다. 그리고는 화목을 구경하는 척하다가 담장을 따라서 옆으로 돌아갔다. 옥정은 외부인이니까 아마도 외택에 있을 것이다.

잠시 후 앞에 중문이 하나 나타나서 가만히 밀어보니까 그대로 열렸다. 경비병은 없었다.

계성은 중문 안으로 들어서서 컴컴한 정원에 몸을 숨기고 주위를 살펴보았다. 건너편에 보이는 큰 집이 외택인 것 같았다. 저택은 인기척이 없이 조용했다.

옥정은 어디에 있을까. 잠시 궁리를 하던 계성은 두 손바닥을 모아서 입에 대고 뻐꾸기 울음소리를 냈다.

뻐꾹 뻐꾹 뻐꾹……

그것은 청산채의 비적들이 사용하는 신호로서 옥정도 알고 있었다. 뻐꾸기 울음소리를 몇 번 내고난 계성은 저택을 가만히 주시했다. 옥정이 만약 감금당해 있다면 신호를 알아들어도 나오지 못할 것이다. 하지만 그녀가 어떤 응답신호라도 보내지 않을까.

한참을 기다려보아도 아무런 소리도 들리지 않았다. 그녀는 내택에 갇혀 있는 것일까.

계성이 내택 쪽으로 가보려고 발길을 돌릴 때, 저택 옆에서 황법사가 모습을 나타냈다. 계성은 재빨리 나무 뒤로 몸을 숨겼다.

황법사는 천천히 다가왔다.

"계성! 자네의 방문을 환영하니 이리 나오게."

계성은 가슴이 뜨끔했다. 황법사에게 이미 발각이 된 것이다. 다음 순간 여기저기에서 많은 몽골전사들이 우르르 모습을 나타냈다. 그들이 치켜든 창칼이 어둠 속에서도 섬뜩하게 번득였다. 그러고 보니 황법사가 미리 알고 그물을 친 뒤 기다리고 있었던 것 같았다.

계성은 놀라고 의아했다. 내가 침투하리라는 걸 어떻게 알았을까. 계성은 문득 저택 옆에서 얼굴을 내미는 한 늙은이를 발견했다. 바로 등노인이었다.

계성은 비로소 사태를 알아차렸다. 등노인이 밀고를 한 게 틀림없었다. 그는 밀고를 하면 포상을 받으리라 판단했을 것이다. 입을 다물고 있으면 계성이 어떤 문제를 일으켰을 때 책임을 추궁당할 수 있다.

결국 등노인은 현명한 선택을 했고, 계성은 그를 믿고 경솔한 행동을 한 셈이었다.

계성이 나무 뒤에서 모습을 나타내자 황법사는 회심의 빛을 보였다.

"정말 반갑네."

이 순간 계성은 앞으로 몸을 날리며 지팡이를 번쩍 들어서 황법사를 후려쳤다.

"물러나시오!"

황법사는 급히 몸을 옆으로 틀어서 피했다. 이 틈에 계성은 저택의 뒤쪽으로 도주했다. 몇 명의 몽골전사가 칼을 세우고 앞을 막아서자 지팡이를 빠르게 휘둘렀다. 계성의 공격을 막아내지 못한 몽골전사들은 비명을 지르며 거꾸러졌다.

"으윽! 컥——"

하지만 뒤에서 많은 몽골전사들이 우르르 몰려오자 치열한 혼전이 벌어졌다. 지팡이와 칼이 어지럽게 충돌하고 튕겨지며 격렬한 싸움이 펼쳐졌다.

황법사가 생포하라는 지시를 내린 탓인지 계성은 치명적인 칼을 맞지 않았지만 많은 몽골전사들을 모두 물리칠 수는 없었다. 포위망에 약간의 틈이 생기자 계성은 다시 몸을 날려 도망쳤다.

저택을 돌아가자 담장이 나타났다. 탈출을 하려면 담장을 넘어야 했다. 그러나 담장 앞으로 뛰어가던 계성은 멈칫했다. 담장 위에서 여러 명의 몽골전사들이 모습을 나타냈는데, 그들은 활시위에 화살을 재어 팽팽하게 당기고 있었다. 당장 화살이 빗발치듯 날아와서 고슴도치가 될 것 같았다. 지팡이로 여러 개의 화살을 모두 막아낼 수는 없다. 뒤에서도 많은 몽골전사들이 몰려왔다. 결국 계성은 수십 명의 몽골전사들에게 완전히 포위가 되고 말았다.

계성은 더 이상 도망칠 수 없다는 걸 알자 지팡이를 내렸다. 몽골전사 몇 명이 달려들어 굵은 밧줄로 포박을 했으나 계성은 저항하지 못했다. 결국 사로잡힌 것이다.

뇌옥처럼 음침하고 견고한 창고였다.

포박이 된 계성은 창고 안에 갇히고 말았다. 뒤따라 들어온 황법사는 손에 화살을 하나 들었는데, 즉시 심문을 시작했다.

"자네는 무슨 목적으로 이곳에 침투했는가?"

계성은 사실대로 말했다.

"나는 기명이라는 사냥꾼을 구해 가려고 왔소."

"그 여자와는 어떤 사이인가?"

"잘 아는 사이요."

"혼인할 사이인가?"

"그렇지는 않소. 그녀를 왜 잡아왔소?"

"내 제자인 자무창이 한 일이니 나는 모르네."

계성이 더 묻지 못하자 황법사가 본론을 꺼냈다.

"비국새는 아란사가 가지고 있겠지. 그녀는 어디 있는가?"

"모르오."

"오늘은 정말 생명을 내놓을 셈인가?"

계성은 대꾸를 하지 못했다. 이제 정말 살길이 보이지 않는 판이었다. 자신이 살기 위해서 아란사가 숨어 있는 돌섬을 밝힐 수는 없었다. 사실을 실토해도 목숨을 보존할 가능성은 없었다. 아란사로부터 비국새를 빼내고 나면 결국 제거될 것이다.

양백기주부에서 잡혔을 때는 가미야 덕분에 탈출했지만 이제 그런 것도 기대할 수 없는 처지였다.

황법사가 다시 물었다.

"자네는 조선 출신인가?"

"그렇소."

"아란사는 노선생의 손녀이니 비국새가 대진국을 부활시킨다는 전설을 믿고 있겠지? 자네도 그렇게 믿는가?"

"나는 잘 모르겠소."

"그건 부질없는 전설일세. 내가 그 이유를 말해주지."

황법사가 이야기를 시작하자 계성은 묵묵히 듣는 수밖에 없었다. 억양이 없는 황법사의 어조는 서류를 읽듯이 무감동했다.

"옛날에 이 북방대륙을 널리 경영하고 중원까지 성세를 떨쳤던 동이족은 지금 작은 주머니 같은 땅으로 쪼그라들어서 초라하게 연명하고 있네. 고구려와 대진국은 모두 내부의 분란으로 멸망했지. 조선이 왜란과 호란을 거듭 당하며 무참하게 짓밟힌 건 당파싸움에 골몰했기 때문일세. 어느 종족이나 집안싸움을 하지만 동이족은 유난히 더 극성이지. 왜란과 호란에 휩싸여서 나라와 백성이 온통 쑥대밭이 될 때도 조선은 이전투구의 당쟁을 멈추지 않았네."

"……"

"이웃에 강포한 종족들이 노리고 있는 데에도 불구하고, 자기들끼리 끊임없이 아귀다툼을 벌이는 종족의 미래는 불을 보듯 뻔하지. 조선은 앞으로도 이 고질병을 고치지 못하여 재앙과 참화를 거듭 불러들일 걸세. 그리하여 영토가 점점 줄어들면서 몰락할 종족이지. 나는 세상의 앞날을 훤히 내다보지는 못하지만, 조선의 미래는 능히 예언할 수 있네. 언제가 될지는 몰라도 조선은 결국 내부의 분란으로 자멸해버릴 걸세."

그의 예언은 끔찍한 저주와도 같았다. 계성은 이역 땅의 떠돌이 부랑인으로 살아오며 나라와 종족은 까마득하게 잊었다. 사실 그런 문제에 관심도 없었다. 하지만 조선이 자멸할 거라는 말을 듣자 은연중 분노가 치밀었다. 계성이 반박하듯 말했다.

"한족의 명나라는 이미 멸망했소. 당신은 한족으로서 청나라에 충성하여 살아가면서 남의 나라를 헐뜯을 자격이 있소?"

황법사는 의미심장한 표정을 지었다.

"나는 청나라에 아무 관심이 없네."

그는 양백기주부에 몸담고 있으면서도 무언가 다른 야심을 품은 것 같았다. 어떤 야심일까. 황법사가 말을 이었다.

"아무튼 동이족은 끊임없이 집안싸움을 벌이다가 영토가 점점 줄어들어서 결국 스스로 몰락할 종족인데, 어떻게 이 대황 땅에서 대진국이 부활할 수 있겠는가?"

그의 예언이 그대로 맞는 건 아닐까. 앞으로 조선은 정말 자멸하는 것일까. 한동안이나 대꾸를 못하던 계성이 겨우 입을 열었다.

"그렇다면 당신의 목적은 도대체 뭐요?"

"자네는 아란사가 숨어 있는 곳만 말하면 되네. 아란사는 어디 있는가?"

계성은 머리를 좌우로 흔들었다.

"나는 모르오."

"자네가 고집이 세다는 걸 알고 이 화살을 가져왔지. 오늘밤 생각할 시간을 주겠으니 내일 아침에 마음이 정해지면 말을 해주게. 이 화살이 자네의 결심을 재촉하게 될 걸세."

황법사는 이렇게 말하며 손에 잡은 화살을 번쩍 치켜들더니 계성의 어깻죽지를 힘껏 찍었다.

"우욱!"

날카로운 화살촉이 뼈 사이의 생살을 찢으며 깊숙이 박히자, 계성은 고통의 전율을 느끼며 숨 막히는 신음을 토해냈다. 이것은 잔혹한 고문이나 마찬가지였다. 지난번에 기주부에서 계성의 칼에 어깨를 맞은 황법사가 복수를 하는지도 모른다.

"내일 아침에도 결심이 서지 않으면 그때는 또 하나의 화살을 자네의 눈동자에 꽂아주지. 그래도 실토를 안 하면 결국 심장에 화살이 꽂히게 될 걸세."

황법사는 이런 말을 남기고 창고를 나가버렸다.

계성은 두 손이 결박되어 있어 화살을 뽑아낼 수 없었다. 고통으로 일그러진 계성의 얼굴에서는 굵은 땀방울이 맺혀서 뚝뚝 떨어지기 시작했다.

"으으으으……"

이빨 사이에서는 참을 수 없는 신음소리가 흘러나왔다. 움직이면 고통이 더 심해지므로 계성은 어떻게 해볼 수도 없었다. 날카로운 송곳으로 어깨의 생살을 후비고 찌르는 것 같은 극렬한 고통은 밤새도록 계속될 것이다.

밤이 깊었지만 탁자 위에는 황촛불이 그대로 밝혀져 있었다. 창문 틈으로 흘러드는 밤바람을 타고 불꽃이 춤추듯 펄렁거렸다.

옥정은 의자에 앉아 있었다. 그녀는 아까 희미한 뻐꾸기 울음소리를 들었다. 그 소리가 지난날 계성이 사용하던 신호와 흡사했지만 확인할 수는 없었다. 밖으로 나가볼 수도 없었다. 계성이 만호원에 들어와서 그런 신호를 보냈을 리는 없지만 마음이 심란했다.

돌연 문이 열리며 자무창이 들어서더니 뜻밖의 말을 했다.

"조금 전에 계성이라는 자가 그대를 구하려고 이곳에 침투했다가 사로잡혔소.”

옥정은 가슴이 덜컥했다. 뻐꾸기 울음소리는 역시 계성이 보낸 신호였던가. 그가 어떻게 알고 나를 구하러 왔단 말인가.

옥정은 저절로 얼굴이 경직되었다. 계성이 기주부에서는 겨우 탈출을 했지만, 여기서는 결코 빠져나가지 못할 것이다.

황법사는 계성을 이용하여 아란사까지 잡으려 할 것이다. 계성이 돌섬에 대해서 입을 열지 않으면 혹독한 심문과 고통을 당할 게 틀림없었다. 이미 지옥의 고통을 당하고 있는지도 모른다. 아마도 고통으로 끝나지 않으리라. 황법사가 결코 계성을 살려둘 리 없었다.

“계성이라는 자는 그대와 어떤 관계요?”

자무창이 이렇게 물었지만, 옥정은 대답하지 않고 골똘히 궁리에 잠겼다. 어떻게 해야 계성을 살려낼 수가 있을까.

자무창은 묵묵히 옥정을 지켜보았다.

한동안이나 깊은 생각에 잠겼던 옥정이 마침내 결심한 듯 입을 열었다.

“계성을 보내준다면 나는 당신과 동침하겠소. 하지만 만약 그가 죽음을 당한다면 나는 두 번 다시 당신을 보지 않겠소.”

이것이 계성을 살릴 수 있는 유일한 방법이라고 옥정은 판단했다. 아무리 생각해 보아도 다른 방법이 없었다. 또한 자신을 구하려다가 목숨을 잃게 된 계성을 살리기 위해서라면 옥정은 어떤 일이라도 할 수 있었다.

자무창은 눈썹을 찌푸리며 옥정을 뚫어지게 바라보더니 느릿느릿 고개를 끄덕였다.

“좋소. 그를 보내주리다.”

그가 방을 나가자 옥정은 눈을 감고 고개를 떨어뜨렸다. 그녀의
얼굴에는 고뇌의 빛이 나타났고 입에서는 소리 없는 독백이 토해
졌다. 나는 아무래도 괜찮은 몸이니까……

결국 그녀의 뺨 위에는 가느다란 눈물이 주르르 흘러내렸다.

18. 모사

호숫가에는 뿌연 새벽안개가 자옥했다. 주위의 산과 숲은 안개
에 잠겨서 흐릿한 그림자처럼 보였다.

계성은 화살에 찍힌 어깨의 상처를 천으로 동인 채 물가의 수풀
속에 쭈그리고 앉아 있었다. 상처에는 포황과 남엽이라는 약초로
만든 고약을 발랐는데, 그것은 지혈과 소독을 하므로 금창약의 효
력이 있어서 항상 가지고 다녔다. 상처는 여전히 고통을 주었으나
뼈가 상하지 않아서 그나마 다행이었다.

지난밤 늦게 계성은 만호원에서 풀려났다. 자무창이 나타나서
아무 말 없이 화살을 뽑고 결박을 풀어서 보내주었다. 황법사가 석
방할 리가 없는데, 자무창이 왜 풀어주는지 영문을 알 수가 없었
다. 황법사는 이런 사실을 미처 모르고 있는 것 같았다. 아무튼 이
렇게 하여 계성은 사지(死地)를 벗어났다.

계성이 정물처럼 꼼짝도 않고 앉아 있는데, 한 늙은이가 물가에
모습을 나타냈다. 그는 바로 등노인이었다. 그는 물가에 매어 놓은
배로 가더니 뱃줄을 풀었다.

계성은 몸을 일으켜서 그에게로 다가갔다. 갑자기 눈앞에 나타

난 계성을 보고 등노인은 깜짝 놀랐다.

"아니 자네가……"

계성이 덤덤한 어조로 물었다.

"나를 밀고하고 만호원에서 얼마를 받았소?"

등노인은 당황하여 안색이 누렇게 떴다.

"나……나는 단지 나중에 책임추궁을 당할까봐……"

"당신을 이해하오. 나는 한 가지를 물어보려고 당신을 기다리고 있었소. 내가 당신 배를 타고 돌섬에 갔었다는 사실을 만호원에서 말했소?"

"그……그건 말하지 않았네."

"정말이오?"

"정말일세."

"그렇다면 다행이오."

황법사가 돌섬에 대한 이야기를 들었다면, 아란사가 위험해지므로 계성은 확인을 할 필요가 있었다. 겨우 살길이 생겼다고 생각했는지 등노인이 두 손을 맞잡고 맹세하듯 말했다.

"앞으로도 그 사실은 절대 말하지 않겠네."

"이제 당신의 약속은 믿기 어렵소."

계성이 지팡이에서 세강도를 뽑자, 등노인은 두려움에 질려서 뒤로 비실비실 물러났다.

"저……정말……말하지 않겠네."

"나는 예방조치를 취해야 하오."

이 순간 세강도가 바람을 가르자, 등노인은 단말마의 비명과 함께 벌렁 뒤집혀서 물속에 처박혔다. 붉은 핏물이 수면에 확 번졌다. 등노인은 물속으로 서서히 잠겨들더니 이윽고 보이지 않게 되었다.

계성은 돌섬으로 가기 위하여 나룻배에 올랐다.

이때 호심 쪽에서 배 한 척이 모습을 나타냈다. 중형 크기의 돛단배였는데, 마침 뭍 쪽으로 바람이 불어서 유유히 다가오고 있었다.

배를 유심히 살펴보던 계성의 두 눈이 가늘게 좁혀졌다. 갑판에는 황법사가 거느린 네댓 명의 몽골전사와 함께 아란사가 보이지 않는가. 아란사는 결박을 당한 채 잡혀오고 있는 것이다.

등노인이 거짓말을 했다는 사실을 계성은 알아차렸다. 그는 돌섬에 대해서 황법사에게 밀고를 한 게 틀림없었다. 그래서 황법사는 돌섬을 찾아가서 아란사를 사로잡은 것이다. 비국새도 손에 넣었을 것이다.

황법사는 아직 계성을 발견하지 못하고 있었다. 몽골전사들도 계성의 정체를 알아차리지 못하여 태평한 모습이었다. 하지만 아란사는 계성을 알아본 듯 계속 시선을 보내왔다. 물론 그녀는 아무런 내색도 하지 못했다.

계성은 어부인 척 그물을 어루만지며 노를 저어서 돛단배 쪽으로 서서히 접근해갔다. 두 배가 십여 척 거리까지 접근하자 몽골전사들이 마땅치 않은 기색으로 소리를 쳤다.

"왜 배를 이리 몰고 와서 앞길을 막느냐?"

그들은 아직도 계성의 정체를 알아보지 못했다. 하지만 시선을 돌린 황법사는 곧 계성을 알아보았다. 그는 만호원에 감금해 놓은 계성이 눈앞에 나타나자 매우 뜻밖이라서 놀라는 눈치였다.

"아니 자네가……"

계성은 즉각 지팡이를 세우며 돛단배 위로 뛰어들었다. 그리고는 몽골전사들을 닥치는 대로 후려치기 시작했다.

몽골전사들은 전혀 예상치 못했던 기습에 미처 대항하지 못하고 연이어 거꾸러졌다.

"크윽! 큭! 으아——"

화살에 찔린 어깨가 아직도 아팠지만, 계성이 지팡이를 쓰는 솜씨는 빠르고 강력하고 통렬했다.

순식간에 다섯 명의 몽골전사가 모두 물에 빠지고 거꾸러지자, 계성은 세강도를 뽑아서 아란사의 결박을 잘랐다. 이때까지도 황법사는 놀라고 당황한 기색일 뿐 아무런 행동도 취하지 못했다.

계성은 세강도를 황법사에게 겨누었다.

"이제 사정이 바뀌어버렸소."

아란사는 손을 내밀며 황법사에게 다가섰다.

"당신을 해치지는 않을 테니까 비국새를 돌려줘요."

황법사는 별수 없이 품속에서 비국새를 꺼내어 내밀었다. 아란사가 비국새를 받아들자 계성은 세강도를 거두었다.

계성도 황법사를 해칠 생각은 없었다. 지금까지 황법사 때문에 많은 고난을 겪었지만 목숨을 빼앗고 싶지는 않았다. 아란사도 그런 모양이었다. 황법사가 커다란 장애가 되고 있지만 아주 특이한 인물인데다가 막강한 기주부의 실력자이니 쉽게 제거할 수 없기 때문이리라.

계성은 그녀와 함께 나룻배로 뛰어내렸다. 그리고는 빠르게 노를 저어서 출발했다. 황법사는 굳어진 듯 움직이지 못했다.

얼마 후 돛단배에서 멀리 떠나온 뒤, 아란사가 안도의 한숨을 내쉬며 말했다.

"이제 됐어요. 나는 꼼짝 없이 끌려갈 뻔했는데, 당신을 만나서 정말 다행이에요."

계성은 돛단배 쪽을 돌아보았다. 겨우 몸을 일으킨 몽골전사들이 배를 몰아서 기슭으로 가는 것 같았다. 추격할 여력은 없는 것이다. 황법사가 어떤 생각을 하는지는 알 수 없었다.

아란사가 문득 물었다.

"당신은 지난밤에 어디에서 무얼 했어요?"

계성은 만호원에 침투했던 일을 이야기하지 않기로 했다. 옥정이 자무창에게 사로잡혀 있다는 사실을 밝히고 싶지 않았기 때문이다. 앞으로 옥정을 구출하려면 어떤 일을 벌여야 할지 모르므로 아란사가 공연히 걱정하게 할 필요가 없었다.

"만호원과 호수 주위의 동정을 두루 살펴보았다."

이렇게 대꾸한 계성이 어두운 표정으로 물었다.

"황법사가 돌섬으로 몽골전사들을 다시 보낼 텐데, 우리는 이제 어디로 피해야 하느냐?"

아란사는 잠시 생각을 하다가 말했다.

"황법사가 돌섬에 몽골전사들을 다시 보내지는 않을 거예요. 우리가 다른 곳으로 도망쳤다고 생각할 테니까요. 우리는 돌섬에 그대로 숨어 있는 게 안전해요."

"과연 그럴까."

"아마도 그럴 거예요. 하지만 경계를 해야죠."

계성은 당장 도망칠 곳도 마땅치 않으므로 아란사의 말을 따르는 도리밖에 없었다. 물론 경계를 철저히 해서 만약의 사태에 대비해야 할 것이다. 계성은 돌섬을 향하여 계속 노를 저어갔다.

만호원의 한 정실이었다.

실내에는 무거운 침묵이 감돌았다. 자무창은 등을 보인 채 창밖을 바라보고 있었다. 황법사는 얼굴에 은은한 노기를 띠고 자무창의 뒷모습을 쏘아보고 있었다.

황법사가 침중한 음성으로 입을 열었다.

"네가 계성이라는 자를 살려보낸 건 큰 잘못이다. 내가 보기에 여자사냥꾼의 마음에는 네가 없다."

그는 감정을 억제하고 있었지만, 우여곡절 끝에 비국새를 손에 넣었다가 도로 빼앗긴 지금 분노를 억제하기 힘들었다. 자무창이 계성을 풀어주어서 이런 결과가 돼버렸으니 그야말로 속이 뒤집힐 만큼 통탄할 일이 아닌가.

자무창은 무뚝뚝한 어조로 대꾸했다.

"그녀는 이미 내 여자가 되었습니다."

"그렇게 믿을 수 없다."

"그녀에 대해서 더 말하지 마십시오."

자무창이 단호한 태도를 보이자, 황법사는 미간을 찌푸렸으나 더 이상 다그치지는 못했다. 사제지간이라고 해도 자무창은 신분이 높기 때문인지 황법사에게 무조건 복종하는 것 같지 않았다.

황법사는 결국 이야기를 돌렸다.

"마을의 노인들을 탐문해본 결과, 등천벽 아래 소용돌이가 치는 곳에 비밀스런 수중동굴이 있다는 이야기를 들었다. 오탑은 아마도 이 수중동굴 안에 있을 것이다. 옛날부터 마을에 떠도는 구전(口

傳)에 의하면, 보름달이 뜰 때면 이 동굴에 들어갈 수 있다고 한다. 아란사가 보름날 비국새를 가지고 그곳으로 들어가려고 할 테니까 잘 감시하면 결국 손아귀에 들어올 것이다.”

자무창은 묵묵히 들었고 황법사의 이야기가 계속되었다.

“우리는 일단 홀한부(忽汗府)를 장악해야 한다. 소패특장이나 상경용천부에 와 있는 예친왕도 신경을 써야 된다. 나는 또한 몽골의 오부족장과 카카추메 신녀를 이곳으로 초청했다.”

자무창이 말을 자르듯 입을 열었다.

“우리는 타루간에 대한 문제부터 처리해야 합니다.”

“대공자는 아란사에게 집착하고 있으므로 이곳을 반드시 찾아올 것이다. 그가 오면 처리할 방법을 나는 생각해두었다.”

타루간에 대한 문제를 어떻게 처리한다는 뜻일까. 어딘지 모르게 괴이한 느낌을 주는 대화였다. 아무튼 황법사가 어떤 모사(謀事)를 하고 있는 건 틀림없었다. 무언가 중대사를 도모하려는 것이다.

한낮의 햇살이 따가웠다. 후끈한 햇살이 쏟아지는 호수의 수면은 하얀 거울처럼 번들거렸다. 바람이 없어서 물결은 잔잔했다.

계성은 만호원의 전경이 내려다보이는 둔덕의 나무 사이에 몸을 숨기고 있었다. 만호원의 동정을 살피고 옥정을 구출할 방법도 찾기 위해서 다시 찾아온 것이다.

만호원은 별다른 동정 없이 조용했다. 아란사의 말대로 돌섬에 몽골전사들을 보내지도 않았다. 하지만 황법사가 앞으로 어떻게 나올지 알 수 없었다.

옥정을 구출할 방법도 아직 찾아내지 못했다. 이제 만호원에 무모하게 침투할 수는 없었다. 계성은 뾰족한 방법이 생각나지 않았으므로 어떻게 해야 될지 사실 막막했다. 그러나 포기할 수는 없다.

만호원의 후문에서 한 여자가 나오는 게 보였다. 여자는 호숫가로 향했는데, 얼굴을 유심히 보니까 주방에서 일하는 하녀였다. 물고기를 대주던 등노인이 나타나지 않자 궁금해서 나온 것 같았다.

그녀는 물가에 이르자 등노인의 나룻배를 찾으려는 듯 여기저기를 둘러보았다.

계성은 주위를 한번 살펴본 뒤 그녀에게로 다가갔다. 그리고는 세강도를 뽑으며 그녀 앞에 불쑥 모습을 나타냈다.

"내가 한 가지 물어볼 게 있소."

하녀는 날카로운 칼날이 눈앞에 세워지자 깜짝 놀라서 몸이 굳어졌다. 계성은 일부러 고압적인 태도를 보였다.

"사실대로 말하면 해치지 않을 테니까 겁먹을 필요는 없어."

계성을 알아본 하녀는 두려움 속에서도 의아한 낯을 했다.

"당신은 물고기 심부름을 왔던 사람이군요. 무얼 물어보려고 그러죠?"

"만호원에 잡혀 있는 여자사냥꾼을 알지?"

"내가 그녀의 시중을 들고 있어요. 그런데 왜 그래요?"

"묻는 말에만 대답해. 그녀는 지금 어디 있지?"

"내택에 있어요."

"자무창이 감금해 놓았는가?"

하녀는 머리를 살래살래 흔들었다.

"처음에는 그랬지만 지금은 그렇지 않아요. 두 분은 얼마 전에 혼약을 했어요."

"혼약……"

"두 분은 동침을 했어요. 그것은 혼약과 마찬가지죠."

뜻밖의 말을 들은 계성은 안색이 변했다. 다음 순간 계성은 분노하여 얼굴이 시뻘겋게 변하고 이마에 핏줄이 섰다.

"자무창이 강제로 동침을 했군."

"아니에요. 아무런 다툼 없이 동침을 했어요. 두 분은 결국 마음이 맞은 거죠."

하녀는 진지한 기색이어서 결코 거짓말을 하는 것 같지 않았다.

계성은 퍼뜩 깨닫는 바가 있었다. 자무창이 나를 살려보낸 건 그 때문이었구나. 자무창은 옥정과 그런 사이가 되어서 나를 석방한 것이다. 아마도 옥정이 나를 살려 보내달라고 부탁을 했으리라. 자무창은 정혼녀의 부탁을 들어준 것이다.

계성은 갑자기 맥이 쭉 빠졌다. 옥정은 이미 자무창의 여자가 되어버렸구나. 평생 혼인을 안 하고 혼자 살 줄 알았는데, 위세당당한 양백기주의 아들이니까 청혼을 받아들인 것일까.

충격을 받았을 뿐만 아니라 은연중 배반감까지 느낀 계성은 세 강도를 거두고 몸을 돌렸다. 옥정을 구출하려고 더 이상 애쓸 필요가 없었다. 지금까지 위험을 무릅쓰고 쓸데없는 짓을 한 셈이었다.

계성은 화가 날 뿐만 아니라 허망한 느낌까지 들었다. 아주 복잡한 심정이었다. 여자란 원래 그런 것이고, 옥정도 마찬가지인가.

계성은 숲속 길로 느릿느릿 말을 몰아갔다. 옥정이 이미 자무창의 여자가 되었다는 사실을 알고 나니까, 어쩔 수 없이 좌절감을 느꼈다. 씁쓸한 배반감도 사라지지 않았다.

계성은 잡념을 떨쳐버리려는 듯 머리를 흔들었다. 더 이상 생각할 필요 없다.

계성이 숲을 벗어나서 들판 길로 나섰을 때, 서쪽 지평선 위로 흙먼지가 뿌옇게 피어오르며 말발굽소리가 들려오기 시작했다.

이윽고 지평선에 모습을 보인 기마대는 쾌속으로 달려왔는데, 30여 기쯤 될 것 같았다. 숫자가 많지는 않아도 당당하고 질서 있는 기마대였다.

어디에서 오는 기마대일까. 그들을 유심히 주시하던 계성의 미간에 굵은 주름이 잡혔다.

"타루간이 드디어 왔구나."

그 기마대는 바로 양백기주부의 최고 정예인 근위대였다. 붉은 술이 달린 푸른 모자를 쓴 근위병들이 기세등등하게 보였다. 여름이라서 투구와 갑옷은 착용하지 않았다.

계성은 나무 뒤로 말을 몰아가서 몸을 숨기고 기마대를 지켜보았다. 선두에서 달려오는 타루간의 모습이 점점 분명하게 보였다.

옆에는 짧게 삭발한 머리에 인상이 강퍅한 한 사내가 말을 달리고 있었다. 그는 바로 섬나라 왜국 출신의 쾌왜도였다.

근위대는 만호원 쪽으로 달려갔다.

"앞으로 일이 더 어려워지겠군."

계성은 이렇게 중얼거리며 근위대가 사라진 쪽으로 말머리를 돌렸다. 아무래도 만호원의 동정을 더 살펴보아야 할 것 같았다.

기주부의 근위대가 들이닥친 만호원에는 약간의 소란이 일었다. 대청에서 타루간과 마주앉은 황법사는 진중한 기색이었다.

"아란사가 경박호에 있는 건 틀림없는데, 아직 잡지를 못했네.

비국새도 아직 손에 넣지 못했지."

타루간은 실망하는 빛을 보였다.

"아란사가 위험을 느끼고 멀리 도망쳐 버리지는 않았겠소?"

"비국새의 비밀을 풀기 위해서는 오탑을 찾아가야 하네. 오탑은 호숫가의 등천벽이라는 절벽 아래 있는 것 같네. 그러므로 아란사는 경박호를 떠나지 않을 걸세."

"오탑……"

"오탑은 대진국의 국사였던 대야덕 선인이 제자인 조의선인들을 동원하여 건립했다는 이야기가 동방의 선가에 전해지네. 이 탑은 보름달이 떠오를 때 등천벽 밑의 사나운 소용돌이를 통해서 들어갈 수 있다고 하네."

"호수를 통해서 들어가야 한다니 아주 이상한 탑인 것 같소. 아무튼 어떠한 일이 있어도 아란사를 꼭 잡아야 하오. 나는 사실 그녀 때문에 특별히 시간을 내서 찾아왔소."

타루간의 마음속에는 비국새보다도 아란사가 꼭 들어차 있는 것 같았다. 이번에는 황법사가 물었다.

"얼마 전에 예친왕과 우룽치 패륵이 소패를장을 찾아왔는데, 대공자도 알고 있는가?"

"이야기를 들었소. 우룽치 패륵이 무언가 속셈이 있어서 예친왕과 동행해 왔을 것이오."

"그런데 우룽치 패륵이 실종되었다는 소문이 있네."

"아들의 장원에 와서 실종이 되다니……"

"내가 확인을 해보려고 하네. 생가를 찾아간 예친왕의 동정도 살펴봐야지."

"그 늙은 당나귀들이 무슨 짓을 하든지 별 관계는 없소."

타루간은 예친왕이나 우룽치 패륵에 대해서 그다지 관심을 보이지 않았다. 마음속에는 오직 아란사만 있는 모양이었다.

황법사가 조용히 이야기를 꺼냈다.

"아란사는 어쩌면 암사곡에 숨어 있는지도 모르겠네."

"암사곡이라면……"

"호수의 서북쪽으로 올라가면 화산이 폭발하여 생긴 넓은 용암지대가 펼쳐져 있고 거기에 암사곡이라 불리는 협곡이 있지. 그곳에 정체불명의 인물들이 출입하는 것 같네. 아란사가 계성이라는 사내와 함께 거기에 숨어 있을 가능성이 크니까, 내일은 수색을 한 번 해보아야겠네."

타루간은 당장 아란사를 사로잡고 싶은 기색이었다.

"내일까지 기다릴 필요 없소. 내가 지금 근위대를 거느리고 가서 수색을 해보리다."

"그럼 내가 나갈 준비를 할 테니까 잠시 기다리게."

황법사는 반대하지 않고 몸을 일으켰다. 뜰로 나서는 그의 표정은 음산하게 변해 있었다.

19. 암습

경박호 서북쪽의 용암지대에는 화산구와 계곡이 여러 군데 있었는데, 특히 지하삼림이라 불리는 곳이 유명했다. 이곳은 화산구 안의 깊은 계곡 속에 삼림이 울창하여 특이한 경관을 이루었다.

암사곡은 이름난 곳은 아니지만 꽤 깊은 협곡이었다. 좌우로 암벽이 솟아 있고 용암바위가 널려진 가운데에 숲도 있었다.

해가 서쪽으로 기울어갈 무렵, 타루간과 황법사는 근위대를 거느리고 암사곡 앞에 이르렀다. 타루간 옆에는 왜국 출신의 쾌왜도라는 칼잡이가 따르고 있었다.

황법사가 손을 들어서 협곡 안쪽을 가리켰다.

"아란사와 계성이 저 안에 숨어 있는 것으로 짐작되네."

으슥한 협곡 안에는 사람이 충분히 몸을 숨길 만했다. 포위를 하고 수색을 한다면 항아리 속에 든 쥐처럼 도망치기는 어려운 곳이었다. 타루간은 곧 근위대에 명을 내렸다.

"협곡을 샅샅이 수색하여 사람이 보이면 무조건 체포하라!"

근위병들은 모두 하마하여 병기를 뽑아들고 협곡으로 들어서서 수색을 시작했다. 협곡 일대는 적막에 싸여 있었으나 은은한 긴장감이 감돌았다.

황법사가 하마하며 제의했다.

"우리도 협곡 안으로 들어가 보세."

"그렇게 합시다."

아란사를 잡으려고 조급증이 난 타루간은 말에서 뛰어내리더니 앞서서 협곡 안으로 발을 들여놓았다. 쾌왜도 역시 하마하여 뒤를 따랐다.

밖에서 보기보다 협곡의 지형은 험악했다. 좌우에 암벽이 병풍처럼 늘어서 있고 숲이 울창했다.

타루간과 황법사는 주위를 둘러보며 앞으로 나아갔다.

이렇게 두 사람이 협곡 안으로 깊숙이 들어섰을 때, 돌연 좌우의 암벽 위에서 이상한 음향이 들려왔다.

와르르르──와르르르──쿠르르르르르릉……

타루간이 고개를 들어보니 암벽 위에서 크고 작은 바위가 마구 굴러 떨어지는 게 보였다. 바위가 협곡으로 떨어져서 숲까지 덮쳐들자 처절한 비명소리가 터져나왔다. 덮쳐드는 바위에 치이고 깔리며 토해내는 근위병들의 비명이었다.

뜻밖의 사태에 타루간은 깜짝 놀랐다.

"누군가 암벽 위에서 바위를 굴려 우리를 공격하고 있소."

황법사도 당황하는 빛을 보였다.

"비적들이 공격을 하는 것 같네. 이곳 경박호 가까이에는 비적단이 있다고 들었네."

"비적들이 왜 우리를 공격한단 말이오?"

"계성이라는 자가 대담하고 칼을 잘 쓰는 걸 보면 비적단의 일당이 아닌가 싶네."

"그렇구려."

협곡에는 일대 혼란이 일어났다. 근위대는 잘 훈련된 정예였지만 암벽 위에서 갑자기 굴러 내려오는 바위에 깔리고 치여서 거꾸러지며 어쩔 줄을 모르고 우왕좌왕했다. 비적들이 모습을 보이지 않았으므로 대항할 수도 없었다.

타루간은 너무 경솔하게 협곡으로 들어왔다는 걸 깨닫고 크게 소리쳤다.

"모두 철수하라!"

근위대는 목숨을 구하려고 허둥지둥 도망치기 시작했다.

이때 숲속에서 창칼을 치켜든 수십 명의 비적들이 고함을 지르며 몰려나와서 덤벼들었다. 근위대는 이제 도망치지도 못하고 싸움을 벌이지 않을 수 없었다.

쌍방간에는 결국 혼전이 벌어졌다. 창칼이 살벌하게 번쩍이고 피가 뿌려지며 숨 막히는 비명소리가 연이어 터져나왔다.

"으악! 컥! 크아아——"

협곡은 순식간에 피비린내 나는 아수라장으로 변했다.

비적들의 기세는 무섭고 사나웠다. 얼굴은 진면목을 알아볼 수 없게 진흙을 칠해서 더욱 흉맹하게 보였다. 근위대는 인원도 적은 데다가 처음에 희생자가 생기며 기세가 꺾였고 지형도 낯설었으므로 아주 불리한 상황이었다.

비적들은 타루간에게도 덮쳐들었다. 쾌왜도가 즉시 앞으로 나서며 칼을 뽑아서 대항했다. 그는 과연 귀신처럼 빠르고 놀라운 칼솜씨를 지니고 있었다. 그가 전광처럼 휘두르는 칼이 찰나간에 몇 명의 비적을 무처럼 베어버렸다. 하지만 비적들은 수가 많아서 계속 덮쳐들었다. 그들은 집중적으로 타루간을 노리는 것 같았다.

타루간도 보검을 휘둘러서 벌떼처럼 덤벼드는 비적들을 막아내지 않을 수 없었다.

싸움이 계속되자 쾌왜도의 경호도 소용없이 타루간은 여기 저기 부상을 입어서 피투성이가 되었다. 죽음의 위험을 느낀 타루간은 일단 몸을 피하지 않을 수 없었다.

그는 방향도 모른 채 도망을 쳤는데, 쾌왜도와 함께 불과 몇 명의 근위병이 뒤를 따랐다. 황법사는 어디로 피신했는지 보이지 않았다.

타루간이 한쪽 암벽 위로 올라가자 십여 명의 비적이 불쑥 나타나더니 앞을 막아섰다.

"멈춰라!"

타루간은 재차 격전을 벌이게 되었다. 쾌왜도는 타루간을 보호하기 위하여 계속 칼을 휘둘렀다. 도검이 서로 충돌하고 튕겨지며 새파란 불꽃이 번쩍번쩍 피어났다.

챙! 챙! 채챙!······

타루간은 부상을 당하고 지친 상태였으므로 비적들의 사나운 공격이 계속되자 더 싸우지 못하고 다시 도망치기 시작했다. 쾌왜도 역시 부상을 당하여 경호를 하지 못했다.

비적들은 타루간을 추격해 오며 소리쳤다.

"갈 곳이 없으니 도망쳐도 소용없다!"

타루간이 주춤하며 살펴보니 과연 앞은 낭떠러지여서 도망칠 곳이 없었다. 타루간은 돌아서서 또 싸우기 시작했지만, 낭떠러지 쪽에 있었으므로 마음대로 운신할 수 없었다.

뒤로 주춤주춤 물러나던 타루간은 발이 주룩 미끄러지며 몸이 휘청했다. 이 순간 한 비적의 칼이 번쩍 바람을 가르며 검붉은 피가 뿌려졌다.

"으헉!"

타루간의 몸은 벌렁 뒤집히더니 낭떠러지 아래로 뚝 떨어졌다. 수풀 속에 처박힌 그는 가슴에서 검붉은 피를 흘려내며 축 늘어졌다. 쾌왜도는 이 광경을 보자 체념하여 무릎을 털썩 꿇었다.

근위병은 이미 몰살당하여 살아남은 자가 없었다.

한 비적이 허리춤에서 뿔피리를 꺼내어 길게 불었다.

뚜우우우우우——

상황이 끝났다는 신호였다. 비적들은 무기를 거두고 협곡을 빠져나가기 시작했다. 비적들이 사라진 협곡에는 근위병들의 시체만 즐비하게 널려 있었다.

어지러운 혼전이 이렇게 끝났을 때, 낭떠러지 위에 계성이 모습을 나타냈다. 계성이 어떻게 여기에 나타났을까.

계성은 아까 만호원으로 접근해서 동정을 엿보았다. 타루간이 도착한 뒤 어떤 동태를 보이는지 알아보기 위해서였다. 그런데 자무창이 먼저 몽골전사들을 거느리고 장원의 후문을 빠져나와서 어디론지 급히 출동하는 걸 목격했다. 그리고 시간이 좀 흐르자 이번에는 황법사와 타루간이 근위대를 거느리고 출동했다.

무슨 일인지 계성은 의혹을 느끼고 뒤를 따랐다.

암사곡에 도착한 뒤에는 한쪽 암벽 위에서 지금까지 벌어진 일을 몰래 지켜보았다. 그리하여 칼을 맞고 낭떠러지로 떨어지는 타루간을 목격했던 것이다.

수풀 속에 처박힌 타루간은 꼼짝도 하지 않았다.

계성은 가파른 낭떠러지를 내려갔다. 피투성이가 된 타루간은 시체처럼 축 늘어져 있었지만 유심히 살펴보니 완전히 죽은 건 아니었다. 아주 미약하지만 숨이 붙어 있어서 몸이 조금씩 꿈틀거렸다.

계성은 잠시 궁리를 했다. 타루간을 어떻게 할 것인가. 이대로 두면 분명 죽을 것이다.

계성은 결국 옷을 찢어서 타루간의 상처를 동여 지혈을 시켰다. 그리고는 타루간을 들쳐 업고 협곡을 빠져나갔다. 마을의 의원에게 데려다주려는 것이다.

계성이 왜 타루간을 구해줄 생각이 들었을까.

암습자들의 정체에 대해서 계성은 의혹을 느꼈다. 그들의 뛰어난 싸움 실력과 일사불란한 움직임을 보면 결코 평범한 비적들이 아니었다. 그들은 물론 청산채의 비적들도 아니었다. 그들이 얼굴을 알아볼 수 없게 진흙칠을 한 것도 이상했다.

계성은 이 암습에 어떤 내막이 있다는 직감이 들었다. 그래서 타루간을 일단 살려내기로 한 것이다. 물론 필요하다면 언제라도 손을 써서 그의 숨통을 끊을 수 있다는 계산도 작용했다. 사실 타루간을 살려주고 싶은 생각은 없었다.

계성이 떠나버린 뒤, 낭떠러지 밑에 두 사람이 다시 나타났다. 그들은 황법사와 자무창이었다. 두 사람은 주위를 둘러보며 무언가를 찾기 시작했다. 그러나 찾는 대상이 눈에 띄지 않는 것 같았다.

자무창이 한쪽에 쓰러져 있는 근위병 앞으로 다가갔다. 그는 중상이었으나 아직 숨이 붙어서 미약한 신음을 흘려냈다.

자무창이 그의 어깨를 발로 툭툭 치며 물었다.

"타루간의 시체가 어디 있느냐?"

"으으음……"

근위병은 흐릿하게 눈을 떴으나 대답을 못하고 괴로운 신음만 토해냈다. 도저히 말을 할 수 없는 상태였다.

황법사가 처치해버리라는 눈짓을 하자, 자무창은 패검을 빼서 그의 목을 푹 찔렀다. 근위병은 비명도 못 지르고 축 늘어졌다.

황법사와 자무창은 주위를 한동안 수색했으나 타루간의 시체를 발견하지 못하자 다른 곳을 수색하러 갔다.

이때 두 사람이 또 나타났다. 똥지게를 짊어진 마발통과 어린 소년인 시오눈이었다.

자무창의 패검에 목이 찔려서 널브러진 채 미동도 없는 근위병을 내려다보며 마발통은 혀를 찼다.

"쯧쯧쯧! 두 번이나 죽었으니 아주 불쌍한 자로군."

그는 지게를 벗어놓더니 옷을 찢어서 피가 흐르는 근위병의 목을 동였다. 그리고는 똥장군을 내려놓고 그를 지게 위에 실었다.

"이미 죽은 것 같지만 의원에게 데려가 봐야겠구나."

마발통이 지게를 짊어지고 걸음을 떼어놓기 시작하자, 시오눈이 옆에서 따라가며 물었다.

"스승님! 죽은 사람이 되살아나기도 하나요?"

"저 세상에 갔다가 다시 돌아오는 사람이 있지."

"저 세상은 어떤 곳인가요?"

"나는 밭에 거름을 주느라고 바빠서 아직 가보지 못했다."

"저는 한번 가보고 싶어요."

"한가할 때 한번 가보렴."

속으로 그럴 작정이라도 하는지, 시오눈은 혼자 고개를 끄덕이더니 다시 물었다.

"스승님! 이 암사곡에서 싸움이 벌어질 걸 미리 아셨지요?"

"바람소리를 듣고 알았지."

"저도 아까 기마대가 달려가면서 먼지바람을 일으키는 걸 보고 싸움이 벌어질 줄 알았어요."

"바람소리를 듣고 알았으니 장하다."

두 사제는 이런 이야기를 나누며 협곡에서 사라졌다.

어느덧 해가 떨어져서 사위는 컴컴해지고 어둠이 내리덮인 암사곡은 아무 일도 없었던 것처럼 조용해졌다.

캄캄한 숲속 어디에선가 부엉이 울음소리가 들렸다. 부엉이는 어미를 잡아먹는 흉악한 새라고 한다. 반면에 까마귀는 늙은 어미를 봉양하는 효성스런 새라고 알려져 있다.

청산채의 두령인 흑표가 통나무집 안에서 혼자 술잔을 기울이고 있는데, 문이 열리더니 한 조장이 들어섰다. 그는 나직한 목소리로 보고를 올렸다.

"요즘 부두령이 정체불명의 외부인과 비밀리에 접촉을 하는 것 같습니다. 조금 전에도 골짜기 쪽으로 몰래 빠져나갔습니다."

"나도 요즘 부두령이 수상하다는 느낌을 받았다."

이렇게 말한 흑표는 벌떡 일어서더니 옆에 세워둔 칼을 잡았다.

"내가 직접 미행을 해보겠다. 그가 간 쪽으로 안내를 해라."

"알겠습니다."

조장은 통나무집을 나서서 앞장을 섰다.

얼마 지나지 않아서 흑표와 조장은 골짜기로 내려가는 현무를 발견했다. 두 사람은 현무의 뒤를 몰래 따라갔다.

어두운 숲길로 들어선 현무는 한 느티나무 고목 앞에서 멈추더니 헛기침을 몇 번 했다. 그러자 가까운 나무 뒤에서 한 젊은 사내가 모습을 나타냈다.

"행수께서 나오셨구려."

현무는 고개를 끄덕였다.

"자네가 먼저 와 있었군. 동지들은 잘 있는가?"

"동지들은 지금 상경용천부의 교외에서 대기하고 있소이다."

"소패륵장의 동정은 어떤가?"

"우룽치 패륵이 실종되었다는 소문은 사실인 것 같은데, 아직 확인을 못했소이다."

"내가 모레쯤 동지들을 만나러 가겠네."

"알겠소이다. 동지들이 대기하고 있는 곳을 말씀드리리다."

젊은 사내는 현무에게 뭐라고 귓속말을 하더니 어둠 속으로 사라졌다. 이때 흑표가 현무 앞에 불쑥 모습을 나타냈다.

"부두령! 당신의 동지들은 도대체 정체가 뭐요?"

현무는 조금도 놀라는 기색 없이 되물었다.

"나를 미행해왔소?"

"하하하……우리 사이에 미행을 할 필요는 없지. 나는 평소 부두령이 은밀히 접촉하는 외부인들이 누구인지 궁금했기에 한번 뒤따라와 본 것뿐이오. 혹시 그들은 다물계 요원이오?"

"그건 알 필요 없소."

"사실 나는 다물계에 대해서는 관심이 없소. 우리 청산채와도 아무런 관계가 없지. 하지만 소패륵장에 대한 문제는 나도 좀 알아야겠소. 무법공주를 잡으러 간 계성은 아직도 돌아오지 않고 있으니 도망친 게 분명한데, 부두령은 소패륵장에 대해서 무슨 일을 꾸미는 중이오? 다물계가 설마 우룡치 패륵을 노리는 건 아니겠지? 아니면 소패륵장을 아예 결딴낼 생각인가? 그러면 우리의 중요한 거래처가 사라지지 않소?"

"마음대로 생각하시오."

이렇게 말하며 현무는 예도의 손잡이를 잡았다. 흑표의 얼굴에는 싸늘한 살기가 나타나더니 칼을 스르릉 뽑았다.

"현무! 당신이 언젠가는 나를 배반할 줄 알았다."

"미리 알았다니 더 이야기할 필요가 없겠소."

현무도 예도를 뽑았다. 이렇게 되면 대결은 불가피했다. 옆에 있는 조장도 칼자루를 잡은 채 출수할 태세를 갖췄다.

흑표는 사나운 기세로 칼을 뻗쳤다.

"받아라!"

"사양하지 않겠소."

현무는 즉시 예도를 쳐내어 맞섰다. 어둠 속에서 두 개의 칼이 전광처럼 빠르게 부딪치고 튕겨지며 급박한 대결이 벌어졌다.

채챙! 채채챙!

대결은 격렬하고 살벌했으나 결판은 단번에 났다. 고막을 울리는 날카로운 쇳소리가 터져나오며 두 개의 칼이 번쩍 교차되는 순간, 누군가의 입에서 단말마의 비명이 터져나왔다.

"커억!"

흑표는 베어진 나무둥치처럼 기우뚱하더니 털썩 쓰러졌다. 땅바닥에 거꾸러진 흑표의 목에서는 검붉은 피가 울컥울컥 솟아나왔다. 그는 이미 시체였다.

현무는 칼날에 묻은 피를 풀잎으로 닦아낸 뒤 칼집에 도로 넣으며 무감동하게 중얼거렸다.

"어차피 보내야 될 사람이었다."

흑표는 매우 흉맹한데다가 뛰어난 칼잡이였으나 현무의 실력은 예상했던 것 이상이었다. 현무쯤은 충분히 제압할 수 있다는 자신감으로 대결을 벌인 흑표가 실수를 한 셈이었다.

현무가 조장을 돌아보았다.

"됐네."

조장은 만족한 표정으로 칼자루에서 손을 떼었다. 그는 사실 다물계 요원으로서 현무의 수하였다. 그는 두령을 유인해온 것이다. 현무가 이날 밤에 두령을 처치하기로 작정했기 때문이었다. 그것은 청산채를 장악하기 위해서였다. 만약 대결에서 현무가 불리했다면 조장도 출수하여 두 사람이 함께 흑표를 제거했을 것이다.

이때 가까운 초소의 한 비적이 싸우는 소리를 듣고 급히 뛰어왔다. 두령의 시체를 발견하고 깜짝 놀라는 비적에게 현무가 말했다.

"정체불명의 괴한이 갑자기 나타나서 두령을 기습하고 도망쳤다. 평소에 두령에게 어떤 원한이 있었던 모양이다."

비적은 충격을 받은 눈치였으나 두령의 죽음을 애석해하는 빛은 전혀 없었다. 오히려 반기는 기색이었다. 성품이 포악하고 잔인한 흑표 대신 과묵하고 냉정하지만 부하들에게 너그럽고 탐욕이 없는 현무가 새로 두령이 되리라는 걸 알기 때문이었다.

20. 형제

붉은 아침 해가 이글거리며 호수 위로 떠올랐다. 몽몽한 물안개
는 빠르게 흩어져서 사라졌다. 돌섬의 숲속에서는 잠에서 깨어난
새들이 소란스레 우짖으며 활기차게 날아다녔다.

계성은 마루에 누운 채 허공을 멍하니 바라보고 있는데, 아란사
가 옆으로 와서 앉으며 물었다.

"어제 당신 어디 갔다가 왔어요? 밤이 늦도록 안 돌아와서 내가
걱정을 많이 했어요."

계성이 덤덤한 말투로 대답했다.

"어제 암사곡이라는 협곡에 바람을 쐬러 갔었는데, 무슨 일인지
타루간 대공자가 황법사와 함께 그곳에 나타났었다."

아란사는 반색을 하며 눈동자를 샛별처럼 반짝였다.

"타루간 대공자가 드디어 경박호를 찾아왔군요. 암사곡에서 무
슨 일이 있었나요?"

"협곡 안으로 들어갔던 타루간이 암습자들에게 공격을 받고 낭
떠러지 아래로 떨어졌다."

아란사는 안색이 변했다.

"대공자가 죽었어요?"

"심한 중상을 당했지만 죽지는 않았다. 내가 협곡에서 끌어내어 마을의 의원에게 맡겼지."

지난밤에 계성은 타루간을 마을의 의원 집으로 데려갔다.

타루간이 워낙 중상이다 보니, 의원은 살려낼 자신이 없다며 맡지 않으려고 했다. 계성이 쇄은편 두어 개를 꺼내주자, 의원은 환자가 죽어도 책임을 안 진다는 조건으로 겨우 맡아서 치료를 해보겠다고 했다.

"대공자를 공격한 암습자들은 누구죠?"

"나도 정체를 모르겠는데, 아무래도 황법사가 의심스럽다."

계성은 협곡을 빠져나오다가 황법사와 자무창을 목격했다. 타루간과 함께 암습을 당했는데도 황법사는 멀쩡했고, 위험을 느끼는 기색도 없었다. 그래서 그를 의심하게 된 것이다.

타루간을 공격한 암습자들은 비적떼로 위장한 몽골전사들로 짐작되었고, 자무창이 뒤에서 지휘한 것 같았다.

아란사는 매우 놀라는 눈치였다.

"황법사가 대공자를 암습했단 말이에요?"

"아무래도 그가 꾸민 사건인 듯싶다."

"황법사가 왜 그런 음모를 꾸몄을까요?"

"타루간을 제거하고 제자인 자무창을 양백기주의 후계자로 세우려는 속셈인지도 모르지. 배후에서 권력을 잡으려고 말이다."

"황법사가 정말 그런 야심을 품은 모양이군요. 그가 비국새를 탐내는 이유도 그 때문인 것 같아요. 자무창이 이 땅을 지배하는 데에 비국새를 신물(信物)로 이용하려는 거예요."

"그럴지도 모르지."

"앞으로 타루간이 살아나서 황법사의 음모에 당했다는 사실을 알게 되면 어떤 일이 벌어질까요?"

"심각한 싸움이 벌어지겠지."

아란사의 표정이 심각해졌다.

"그 싸움에서는 대공자가 꼭 이겨야 돼요."

"그가 이기면 우리에게 무슨 이득이 있느냐?"

"대공자는 우리를 도와줄 수 있어요."

"타루간이 어떻게 우리를 도와준다는 거냐?"

"앞으로 두고 봐야죠. 아무튼 당신이 대공자를 구한 건 아주 잘한 일이에요. 그는 당신의 친구가 될 수도 있으니까요."

"나는 청나라 귀족과 친구가 될 생각이 없다."

사실 계성은 아직 타루간을 완전히 살려주기로 한 건 아니었다. 필요하다면 언제라도 제거할 생각이었다. 그런데 타루간이 살아나서 황법사와 싸움이 벌어지는 상황을 예상하자 계산이 좀 미묘해졌다. 타루간을 이용하여 황법사를 제거하거나 둘을 함께 제거하는 것도 고려해볼만하지 않은가.

"자무창은 몽골의 귀족 출신으로서 어릴 때 양백기주의 양자가 됐다고 들었어요. 황법사가 몽골에서 데려왔겠지요. 자무창은 옥정 언니를 아주 특별하게 생각하는 것 같아요.",

아란사가 이렇게 말했지만 계성은 대꾸하지 않았다. 옥정을 생각하자 자무창에 대해서 언급하고 싶지 않았다.

계성은 만호원에 있는 옥정에 대해서 아란사에게 이야기를 하지 않았다. 옥정이 이제 자무창의 여자가 되었다는 사실을 밝히고 싶지 않았다. 그런데 아란사는 무언가 눈치를 챈 듯했다.

계성은 잊으려 해도 불현듯 옥정이 생각나서 새삼스레 가슴이 뻥 뚫린 느낌이 들었다.

아란사가 나직히 말했다.

"자무창의 출생에는 어떤 숨겨진 내막이 있는지도 모른다고 할 아버지가 이야기한 기억이 나요. 황법사의 출신내력도 불투명하다고 했어요."

계성이 알 수 없는 문제이므로 더 이상 대꾸하지 않자, 아란사는 품속에서 초록색 비단주머니를 꺼내더니 가만히 어루만지며 어떤 생각에 잠겼다. 그 주머니는 계성이 처음 보는 것이었다.

계성은 주머니를 쑥 빼내어 살펴보았다.

"이게 뭐냐?"

"당신은 알 필요 없으니까 이리 줘요."

아란사가 도로 빼앗으려 했지만 계성은 손을 옆으로 돌려서 주머니를 열어보았다. 안에는 곱게 접힌 하얀 명주수건과 조그마한 금갑이 들어 있었다.

명주수건에는 입이 살포시 벌어지려고 하는 빨간 석류 한 알이 수놓아져 있었다. 금갑 속에는 메추리알만한 홍보석이 한 개 들어 있었다. 붉은 광채를 찬란하게 품어내는 진귀한 보석이었다.

계성은 명주수건과 홍보석을 유심히 살펴보았다.

"이건 네가 혼인할 때 쓸 물건이냐?"

"아니예요. 이리 줘요."

"아무래도 혼인 예물 같다."

"아니라니까요."

아란사는 얼굴을 붉히며 주머니를 빼앗아서 품속에 도로 넣었다. 그녀가 부끄러워하는 게 좀 야릇했으나 계성은 더 캐묻지 않았다. 어떤 의미가 있는 소장품 같았다. 깨끗한 명주수건은 처녀가 하나쯤 지니고 있을 만한 물건이라고 생각했지만, 홍보석이 타루간에게 받은 선물이라는 건 미처 알지 못했다.

　아란사가 무언가 결심한 듯 몸을 일으켰다.

　"타루간 대공자에게 가봐야겠어요."

　"그는 지금 죽을지 살지 알 수도 없다."

　"그럴수록 가봐야 돼요. 같이 가요."

　"너 혹시 대공자를 좋아하는 거 아니냐?"

　"싫지는 않아요."

　"그럼 너 혼자 가라. 나는 갈 생각이 없으니까."

　"나를 경호해 줘야지요."

　계성은 씁쓸한 얼굴이 되었다. 아란사를 밖으로 혼자 내보낼 수는 없었다. 어차피 함께 가서 보호를 해주어야 했다. 사실 타루간의 생사 여부도 궁금했다.

　계성은 아란사를 따라서 집을 나섰다.

　의원의 집은 마을에서 떨어진 외딴 곳이라 조용했고 환자도 별로 없었다. 씁쓰레하면서도 달착지근한 냄새가 풍기는 방 안의 벽에는 여러 가지 약봉지가 주렁주렁 매달려 있었다.

　아란사와 계성을 맞이한 의원은 늙은 오이처럼 길고 쭈글쭈글한 얼굴이었는데, 표정이 매우 어두웠다.

　"내가 시체를 치우게 될까봐 걱정했는데, 마침 잘 왔네."

침상에 누워 있는 타루간은 안색이 파리했고 목석처럼 미동도 없었다. 숨결은 거의 느껴지지 않았다. 사실상 시체나 다름없었다.

의원이 머리를 절레절레 흔들었다.

"아무래도 살아나기 어렵겠네. 소생할 기미를 전혀 안 보이니까 말일세. 지금 숨이 붙어 있는지도 의심스럽네. 웬만하면 포기하고 데려가게. 편안하게 죽도록 해주는 게 좋을 테니까."

아란사가 수건을 물로 적시더니 타루간의 얼굴을 조심스레 닦아주었다. 그리고는 의원을 돌아보며 말했다.

"이 사람이 살아나면 당신은 최소한 백은 10냥의 보상을 받게 될 거예요. 신분이 아주 높은 중요한 인물이니까요."

졸리듯 맞붙었던 의원의 눈이 번쩍 떠졌다. 그도 타루간의 옷차림이 군대의 장령 같아서 보통 사람이 아니라는 건 눈치 채고 있었다. 하지만 중요한 건 치료비인데, 지금 백은 10냥의 보상을 받게 되리라는 이야기를 들은 것이다. 그것은 변방의 시골 의원이 평생만져볼 수 없는 거금이었다.

"아……알겠네. 내가 어떻게 하든지 한번 살려보지."

"환자가 다른 사람의 눈에 띄지 않도록 해줘요. 남에게 이야기도 하지 말구요."

"그렇게 하겠네. 아예 집 안 문을 닫아걸고 치료를 해야겠군."

의원은 크게 기운이 나는 기색이었다. 돈이 그렇게 만든 것이다.

아란사는 타루간의 얼굴을 유심히 응시하다가 몸을 돌렸다.

"나중에 다시 찾아올께요. 잘 부탁해요."

"내가 반드시 살려낼 테니까 걱정 말게."

의원은 이제 자신감을 보이며 두 손을 싹싹 비볐다.

의원의 배웅을 받으며 계성과 아란사는 밖으로 나왔다.

계성이 말에 오르자 아란사도 뒤에 올라탔다. 으슥한 숲길로 들어서자 아란사가 차분한 어조로 말했다.

"할 이야기가 있어요."

"해 보아라."

계성은 무언지 중요한 이야기가 나올 것 같았으므로 말을 천천히 몰아가면서 귀를 기울였다. 아란사의 이야기가 시작되었다.

"옛날에 고구려가 멸망한 뒤, 그 유신과 유민들은 만주족의 조상인 말갈족과 손을 잡고 대진국을 건립했어요. 사실 동이족과 만주족은 조상이 같은 형제예요. 대황 땅에서 함께 살며 영토나 이해관계로 서로 다투거나 적대하거나 싸울 때도 있었지만 가까운 친구나 혈족인 셈이죠."

옛날에 아무리 그랬다고 해도, 호란 속에서 누이와 부친을 잃고 노예로 끌려와서 지옥의 고통을 겪었을 뿐만 아니라, 조선이 청나라에게 짓밟혀서 온통 쑥대밭이 된 사실을 아는 계성으로서는 만주족을 도저히 친구로 생각할 수는 없었다.

물론 만주인들을 모두 원수로 여기는 건 아니었다. 지금까지 좋은 만주인도 많이 만났다. 가미야도 만주여인이지만 생명의 은인과 다름이 없지 않은가.

"대진국이 부활하려면 조선인들은 이제 만주족과 마음을 합치고 손을 잡아야 해요."

아란사의 이 말에 계성은 터무니없다는 낯을 했다.

"청나라는 이미 조선을 무참하게 유린하고 짓밟아서 원수가 되었는데, 어떻게 마음을 합칠 수 있겠느냐? 또한 지금 천하의 주인이 된 청나라 만주족이 뭐가 아쉬워서 조선인들과 손을 잡고 대진국을 부활시키려고 하겠느냐?"

"명나라를 정복하여 중원대륙으로 들어간 청나라의 미래는 결코 밝지 않아요. 명나라가 멸망했다고 해서 한족이 멸망한 건 아니예요. 백 배나 많은 한족이 다시 일어서면 소수의 만주족은 결국 흡수되어 사라지거나 미약하게 쇠퇴할 거예요. 바다로 흘러들어간 강물처럼 되는 거죠. 그때는 이 대황 땅도 한족의 차지가 되고, 조선 역시 그들의 손아귀에 들어갈 가능성이 있어요."

사실 인두(人頭)가 적은 만주족이 일시적으로 명나라를 정복했지만 억조창생의 한족을 계속 지배하기는 어려울 것이다.

하지만 계성은 여전히 아란사의 생각이 가당찮게 들렸다.

"그게 사실이라고 해도 청조가 그런 생각을 할까?"

"중원대륙으로 들어간 청조는 천하를 다 차지했다는 자만감에 빠져 있으니까 조선은 안중에도 없겠죠. 그렇지만 이 땅에 남은 만주인들은 달라요. 그들은 중원에서 배제되어 변방에 떨어져 있다는 소외감을 느끼고 있죠. 앞으로 많은 한족이 이 땅으로 밀려들어오면 불안감도 느낄 거예요."

"……"

"청나라가 호란을 일으킨 건 조선이 명나라를 숭상한 반면에 만주족은 오랑캐 야인으로 멸시하고 배척한 탓이에요. 옛날에 대진국이 멸망한 것도 지배층이었던 고구려계가 기층민이었던 말갈계를 박대하여 내분이 일어났기 때문이죠. 이제 두 종족은 지난날의 반목과 원한을 잊고 화해를 해야 돼요. 그렇지 않으면 만주족과 조선은 함께 몰락할지도 몰라요."

황법사는 조선이 집안싸움을 벌이다가 결국 자멸할 거라고 했다. 계성이 아무 말 않자 아란사가 이야기를 계속했다.

　"한족은 여러 북방족에게 억눌리고 지배를 당한 것도 수백 년이 되지만, 세력이 강성할 때면 중화(中華)를 내세워서 천하의 주인을 자처하며 주위의 약소한 종족을 집어삼키거나 핍박하는 습성과 전력이 있죠. 그들은 요동 땅도 끊임없이 탐을 내며 침범했고, 조선에 대해서는 조공을 강요하며 속국 취급을 했어요. 한족은 지금 만주족에게 정복되어 가련한 처지가 되었지만, 앞으로 상황이 바뀌어 강대해지면 교만한 습성을 다시 드러낼 거예요. 그러니까 이 땅에서 동이족과 만주족은 힘을 합쳐서 대응을 해야 돼요. 몽골족도 조상으로 보면 한족보다는 우리와 가까우므로 연대를 해야 돼요."

　그녀의 말이 일리가 전혀 없는 것 같지는 않았다. 하지만 너무나 막연하고 아득해서 현실과는 멀리 동떨어진 이야기로 들렸다.

　"나는 천하대사에 대해서는 잘 모르겠다."

　아란사가 또렷하게 말했다.

　"대공자는 장차 이 땅에서 요동왕이 될 사람이니까 아주 중요해요. 나는 앞으로 그와 손을 잡을 거예요."

　"타루간이 어린 네 말을 제대로 듣기나 할까?"

　"비국새에 대해서 잘 알게 되면 내 말을 믿을 거예요. 우리는 황법사를 물리친 뒤 대공자와 함께 오탑을 찾아가야 해요. 사실 나는 전부터 대공자와 손을 잡기로 결심했어요."

　"네가 타루간과 손을 잡으려면 동침을 해야 될 게 아니냐?"

　"당신은 동침밖에 몰라요?"

　"타루간도 살아난 뒤에 네가 접근하면 동침할 궁리부터 할 거다.

사내란 원래 그러니까 말이다."

"당신은 타루간 대공자와 함께 형제로서 손을 잡고 오탑을 찾아가야 해요. 당신은 그런 운명을 지녔어요. 사실 나를 만나서 선택을 당하여 그런 운명이 된 거죠."

그렇다면 전번에 폐전에서 대야덕의 환영이 나타났다가 사라진 뒤에 아란사가 이야기한 형제가 바로 나와 타루간이란 말인가. 계성은 새삼 황당한 생각이 들었다.

"나는 타루간과 형제가 될 생각은 꿈에도 없다. 또한 비국새가 어떤 경이로운 천기를 품었는지는 몰라도, 한두 사람의 생각이나 힘으로 어떻게 대진국을 부활시킬 수 있겠느냐?"

아란사는 계성의 귓가에 입을 바짝 대고 말했다.

"이곳 대황 땅에는 옛날부터 수많은 조선인들이 들어와서 살고 있어요. 호란 때 노예로 끌려온 조선인들 중에서 고향에 돌아가지 못한 사람도 수없이 많죠. 모두 합치면 수십 만 명이 될 거예요. 대진국이 부활하면 그들은 모두 백성이 되죠. 나라를 세우자면 사실 왕이나 국새보다 백성이 더 중요해요. 이 땅에는 이런 백성들이 있으니까 대진국이 부활하는 거예요. 어쩌면 대진국이 부활하기 위해서 이렇게 많은 조선인이 이 땅에 들어왔는지도 몰라요."

계성은 능목소에서 벌목하는 노예들을 떠올렸다. 그 불쌍하고 비참한 사람들은 새 삶을 찾을 수 있는 새 나라가 건립된다면 감격하고 기뻐할 것이다.

사금광의 수많은 노예들도 마찬가지이리라. 옛날부터 대황 땅에 흘러들어와서 힘들고 어렵게 살고 있는 조선인들도 마찬가지다.

고국을 버리고 이역 땅에서 어둡게 그늘진 삶을 살아가는 계성으로서도 조선인들이 건립하는 새 나라의 백성이 된다면 밝은 희망이 생길 것이다. 하지만 그게 어디 가능한 일인가.

아란사가 결론처럼 또박또박 말했다.

"우리가 장차 요동왕이 될 타루간 대공자와 손을 잡고, 이 땅에 있는 조선인들이 힘을 합치면 대진국은 부활할 수 있어요. 물론 우리는 청나라 자금성의 동정을 살펴서 서서히 대업을 이루어야 해요. 결코 하루아침에 될 일은 아니니까요."

아란사는 막연한 꿈을 품은 게 아니라 치밀하고 명료한 생각을 지닌 것 같았다. 물론 조부로부터 가르침을 받았기 때문일 것이다.

계성은 은연중 마음이 좀 흔들렸다. 어쩌면 아란사가 지금까지 한 이야기는 부질없는 백일몽이 아닐지도 모른다.

대진국의 부활이 새로운 나라를 건립하는 게 아니라, 동이족과 만주족이 손을 잡고 화합하여 옛날의 대진국처럼 대황 땅을 함께 경영하며 살아간다는 의미라면, 결코 황당하거나 뜬구름 잡는 이야기는 아니었다.

하지만 계성은 아무래도 실현되기 어려운 이야기로 들렸다. 청나라로부터 요동 땅을 회복하려는 다물계와도 전혀 뜻이 다르지 않은가. 물론 다물계의 목적도 너무나 어렵고 원대하여 막막한 게 사실이지만……

아무튼 아란사가 17살의 어린 소녀로서 그런 대업에 관한 흥금을 품고 있다는 건 매우 놀랍게 여겨졌다.

"너는 정말 홍라녀의 환생이냐?"

"나도 모른다니까요."

"대진국이 부활한다면 그때는 타루간이 임금이 되는 거냐? 너는 혹시 그의 왕비나 후궁이 될 속셈을 품은 건 아니냐?"

"그런지도 모르죠."

"내가 오늘밤에 너를 차지해야겠다."

"안 돼요. 자꾸 보채면 귀를 깨물어버릴 거야."

아란사는 손으로 계성의 귀를 잡아서 비틀며 깨물려고 했다. 그런데 문득 옆에 시선이 미친 그녀가 멈칫하는 기색을 보였다.

계성이 옆을 돌아보니 한 여인이 따라오고 있었다. 말을 천천히 몰아가고 있었으므로, 따라오는 게 아니라 그냥 길을 같이 가게 되었는지도 모른다.

그녀는 붉은 비단옷을 입었고 매우 아름다운 용모를 지닌 30대 초반의 여인이었다. 변방에서 보기 힘든 세련되고 고급스런 옷차림을 보면 중원의 여인 같았다.

중원의 여인이 어떻게 이런 곳에 혼자 나타났을까. 계성은 의구심을 느꼈지만, 더욱 이상한 건 그녀에게서 느껴지는 기묘한 분위기였다. 그녀는 화사하고 요염한 미인이었지만 어딘지 모르게 음유한 분위기를 풍겼다. 결코 평범한 여인이 아니었다.

그녀의 입가에 희미하게 어려 있는 미소도 아주 기이했다. 그 미소는 마치 비웃는 듯한 느낌을 주었다. 계성과 아란사가 나눈 이야기를 듣고 냉소를 흘리는 것일까.

그녀를 유심히 바라보는 아란사의 표정은 굳어져 있었다. 아란사도 그 여인이 예사로운 인물이 아니라고 생각한 것이다.

하지만 그 여인은 이내 발길을 돌려서 다른 길로 가버렸다.

아란사가 계성의 귓가에 입을 대고 소곤거렸다.

"중원에서 온 여자 같은데, 정말 이상한 사람이었어요. 우리 이야기를 엿듣고 조소하는 것처럼 보였어요."

계성은 고개를 끄덕였다.

"나도 그런 느낌이 들었다. 사실 보통 사람이 네 이야기를 들었으면 비웃을 만도 하지만……"

"그녀는 보통 사람이 아니에요."

"그럼 어떤 사람이냐?"

"나도 모르겠어요."

아란사는 고개를 갸우뚱하며 생각에 잠겼다.

계성은 빠르게 말을 달리기 시작했다. 여자가 매우 이상하긴 했지만, 별다른 일이 있던 건 아니니까 더 이상 생각하고 싶지 않았다. 하지만 그녀가 머릿속에서 쉽게 지워질 것 같지는 않았다. 일신의 분위기가 아주 특이했기 때문이다.

어두컴컴한 숲속이었다. 숲속은 고적하고 쓸쓸했다. 풀벌레 울음소리도 들리지 않고 들새도 한 마리 없었다.

옥정은 길을 잃고 숲속을 헤매고 있었다. 어디가 어딘지 알 수가 없어서 암담한 기분이었다.

돌연 컴컴한 수풀 속에서 사내들 여러 명이 불쑥불쑥 모습을 나타냈다. 그들은 추하고 징그러운 사내들이었는데, 음침하게 킬킬거리며 옥정을 에워쌌다.

옥정은 두려움을 느끼고 도망치려 했다. 하지만 몇 걸음 가기도 전에 사내들이 우르르 덮쳐들어서 그녀를 붙잡고는 땅바닥에 쓰러뜨렸다. 그리고는 옷을 마구 찢고 벗기며 몸에 손을 뻗쳤다.

사내들의 손이 젖통을 움켜잡고 바지 속으로 쑥 들어와서 다리 사이로 파고들자 옥정은 몸을 뒤틀며 비명을 질렀으나 목소리가 나오지 않았다. 사내들은 킬킬거리며 그녀의 온몸을 헤집고 주물렀다.

옥정은 죽을힘을 다하여 사지를 버둥거리며 사내들을 걷어차고 후려쳤다. 겨우 사내들을 떼어낸 옥정은 옷이 갈기갈기 찢어진 채 정신없이 도망을 쳤다.

이때 앞에서 계성이 불쑥 나타나자 옥정은 놀라서 멈칫했다.

"옥정! 지금까지 내가 계속 찾았는데, 어디에 있었소?"

그녀는 갈기갈기 찢어진 옷 사이로 드러난 몸을 보이고 싶지 않았으므로 어두운 수풀 속으로 뛰어들어서 도망쳤다.

"나를 찾지 말아요."

"옥정! 같이 갑시다."

"우리는 갈 길이 달라요."

"할 이야기가 있으니까 기다려 보오."

계성이 뒤따라왔지만 옥정은 계속 도망을 쳤다.

"나는 혼자 갈 테니까 따라오지 말아요."

얼마 후 계성을 떼어낸 옥정은 혼자 울면서 숲속을 헤매었다. 너무나 참담한 심정이었다. 그런데 앞에서 느릿느릿 걸어가는 한 사내가 눈에 띄었는데, 뜻밖에도 그는 계성이었다.

옥정은 은연중 반가워서 뒤따라가며 말을 건넸다.

"계성! 어디 가요?"

계성은 돌아보았는데 무표정한 얼굴이었다.

"왜 그러오?"

"나는 길을 잃었으니까 같이 가요."

"우리는 갈 길이 다르지 않소?"

"같은 길로 갈 수 있어요."

"내가 함께 가자고 할 때 싫다고 하지 않았소?"

"사실은 함께 가고 싶었어요."

"나는 다른 길로 가겠소."

이렇게 대꾸한 계성은 빠르게 멀어져갔다. 옥정은 울면서 뒤따라 뛰어갔다.

"계성! 잠깐 멈추어 봐요. 하고 싶은 이야기가 있어요."

하지만 계성은 어디론지 사라져서 보이지 않았다.

옥정은 계속 울면서 계성을 찾으려고 숲속을 헤매고 다녔는데, 돌연 눈앞에 불빛이 환하게 비쳤다. 순간 옥정은 꿈에서 퍼뜩 깨어났다.

옥정은 불도 켜지 않은 방 안에서 밤늦도록 의자에 기대앉아 있다가 잠깐 잠이 들었던 것이다. 눈앞에 불빛이 비친 건 문이 열렸기 때문이었다.

복도에서 불빛이 비치며 자무창이 방으로 들어섰다.

옥정은 외면한 채 그를 쳐다보지 않았다. 방금 꾼 꿈이 생생하게 떠오르자 옥정은 가슴이 아릿하게 아팠다.

"아직 자지 않았소?"

자무창이 옆으로 다가오자 옥정은 몸을 벌떡 일으켰다.

"목욕을 하고 싶소."

"하녀에게 물을 준비시키리다."

"여기는 답답하니까 호수에 나가서 씻겠소."

"그럼 나와 함께 나갑시다."

자무창은 반대하지 않고 앞장을 섰다.

만호원을 나선 두 사람은 호숫가로 향했다. 밤이 깊은 호수는 고요했고 물가에는 무성한 잡초가 밤바람을 타고 술렁거렸다.

물가에 이른 옥정은 키 큰 풀 뒤로 돌아갔다. 그녀가 옷을 벗으려는 것으로 생각한 자무창은 발길을 멈췄다. 그런데 옥정이 돌연 물속으로 풍덩 뛰어들더니 호심을 향하여 헤엄쳐갔다.

"기명!"

자무창이 크게 소리쳐 불렀으나 옥정은 계속 헤엄을 쳐서 멀어져갔다. 옥정이 도망친다는 걸 알았으나 자무창은 물속으로 뛰어들어 추격하지 못했다. 그는 헤엄을 치지 못했다.

옥정이 한동안 헤엄을 치다가 돌아보니, 자무창은 그 자리에 그대로 서 있었다.

"기명! 돌아오시오!"

자무창이 다시 소리를 쳤으나, 옥정은 대꾸하지 않고 다시 헤엄을 치기 시작했다. 자무창은 여전히 물가에 서 있었지만, 점점 어둠에 묻혀서 보이지 않게 되었다.

옥정은 이제 방향을 돌려서 다른쪽 물가로 헤엄쳐갔다. 결국 자무창에게서 도망친 것이다. 조금 전의 그 쓰라린 꿈이 깊은 체념의 껍질을 깨고 도망을 치게 만들었다.

21. 회생

홀한부는 상경용천부와 경박호 일대를 다스리고 이곳의 주방팔기군을 지휘하는 지방 관서였고, 그 수장은 홀한통수라 불렸다.

황법사와 홀한통수 푸루신이 마주 앉은 만호원의 대청에는 은은한 긴장감이 감돌았다. 황법사가 기주부의 위세를 빌어 푸루신을 호출한 자리였다.

한쪽에는 왜국 출신인 쾌왜도가 칼을 잡고 서 있었다. 그는 암사곡에서 부상을 당하여 쓰러졌으나 황법사가 구조하여 수하로 삼은 것이다. 쾌왜도는 이제 황법사의 경호를 맡고 있었다. 그는 돈만 주면 칼을 잡고 무슨 일이든지 하는 사내였으므로 상전이 바뀌어도 개의치 않았다.

홀한통수를 대하는 황법사의 태도는 매우 엄중했다.

"우리 기주부의 근위총령이 암사곡에 갔다가 뜻밖에도 비적들에게 암습을 당하여 목숨을 잃고, 근위대도 몰살을 당했으니 문제가 아주 심각해졌소."

타루간의 시신을 찾아내지 못했지만, 그가 죽었다는 사실을 황법사는 의심하지 않았다. 타루간이 만약 살아 있다면 만호원으로 돌아왔을 것이기 때문이다. 시체가 보이지 않는 깊은 골짜기나 수풀 속에 처박혀 있는 것으로 짐작되었다.

푸루신은 잔뜩 경직되어 있었다. 양백기주의 아들이자 후계자가 경박호를 찾아왔다가 변사를 당했으니 보통 문제가 아니었다.

"홀한부에서 비적들을 제대로 토벌하지 않아서 이런 결과가 생겼으니 당신은 이제 어떻게 책임을 지겠소?"

황법사가 이렇게 추궁하자 푸루신의 얼굴은 누렇게 변했다. 푸루신은 목에서 진땀을 줄줄 흘리며 변명했다.

"소직은 비적들을 토벌하려고 계속 노력해왔지만 그들이 워낙 출몰이 무상하기 때문에 미처 제거하지 못했소이다."

"카일락 기주님께 그런 변명은 통하지 않을 것이오."

"그……그럼 소직이 이제 어떻게 하면 되겠소이까?"

"우선 소패륵장을 운영하는 웅타이를 체포하시오. 그는 비적들과 노예매매를 하고 있으니 책임을 면할 수 없소. 경박호에 비적들이 출몰하는 건 소패륵장과 거래를 하기 때문이 아니오?"

"웅타이 공자는 우룽치 패륵님의 둘째 자제분이라서 체포하기가 어렵습니다만……"

"우룽치 패륵은 이곳에 와서 실종이 되지 않았소?"

"소직도 그런 소문을 듣긴 했습니다만……"

"뒷일은 내가 책임질 테니 웅타이를 체포하여 이리 보내시오. 조사는 내가 하겠소."

"아……알겠소이다."

"그리고 내가 위력이 좋은 폭약을 필요로 하니까 준비를 좀 해주어야겠소."

"잘 알겠소이다."

타루간의 죽음에 대한 책임을 면하지 못하면 목이 달아날 판이니 푸루신은 어떤 일이라도 불복할 수 없었다. 이렇게 되면 황법사는 이미 홀한통수를 손아귀에 틀어잡은 셈이었다.

소패륵장의 주인인 웅타이는 느닷없이 들이닥친 홀한부의 병사들에게 체포되어 만호원으로 압송되어 오자 놀라고 당황해서 정신이 없고 얼떨떨했다.

이렇게 잡혀온 웅타이가 별채 안에 꿇어앉아 있을 때, 황법사가 모습을 나타냈다. 그는 직선적으로 물었다.

"자네의 부친이 소패륵장에 왔다가 실종되었다는 소문을 들었는데, 어떻게 된 일인가?"

웅타이는 가슴이 뜨끔했다. 그는 부친의 시신을 가죽부대에 넣어서 정원의 땅 속에 묻고 아무에게도 말하지 않았지만, 실종되었다는 소문을 잠재울 수는 없었다. 웅타이는 제풀에 질려서 더듬거렸다.

"아……아버님이 어디로 가셨는지……저도 모르고 있습니다."

"어떤 불행한 변고가 생긴 모양이군. 자네는 평소에 부친과 갈등이 심하여 사이가 좋지 않았지?"

웅타이는 가슴이 서늘해졌다. 황법사가 무언가 눈치를 챈 기색이 아닌가. 그의 예리한 시선이 흉중을 훤히 꿰뚫어보는 것 같아서 웅타이는 소름이 오싹 끼쳤다.

웅타이의 반응에서 우룽치가 이미 이 세상에 없다는 판단이 들자, 황법사는 회심의 빛을 감추지 못했다. 우룽치가 죽었다면 좋은

318

기회가 때맞추어 찾아온 셈이었다.

황법사는 더 캐묻지 않고 이야기를 돌렸다.

"나는 지금 경박호 근처에 출몰하는 비적들에 대해서 조사를 하는 중일세. 우리 기주부의 근위총령이 암사곡에서 비적들에 의해 목숨을 잃었기 때문일세."

웅타이도 그런 이야기를 들었다. 그 문제가 소패륵장에도 어떤 화를 미칠까봐 웅타이는 내심 불안하게 여기던 차였다.

"소패륵장은 예전부터 비적들과 관계를 맺어 왔겠지?"

예상했던 대로 이런 추궁을 듣자, 웅타이는 다시 가슴이 뜨끔했다. 황법사가 다 알고 있는 것 같았으므로 숨길 수도 없었다.

"사실 그들과 관계가 좀 있었습니다만……"

"자네가 혹시 비적들을 사주하여 근위총령을 암습한 건 아닌가? 대패륵장은 우리 기주부와 사이가 좋지 않으니까 말일세."

"저……절대로 그렇지 않습니다."

웅타이는 안색이 파랗게 질려서 극구 부인했다. 부친에 대한 문제도 어렵고 난처한데, 타루간의 죽음에 대해서까지 책임을 뒤집어쓰게 되면 끝장이었다. 황법사의 태도가 좀 부드러워졌다.

"사금광에서는 연간 어느 정도의 사금이 생산되는가?"

"요즘은 생산량이 그리 많지 않습니다."

"자네 부친이 실종된 마당에서는 사금광을 운영하기가 매우 어렵겠지? 개인적인 사금광은 원래 불법이니까 말일세."

매우 곤혹스러운 질문이라서 웅타이가 뭐라고 대답을 못하자, 황법사의 입에서는 의외의 말이 흘러나왔다.

"자네가 원한다면 앞으로 내가 도와주도록 하겠네. 우리 양백기주부에서 보호를 해주면 별 문제가 없을 테니까 말일세."

이 순간 웅타이는 비로소 황법사의 속셈을 알아차렸다. 그는 사금을 원하는 게 틀림없었다. 먼저 위협을 가하고 슬며시 회유를 하며 황금을 빼앗으려는 것이다.

방패가 될 부친이 없어진데다가 치명적인 약점이 잡힌 웅타이로서는 싫든 좋든 거절할 수가 없었다.

"대인께서 도와주신다면 저는 그저 감사할 따름입니다."

황법사는 이제 노골적으로 나왔다.

"내가 급히 황금 5냥이 필요한데 준비가 되겠는가?"

"그건……"

"꼭 필요하니까 반드시 준비를 해야 되네."

웅타이는 이것이 거부할 수 없는 명령이라는 걸 깨달았다. 명령을 이행하지 못하면 파탄이 오는 것이다. 웅타이는 어쩔 수 없이 두 손을 맞잡고 허리를 굽실거렸다.

"준비를 해보겠습니다."

"그럼 돌아가 보게."

황법사는 목적을 달성한 듯 만족한 얼굴이 되었다. 그는 결국 웅타이도 손아귀에 틀어잡은 것이다.

상경용천부의 교외에 있는 마을이었다. 마을의 한 장원에서는 한창 잔치가 벌어지고 있었다. 이 장원은 예친왕 다이샨이 어릴 때 성장한 생가였으므로 예친왕가라 불렸다.

북경에서 다이샨이 귀향하자, 마을 사람들은 환영을 하고 존경을 표하는 의미에서 예친왕가에 모여들어 떡을 하고 오리와 돼지와 양을 잡아서 잔치를 벌이는 중이었다.

　마을의 유지나 노인들은 대청에 자리를 잡고 앉아서 담소를 나누며 술과 떡을 먹었다. 돗자리가 죽 깔린 넓은 마당에도 많은 사람들이 둘러앉아서 음식을 먹고 이야기를 나누며 즐겼다.

　안채의 조용한 정실에는 황법사와 다이샨이 주안상을 마주하고 있었다.

　체구가 장대하고 위풍이 당당한 다이샨은 취기로 불그레하게 물든 노안에 웃음꽃이 환했다. 마을에서 성대한 잔치를 베풀어주는 중에 황법사가 여러 가지 선물을 가지고 찾아왔으므로 기분이 흐뭇했기 때문이다. 게다가 잠자리 시중을 들 젊은 여자까지 한 명 데려왔으므로 저절로 입이 벌어졌다.

　다이샨은 옛날에 청조에서 홍타이시와 왕권다툼을 벌이다가 밀려나서 조선에 귀항했으나, 대접을 별로 받지 못하여 어려운 시절을 보냈다. 호란이 나자 청나라에 복귀한 건 그 때문이었는데, 동생인 섭정왕 돌곤은 기꺼이 받아들여주었다. 하지만 자금성에서 실권을 행사하기는 어려웠고 내정에서 일정한 역할을 하며 어른의 대접을 받고 있는 터였다. 그리하여 이제는 별다른 야심 없이 그저 속물적인 노옹이 되고 말았다.

　이윽고 황법사가 이야기를 꺼냈다.

　"아무래도 우릉치 패륵께서는 어떤 변괴를 당한 것 같소이다."

　다이샨은 흠칫했다.

　"우릉치 패륵이 실종이 되었다는 이야기는 나도 들었지만, 무슨 일이 있었소?"

　"아무래도 돌발적인 급서(急逝)를 당한 듯합니다."

"그것 참 변괴로군."

다이샨은 크게 실망하는 빛을 보였다. 다이샨은 우릉치의 딸인 파비헤를 첩으로 맞을 계획이었고, 요동왕이 되려고 하는 우릉치로부터 상당한 뇌물도 기대하고 있었다. 우릉치와 함께 상경용천부까지 동행해온 건 그런 속셈 때문이었다. 그런데 우릉치가 갑자기 변사를 당됐다면 아무것도 기대할 수가 없지 않은가.

"우리 양백기주부에도 아주 불행한 일이 발생했소이다. 며칠 전에 근위총령이 이곳 경박호를 찾아와서 용암지대에 구경을 갔다가 비적들의 갑작스런 암습을 받고 목숨을 잃었소이다."

황법사의 이 말에 다이샨은 다시 놀랐다.

"아니 그런 변사까지 있었다니……"

"정말 아무도 예상치 못했던 일이었소이다."

"쯧쯧! 젊은 인재가 갑자기 죽다니, 참으로 애석한 일이로군."

황법사가 침중하게 말했다.

"하지만 불초는 애통하고 있을 수만은 없으니 뒷일을 빨리 수습하려고 하오이다. 먼저 카일락 기주님의 둘째 아들인 자무창을 새로운 근위총령으로 삼아서 기주부의 중요한 일을 처리토록 해야겠소이다. 자무창이 이제는 타루간 대신 기주님의 후계자가 되어야 하기 때문이외다."

"죽은 사람은 어쩔 수 없으니 당연히 그래야지요. 자무창이 뛰어난 영웅이라 들었으니 병석에 있는 카일락 기주를 잘 보필하리라 믿소. 또한 유능한 황법사가 도와주니 별문제는 없으리다."

다이샨이 이렇게 덕담으로 위로를 하자, 황법사는 품속에서 패물갑을 하나 꺼내어 앞으로 밀어놓았다.

"예친왕께서 이제 북경으로 돌아가시면 이곳 사정을 섭정왕 전하와 조정에 잘 말씀해주시기 바라오이다. 또한 앞으로 예친왕께서는 자무창을 계속해서 잘 보살펴 주셔야겠소이다. 이건 약소하지만 먼 길에 여비로 쓰시도록 준비를 했소이다."

"내가 그렇게 하리다. 그런데 뭐 이런 것까지 공연히……"

다이샨은 사양하는 척하며 패물갑을 받아서 뚜껑을 열어보더니 두 눈이 휘둥그레졌다. 안에는 아이의 손바닥만한 금괴가 들어 있었다. 누렇게 빛나는 금괴가 최소한 5냥은 될 것 같았다.

청조는 매우 검약하는 편이라서 아무리 신분이 높은 귀족이라고 해도 그것은 쉽게 만져보기 힘든 거금이었다. 뜻밖에 굴러든 호박과 같은 금괴를 받고 다이샨은 은연중 흥분이 되는 모양이었다.

"아니 이런 거금을 뭐 하러 준비했단 말이오?"

"앞으로 자무창의 장래가 열린다면 그 열 배라도 사례를 하오리다. 부디 자무창의 앞길을 잘 지켜주시기 바라오이다."

양백기주부에서 자무창에게 근위총령의 직책을 내리는 건 중요한 문제가 아니었다. 카일락 기주도 장남이 죽었으니 차남을 후계자로 삼을 수밖에 없었다. 하지만 기주부의 실권자가 되기 위해서는 자금성의 인정이 필요했다. 장차 양백기주가 되려면 정식으로 자금성의 윤허를 받아야 한다. 그러므로 황법사는 우룽치가 없어진 기회를 타서 웅타이로부터 빼앗은 황금을 가지고 예친왕을 찾아온 것이다.

다이샨은 앞으로 더욱 막대한 황금이 굴러들어올 수 있다는 생각을 하자 기쁨을 숨기기 못하고 고개를 크게 끄덕거렸다.

"자무창은 아직 나이가 젊지만 훌륭한 영걸이니 능히 기주부의 일을 맡을 수 있을 것이오. 내가 북경에 돌아가면 섭정왕과 조정에 좋게 이야기를 하리다. 조금도 걱정하지 마시오."

"진정 감사하오이다."

"이런 큰 선물을 받았으니 내가 오히려 고맙소."

이렇게 되면 두 사람은 뜻이 맞은 셈이었다. 다이샨에 대한 황법사의 매수가 성공한 것이다.

의원의 집이었다.

조용한 집 안에서는 달착지근한 탕약 냄새가 풍겼다. 의원은 뜰에서 화로에 열심히 부채질을 하며 탕제를 끓이고 있었다.

방 안에서는 아란사가 대접의 양유를 숟가락으로 떠서 타루간의 입에 조금씩 흘려 넣어주고 있었다. 그녀는 타루간의 상태가 궁금해서 다시 찾아온 터였다.

계성은 뜰에서 서성거리고 있었다. 타루간과 손을 잡겠다는 아란사의 복안을 탐탁지 않게 여겼으므로 계성은 유쾌한 기분이 아니었다. 그녀의 생각이 옳다고 해도 마음으로 받아들이기 어려웠다. 계성은 사실 아란사가 타루간에게 접근하는 게 싫었다. 타루간을 공연히 구해주었다는 생각까지 들었다.

타루간은 양유를 제대로 받아먹지 못했지만 목구멍으로 조금씩 흘러들어갔다. 몇 숟가락의 양유가 식도를 적시자, 타루간이 긴 숨을 몰아쉬더니 눈을 스르르 떴다. 아란사는 반색을 했다.

"대공자님! 정신이 드셨나요?"

흐릿한 시선으로 아란사를 바라보던 타루간의 눈빛이 조금 맑아졌다. 그는 무언가를 말하려고 메마른 입술을 달싹거렸다.

아란사는 다시 양유 한 숟가락을 입에 흘려 넣어주었다. 그것을 삼키고 난 타루간의 입에서는 미약한 음성이 흘러나왔다.

"아란사……"

타루간은 마침내 아란사를 알아본 것이다.

"드디어 의식을 회복하셨군요. 맞아요. 나는 아란사예요."

타루간의 입술이 다시 달싹거렸다.

"그대가 어떻게 여기 있지?"

"대공자님을 간병해주려고 왔죠."

타루간은 의아한 표정이 되었다.

"여기가 어디지?"

"경박호에서 가까운 마을의 의원 집이에요. 대공자님은 암사곡에서 부상을 당하여 이리로 오게 되었어요. 아주 중상이라서 여러 날 만에 깨어났죠."

"으음……"

타루간은 어느 정도 기억이 떠오르는 모양이었다. 그가 다시 힘겹게 목소리를 흘려냈다.

"내가 어떻게 이리 와서 그대의 간병을 받게 되었는가?"

"계성이 구해서 이리 데려왔어요."

"계성……"

타루간은 미간을 가늘게 좁히더니, 잠시 후에야 계성이라는 이름을 기억해 내고는 의혹의 빛을 띠었다.

"내가 어떻게 계성에게 도움을 받았단 말인가?"

"계성이 암사곡에 갔다가 암습자들에게 공격을 받아서 중상을 당한 대공자님을 발견하여 구출을 했어요. 그리하여 이리 옮겼죠."

계성에게 구원을 받았다는 게 타루간은 믿어지지 않는 눈치였다. 황법사는 당시 계성의 일당인 듯한 비적들이 암습을 했다고 했기 때문이다. 타루간이 다시 물었다.

"황법사는 어떻게 됐지?"

"그는 무사해요."

"그는 지금 어디 있는가?"

"만호원에 있어요. 대공자님이 여기에서 치료를 받고 있는 걸 황법사는 아직 몰라요."

타루간은 의혹을 금치 못했다. 어떻게 된 일인지 도무지 이해가 되지 않았다. 타루간이 거듭 물었다.

"그대들은 비적을 동원해서 나를 공격하지 않았는가?"

"아니예요. 우리는 비적과 아무 관계도 없어요."

"그렇다면 나를 암습한 자들은 누구지?"

"암습자들의 정체는 나도 잘 몰라요."

계성은 암습자들이 몽골전사 같다고 했지만, 확인이 된 건 아니기 때문에 아란사는 말하지 않았다. 배후에 황법사가 있는 것 같다는 사실도 경솔하게 밝힐 수 없었다.

이때 의원이 방으로 들어오더니 정신을 차린 타루간을 보고는 기쁨을 금치 못했다. 이제 백은 10냥의 보상을 받을 수 있게 되었기 때문이다.

"상태가 차츰 좋아지더니 결국 회생하셨구려."

타루간이 고개를 돌려서 의원을 보며 물었다.

"여기에 다른 부상자는 없소?"

"암사곡에서 온 중상자가 건넌방에 한 명 있소이다. 병사의 옷을 입었는데, 아직 정신이 없지만 점점 회복되는 중입니다."

"병사……"

"마발통이란 영감이 똥지게에 그를 싣고 찾아왔을 때는 귀하보다 더 중상이라서 완전히 시체나 다름없었소이다. 마발통은 시체를 침상에 눕히더니 온몸을 쓰다듬고 주물렀소. 그러자 시체가 숨을 후, 하고 내쉬더군. 나는 깜짝 놀랐지. 시체가 살아났으니까 말이오. 내가 의원 노릇을 수십 년 했지만 그런 일은 처음 보았소이다."

"내가 그 중상자를 좀 만나보아야겠소."

"아직 몸을 움직이면 좋지 않소이다."

"괜찮소."

타루간은 고통으로 미간을 찌푸리면서도 가까스로 몸을 일으켰다. 아란사는 비틀거리는 타루간을 부축하여 침상을 내려와서 옷을 입도록 해주었다.

의원은 건넌방으로 타루간을 데려갔다.

침상에는 한 근위병이 눈을 감고 누워 있었다. 그는 인기척을 느끼자 눈을 스르르 떴다. 그의 눈길은 흐릿했으나 자신을 주시하는 타루간을 알아보자 얼굴에 놀라는 빛이 나타났다.

"대공자님! 살아 계셨군요."

"그대도 아직 살아 있었구나. 우리를 암습한 자들이 누구인지 혹시 아느냐?"

근위병의 입에서는 놀라운 말이 흘러나왔다.

"우리는 황법사의 음모에 당한 것 같습니다. 자무창 공자가 숨어서 몽골전사를 지휘하여 우리를 공격한 모양입니다."

타루간의 표정이 기괴하게 변했다.

"황법사와 자무창이 우리를 암습했다고……"

"싸움이 끝났을 때, 황법사와 자무창이 근위총령님의 시신을 찾으려고 나타나서 저를 추궁했습니다. 중상을 당한 제가 말을 못하자 자무창이 제 목을 칼로 찌르고 가버렸습니다."

충격을 받은 타루간은 안색이 핼쑥해졌다. 황법사와 자무창이 암사곡에 몽골전사들을 매복시켜놓고 나를 유인했단 말인가.

머리가 혼란된 타루간은 현기증을 느끼고 쓰러질 듯 비틀거렸다. 아란사가 얼른 팔을 잡아서 부축했다.

계성은 뜰을 서성거리다가 타루간이 회생했다는 걸 알았다. 계성의 머리는 좀 복잡해졌다. 아란사가 비현실적으로 여겨지는 희망을 품고 타루간에게 접근하는 건 싫었다. 하지만 타루간이 앞으로 황법사를 어떻게 상대할지는 매우 궁금해졌다. 생사존망을 결정할 심각한 충돌이 벌어질 게 아닌가.

계성으로서는 일단 사태를 지켜보는 수밖에 없었다. 상황은 예측불허였다.

22. 다물겨

벌건 석양이 수평선 아래로 서서히 가라앉으며 땅거미가 밀려왔다. 청록색의 호수도 거무스름하게 변했다. 곧 밤이 올 것이다.

계성은 팔베개를 하고 마루에 누워 있었고, 아란사는 옆에 앉아 있었다. 천장을 물끄러미 바라보던 계성이 문득 물었다.

"어제 의원 집에서 타루간이 깨어났을 때, 너에게 무슨 이야기를 했느냐?"

"대공자는 그곳에 좀 더 머물며 요양을 하겠다고 했어요. 아직 몸이 완전히 회복되지 못했으니까요."

"그다음에는 어떻게 한다고 했지?"

"구체적인 이야기는 하지 않았지만, 황법사에게 어떻게 대처할지 궁리를 하는 것 같았어요."

"너에 대해서는 어떤 이야기를 했느냐?"

"별다른 이야기를 하지 않았어요."

"타루간은 평소 너를 매우 탐내었고 이번에 너의 간병을 받아서 크게 감격하고 있을 텐데, 아무런 이야기가 없었단 말이냐?"

"나중에 다시 만나면 비국새에 대해서 의논을 하자는 약속은 했어요. 그는 비국새를 직접 보고 싶다고 했어요."

계성은 연이어 캐물었다.

"그가 너에게 시집오라는 이야기는 안 했느냐?"

"안 했어요."

아란사는 살래살래 머리를 내저었지만 좀 미묘한 빛을 보였다. 아무래도 무언가 이야기가 나온 것 같았다. 그런데 아란사는 숨기려 하는 것이다. 갑자기 어떤 충동이 솟구친 계성은 그녀를 끌어당겨서 꽉 끌어안았다.

"내가 오늘은 정말로 너를 차지해야겠다."

"안 돼요."

"너는 내 여자가 되기로 약속했잖느냐?"

"지금은 안 돼요."

"나는 더 기다릴 수 없다."

아란사가 저항했지만 계성은 마룻바닥에 그녀를 쓰러뜨리고 덮쳐눌렀다. 그리고는 입으로 그녀의 입술을 덮어서 문지르고 빨았다. 아란사는 결국 저항을 포기하고 온몸에 힘을 뺐다.

계성은 그녀의 윗옷을 벗겨서 하얀 수밀도 같은 육봉을 꺼냈다. 그리고는 손으로 움켜잡고 주무르더니 입을 대고 삼켜버릴 듯 빨아댔다.

"으으음……"

아란사는 나직한 신음을 토하며 어깨를 웅크렸다.

계성은 이제 걷잡을 수 없이 끓어오르는 욕망에 휩쓸려서 그녀의 온몸을 더듬고 쓰다듬더니 치마를 헤치고 두 다리 사이로 손을 집어넣었다.

손이 그 은밀한 곳을 움켜잡아서 탐욕스럽게 쓰다듬고 매만지자 아란사는 입술을 꼭 깨물었다. 계성은 마침내 그녀의 치마를 위로 걷어올렸다. 그런데 이 순간 문득 손길이 멈추었다.

"아란사……"

그녀는 소리 없이 울고 있었다. 두 뺨으로 눈물이 비 오듯 흘러내렸다. 계성은 그녀의 눈을 바짝 들여다보았다.

"아란사! 내가 싫으냐?"

그녀가 두 팔을 뻗어서 계성의 목을 안았다.

"싫지 않아요. 당신이 좋아요."

"그런데 왜 우느냐?"

"몰라요. 그냥 눈물이 나와요."

"조모의 말대로, 너는 18살이 되기 전에 남자와 동침하면 정말로 죽는다고 믿느냐?"

"나도 잘 모르겠어요. 아무튼 나를 가지고 싶으면 가져요. 나도 당신 여자가 되고 싶어요. 이대로 가만히 있을께요."

말은 이렇게 했지만 아란사의 뺨에는 계속 눈물이 줄줄 흘러내렸다. 계성의 욕망은 찬물을 끼얹은 것처럼 스러져버렸다. 길게 한숨을 토해낸 계성은 그녀의 몸에서 손길을 떼었다.

"네가 서럽게 우니까 도저히 안 되겠다. 배꼽 밑의 꽃봉오리에 아직 물이 안 올랐나보다."

"눈물을 보여서 미안해요. 당신을 좋아하는데 왜 눈물이 나오는지 나도 모르겠어요. 요즘은 기분이 아주 이상해요."

"나도 기분이 이상하니까 바람이나 쐬러 가야겠다."

계성이 벌떡 일어서자 아란사도 벗겨진 옷을 입으려 했다. 그런데 그녀의 등을 본 계성이 흠칫 놀랐다.

"네 등에 삼족오가 있다."

아란사의 등에는 검으면서도 불그레한 삼족오가 마치 살아 있는 듯 생생하게 나타나 있었다. 아란사는 이제 담담한 태도를 보였다.

"언제부터인지 내 등에 삼족오가 나타났어요. 세월이 흐르며 거울에 비쳐보니까 희미하던 형상이 점점 분명해졌죠. 요즘은 커다란 새가 등에서 두 날개를 퍼덕이는 듯한 느낌이 들어요."

"너는 정말 홍라녀의 환생인 모양이다."

계성은 새삼스레 아란사를 뚫어지게 바라보았다.

그녀는 옷을 걸쳐서 등을 가렸다.

"나도 잘 모르겠어요. 세상천지의 오묘하고 불가사의한 일을 다 알 수는 없죠."

"정말 이상하군."

계성이 너무나도 신기하고 괴이하다는 낯을 하자, 아란사는 화제를 돌려서 다른 이야기를 꺼냈다.

"한 가지 알려줄 게 있어요."

"뭐냐?"

"혹시 화대도인이라는 이름을 들어본 적이 있어요?"

"들어본 적이 없다. 화대도인이 누구지?"

"나도 할아버지한테 들었을 뿐인데, 그는 중원의 놀라운 이인(異人)이라고 해요. 세상에는 전혀 알려지지 않은 희세의 도인으로서 명나라 황실에도 출입을 했는데, 비국새에 대해서도 잘 알고 있던 인물이래요."

"그런데……"

"그는 십수 년 전에 천기를 읽고 명나라의 멸망을 예언했다가, 명조의 마지막 황제인 숭정제의 노여움을 사서 처형을 당했다고 해요. 화대도인은 먼 훗날 명나라가 창대하게 부활하여 이 대황 땅까지 차지하리라는 예언도 했지만, 성품이 조급한 숭정제에게 화를 당했죠."

"아주 거창하고 대단한 예언을 했군. 하지만 그런 말은 누구라도 할 수가 있지. 명나라가 망하리라는 건 모두 알고 있었고, 미래에 대한 예언은 안 맞아도 따질 사람이 없으니까."

계성은 대수롭게 여기지 않았으나, 아란사의 표정은 꽤 심각하게 보였다.

"그에게는 제자가 한 명 있는데, 역시 세상에는 전혀 알려지지 않은 사람이에요. 그 제자가 만약 경박호에 출현하면 나에게 커다란 위협이 될 거라고 할아버지가 말했어요."

"왜 위협이 되지?"

"그는 비국새를 파괴하려고 들 거래요. 스승의 예언이 구현되도록 하기 위해서죠. 또한 그는 아주 놀라운 능력을 지녔을 거래요. 그를 조심해야 된다고 할아버지가 몇 번이나 말했어요."

계성은 좀 뜨악해졌다.

"그렇다면 황법사 못지않게 골치 아픈 존재가 될 수도 있겠구나. 하지만 세상에 전혀 알려지지가 않았다니까, 그가 눈앞에 나타나도 우리는 알아볼 수가 없잖니?"

아란사의 눈동자가 차갑게 빛났다.

"그의 등에는 황룡이 새겨져 있을 거라고 했어요. 내 등에 새겨진 삼족오를 노리는 황룡이죠."

"황룡……"

"나도 그 황룡이 어떤 조화를 지녔는지는 모르지만, 그는 어쩌면 황법사보다 더욱 무서운 존재일지도 몰라요."

황룡이 삼족오를 노린다는 건 무슨 뜻인가. 한족이 대황 땅을 노린다는 의미일까. 계성은 이상한 수수께끼를 듣는 것 같았다.

문득 아란사가 바깥을 내다보고는 긴장된 빛을 보였다.

"파사가 나왔어요. 내가 휘파람도 안 불었는데 파사가 나온 걸 보니 누군가 섬에 나타난 모양이에요."

시커먼 몸통에 누런 줄이 있는 먹치는 바위 위로 스르르 올라가고 있었다. 뱀이 나왔다고 해서 꼭 사람이 나타났다고 볼 수는 없지만, 계성은 일단 확인을 해봐야 했다.

"내가 나가봐야겠다."

계성이 집을 나서서 가까운 암벽 위로 올라가자 아란사도 뒤를 따랐다. 놀랍게도 섬의 한쪽 물가에는 커다란 범선이 한 척 보였고, 창칼을 든 여러 명의 병사들이 하선을 하는 중이었다.

"홀한부의 병선이다."

"병사들이 섬을 수색하러 온 모양이에요."

아란사도 놀라는 기색이었다.

계성은 어떤 상황인지 알아차렸다. 황법사가 아란사를 찾아내려고 홀한부에 병사들의 출동을 요구한 것이다. 돌섬에까지 병선이 나타난 걸 보면 대규모의 병사들이 출동하여 경박호 일대를 샅샅이 수색하는 모양이었다.

"여기를 빨리 떠나야겠다."

"잠깐만 기다려요. 가져갈 게 있어요."

아란사는 집으로 달려갔다. 계성도 말을 끌어내리려고 뛰어갔다. 아란사는 곧 하나의 가죽포대를 들고 나왔다. 계성이 선와소에 떨어뜨린 바로 그 사금포였다.

아란사는 사금포를 계성의 망태에 넣어서 내밀었다.

"내가 여러 번이나 물속에 잠수를 하여 이걸 찾아냈어요."

계성은 미처 몰랐던 일이었다.

"왜 나한테 이야기를 하지 않았느냐?"

"당신이 사금포를 가지고 도망칠까봐 그랬죠."

"어서 도망치자."

망태를 받아든 계성은 급히 말을 끌고 나룻배를 숨겨 놓은 곳으로 향했고, 아란사가 뒤를 따랐다.

두 사람은 곧 배에 올라서 섬을 떠났다. 밤이 되어 어두운 탓으로 병사들은 두 사람을 미처 발견하지 못했다. 계성은 서둘러 노를 저어서 건너편 호변으로 향했다.

이윽고 나룻배가 뭍으로 다가갈 때, 어둠 속에서 범선 한 척이 모습을 나타내더니 빠르게 접근해왔다. 갑판에는 창칼을 들고 늘어선 많은 병사들이 보였다.

"멈춰라!"

병사들이 크게 소리쳤으나 계성은 못 들은 척하고 더욱 힘을 내어 노를 저었다. 하지만 범선은 점점 거리를 좁혀왔고, 병사들의 호통소리가 가까이에서 귀를 때렸다.

"배를 멈춰라!"

아란사는 몹시 불안한 얼굴이 되었다.

"저 범선이 달려들어서 우리 나룻배와 그대로 부딪칠 모양이에요. 그럼 이 나룻배는 산산조각이 날 거예요."

뭍은 아직 백여 보 이상의 거리가 되었다. 그곳에 이르기 전에 범선이 추격하여 나룻배를 들이받거나 병사들이 덮쳐들 것 같았다.

계성은 지체할 수 없었다.

"너는 물속으로 뛰어들어서 호변의 기슭으로 도망쳐라. 내가 병사들을 따돌리고 뒤따라가겠다."

"알았어요."

아란사는 즉시 일어서더니 물속으로 뛰어들었다. 그리고는 물가를 향하여 빠르게 헤엄쳐갔다.

얼마 지나지 않아서 범선은 나룻배와 뱃전이 부딪칠 만큼 가까이 접근했고, 병사 몇 명이 칼을 들고 덮쳐들었다. 계성은 지팡이를 들어서 대항했다.

탱! 태탱!

좁은 나룻배 안에서는 급박한 싸움이 벌어졌는데, 계성의 지팡이가 사납게 휘둘러지자 병사들이 비명을 지르며 거꾸러졌다. 이 틈에 계성은 말을 끌고 물속으로 뛰어들었다. 강바닥이 얕아져서 범선이 전진하지 못하자 병사들도 물속으로 뛰어들어 추격해왔다.

"잡아라!"

물이 허리 아래에 찼으므로 계성은 말을 끌고 뛰었다. 계성이 물을 벗어나서 기슭으로 올라서자 수풀 속에 숨어서 기다리던 아란사가 뛰어왔다. 바짝 뒤따라온 병사 몇 명을 지팡이로 번개처럼 후려쳐서 쓰러뜨린 계성은 말에 올랐다.

"아란사! 어서 뒤에 타라."

그녀는 얼른 말에 오르더니 계성의 허리를 잡았다. 계성은 말을 몰아서 둔덕 위로 오른 후 달리기 시작했다. 병사들은 말이 없었으므로 더 이상 추격하지 못했다. 하지만 안심하기에는 일렀다.

뚜우우——뚜우우우우——

범선에서는 요란한 호적소리가 울려나왔다. 그것은 주위를 수색하는 다른 병사들에게 보내는 신호였다. 호수 일대에는 수많은 병사들이 깔려 있는 것 같았다. 그들은 호적소리를 듣고 몰려올 것이다.

계성은 방향을 가릴 여유도 없이 어둠 속을 달려나갔다. 북동쪽으로 가야 울창한 삼림 속으로 도주할 수 있겠지만, 어디서 병사들과 마주칠지 알 수 없었다. 또한 시야가 트인 초원으로 나가면 쉽게 발견이 되므로 으슥한 수풀이나 숲을 헤치고 도망쳐야 했다.

한동안 수풀을 헤치고 나아가자 앞에 들판이 나왔다. 그런데 앞쪽에서 요란한 말발굽소리가 들리며 수많은 병사들이 나타났다.

쿠두두두두두두……

계성은 말머리를 돌려서 다른 쪽으로 도망치지 않을 수 없었다. 아란사는 무서워서 계성의 허리를 바짝 끌어안았다.

"우리가 무사히 도망칠 수 있을까요?"

"병사들에게 잡히면 나는 죽음을 당하겠지만, 너는 타루간 덕분에 목숨을 잃지는 않을 테니까 너무 두려워하지 말아라."

"당신도 절대 죽으면 안 돼요."

두 사람을 태운 말이 빠르게 달리지 못했으므로 기마병들은 거리를 점점 좁혀서 추격해왔다. 다급한 상황이었다.

바로 이때 어두운 수풀 속에서 화살이 연달아 날아왔다.

핑! 핑! 핑!

선두에서 추격하던 말들은 화살을 맞고 구슬픈 울음을 토하며 거꾸러졌다. 이 틈에 계성은 추격을 따돌리고 도주를 할 수 있었다.

누가 활을 쏘아서 도와준 것일까. 계성은 이 순간 옥정을 머리에 떠올렸지만, 만호원에 있는 그녀가 이곳에 나타났을 리는 없었다.

화살을 날린 사람을 확인할 여유도 없이 계성은 어둠 속을 계속 달려갔다.

얼마 후 앞에 컴컴한 숲이 보였는데, 누군가 두 사람이 나타나서 앞을 막아섰다. 알고 보니 그들은 마발통과 시오눈이었다.

아란사는 놀라면서도 반색을 했다.

"영감님! 여기 웬일이세요?"

"호수의 바람소리를 듣고 무슨 일이 생긴 것 같아서 나와 보았지. 여기서 기다리면 너를 만날 것 같았는데 정말로 만났구나."

마발통은 어떻게 알고 여기서 기다리고 있었을까. 계성은 이제 마발통이 보통 사람으로 보이지 않았다. 좀 모자라는 바보가 아니라 놀라운 기인 같았다. 예사 인물이 아니었다.

"나를 따라오게. 병사들이 찾지 못하는 곳으로 갈 테니까."

마발통이 돌아서며 계성에게 손짓을 했다. 계성은 어느 정도 안도감을 느끼며 그를 따라갔다.

숲속 길을 휘적휘적 걸어가던 마발통이 잠시 후 멈춰서더니 시오눈에게 말했다.

"네가 이제 그 사람에게 안내를 해주어라. 나는 밭에 두고 온 똥장군 지게를 찾으러 가야겠다."

이번에는 시오눈이 계성에게 손짓을 했다.

"나를 따라와요."

마발통이 말한 그 사람이란 누구일까. 계성은 의아해하며 시오눈을 따라갔다. 시오눈이 컴컴한 숲길을 부지런히 걸어가며 말했다.

"어떤 사람이 마을에 나타나서 당신을 수소문하는 걸 내가 봤어요. 그래서 스승님께 이야기를 했더니 당신과 만나게 해주라고 하셨어요. 그는 지금 빈 농막에서 기다리고 있어요. 여기서 그리 멀지 않아요."

계성은 궁금증을 느끼며 시오눈을 계속 따라갔다.

이윽고 계성은 어두운 숲속의 허름한 농막 앞에 이르렀는데, 안에서 사람이 한 명 나왔다. 뜻밖에도 그는 청산채의 부두령인 현무였다. 그의 뒤에는 낯선 사람들이 여러 명 보였다.

"계성! 자네를 찾는 중인데 드디어 만났군."

현무는 반가운 기색으로 다가왔다.

"나도 만나고 싶었소이다."

계성도 반가움을 느끼고 하마했다. 계성은 청산채로 돌아갈 생각은 없었지만 현무는 한번 만나려던 차였다.

현무가 농막에서 나온 사람들을 가리켰다.

"우리 동지들을 소개하지."

계성은 그들이 다물계 요원이라는 사실을 알아차렸다.

요양성의 서문 밖에는 거대한 팔각 13층 석탑이 하나 서 있다. 백회를 하얗게 칠하여 백탑이라 불렸지만, 원래 이름은 평려탑(平麗塔)이었다. 평려탑은 당나라에서 고구려를 멸망시킨 뒤에 기념으로 세운 것이다.

다물계 요원들은 이 평려탑 앞에서 대의를 위해 목숨을 바치기로 맹세한다고 들었다. 청나라에서는 다물계를 위험시하여 체포하면 중벌을 가했으므로 요원들은 모두 목숨을 걸고 활동하는 것이다.

지난날 청나라에 인질로 끌려왔다가 8년 만에 조선에 귀국한 소현세자가 급서하고, 그 대신 효종으로 즉위한 봉림대군은 비밀리에 북벌(北伐)을 추진하게 된다. 다물계는 이 북벌과 연계되지만 훗날 효종이 죽으며 좌절을 당한다.

현무의 소개에 따라서 계성은 다물계 요원들과 하나하나 악수를 하며 인사를 나누었다. 그들은 모두 20여 명쯤 되었다.

"자! 이제 들어가서 이야기를 나누세."

인사가 끝나자 일행은 농막 안으로 들어갔다. 농막은 산비탈에 밭을 일구는 농사꾼들이 이용하다가 비워둔 움막이었는데, 흐릿한 사방등이 하나 걸렸고 커다란 거적이 깔려 있었다.

"그동안 자네는 어디에서 무엇을 했는가?"

거적 위에 마주 앉은 현무가 먼저 궁금한 얼굴로 물었다.

"나는 소패륵장을 엿보다가 말을 타고 밖으로 나온 무법공주를 만났지만, 그녀를 납치해서 청산채에 돌아갈 생각은 없었소이다."

계성은 그동안 있었던 일을 간단히 들려주었다. 그리고 막대한 금괴를 손에 넣어서 다물계를 위하여 일부를 내놓을 생각이라는 것도 이야기했다.

활동자금으로 쓸 수 있는 거금을 얻게 된 현무는 매우 기뻐하며, 자신도 청산채에서 있었던 일을 들려주었다.

"내가 얼마 전에 흑표 두령을 제거했네. 그리고 내가 대신 청산채의 두령이 되었지."

"그건 잘한 일이오."

"이번에 동지들과 함께 이곳을 찾아온 건 우룽치 패륵이 소패륵장으로 왔다는 정보를 입수했기 때문일세. 우리는 전부터 조선인들의 원수인 우룽치를 제거할 계획이었지. 그런데 우룽치가 실종이 되었다는 소문을 들었네. 내가 자네를 찾은 건 혹시 그에 대한 어떤 정보를 가지고 있지 않을까 해서였네."

계성은 사실을 알려주었다.

"그는 이미 죽었소. 아들인 웅타이와 충돌을 일으켜서 갑작스런 변사를 당했지요."

"그런 내막이 있었군."

현무는 약간 놀라는 기색이더니 눈빛이 예리해졌다.

"그렇다면 이 기회에 소패륵장을 아예 해체시키는 게 좋겠군. 소패륵장이 문을 닫게 되면 벌목장과 사금광의 노예들 수천 명이 해방되어 우리 조선인들을 모두 구출하게 되니까 말일세."

노예들이 해방된다는 이야기가 나오자, 옆에서 듣고 있던 아란사의 눈동자가 반짝 빛났다. 그녀는 노예들이 앞으로 부활할 대진국의 백성이 될 거라고 했었다.

계성도 소패륵장을 없애버리면 마음속에 맺힌 울혈이 풀려서 속이 시원하겠다는 생각이 들었다. 가능하면 노예들도 모두 구해주고 싶었다. 하지만 결코 쉬운 일이 아니었다.

"웅타이는 꽤 많은 무사들을 거느리고 있어 세력이 결코 만만치 않소."

"우리가 청산채의 비적들까지 이용을 하면 되지 않을까?"

현무가 지금까지 청산채에 몸을 담고 있었던 건 이런 경우에 대비하기 위해서였을 것이다. 잠시 궁리를 하던 계성이 말했다.

"내가 한 가지 방법을 써서 한번 나서보겠소이다. 하지만 백양기주부의 인물들이 이곳에 와 있고, 홀한부에는 많은 병사들이 있으므로 조심해야 하오."

"알겠네. 함께 잘 의논해서 결행하도록 하세."

현무는 고개를 끄덕였다. 이렇게 하여 계성은 일단 다물계와 행동을 함께 하게 되었다. 혼자 고군분투하던 계성으로서는 믿음직한 조력자들을 얻은 셈이었다.

다물계와 목적이 똑 같은 건 아니지만 아란사도 좋아하는 눈치였다. 하지만 비국새에 대한 문제는 단순하지가 않으므로 계성은 아직 현무에게 이야기를 하지 않았다. 나중에 조용히 의논을 하기로 했다.

옥정은 말을 타고 어두운 숲속을 천천히 나아갔다. 병사들에게 쫓기던 계성을 발견하고 화살을 날려서 도와준 사람은 바로 옥정이었다.

그녀는 만호원을 탈출한 뒤 돌섬을 찾아가려고 했었다. 계성을 만나기 위해서였다. 만날 필요가 없다고 생각했지만 한번 만나고 싶었다. 하지만 오래도록 마음을 정하지 못한 채 호숫가를 이리저리 배회하던 중에 병사들에게 쫓기는 계성을 발견하고 활을 쏘아서 도움을 준 것이다.

숲이 끝나자 앞에 초원이 나타났다. 옥정은 이제 완달산으로 떠나야겠다는 생각이 들었다. 아무래도 계성을 만날 자신이 없었다. 그녀는 긴 한숨을 토해내고는 북쪽으로 말머리를 돌렸다.

이때 어둠 속에서 누군가 말을 달려왔다. 옥정이 유심히 보니까 바로 자무창이었다. 그녀는 말머리를 옆으로 돌려서 달리기 시작했다.

자무창은 빠르게 말을 달려서 추격해왔다. 자무창은 조금 전에 병사들에게 화살을 날린 사람이 있다는 이야기를 듣고, 혹시 기명이 아닐까 싶어서 추적을 하던 중 마침내 그녀를 발견한 것이다.

어두운 초원에서는 쫓고 쫓기는 추격전이 벌어졌다.

자무창이 탄 준마는 매우 빨라서 점점 거리를 좁혀왔다. 반면에 옥정이 마을에서 새로 구입한 말은 아직 어리고 길이 들지 않아서 빠르게 달리지 못했다.

"기명! 멈추시오!"

자무창은 결국 옥정을 따라잡아서 앞을 막아섰다.

옥정은 허리춤의 수렵용 단도를 뽑아서 자신의 목에 대었다.

"당신이 또 끌고간다면 나는 당장 여기서 죽고 말겠소."

그녀의 싸늘하고도 결연한 태도에 자무창은 놀라서 말을 뒤로 물렸다. 기세가 꺾인 자무창은 무겁게 말했다.

"기명! 나는 강제로 그대를 끌고 가지 않겠소. 나는 다만 그대가 나에게로 돌아오기를 바랄 뿐이오."

"내 앞을 막지 마오."

옥정이 단도를 거두지 않자 자무창은 더 물러났다.

"기명이 만약 지금 올 수 없다면 나중에 와도 좋소. 나는 계속 그대를 기다리겠소. 꼭 돌아와 주오."

옥정은 더 이상 대꾸하지 않고 말머리를 돌려서 달리기 시작했다. 자무창은 그 자리에 우두커니 서서 어둠 속으로 사라지는 옥정을 물끄러미 바라볼 뿐이었다. 그의 어둡고 깊은 눈동자에는 착잡한 빛이 보였다.

23. 해방

　울창한 삼림이어서 길에도 수풀이 무성했다.

　계성은 다물계 요원들과 함께 말을 타고 숲속길을 달려갔다. 현무가 거느린 청산채의 비적들 수십 명도 뒤를 따랐다. 그들은 벌목장 본부인 능목소를 향하고 있었다.

　계성과 현무는 마침내 소패륵장을 폐쇄시키기 위하여 행동에 나선 참이었다. 우선 능목소부터 손을 쓰기로 했는데, 그것은 계성에게 어떤 계산이 있기 때문이었다.

　얼마 후 능목소가 앞에 나타났다. 계성 일행은 그대로 말을 달려서 벌목장 안으로 들어섰고, 현무가 거느린 비적들은 가까운 숲속에서 대기하기 위하여 멈춰섰다.

　넓은 벌목장에는 작업이 계속되고 있었다. 수많은 노예들에 의하여 거목이 잘려지고 운반되고 쌓여갔다.

　계성 일행이 밀어닥치자 소주는 급히 나와서 영접을 했다. 그는 지난번에 계성에게 피투성이가 되도록 채찍질을 당했으므로 아직도 잔뜩 주눅이 든 상태였다.

　계성은 즉시 소주에게 지시를 내렸다.

"무사들을 모두 집합시켜라!"

"예예! 알겠습니다."

계성의 위압적인 태도 앞에서, 소주는 또 무슨 질책을 받을지 몰라서 두려움을 느끼며 무사들을 집합시켰다. 소주는 아직도 계성이 파비혜 소저의 정혼자인 줄 알고 있는 것이다.

무사들은 서둘러 모여들었다.

노예들은 모두 일손을 멈추고 지켜보았다. 노예들 역시 무슨 일인지 몰라서 의혹을 느끼면서도 계성의 출현을 반가워하는 빛이 역력했다. 그들은 요즘 계성 덕분에 채찍질을 당하지 않고 밥도 제대로 먹으며 일하고 있었기 때문이다.

이윽고 수십 명의 무사들을 향해 계성이 엄중하게 입을 열었다.

"자금성의 특명에 따라서 양백기주부에서 파견한 감찰대가 지금 이리로 오는 중이다. 소패륵장의 불법적인 노예 사역을 조사하기 위해서이다. 청나라는 이미 노예제도를 폐지했기 때문에 능목소도 용납이 되지 않는다."

소주는 물론 무사들도 매우 놀랐다. 그들도 노예 사역이 불법이라는 사실을 알고 있었다. 만호원에 양백기주부의 인물들이 와 있다는 이야기도 들었다. 그러므로 감찰대가 조사를 하러 온다니까 놀라지 않을 수 없었다.

계성의 말은 물론 사실이 아니었다. 하지만 계성을 파비혜의 정혼자로 알고 있는 사람들은 조금도 의심하지 않았다. 계성이 목소리를 높여서 말을 이었다.

"웅타이 공자께서는 능목소를 당분간 폐쇄하기로 결정했다. 감찰대가 조사를 마치고 떠날 때까지 일을 중지하는 것이다. 그대들은 즉시 이곳을 떠나서 각자 몸을 숨겨야 한다.”

소주와 무사들은 모두 안색이 변했다. 상황이 그토록 심각하단 말인가. 계성은 한시가 급하다는 듯 독촉을 했다.

“감찰대가 들이닥치기 전에 모두 떠나라. 무기를 버리고 장사꾼이나 나그네처럼 꾸미고 흩어지되, 소패륵장으로 가면 안 된다. 시간이 없으니까 서둘러야 한다. 잡히면 중벌을 면치 못하리라.”

무사들은 이제 앞뒤를 생각할 여유가 없었고 머뭇거릴 시간도 없었다. 소주의 지시가 떨어지기도 전에 그들은 무기를 집어던지고 막사로 우르르 뛰어들어갔다. 자기 보따리를 챙겨서 도망치기 위해서였다.

능목소에는 큰 소란이 일어났다. 무사들은 황황히 능목소를 빠져나가고 노예들도 뜻밖의 사태에 놀라서 웅성거렸다.

소주는 얼이 빠진 듯 멍하니 보고만 있더니 계성에게 물었다.

“이제 노예들은 어떻게 처리해야 됩니까?”

“여기 일은 나한테 맡기고 당신도 어서 떠나라. 당신은 감찰대에게 잡히면 혹독한 심문을 받고 목숨을 부지하기 어려울 것이다.”

“예예! 알겠습니다.”

소주는 더 캐어물을 생각도 못하고 말을 타고 도망치기 위해서 마구간으로 뛰어갔다. 얼마 지나지 않아서 소주와 무사들이 다 떠나고, 능목소에는 수많은 노예들만 남게 되었다.

계성은 들떠서 웅성거리는 노예들을 향하여 크게 소리쳤다.

“이제 당신들은 모두 자유의 몸이 되었소! 더 이상 노예 노릇을 할 필요가 없소!”

수백 명의 노예들은 잘 믿어지지가 않는지 모두가 어리벙벙한 얼굴이었다. 그게 사실이란 말인가.

계성이 다시 소리쳤다.

"내가 감찰대 핑계를 대고 소주와 무사들을 쫓아버린 건 당신들에게 자유를 찾아주기 위해서요. 당신들은 이제 노예에서 벗어났소. 나는 파비혜 소저의 정혼자가 아니며, 앞으로 소패륵장을 폐쇄시킬 계획을 가지고 있소."

비로소 계성의 의도를 알아차린 노예들은 놀라움을 금치 못하더니, 다음 순간 하늘이 떠나갈 듯 함성을 질렀다.

"만세! 우리는 해방이다!"

"만세! 만세! 우리는 이제 노예가 아니다!"

그들은 기쁨과 감격에 겨워서 계성에게 달려들어 부둥켜안고 손발을 부여잡고 눈물을 흘렸다. 능목소는 완전히 흥분과 환희의 도가니가 되었다. 노예들을 진정시키며 계성이 다시 말했다.

"하지만 상황이 끝난 건 아니오. 지금 도망친 무사들이 속았다는 사실을 알면 되돌아올 것이오. 여러분이 지금 뿔뿔이 흩어지면 십중팔구 변을 당하거나 도로 사로잡히게 되리다. 웅타이 공자도 사태를 파악하면 소패륵장의 무사들을 출동시킬 것이오. 그러므로 우리는 대비를 해야 하오."

흥분하고 격동한 노예들은 즉시 무사들이 버리고 간 무기를 집어들며 너도나도 소리쳤다.

"무사들이 오면 우리가 막아냅시다!"

"옳소! 죽는 한이 있어도 이제 노예 노릇을 할 수는 없소!"

"모두 싸웁시다! 무기가 부족하면 대나무 창을 만들어서라도 싸움에 대비합시다!"

수백 명의 노예들은 흩어지지 않고 함께 싸울 태세를 보였다.

이렇게 되자 계성은 피 한 방울 흘리지 않고 순식간에 능목소를 접수하여 노예들을 해방시킨 셈이 되었다. 사실 계성은 이런 결과를 어느 정도 예상했기에 행동에 나섰다.

현무가 청산채의 비적들을 동원한 건 상황이 여의치 않을 경우에 대처하기 위해서였지만, 소주와 무사들이 아무런 의심을 하지 않고 도망치듯 흩어져버렸으므로 손쓸 필요도 없었다.

하지만 앞으로 벌어질 사태는 예측하기 어려웠다. 소패륵장의 웅타이가 어떻게 나올지 알 수 없기 때문이었다. 많은 병사들을 거느린 홀한부도 어떤 반응을 보일지 모른다. 사실 이번 일에는 심각한 위험성이 내포되어 있었다.

홀한부는 상경용천부의 북쪽 교외에 자리잡고 있었다. 성채 옆에는 주방팔기군의 거대한 병영이 늘어서 있다.

팔기군의 기본조직인 우록은 3백 명이고 5우록이면 1갑라가 되어 천 5백 명에 이른다. 5갑라는 고산이라고 하며 7천 5백 명에 달하여 기(旗)가 된다. 홀한부에는 4우록인 일천 2백 명의 팔기군이 조직되어 있었다.

홀한부의 성채는 한낮의 나른한 기운에 잠겨 있었지만, 병영은 출동 준비로 긴박감이 감돌았다. 만호원에 재차 소환되었다가 돌아온 홀한통수 푸루신이 출동준비를 명령했기 때문이었다.

이번에 푸루신은 수많은 병사들을 출동시켜서 경박호 일대를 샅샅이 수색하고도 계성과 아란사를 잡지 못한 데 대하여 심한 질책을 받았다. 그리고 새로운 지시를 받았다. 정체불명의 인물들이 능목소를 폐쇄하고 무사들을 해산시켜서 노예들을 모두 풀어주었으니 병사들을 출동시켜서 그들을 제압하되, 그 가운데에 계성과 아란사가 끼어 있을 테니 반드시 체포하라는 지시였다.

황법사는 이번에 능목소를 접수한 주모자의 인상착의를 확인하여 계성이라는 사실을 알아낸 것이다.

푸루신은 병사들을 대규모로 출동시킬 수밖에 없었다. 이번에 황법사의 요구를 충족시키지 못하면 정말 목이 달아날지도 모른다.

푸루신은 이미 부통수인 오발투에게 병사들을 지휘하여 능목소를 완전히 포위한 뒤, 계성과 아란사를 체포하라는 명령을 내렸다. 그리하여 수백 명의 팔기군이 출동준비를 하는 중이었다.

이때 한 병사가 급히 들어오더니 보고를 올렸다.

"양백기주부의 근위총령께서 오셨습니다."

푸루신은 깜짝 놀랐다. 암사곡에서 죽었다는 타루간 대공자가 저승에서 되돌아왔단 말인가.

푸루신이 황급히 밖으로 나가보니 타루간이 말을 탄 채 중문을 들어서고 있었다. 얼굴이 파리하고 초췌했지만 틀림없는 근위총령이었다. 푸루신은 얼떨떨한 가운데에도 허리를 굽혀서 맞이했다.

"소직이 근위총령님을 뵙습니다."

푸루신에게 있어서 양백기주부의 실권자인 타루간은 황법사보다 더욱 무서운 존재였다. 타루간은 부상이 완전히 회복되지 않아서 용색이 좋지 않았으나 덤덤한 어조로 물었다.

"지금 병사들이 무슨 일로 출동준비를 하오?"

"소패륵장이 운영하는 벌목장에 정체불명의 인물들이 나타나서 무사들을 해산시키고 노예들을 풀어주었다고 합니다. 그리하여 황법사께서는 그자들을 제압하고, 계성이라는 사내와 아란사라는 소녀를 체포하라는 지시를 내리셨습니다."

황법사라는 말이 나오자 타루간의 눈빛이 서릿발처럼 싸늘해졌다. 이유를 몰랐지만 푸루신은 은연중 가슴이 서늘해졌다.

능목소는 아연 놀라서 술렁거렸다. 홀한부에서 대규모의 팔기군이 출동을 개시했다는 정보가 들어왔기 때문이었다. 수백 명의 정예병들이 능목소를 향하여 출진했다는 사실이 확인되었다.

계성도 당황했다. 홀한부에서 이렇게 즉각적으로 대규모의 출동을 개시할 줄은 몰랐다. 자신이 이번 일의 주모자라는 사실을 황법사가 알아차린 게 틀림없었다. 아주 심각한 상황이었다. 소패륵장의 무사들이 온다면 맞서서 싸워보겠지만, 홀한부의 대규모 군대에 대항할 수는 없었다.

노예들은 모두 불안과 두려움을 느끼고 술렁거렸다. 그들은 이제 해방이 되어서 노예가 아니지만 아직 완전히 자유를 찾은 건 아니었다. 그들은 생사가 불확실하니 동요하지 않을 수 없었다.

"우리가 아무리 목숨을 걸고 싸운다 해도 홀한부의 병사들과 맞설 수는 없소. 이제 도망치는 길밖에 없소이다."

"능목소를 나가서 각자 흩어져야 하오."

"멀리 삼림 속으로 도망쳐서 깊이 숨어야 목숨을 건지리다."

이렇게 의견이 분분한 가운데 공포에 사로잡혀서 벌써 도망치는 사람들도 생겨났다.

계성도 몸을 피하는 수밖에 없다는 생각이 들었다. 하지만 노예들이 지금 도망치면 살상을 당하거나 도로 잡혀버릴 가능성이 컸다. 가족을 잃고 오래 노예생활을 해온 탓으로 갈 곳이 없는 사람도 많았다.

또한 능목소를 내주고 모두 흩어지면 소패륵장에 대항할 수가 없다. 계성과 현무는 능목소의 노예들과 힘을 합쳐서 사금광까지 해방시키고 소패륵장을 완전히 해체시킬 계획을 세우던 차였다.

이때 밖의 동정을 살피러 나갔던 다물계 요원이 급히 들어섰다.

"양백기주부의 근위총령이 단신으로 이리 오고 있소."

계성은 의아해졌다. 타루간이 왜 여기에 혼자 나타났단 말인가. 현무가 의견을 제시했다.

"근위총령이 혼자 왔다면 우리가 사로잡아서 인질로 삼는 게 어떨까? 그러면 병사들이 마음대로 쳐들어오지 못하겠지."

계성은 잠깐 생각을 하고나서는 말했다.

"그가 혼자 왔다면 싸우러 오지는 않았을 것이오. 무언가 이야기를 하러 온 것 같소. 내가 일면식이 있으니까 한번 만나보겠소."

"나도 함께 갈께요."

아란사도 앞으로 나섰다. 현무는 불안한 빛을 보였으나 만류하지는 않았다. 상황이 매우 다급하고 심각하기 때문이었다.

계성과 아란사는 곧 말에 올라서 능목소를 나섰다.

두 사람이 숲길을 따라서 잠시 달려가자 앞에서 말을 타고 천천히 달려오는 타루간이 보였다.

계성과 아란사가 말을 세우자, 타루간도 다가와서 멈추어섰다. 타루간은 좀 핼쑥한 얼굴이었으나 자세는 꼿꼿했다.

"계성! 다시 만나서 반갑네. 지난번에 암사곡에서 나를 구해준데 대해서는 우선 감사를 표하고 싶네."

"대단치 않은 일이었소."

목숨을 구해주었으니 대단치 않은 일은 아니지만 계성은 냉정한 태도를 보였다. 지금은 한가하게 지난 일을 이야기할 계제가 아니기 때문이다. 타루간도 그런 생각이 들었는지 말투가 냉정해졌다.

"그대는 왜 노예들을 선동하여 벌목장을 차지하고 소란을 피우는가?"

"소패륵장은 불법적인 노예 사역과 매매를 하며 벌목장을 운영해왔소. 나는 죄 없는 노예들에게 자유를 찾아주고 싶소."

"자네가 지나치게 만용을 부리는 것 같군."

"당신이 여기 나타난 건 병사들을 지휘하기 위해서요?"

"병사들은 홀한부가 지휘하지."

"그럼 나에게 무슨 용무가 있소?"

"나는 아란사를 만나러 왔네."

타루간은 이렇게 말하며 아란사를 돌아보았다. 아란사는 맑은 시선으로 그를 마주 보았다. 타루간이 그녀에게 물었다.

"아란사! 하고 싶은 이야기가 있는데 나와 함께 홀한부로 갈 수 있겠느냐?"

아란사가 또렷하게 응답했다.

"함께 갈 수는 있지만, 조건이 하나 있어요."

"무슨 조건이지?"

"홀한부에서 출동한 병사들이 철수하도록 해줘요. 여기 있는 노예들은 지난날 전란 속에서 끌려왔거나 노예상에게 팔려온 불쌍한 사람들과 양민들이에요. 청조에서도 노예제도를 폐지했으니 이들에게 자유를 주어야 해요."

타루간은 미간을 찌푸렸다.

"나는 그 문제에 개입하고 싶지 않다."

"홀한부는 이번에 계성과 나를 체포하려고 출병을 했을 거예요. 황법사가 우리를 잡으려하고, 홀한통수는 현재 황법사의 손아귀에 잡혀 있는 것 같으니까요."

황법사라는 말이 나오자 타루간의 표정이 싸늘해졌다. 그는 잠시 생각을 하더니 마침내 결심한 듯 고개를 끄덕였다.

"좋아! 철군을 시킬 테니까 아란사는 나와 함께 가자."

"알았어요. 함께 가겠어요."

두 사람은 이렇게 합의를 보았다. 타루간은 사실 소패륵장의 사금광과 벌목장 운영을 마땅치 않게 여겼으므로 애써 보호해줄 생각이 없었다. 그리하여 철병의 결단을 내린 것이다.

계성은 아란사를 타루간과 함께 보내고 싶지 않았지만, 본인이 가겠다고 하니 만류할 수 없었다. 홀한부 병사들을 피하기 위해서는 다른 방법도 없었다.

"다녀올게요."

계성에게 작별 인사를 한 아란사는 말을 몰아서 타루간과 함께 떠나갔다. 계성은 그 자리에 우두커니 서 있었다.

아란사가 과연 무사히 돌아올 수 있을까. 숲속으로 나란히 사라지는 두 남녀를 바라보며 계성은 뭐라고 말할 수 없는 괴이한 기분이 되었다. 품속의 보물을 느닷없이 빼앗긴 느낌이었다. 그 보물이 타루간의 손아귀에서 산산이 깨져버리는 건 아닐까.

계성은 마음이 불안하고 착잡해졌다. 하지만 능목소의 노예들은 다행히 위기를 모면한 셈이었다. 다물계로서도 큰 다행이었다.

24. 혼약

홀한부에는 갑자기 급변이 발생했다. 병사들을 거느리고 능목소로 출병했던 부통수 오발투가 도중에 회군하여 돌아와서 통수인 푸루신을 전격적으로 체포한 뒤 지휘권을 잡은 것이다. 이것은 물론 타루간의 명령에 의해서 이루어진 일이었다.

이런 급변이 발생했어도 홀한부는 별다른 이상 없이 평온했다. 푸루신이 급병으로 쓰러졌다는 공표를 했기 때문에 철군을 이상하게 여기는 사람도 없었다. 홀한부의 수뇌부 외에는 급변의 내막을 아는 자가 없었다. 타루간은 이 일을 비밀에 부치도록 했다.

내성의 한 정실에서 타루간은 비국새를 유심히 살펴보고 있었다. 만주족은 원래 고구려와 대진국의 관습이나 전통을 따르고 존중했으므로, 타루간은 비국새를 예사로운 물건으로 보지 않았다. 하지만 그것은 단순한 호기심에 불과했다.

그가 시선을 돌려서 아란사를 바라보았다.

"이 비국새에는 대진국의 부활에 대한 수수께끼가 깃들었다고 하는데, 그게 정말인가?"

아란사는 차분하게 응답했다.

"그래요. 그 수수께끼는 오탑에 가야 풀 수 있어요."

"비국새가 매우 신비롭기는 하지만, 나로서는 수백 년 전에 멸망한 대진국이 부활한다는 게 너무나 황당하게 여겨지는구나."

"오탑에 가면 진실을 알게 되겠죠."

"만약 대진국이 이 땅에서 부활한다면, 우리 청나라는 어떻게 되지? 이 대황 땅은 분명 우리 청나라의 영토인데 말이야."

아란사의 어조가 또렷해졌다.

"옛날에 대진국은 동이족인 고구려계와 만주족의 조상인 말갈계가 함께 손을 잡고 건립했죠. 그러므로 앞으로 부활하는 대진국도 동이족과 만주족이 함께 건립을 하게 돼요. 함께 대황 땅을 경영하게 되는 거죠."

"아주 흥미로운 이야기로군."

말로는 흥미롭다고 했지만 타루간은 터무니없는 이야기라는 듯 고소를 지었다. 아란사가 말을 이었다.

"조선이란 말은 주신(珠申)에서 나왔고 누리라는 뜻인데, 말갈의 조상인 숙신도 주신이라는 말에서 나왔죠. 만주족과 동이족은 조상이 같은 형제이자 친구예요. 만주족은 원래 여진이라 불렸는데, 고구려의 후예라는 인식을 지녔고 고려나 조선과도 깊은 관계를 맺고 애증이 뒤얽히며 이웃에서 함께 살아왔죠. 여진족이 세운 금나라의 시조는 신라를 모국으로 생각했어요."

"옛날에는 그랬다고 하지만, 지금 청나라와 조선은 상하(上下)가 정해진 군신지간(君臣之間)이 되었지. 북경의 자금성에서 과연 대진국의 부활을 환영하리라고 보는가?"

"중원으로 들어간 청조는 결국 소멸될 거예요. 소수의 만주족이

백 배나 많은 한족 속에서 흡수되고 합류되어 없어지는 거죠. 아니면 옛날 몽골족의 원나라처럼 중원에서 도망치거나 쫓겨나죠. 결국 중원의 청나라는 세월이 흐르면 죽은 뱀의 껍데기처럼 얼룩덜룩한 흔적으로만 남게 될 거예요."

"……"

"이 대황 땅도 한족이 계속 밀려들어오면 결국 그들의 차지가 될 거예요. 그러므로 만주족과 동이족은 손을 잡고 몽골족과도 연대하여 한족을 억제해야 돼요. 그들의 울타리인 만리장성 밖으로 나오지 못하도록 해야 되는 거죠. 그렇게 해야 서로 싸우지 않고 평화롭게 살 수 있어요. 그렇지 못하면 계속 분란이 생기고 싸움이 벌어져서 모두가 불행해져요."

타루간의 미간에는 굵은 주름이 생겼다. 그는 부친인 카일락 기주를 머리에 떠올렸다.

카일락은 원래 청조가 북경으로 천도하는 걸 찬동하지 않았다. 만주족이 중원으로 진출하여 한족과 뒤섞이면 본성을 잃고 몽골족처럼 쇠퇴하리라는 이유에서였다. 카일락이 북경으로 가지 않고 요동에 남은 것은 이런 생각 때문이기도 했다. 카일락은 긴 안목에서 조선과 진심으로 손을 잡아야 된다는 말도 했었다.

지금 아란사가 한 말은 카일락의 생각과 크게 다르지 않았다. 하지만 타루간은 부친의 의견에 전적으로 동의하지는 않았다.

타루간이 일어서더니 실내를 오락가락 거닐며 말했다.

"우리 청나라가 중원으로 들어갈 때 걱정을 하는 사람들이 있었다. 소수인 만주족이 어떻게 억조창생의 한족을 굴복시켜서 다스릴 수가 있겠느냐고 했지. 하지만 기우였어. 한족은 본래 나라에 대한 충성심이 없고 단결력도 없다. 그들은 오직 일신의 이득과 보신을 좇아서 살아가는 종족이므로 우리에게 모두 머리를 숙이고 복종하는 길을 선택했지. 청나라는 앞으로 아무 문제없이 중원대륙을 지배하게 될 거야. 물론 이 대황 땅도 마찬가지고 말이야. 앞으로 이 땅은 봉금(封禁)이 되어서 한족의 유입을 금하게 된다."

"앞으로 두고 보면 알겠죠. 한때의 화려한 영화는 꿈처럼 사라져요. 만주족이 몰락의 위기를 느낄 때는 이미 늦을 거예요. 그때는 후회해도 소용이 없죠."

타루간이 뚜벅뚜벅 걸음을 옮겨서 아란사 앞으로 다가왔다.

"내가 경박호를 찾아온 건 비국새 때문이 아니라 아란사 너 때문이다. 내가 원하는 건 대진국의 부활이 아니라 너야. 네 말이 일리가 없지 않지만 대진국의 부활이란 현실성이 없는 이야기다. 나는 전에 말한 대로 요동왕이 되고 나면 너를 후비로 맞이하겠다. 이번에 네가 의원의 집까지 찾아와서 나를 치료해 준 뒤로는 그런 마음이 더욱 굳어졌다. 아란사! 내 뜻을 따르겠지?"

아란사는 투명한 시선으로 타루간을 정시했다.

"당신은 지금 나에게 정식으로 청혼하는 건가요?"

"그렇다."

"나에게 청혼을 하기 전에 당신은 먼저 할 일이 있어요."

"그게 뭐지?"

"계성은 당신의 생명을 구해주었어요. 그러니까 당신은 그만한 보상을 해주어야지요."

타루간이 새삼스레 궁금한 듯 물었다.

"계성은 어떤 사내이며, 너와는 어떤 관계지?"

"그는 지난 병자년에 조선에서 노예로 끌려온 뒤 지금까지 온갖 고통과 고난을 겪으며 살아온 사람이죠. 나와는 비국새의 천기를 알아내려고 손을 잡은 사이예요."

"계성과 함께 행동한다는 일당의 정체는 뭐냐?"

아란사는 청산채의 비적들이나 다물계에 대해서 사실대로 이야기할 수 없으므로 적당히 대답했다.

"계성과 비슷한 처지로 떠돌아다니는 사람들이죠."

"그럼 내가 계성에게 어떻게 보상을 하면 되겠느냐?"

"당신에게는 가르멘이라는 누이동생이 있죠? 나는 계성과 가르멘이 혼인을 하면 좋겠어요. 그러면 당신과 계성은 형제나 다름없는 사이가 될 테니까요."

"가르멘을 계성과 혼인시키라고……"

뜻밖의 말을 들은 타루간은 입을 딱 벌렸다. 하지만 아란사는 갑자기 떠오른 생각이 아니라 전부터 그런 구상을 해왔던 것 같았다. 타루간이 가당치 않다는 듯 고소를 지었다.

"너는 선의에서 하는 제의겠지만 그건 안 된다. 가르멘의 혼인은 내가 결정할 문제가 아니야. 가르멘은 온순하지만 의외로 고집이 세서 자기 일은 모두 스스로 결정하지."

"당신은 반대만 하지 않으면 돼요."

"그건 억지로 될 일이 아니니까 나는 반대할 필요도 없다. 내가 반대해도 가르멘이 고집을 피우면 말릴 수가 없고 말이야."

"그럼 좋아요."

"이제 내 청혼을 받아들이겠느냐?"

"아니예요. 우리의 혼인을 위한 중요한 조건은 따로 두 가지가 있어요.”

“그건 또 뭐냐?”

타루간이 미간을 찌푸렸으나 아란사는 차분하게 말했다.

“첫째는 당신도 이번 보름날 계성과 나와 함께 오탑을 찾아가는 거예요.”

“나는 요동의 기주부로 하루속히 돌아가야 한다. 요즘 아버님이 차도가 좀 계셔서 업무를 보시지만 아직 쇠약하시니까, 나는 자리를 오래 비워둘 수 없다.”

“이번 보름날이면 오탑으로 가서 모든 문제가 해결될 테니, 날짜가 오래 걸리지 않아요.”

타루간은 잠시 생각을 하더니 고개를 끄덕였다.

“좋다. 그렇다면 함께 오탑을 찾아가도록 하겠다. 어차피 비국새에 대한 전설이 부질없는 거니까, 너도 진실을 알고 나면 더 이상 다른 이야기를 하지 않겠지.”

“그거야 아직 알 수 없죠.”

“그건 그렇고, 두 번째 조건은 뭐냐?”

아란사의 어조가 더욱 또렷해졌다.

“이 땅에 있는 노예들을 모두 해방시키는 거예요.”

“노예를 모두 해방시킨다고……”

“우선 능목소와 사금광의 노예들에게 자유를 주어야 해요. 고향으로 귀환하기를 원하는 조선인 노예들은 모두 보내주어야 돼요. 중원에서 끌려온 한족 노예들도 돌려보내야 해요.”

타루간은 머리를 흔들었다.

“그건 내가 할 수 있는 일이 아니다.”

"당신이 직접 나설 필요는 없어요. 능목소의 경우처럼 그냥 묵인하면 돼요. 병사들의 출동을 억제하면 되는 거죠."

"나는 양백기주부를 다스리고 있으니 이 대황 땅의 규율과 질서가 무너지는 걸 방관할 수는 없다."

"청조는 이미 노예제도를 폐지했으므로 이 땅의 노예가 모두 자유를 찾아도 당신은 책임을 지거나 추궁을 받을 이유가 없어요."

"너는 도대체 계성 일당과 함께 무슨 일을 벌이려는 거냐?"

"불쌍한 노예들에게 새 삶을 찾게 하려는 거죠."

타루간은 실내를 오락가락 거닐며 한동안 궁리더니 이윽고 무겁게 입을 열었다.

"커다란 분란만 없다면, 벌목장이나 사금광에서 일하는 노예들이 자유를 찾는다고 해도 나는 간섭하지 않겠다. 특히 사금광은 원래부터 불법이니까 말이다. 하지만 여타 귀족이나 호족들이 거느린 사노들을 갑자기 모두 해방시켜서 혼란이 생긴다면 나도 묵과할 수가 없다."

타루간은 원래 대패륵장의 이권을 보호해줄 생각이 없으므로 벌목장이나 사금광이 노예를 모두 잃고 해체되어도 방관하기로 작정을 한 것이다. 아란사가 고개를 끄덕였다.

"좋아요. 나도 일시에 문제를 다 해결하려는 건 아니예요. 당신이 약속을 지킨다면 나는 혼인을 하겠어요."

"좋다. 약속을 지키겠다."

이렇게 되면 아란사는 결국 타루간의 청혼을 받아들인 셈이었다. 이 순간 아란사의 얼굴에는 착잡하고 비장한 빛이 스쳐갔지만, 결국 혼약이 이루어진 것이다.

아란사는 갑작스럽게 이런 결단을 내린 것 같지 않았다. 그녀는 전부터 타루간과의 혼인을 고려하고 있었던 것이다. 그래서 타루간에게 선물 받은 홍보석을 잘 간직해왔다.

타루간이 급하게 서둘렀다.

"아란사! 우리는 이제 혼약을 했으니 동침을 하자. 아직 밤이 깊지도 않았는데 벌써 조급증이 생기는구나. 나는 오늘 같은 날이 오기를 하루하루 안타깝게 기다려왔다."

"오탑으로 들어가서 비국새의 수수께끼를 풀고 혼인을 한 뒤에야 동침을 할 수 있어요. 그 전에는 안 돼요."

"그때까지 어떻게 기다리란 말인가? 나는 한시가 급하다."

"당신이 경박한 행동을 하면 나는 혼약을 취소하겠어요."

아란사가 냉정한 어조로 이렇게 경고를 했지만, 타루간은 그녀의 손목을 잡아끌었다.

"나는 경박한 행동을 하려는 게 아니라 너를 완전히 내 여자로 만들려는 거다."

"나는 당신을 두려워하지 않아요. 당신은 내 말을 존중해야 돼요. 그렇지 않으면 후회할 거예요."

아란사는 단호한 태도로 손을 확 빼내더니, 허리띠 안에 꽂힌 은장도를 뽑았다. 그리고는 은장도를 눈앞에 똑바로 세웠다.

타루간은 씁쓸한 얼굴이 되었다.

"네가 설마 그 은장도로 나를 찌를 생각은 아니겠지?"

"당신이 강제로 나를 욕보이려 한다면 찌를 수도 있어요. 최악의 경우에는 나 자신을 찌를 수도 있죠."

아란사는 아주 결연한 태도를 보였다. 타루간은 별수 없다고 생각했는지 가볍게 한숨을 내쉬고는 고개를 끄덕였다.

"좋다. 내가 좀 참도록 하지. 그런데 너는 정말 내 여자가 되겠느냐? 나와 틀림없이 혼인을 하겠느냐?"

"그래요."

"앞으로 내 곁을 떠나지 않겠느냐?"

"안 떠나겠어요."

"그럼 좋다. 동침은 나중에 하자."

타루간은 당장 아란사를 품에 안을 욕심을 버리기로 한 모양이었다. 사실 손아귀에 이미 넣어서 언제라도 마음만 먹으면 꺾을 수 있는 꽃이니 무리하게 서두를 필요가 없었다.

"앞으로 황법사는 어떻게 할 거죠?"

아란사가 이렇게 묻자 타루간의 표정이 갑자기 싸늘해졌다.

"그건 나의 문제지만, 황법사가 너에게 손을 뻗치지 못하도록 해주겠다. 너는 조금도 걱정할 필요 없다."

"좋아요. 오탑을 찾아가려면 황법사를 제압해야 돼요."

아란사는 원하는 대답을 얻자 만족한 얼굴이 되었다. 이렇게 하여 두 사람은 혼약은 분명하게 이루어졌다.

타루간은 물론 혼인하여 아내가 있으니까 아란사는 첩이 될 것이다. 그가 정말로 요동왕이 된다면 후비가 된다.

아란사는 대진국의 부활을 위해서 계성의 여자가 되겠다고 한 약속은 저버릴 수밖에 없다고 판단한 것일까.

한낮이었지만 능목소 앞의 숲길은 조용했다.

계성은 우울한 기분으로 숲길을 혼자 거닐고 있었다. 타루간을 따라간 아란사는 하루가 지나도록 돌아오지 않고 있었다. 계성은 한탄하듯 중얼거렸다.

"나는 아무래도 여자 없이 살아갈 팔자인 것 같군."

한때는 옥정과 아란사 둘 중에 누구를 잡을까 은근히 궁리를 한 적도 있었는데, 이제 닭이고 꿩이고 다 놓쳐버린 것 같았다.

문득 계성이 미미한 인기척을 느끼고 옆을 돌아보자, 나무 뒤에서 한 사내가 소리 없이 모습을 나타냈다. 그는 바로 왜국 출신의 칼잡이인 쾌왜도였다. 계성은 반갑지 않아서 미간을 찌푸렸다.

쾌왜도가 다가서며 건조한 목소리로 물었다.

"여기에 흘한부의 병사들이 오지 않았소?"

"오지 않았소."

"당신이 계성이오?"

"그렇소. 당신은 무슨 일로 여기 나타났소?"

"당신은 전에 양백기주부에서 마차를 타고 탈출할 때, 내 가슴을 발길로 걷어차서 쓰러뜨렸지."

"그래서 복수를 하러 왔소?"

"나는 당신을 제거하라는 황법사의 지시를 받았소."

쾌왜도는 황법사의 지시를 받고 이곳을 찾아온 길이었다. 계성을 제거하고 아란사를 사로잡아오라는 지시였다. 황법사는 흘한부의 병사들을 완전히 믿을 수 없으므로 전문적인 칼잡이인 쾌왜도를 따로 파견한 것이다.

이번에는 계성이 물었다.

"당신은 타루간을 경호한다고 들었는데, 언제부터 황법사의 수하가 되었소?"

"나는 돈을 받고 일할 뿐이니까 상전이 따로 없지."

"아주 편리하게 살아가는군."

쾌왜도는 눈을 가늘게 떠서 계성을 유심히 살펴보았다.

"당신은 예사 실력자가 아닌 것 같군. 나와 대결을 벌이면 승패가 반반이겠소. 당신은 어떻게 생각하오?"

"그대가 귀신같은 칼잡이라고 들었으니까 나는 자신이 없소."

"겸손하군. 사실 나는 당신과의 대결이 별로 내키지 않소. 위험 부담에 비해서 황법사가 나에게 지불하는 보수가 많지 않기 때문이지."

"보수를 얼마나 받기로 했소?"

"당신을 제거하고 아란사를 사로잡아가면 백은 열 냥을 받게 되어 있지. 아란사는 어디 있소?"

"그건 말할 수 없지."

"그렇다면 나도 더 이상 할 말이 없군. 내키지 않는 일이지만 그냥 돌아갈 수는 없으니까 손을 쓰겠소."

쾌왜도는 칼을 뽑았다. 계성도 어쩔 수 없이 세강도를 뽑았다.

두 사람이 칼을 세우고 정면으로 마주 서자 주위의 기류가 팽팽하게 당겨졌다. 다음 순간 쾌왜도는 지체 없이 선공을 펼쳤는데 과연 빠르고 날카로운 솜씨였다. 계성은 급히 세강도를 쳐내어 대항했다.

챙챙! 채채챙……

두 개의 칼이 연속 충돌하자 새파란 불꽃이 눈부시게 번쩍이며 사나운 칼바람이 휘몰아쳤다. 대결이 한동안 계속되자 무서운 살기가 비등하며 두 사람의 호흡이 거칠어졌다.

이제 둘 중 하나는 피를 뿌리며 거꾸러질 것이다. 누가 승리하고 누가 패배할 것인가.

돌연 쾌왜도가 몸을 휙 틀어서 뒤로 물러나더니 칼을 내렸다.

"그만 합시다! 역시 당신은 만만치가 않군. 백은 열 냥을 위해서 내가 하나밖에 없는 목숨을 걸 필요는 없지."

그는 생명의 위험을 무릅쓰고 결판을 낼 생각이 없는 것으로 보였다. 지극히 계산적으로 칼을 쓰는 것이다.

계성도 더 이상 싸울 필요가 없으므로 세강도를 거두었다. 쾌왜도는 발길을 돌렸다.

"우리가 앞으로는 만나지 않으면 좋겠군. 황법사에게는 당신을 만났다는 이야기를 하지 않겠소."

그가 숲속으로 사라지고 나자 계성은 혼자 중얼거렸다.

"오직 황금만을 좇는 칼잡이로군."

해가 기울어갈 무렵, 계성이 여전히 능목소 앞의 숲속을 서성거리고 있는데 요란한 말발굽소리가 들리더니 들판 길에 십여 명의 기마대가 모습을 나타냈다. 선두에는 아란사가 보였다.

그녀는 계성을 보자 빠르게 달려왔다. 계성이 내심 반색을 하면서도 그대로 기다리고 서 있자, 그녀는 가까이 다가와서 하마했다.

"그동안 잘 있었죠?"

"너도 별일 없었느냐?"

계성은 반가움과 함께 알 수 없는 불안을 느끼며 그녀의 기색을 유심히 살펴보았다.

"별일 없었어요. 다물계 요원들은 어디 있죠?"

"능목소 안에서 대기하고 있다."

현무는 다물계 요원들과 청산채의 비적들을 거느리고 능목소에서 대기하고 있었다. 수백 명의 노예들도 무기를 들고 병사들처럼 조직을 하여 만약의 경우에 대비하고 있었다.

아란사는 잠시 머뭇거리다가 이야기를 꺼냈다.

"할 말이 있어요."

"무슨 이야기냐?"

"나는 타루간 대공자와 혼약을 했어요."

계성은 놀라서 멍해졌다.

"혼약……"

"당신의 여자가 되겠다는 약속을 지키지 못해서 미안해요. 당신을 좋아하지만 어쩔 수 없어요. 정말 미안해요."

"그게 사실이냐?"

"나는 예전부터 그럴 생각이 있었어요. 우리가 뜻을 이루자면 장차 요동왕이 될 타루간 대공자와 반드시 손을 잡아야 하기 때문이죠. 그러자면 혼약을 하는 수밖에 없어요. 대공자는 비국새의 수수께끼를 함께 풀겠다고 약속했어요. 그리고 우리가 벌목장이나 사금광의 노예들을 해방시켜도 묵인하겠다고 했어요. 또한 황법사가 우리를 어떻게 하지 못하게 제어할 거예요."

계성이 멀거니 듣고만 있자 아란사가 말을 이었다.

"당신은 타루간 대공자의 누이동생과 혼인하는 게 좋겠어요. 그녀는 가르멘이라고 하는데, 온순하고 조신하다고 들었어요. 당신이 그녀와 혼인한다면 모든 문제가 잘 풀릴 거예요. 대공자도 반대하지 않겠다고 했으니까, 내가 나중에 그녀와 만날 기회를 만들어볼께요."

계성은 갑자기 분노하여 성난 야수가 으르렁거리듯 소리쳤다.

"너는 주제넘게 내 걱정을 할 필요가 없다! 네가 타루간과 혼인을 하든 말든 관심이 없으니까 어서 내 앞에서 꺼져라!"

아란사는 얼굴이 새파랗게 질리더니 눈물이 글썽해졌다. 그녀는 지금까지 계성이 이렇게 무섭게 화내는 걸 본 적이 없었다. 계성이 전혀 딴사람 같아서 두렵기까지 했다.

아란사의 목소리는 저절로 떨려나왔다.

"화내지 말아요. 나는 당신을 위해서 그런 생각을 했어요."

"듣기 싫으니까 쓸데없는 말은 더 이상 하지 마라!"

아란사는 풀이 잔뜩 죽은 채 품속에서 초록색 비단주머니를 꺼냈다. 전에 계성이 한번 본 적이 있는 주머니였다. 아란사는 주머니 속에서 하얀 명주수건을 꺼내어 내밀었다.

"내가 비록 떠나도 마음은 당신에게 있으니 이걸 받아줘요. 이건 할머니가 주신 건데, 사랑하는 사람이 생기면 주라고 했어요."

계성은 빨간 석류가 수놓아진 그 명주수건이 무엇인지를 알아차렸다. 그것은 처녀가 혼인하여 첫날밤을 치를 때 앵혈(鶯血)을 받는 수건일 것이다. 아란사가 조그맣게 말을 덧붙였다.

"나는 사랑하는 사람이 생겨도 이걸 선물하는 것으로 만족해야 할 것 같아요. 그게 내 운명인 모양이에요. 그래서 당신에게 주는 거예요"

계성은 명주수건을 거칠게 뿌리쳤다.

"나는 이런 거 필요 없다! 그 주머니에 들어 있는 홍보석은 타루간에게 줄 예물이냐?"

"이건……기주부에서 대공자에게 받은 선물이에요."

아란사는 고개를 떨어뜨렸다. 그녀가 오래 전부터 타루간을 마음속에 두고 있었다는 생각이 들자 계성은 더욱 분노가 치밀었다.

"빨리 내 앞에서 사라져라!"

아란사는 결국 두 뺨으로 눈물을 주르르 흘리더니 몸을 돌렸다. 그리고는 말에 오르며 슬픈 빛으로 작별을 고했다.

"그럼 이만 갈께요. 이제 보름이 며칠 안 남았으니까 그때 다시 만나요."

그녀는 이런 말을 남기고 병사들이 기다리는 곳으로 갔다. 병사들은 곧 그녀를 호위하여 떠나갔다.

계성은 마치 석상이 된 것처럼 그 자리에서 움직이지 못했다. 아란사를 뒤따라가서 와락 움켜잡아 말에서 끌어내리고 싶었으나, 그럴 수는 없었다. 계성은 결국 아란사를 잃어버렸다는 생각이 들었다. 타루간에게 빼앗긴 것이다.

동쪽 산마루 위로 달이 떠올랐다. 꽤 부풀어오른 달이었다. 이제 며칠만 지나면 둥근 보름달이 될 것이다.

계성은 말을 타고 인적 없는 들판 길을 느릿느릿 나아갔다. 아란사가 찾아와서 타루간과의 혼약을 알려주고 가버린 뒤 마음이 착잡하여 무작정 능목소를 나온 길이었다. 쓸쓸하고 울적한 기분으로 갈 곳도 정하지 않은 채 말에게 몸을 맡기고 있었다.

계성은 새삼스레 분노도 치밀었다. 지난번에 옥정에게 배반감을 느꼈듯이 이번에는 아란사에게 배신감을 느꼈다. 타루간을 공연히 살려주었다는 후회까지 생겼다.

계성은 밤이 이슥하도록 정처 없이 초원을 떠돌았다. 아란사와 타루간의 혼약을 생각하자 도저히 마음이 안정되지 않았다. 마음이 착잡하고도 우울했다. 그리고 외로웠다.

앞에 오래된 성곽이 나타났다. 대진국의 옛 왕궁터였다. 무너진 성곽의 잔해가 남아 있을 뿐인 왕궁터는 찾는 사람이 아무도 없이 적막했다.

계성은 말을 천천히 몰아가며 왕궁터를 둘러보았다.

지난날 왕궁은 외성이 사방 십여 리에 이르는 방대한 규모였고, 내성에는 웅대한 오봉루 안에 호화로운 회랑으로 연결된 5개의 궁전이 있었다고 한다. 하지만 요나라 거란족의 침범에 의해서 멸망할 때 왕궁은 모두 불타서 초토가 되어버렸다.

옛날에 대진국은 어떤 나라였던가.

고구려가 멸망한 후, 당나라는 그 영토를 차지하기 위해서 수많은 유민들을 요서 땅으로 강제 이주시켰다. 하지만 고구려 유장이었던 대중상이 말갈계인 걸사비우와 함께 반기를 들었다.

당나라 측천무후는 정벌군을 보냈으나, 대중상의 뜻을 이어받은 아들 대조영은 천문령에서 당나라 추격군을 격파하고 동쪽으로 이동하여 동모산에서 건국의 기틀을 닦았다. 대조영은 여기서 진국왕으로 등극하여 대진국을 건립한 것이다.

대진국의 제2대 임금인 무왕 대무예는 요하와 대능하를 건너서 당나라의 영주와 평주를 치고 만리장성까지 진격을 했다. 무왕은 영토를 확장하여 고구려의 옛 땅을 수복하고, 체제를 완비하고 신라나 왜국과도 교류했다. 법이나 풍습은 부여와 고구려를 따라서 이어가도록 했다.

제3대 문왕 대흠무는 공주의 묘에 〈皇上〉과 〈皇后〉라는 말을 새겨서 황제국임을 선포했다.

제10대 선왕 대인수는 흑수 이북과 미타호(홍개호)까지 개척하여 모든 말갈족을 복속시켰다.

이렇게 하여 대진국이 융성할 때는 5경 15부 62주 백여 현의 광대한 나라를 이루어 대황 땅 사방 5천 리를 지배하며 중원으로부터 해동성국(海東盛國)이라 불렸다.

하지만 나라가 멸망한 지 수백 년이 지난 지금은 왕궁터마저 폐허가 되어버렸다. 이러한 대진국이 과연 부활할 수 있을까.

계성은 다 잊어버리고 멀리 떠나고 싶은 충동이 들었다. 옥정에 이어서 아란사까지 잃어버렸다는 생각이 들자, 오탑을 찾아가서 비국새의 수수께끼를 풀겠다는 의욕도 시들해졌다. 그 문제는 이제 아란사와 타루간의 손으로 넘어간 것과 마찬가지가 아닌가.

계성은 처음에 사금포를 손에 넣었을 때도 멀리 떠나려고 했었다. 하지만 아란사가 꾀를 부려서 사금포를 선와소에 떨어뜨리는 바람에 떠나지 못했다.

아란사가 되찾아낸 그 금괴는 처음 작정보다 두 개를 더 보태서 4개를 다물계에 넘겼다. 지금 수중에는 한 개가 남았다.

시오눈이 말한 대로 사금포는 원래 강에서 사금을 채취한 노예들의 것이었다. 그들의 피와 땀으로 이루어진 황금이다. 그래서 다물계뿐만 아니라 노예들을 위해서 사용하라고 두 개를 더 넘겼다. 자유를 찾은 뒤 조선의 고향을 찾아갈 노예들은 여비가 필요하고, 이 땅에 정착할 노예들도 돈이 필요하기 때문이었다.

계성이 이런 저런 생각에 잠겨서 말을 천천히 몰아갈 때, 붉은 비단옷을 입은 한 여인이 무너진 성곽 옆에서 모습을 나타냈다.

그녀의 얼굴을 알아본 계성은 멈칫했다. 지난번에 한번 본 적이 있는 여인이었기 때문이다. 계성이 아란사와 함께 의원의 집에서 나온 뒤 만주족에 대한 이야기를 나누며 말을 타고 가고 있을 때, 옆에서 따라오며 비웃음을 보이고는 사라졌던 여인이었다.

그녀는 여전히 아름다웠고 입가에 미소를 띤 채 계성을 주시했다. 하지만 이번에는 비웃음 같지 않아서 어떤 의미의 미소인지 알 수 없었다.

계성이 의아하여 물었다.

"그대는 누구이며, 나에게 무슨 볼 일이라도 있소?"

여인은 감미로운 느낌이 드는 교성으로 대답했다.

"나는 주령이라고 해요. 당신과 이야기기를 나누고 싶었는데, 이렇게 만나서 기뻐요."

"나와 무슨 이야기를 나누고 싶었소?"

주령이라는 여인은 가까이 다가왔다.

"아주 미미하지만 나에게는 약간의 예지력이 있어요. 미래를 볼 수 있는 능력이죠."

"예지력……"

"전번에 당신은 한 소녀와 함께 말을 타고 갔었죠. 그때 나는 당신들의 미래를 희미하게 볼 수 있었어요."

계성은 기이함을 금치 못하여 그녀를 뚫어지게 바라보았다.

"어떤 미래였소?"

"유감스럽지만 어두운 미래였어요. 그 소녀가 당신에게 불행을 가져오는 걸 보았어요. 그래서 그걸 알려주려고 이렇게 당신 앞에 나타난 거죠."

"도대체 어떤 불행이오?"

계성은 더욱 의혹을 느끼며 거듭 물었다.

주령이 눈앞에 미래를 보는 것처럼 또렷한 어조로 말했다.

"그녀는 아마도 당신 곁을 떠나서 당신에게 마음의 상처를 줄 거예요. 그런데도 당신이 그녀 곁을 떠나지 못하면 아주 큰 상처를 받게 돼요. 목숨까지 좌우할 상처죠."

계성은 내심 놀랐다. 아란사가 떠나며 자신은 정말로 마음의 상처를 받은 셈이 아닌가. 그렇다면 앞으로 아란사를 계속 만나면 생명까지 잃을 수 있단 말인가.

주령이 이번에는 나직하고 부드럽게 말했다.

"나와 함께 가서 더 이야기를 나누도록 해요. 내가 당신을 지켜 줄게요. 나는 처음 보자마자 당신이 마음에 들었어요."

그녀는 이렇게 속삭이며 손을 살며시 뻗어서 계성의 손을 잡았다. 이것은 고혹적이고 은근한 유혹이었다.

달빛을 받아서 요염하게 아름다운 그녀의 얼굴이 마치 환영처럼 계성의 눈앞으로 다가왔다. 나직한 속삭임을 토해내는 그녀의 붉은 입술은 계성의 입술에 닿을 것만 같았다.

"나와 함께 가요."

이 순간 계성은 감미로운 그녀의 체향이 콧속으로 스며드는 걸 느끼며 갑작스런 어떤 충동이 솟구쳤다. 그녀를 와락 끌어안고 싶었다.

이때 돌연 멀지 않은 곳에서 말발굽소리가 들려왔다.

쿠두두두두두……

주령은 살짝 아미를 찌푸리더니 계성의 손을 놓았다.

"당신을 찾는 사람들이 나타났군요. 아무래도 오늘은 같이 갈 수가 없겠어요. 다음에 다시 만나요."

이런 말을 남긴 주령은 몸을 돌리더니 어두운 숲으로 그림자처럼 모습을 감춰버렸다.

계성은 순간적으로 이상한 꿈을 꾼 것만 같아서 정신을 차리려고 머리를 설레설레 흔들며 주위를 둘러보았다. 누가 나를 찾는단 말인가.

문득 계성은 나무 뒤에서 나타나는 한 사내를 발견했다. 뜻밖에도 그는 이미 죽은 줄 알았던 차일기였다.

차일기는 옆으로 다가오며 덤덤하게 말했다.

"지난번에 내가 운이 나빠서 미처 죽지 못했더니 여기서 다시 당신을 만나는군. 아무튼 반갑소."

계성은 반갑지 않은 얼굴을 했다.

"여긴 웬일이오?"

"황법사의 지시에 따라서 당신을 계속 찾고 있었지."

"아주 끈질기군."

"아란사는 어디 있소?"

"모르오."

차일기가 이번에는 엉뚱한 소리를 했다.

"당신의 여자는 만났소? 그 여자사냥꾼 말이오."

계성은 미간을 찌푸렸다.

"그녀는 만호원에 있지 않소?"

"그녀는 얼마 전에 도망을 쳤소."

"도망……"

"아직 못 만났다면 당신을 찾고 있겠군. 그녀가 전번에 자무창과 동침을 한 건 당신의 목숨을 구하기 위해서였지. 당신은 좋은 여자를 가졌소."

계성은 돌연 얼굴이 굳어졌다. 옥정이 나를 살려내기 위해 자무칸에게 몸을 주었단 말인가. 계성은 갑자기 격동이 치밀어서 가슴이 먹먹해졌다. 그때 내가 살아난 건 옥정의 희생 덕분이었구나.

차일기가 다시 말했다.

"아무튼 나는 당신을 잡아가야겠소. 그래야 돈을 받으니까."

그는 한쪽 어둠 속을 향하여 휘파람을 불었다. 그러자 그쪽에서 급박한 말발굽소리가 빠르게 다가오기 시작했다.

계성의 표정이 날카롭게 변했으나 차일기는 여전히 덤덤했다.

"내가 이번에는 몽골전사들을 데리고 왔소. 당신과 대결을 벌이면 내가 또 패배할 것 같아서 지금 그들을 부른 거요."

이내 20여 명의 몽골전사들이 모습을 나타냈다. 그들이 빼든 칼이 달빛을 받아서 번쩍였다.

계성은 싸움을 피할 수 없다고 생각하자 세강도를 뽑았다.

몽골전사들은 부채꼴로 포위망을 이루고 거리를 좁히더니 마침내 사납게 덤벼들었다. 계성도 세강도를 휘두르며 대항했다. 결국 치열한 격전이 벌어졌다.

챙! 챙! 채채챙!

칼날이 어지럽게 충돌하며 어둠 속에 새파란 불꽃이 번쩍번쩍 피어났다.

계성이 맹렬히 세강도를 휘두르자 몽골전사들은 일시 뒤로 물러섰다. 이 틈에 계성은 빠르게 말을 몰아서 도망쳤다. 사실 계성은 싸우고 싶은 생각이 없었다. 그냥 피해버리고 싶었다.

몽골전사들은 일제히 말을 달려서 추격해왔다. 그들은 숫자가 많은데다가 말을 잘 타고 칼솜씨도 좋았으므로 계성은 점점 위태롭게 되었다. 계속 도망을 쳤지만 뒤에서 언제 칼날이 날아와 등짝을 내리칠지 알 수 없었다.

계성이 이렇게 위급한 상황에서 쫓기고 있을 때, 돌연 어둠 속에서 화살이 날아오기 시작했다.

핑! 핑! 핑!……

선두에서 추격하던 몽골전사의 말들이 화살에 맞아서 연이어 거꾸러졌다. 귀신같은 활솜씨였다.

추격대는 어지럽게 흩어지고 계성과의 거리가 멀어졌다. 결국 계성은 쾌속으로 말을 달려서 추격을 따돌리고 도망칠 수 있었다.

차일기는 더 이상 추격하지 않았다. 사실 차일기는 꼭 계성을 잡을 생각이 없었다. 무슨 까닭인지는 몰라도 계성에 대해서는 적대감이 생기지 않았다. 신세가 비슷한 칼잡이로서 동류감을 느끼기 때문인지 모른다.

추격에서 벗어난 계성은 한숨을 돌리며 주위를 둘러보았다. 화살을 날려서 추격대를 제지한 사람이 누구였을까.

전번에 돌섬에서 탈출하다가 병사들에게 쫓길 때도 활을 쏘아서 구해준 사람이 있었다. 옥정이 만호원에서 도망쳤다고 하니 아무래도 그녀일 것 같았다.

계성은 그녀를 찾기 위하여 아까 화살이 날아온 쪽으로 말을 달리기 시작했다. 하지만 한동안 주위 일대를 헤매고 다녀도 옥정은 보이지 않았다.

계성은 긴 한숨을 토하며 가까운 둔덕 위로 올라갔다. 그리고는 주위를 멀리까지 둘러보았다. 마침 달이 구름 속에서 모습을 나타내며 건너편 언덕길을 천천히 나아가는 한 기마인이 보였다. 유심히 살펴보니 바로 옥정이었다.

"옥정!"

계성은 반가워서 그리로 급히 말을 달려갔다. 옥정은 아무런 감정이 드러나지 않은 얼굴로 돌아보았다.

계성은 가까이 다가갔지만 아무 말도 하지 못했다. 무슨 말을 해야 될지 생각이 나지 않았다. 가슴속에 솟구치는 감정을 표현할 수 없었다. 옥정도 아무 말이 없었다.

옥정은 완달산으로 가려고 했으나 결국 가지 못했다. 아무래도 계성을 한번 만나야 할 것 같았다. 그리하여 경박호를 떠나지 않고 계속 초원을 배회했는데, 차일기가 몽골전사들을 거느리고 가는 걸 목격하고 혹시나 해서 뒤따라왔다가 화살을 날리게 되었다.

얼마 후에야 계성이 겨우 입을 열어 한 마디 했다.

"옥정……고맙소."

그녀는 말없이 고개만 미미하게 끄덕였다.

달은 엷은 구름을 헤치며 천천히 흘러갔다. 구름 사이로 별이 희끗희끗 보였다.

25. 대경략

만호원의 영빈청에는 풍성한 주안상이 차려져서 황법사와 예친왕 다이샨이 마주 앉아 있었다. 황법사가 다이샨을 초대하여 극진히 접대를 하는 중이었다. 이 접대에는 이유가 있었다.

황법사는 요즘 홀한부의 동태를 아주 괴이하게 여겼다. 전번에 능목소에 출동했던 병사들이 도중에 철군했다는 보고를 받은 황법사는 홀한통수인 푸루신을 소환했으나, 그는 오지 않았다. 푸루신이 급병이 나서 부통수인 오발투가 지휘권을 대행한다는 전갈만왔다. 그리하여 부통수를 불렀지만, 그 역시 인수인계 문제로 바쁘다고 하며 오지 않았다.

황법사는 분노와 함께 의혹을 느꼈다. 홀한부가 도대체 무얼 믿고 이런 방만한 행태를 보이는 것일까.

황법사는 한 가지 가능성을 떠올렸다. 암사곡에서 시체가 발견되지 않은 타루간이 혹시 살아서 홀한부에 가 있는 게 아닐까. 정말 그렇다면 아주 심각한 문제였다. 타루간이 살아났는데도 만호원으로 오지 않는 건 암습을 당한 내막을 알아차렸다는 의미가 되기 때문이다.

이 추정이 맞는다면 타루간이 홀한부의 병사들을 거느리고 언제 밀어닥칠지 알 수 없는 판이었다. 진정 위험천만한 상황이었다.

황법사가 예친왕을 초대한 건 이런 상황 때문이었다. 만약 타루간이 어떤 행동을 취해온다면 예친왕을 방패로 삼으려는 것이다. 예친왕 앞에서는 타루간도 감히 경동할 수 없었다. 홀한부도 꼼짝없이 복종하는 수밖에 없다.

물론 타루간이 살아 있다면 어떤 방법을 쓰더라도 완전히 없애버려야 했다. 황법사는 이미 그 준비를 해두었다. 하지만 먼저 타루간의 생사 여부에 대한 확인이 필요했으므로, 황법사는 홀한부에 재차 호출령을 내린 터였다. 예친왕의 이름으로 내린 호출령이었으므로 결코 불복할 수 없을 것이다.

술이 은근히 취한 다이샨은 나쁘지 않은 기분이었다. 이제 술자리가 끝나면 젊은 여자와 동침을 하게 되어 있기 때문이었다. 황법사는 다이샨의 잠자리 시중을 들 여자를 대기시켜 놓았다.

이때 한 병사가 들어오더니 보고를 올렸다.

"홀한부의 부통수가 도착했습니다."

"이리 들여보내라."

황법사는 고개를 끄덕였다. 역시 예친왕의 호출령이 효력을 발휘한 것이다.

이내 부통수가 모습을 나타냈다. 그런데 해괴한 일이었다. 얼굴이 시뻘건 부통수는 몸을 가누지 못하여 두 병사의 부축을 받고 비틀거리며 들어오는데, 술 냄새가 확 풍기고 눈빛이 몽롱해서 제정신이 아니었다. 술을 얼마나 많이 마셨는지 고주망태가 되도록 만취해 있었다.

황법사는 어처구니없는 얼굴이 되었고, 다이샨도 어이없다는 낯을 했다.

대청까지 겨우 이끌려온 부통수는 뭐라고 중얼거렸지만, 혀가 완전히 꼬부라져서 알아들을 수가 없었다. 그는 주안상에 손을 뻗치더니 다이샨의 술잔을 집어서 벌컥벌컥 들이켰다. 그리고는 손으로 육포를 집어서 우적우적 씹어 먹다가 마룻바닥에 울컥 토해내고 말았다.

황법사는 분노하여 부통수를 수행해온 병사에게 힐문했다.

"이게 도대체 어떻게 된 일이냐?"

병사는 당황한 기색으로 더듬거렸다.

"부통수님은 원래 술을 좋아하여 요즘 홀한부에서 매일 주연이 있었습니다. 오늘도 아침부터 술자리가 벌어졌습니다. 푸루신 통수님께서 갑자기 병석에 누우신 까닭에 간섭할 사람이 아무도 없다보니까……"

병사의 말이 다 끝나기도 전에 다이샨이 크게 호통을 쳤다.

"저놈을 당장 끌어다가 목을 쳐라!"

부통수는 즉시 병사들에 의해서 질질 끌려나갔다. 그가 당장 목이 잘려진다고 해도 부당하게 여길 사람은 아무도 없었다.

황법사는 속으로 안도의 한숨을 내쉬었다. 홀한부가 지금까지 지시를 제대로 이행하지 않은 건 타루간 때문이 아니라 술주정뱅이 부통수에게 원인이 있다는 걸 알게 됐기 때문이었다.

사태가 이렇게 정리가 된 뒤, 다이샨이 문득 생각난 듯 황법사를 돌아보며 물었다.

"혹시 비국새라는 말을 들어보셨소?"

그는 어디선가 비국새에 대한 풍문을 들은 모양이었다. 양백기 주부에서 여러 사람이 경박호를 찾아온 게 비국새 때문이라는 걸 눈치 챘는지도 모른다.

황법사는 비국새에 대한 문제가 자금성까지 번지는 걸 원치 않 았으므로 적당히 얼버무렸다.

"그런 말을 듣긴 했지만 부질없는 전설이라 생각하오이다."

"나도 그렇게 생각은 하오만……"

황법사는 쓸데없는 이야기가 나오기 전에 술자리를 끝내야겠다 고 생각했다. 이제 다이샨을 더 붙잡고 있을 필요가 없었다.

"그만 쉬도록 하시지요. 시중들 여인이 기다리고 있습니다."

"그렇게 하리다."

아직 초저녁이었지만 다이샨은 젊은 여자와 동침을 할 욕심으로 선선히 몸을 일으켰다. 그는 쾌락과 재물을 탐하는 늙은 당나귀나 다름없었다. 황법사로서는 조종하기가 쉬우니 다행스런 일이었다.

다이샨을 침실로 안내해주고 나온 황법사는 혼자 뜰을 거닐며 생각에 잠겼다. 홀한부에 대해서 여전히 한 가닥 의구심이 사라지 지 않았다. 밖으로 드러나지 않은 어떤 내막이 있는 것 같았다.

황법사는 결국 쾌왜도를 홀한부에 보내서 내막을 캐보아야겠다 는 생각이 들었다. 쾌왜도는 원래 타루간의 수하였었다. 그러므로 타루간의 생사를 확인하거나 어떤 기미를 포착할 수 있을 것이다. 물론 쾌왜도가 배반하지 않도록 해야 된다.

아울러 황법사는 또 다른 한 가지 의구심도 풀어보아야겠다는 생각이 들었다. 전부터 황법사는 사람이 선와소를 통해서 오탑으 로 들어가야 된다는 게 잘 믿어지지가 않았다. 오탑은 많은 조의선인들이 만들었다고 하는데, 그들이 모두 호수의 사나운 소용돌이를 통해서 출입을 했을 것 같지는 않았기 때문이다.

어딘가에 그들이 은밀히 출입하던 통로가 있을지도 모른다. 폐전에 혹시 비밀통로가 있지 않을까. 옛날에 조의선인들이 수련을 하던 폐전은 등천벽과 가까우니까 그럴 가능성이 있다. 이런 판단이 들자 황법사는 폐전을 한번 조사해보아야겠다고 작정했다.

깊은 밤, 황법사는 선수전으로 발을 들여놓았다. 뒤에는 여러 명의 몽골전사들이 횃불을 치켜든 채 따랐다.

"폐전을 샅샅이 조사하여 혹시 어떤 통로가 있는지 찾아내라."

황법사의 지시가 떨어지자, 몽골전사들은 벽을 조사하고 복도를 뜯어보고 무너진 계단도 살펴보고 쓰러진 돌기둥도 들어내며 조사를 시작했다.

하지만 폐전을 샅샅이 탐색해 보아도 비밀통로 같은 건 보이지 않았다.

실망하던 황법사의 시선이 회랑 한쪽 귀퉁이에 있는 석실에 미쳤다. 문이 떨어져나간 그 조그마한 석실은 텅 비었고 천장에는 거미줄이 늘어져 있었다. 회랑 구석에 그 석실이 왜 만들었는지 용도를 알 수가 없었다.

"저 석실을 더 조사해 보라."

황법사는 다시 지시를 내렸다. 전사들은 사방 벽을 두드려보고 바닥을 뜯어내서 살펴보았다. 세밀하게 조사를 해보아도 역시 아무것도 발견되지 않았다.

황법사가 문득 한쪽 벽을 바라보았다. 저 벽을 두드릴 때 나는 소리는 다른 데와 좀 다르다. 안에서 소리가 진동하여 울리는 것 같다.

"저 벽을 깨보아라."

황법사가 재차 지시를 내리자, 몽골전사들은 커다란 망치로 벽을 깨기 시작했다.

쿵! 쿵! 쾅! 쾅!

과연 벽에서는 내부가 울려서 진동되는 음향이 울려났다. 망치질이 계속되자 마침내 벽이 와르르 무너졌다. 무너진 벽 속에는 아래로 내려가는 계단이 뻗어 있었다. 알고 보니 석실은 밀폐된 출입구였다.

"바로 여기다!"

그곳이 오탑으로 들어가는 비밀통로라는 직감이 들자 황법사는 득의의 빛을 보이며 계단을 내려갔다.

계단이 끝나자 육중한 철문이 앞을 가로막았다. 벌겋게 녹슨 철문을 열자 컴컴한 동굴이 나타났다. 옛날에 화산폭발로 생성된 현무암 동굴이었다. 이 동굴은 사람들이 출입하지 못하도록 폐쇄되었던 것이다.

"동굴 안을 조사해 보라."

황법사의 새로운 지시가 떨어졌다. 몽골전사들은 횃불을 쳐들고 동굴 안으로 들어섰다. 황법사도 동굴 안으로 발을 들여놓았다. 오탑은 틀림없이 이 동굴 안에 있을 것이다.

목단강과 송화강 일대에 널리 펼쳐진 사금광은 매우 광대했고 여기에서 일하는 노예들이 이삼천 명이나 되었다. 사금광의 본부는 목단강 옆에 있었으므로 목단보라 불렸다.

목단보에는 작업장에 새로 투입되거나 보충될 노예들을 수용하는 거대한 막사가 늘어서 있고, 경비하는 무사들도 매우 많았다.

노예들은 하루에 멀건 잡곡죽 한 그릇씩을 얻어먹으며 한 줌의 사금을 캐고 걸러내기 위하여 일 년 열두 달을 쉬지 않고 강바닥에서 일해야 한다.

강바닥은 자갈층과 모래층과 진흙층이 위로부터 차례로 쌓여 있다. 사금은 모래층과 진흙층 사이에 있는데, 토사를 십여 척 이상 파내야 하고 그 양이 적으므로 찾아서 걸러내어 황금으로 만들기는 무척 어렵다.

사금광의 노예가 도망치다가 잡히면 발바닥과 손바닥을 철사로 꿰어서 통나무에 매달아 죽도록 한다. 산 채로 불에 태워 죽이기도 한다. 다른 노예들에게 공포심을 주어 도망치지 못하게 하기 위해서였다.

굶주려 죽거나 감독하는 무사들의 채찍에 맞아서 죽고 여름에는 더위에 지쳐서 죽고 겨울에는 얼어 죽는 노예들도 수없이 많았다.

깊은 밤이었다.

경비를 하는 무사들이 정문과 초소의 불빛 아래를 오락가락할 뿐 목단보는 적막에 잠겨 있는데, 돌연 강변에 수십 기의 기마대가 나타났다. 창칼을 치켜든 그들은 빠르게 말을 달려서 순식간에 목단보로 접근했다.

경비무사들이 그들을 발견했을 때는 정문 바로 앞에까지 쇄도하고 있었다. 무사들은 눈을 크게 떴다.

"저 기마대는 뭐냐? 병사들 같지는 않은데……"

기마대는 함성을 지르며 공격을 개시했다.

"우리는 청산채에서 왔다! 살고 싶으면 모두 나와서 무릎을 꿇고 항복하라!"

그들은 현무가 거느린 청산채의 비적들이었다. 그들은 사금광의 노예들을 해방시키기 위해서 먼저 목단보에 쳐들어온 것이다. 아란사의 요청에 의해서 타루간이 사금광의 노예 해방을 묵인하기로 했다는 사실을 알게 되자 행동을 개시한 것이다. 사금광을 폐쇄키면 소패륵장은 결국 힘을 잃고 와해될 것이다.

"청산채에서 쳐들어왔다!"

경비무사들은 놀라서 소리쳤다. 그들은 청산채에서 왜 쳐들어 왔는지 이유는 몰랐지만 당장 공격을 해왔으니 싸우지 않을 수 없었다.

무사들은 황급히 싸울 태세를 취했다. 하지만 순식간에 정문이 부서져나가고 비적들은 목단보 안으로 거센 파도처럼 밀려들었다.

목단보는 갑자기 혼전에 휩싸여버렸다. 비적들과 경비무사들 사이에 어지러운 싸움이 벌어졌다.

비적들이 사납게 창칼을 휘두르자 경비무사들은 그 기세에 밀려서 뒤로 밀려났고, 잠자던 무사들은 놀라서 깨어났으나 무슨 일인지 제대로 파악하지 못하여 우왕좌왕하다가 칼을 맞고 거꾸러졌다.

이때 강변 쪽에서 수많은 사람들이 시커먼 구름처럼 나타나더니 빠르게 접근해왔다. 수백 명이나 되는 그들은 모두 창칼과 죽창 등을 들고 있었다. 그들은 계성과 다물계 요원들이 거느린 능목소의 노예들이었다.

그들도 요란한 함성과 함께 목단보로 쇄도해왔다.

"와아아—— 목단보를 접수하라!"

목단보는 더욱 커다란 혼란에 휩싸여버렸다. 잠자던 노예들도 모두 깨어나서 큰 동요가 일어났다.

목단보 안으로 뛰어든 다물계 요원들은 노예들의 막사를 향하여 소리쳤다.

"우리는 당신들을 구출하려고 능목소에서 출동했소!"

"목단보를 해체하여 당신들에게 자유를 찾게 해주겠소!"

노예들은 비로소 눈앞에 벌어진 놀라운 상황을 깨닫고 일제히 막사를 뛰쳐나오며 함성을 질렀다.

"우리도 함께 싸우자!"

"모두 자유를 찾자!"

그들은 무기가 없었지만 워낙 숫자가 많았으므로 한꺼번에 봇물처럼 터져나오자 경비무사들이 제지할 수 없었다. 노예들은 막사를 때려 부수고 막대기나 몽둥이를 찾아들고 나서서 무사들에게 덤벼들었다. 광풍노도 같은 사태였다.

사방에서 공격을 받은 소패륵장의 무사들은 피를 뿌리며 쓰러지거나 목숨을 보존하려고 황망히 도망을 쳤다.

얼마 지나지 않아서 목단보는 완전히 노예들의 수중에 들어가고 말았다. 마치 홍수를 만난 제방이 일거에 무너진 것과 같았다.

노예들은 흥분과 감격에 겨워서 어두운 밤하늘이 떠나갈 듯 함성을 질렀다.

"목단보는 끝장이 났다!"

"와아아—— 해방이다!"

이런 사태가 계속되면 광대한 사금광은 결국 다 해방이 될 것이다. 수천 명의 노예들이 모두 자유를 찾게 되는 것이다.

이렇게 사태가 일단락되자, 계성은 조용한 곳에서 현무와 단둘이 마주앉았다. 그리고는 미루었던 이야기를 꺼냈다.

"아란사가 옛 대진국에서 비밀리에 전해진 국새를 지니고 있소. 이 비국새를 가지고 경박호에 있는 오탑을 찾아가면 대진국 부활에 대한 수수께끼가 풀린다 하오."

예상했던 대로 현무는 뜨악한 낯이 되었다.

"대진국의 부활이라니……"

"나도 처음에는 황당한 이야기로 들렸소. 하지만 대진국의 부활이란 이 땅에 있는 조선인과 만주족이 손을 잡고 대황을 함께 경영한다는 뜻이라 하오."

"우리가 만주족과 손을 잡는다고?"

현무는 더욱 뜨악한 얼굴이 되었다. 그는 청나라 만주족으로부터 요동을 수복하려는 다물계의 요인이니 당연히 그럴 만했다.

계성이 설명을 계속했다.

"자금성을 차지한 청조와 손을 잡는다는 의미는 아니오. 중원으로 진출한 만주족은 세월이 흐르면 결국 창대한 한족에게 흡수되어 미미하게 쇠퇴하거나 소멸한다는 게 아란사의 생각이오. 물론 아란사는 조선의 선가 출신이라는 조부로부터 배운 바가 있어서 그런 이야기를 하는 거지만……"

"……"

"아무튼 아란사는 이런 생각으로 기주부의 타루간 대공자와 혼약을 한 뒤 오탑을 찾아가려고 하는 중이오. 그리고 기주부의 황법사는 어떤 야심을 품고 비국새를 노리고 있는데, 자신의 제자인 자무창을 카일락 기주의 후계자로 만들려고 타루간을 암습했소. 타루간은 겨우 목숨을 건진 뒤, 지금 황법사와 암투를 벌이고 있소.”

현무는 뜻밖의 이야기를 듣고 내심 놀라는 기색이었다. 그는 침묵 속에서 한동안 생각에 잠기더니 이윽고 무겁게 입을 열었다.

“지금은 우리가 만주인과 손을 잡는다는 걸 상상하기 어렵지만, 원대한 대경략(大經略)으로 본다면 멀리 보고 깊이 고려해볼 수도 있겠지. 하지만 나는 지금 다물계의 일원으로서 그런 대경략을 논할 처지는 아닐세. 또한 비국새나 기주부 인물들의 암투 문제도 내가 관여할 일은 아닌 것 같네.”

계성이 느릿느릿 고개를 끄덕였다.

“알고 있소이다. 나는 다만 앞으로의 상황에 대처하는 데 참고를 삼도록 이야기를 했소이다.”

“내가 잘 새겨서 참고를 하겠네.”

현무도 느릿느릿 고개를 끄덕였다.

이때 계성은 문득 주령이라는 여인이 한 이야기가 생각났으나 입 밖에 내지는 않았다. 그녀는 아란사가 불행을 가져오고 목숨까지 좌우할 큰 상처를 줄 거라고 했다.

계성에게는 아직도 주령이 이상한 꿈속에서 만난 존재인 것만 같았다. 그녀의 정체는 무엇일까.

아란사를 생각하면 계성은 여전히 마음이 착잡했다.

26. 환 몽

하늘은 짙은 먹구름으로 덮여서 해가 떨어지자 바로 컴컴해졌다. 홀한부의 내성에는 등롱이 하나 둘 밝혀지기 시작했다.

혼자 후원을 거닐고 있던 아란사는 하늘을 올려다보았다.

"내일이 보름이니까 오탑으로 들어가야 되는데, 이상하게 마음이 심란하고 울적해. 하늘에서는 당장 비가 쏟아질 것 같아."

그녀는 왠지 모르게 기분이 복잡했다. 자신이 홀한부에 와서 타루간과 혼약을 하고는 함께 있는 게 이상하게 여겨졌다. 자신이 선택하여 결정한 일 같지가 않았다.

때때로 아란사는 자신의 생각과 관계없이 어떤 일이 결정되는 느낌을 받곤 했다. 자신의 내부에 누군가 다른 사람이 있어서 그에게 끌려가는 것 같았다. 내 안에 있는 사람이 바로 홍라녀일까.

아란사는 머리를 살래살래 흔들었다.

"어떤 때는 내가 싫어. 계성에게로 돌아가고 싶어. 그와 함께 멀리 떠나고 싶어. 난 홍라녀가 되고 싶지 않아."

그녀가 이렇게 중얼거릴 때, 어두운 뒤뜰에 한 노파가 그림자처럼 모습을 나타냈다. 머리가 희끗희끗하고 자그마한 몸매에 흰 저

고리와 치마를 입은 노파였다.

아란사는 놀라서 눈을 크게 떴다.

"할머니……"

그녀는 바로 옛날에 죽은 조모가 아닌가. 노파는 서글프고 근심 어린 얼굴이었으나 온유한 음성으로 말했다.

"아란사야! 너에게 할 이야기가 있어서 왔다."

"할머니! 저승에서 돌아왔어요?"

"그렇다. 하지만 곧 돌아가야 한다."

"할머니! 가지 말아요. 나는 외로워요."

아란사는 눈물이 글썽해져서 조모에게로 다가가려고 했다. 그러나 웬일인지 발걸음이 떨어지지 않아서 움직일 수가 없었다.

노파가 측은한 빛으로 손녀를 바라보았다.

"불쌍한 것! 혼자 살아가려니까 외롭겠지. 하지만 내 말을 잘 들어라. 아주 중요한 이야기다."

"무슨 이야기인데요?"

"내일 경박호에 가지 말아라. 너무 위험하다."

"할머니! 나는 내일 오탑을 찾아가야 해요."

"아란사야! 거기 가면 죽는다. 가지 말아라."

"나는 비국새의 수수께끼를 풀어야 돼요. 그건 내가 꼭 할 일이니까 어쩔 수 없어요."

노파의 주름진 얼굴에는 안타까운 빛이 나타났다.

"내가 아무리 말려도 너는 결국 끌려가고 말겠구나. 무언가 알 수 없는 힘이 너를 죽음으로 끌어가고 있어. 하지만 끌려가지 않는 방법이 있다. 네가 살 수 있는 방법을 가르쳐주마."

"어떤 방법이죠?"

"네가 다른 사람으로 바뀌어야 한다."

아란사는 눈을 동그랗게 떴다.

"어떻게 다른 사람으로 바뀌죠?"

"너는 영력을 지녔으므로 그렇게 할 수 있다. 네가 다른 사람으로 바뀌면 살 수가 있어."

"다른 사람이라면 누구 말이에요?"

"경박폭포로 가보아라. 그러면 그 사람을 만날 수 있다. 그 여자에게 네 숨을 불어넣어라. 그럼 네가 그녀의 육신을 얻을 것이다. 호흡은 바로 혼백이자 생명이니까 말이다."

"그 여자라면……"

"폭포에 가보면 안다. 나는 이만 가야 되니까, 내 말을 잊지 말고 그대로 해라."

"할머니! 나는 무슨 말인지 모르겠어요. 가지 말아요. 나는 할머니를 따라 갈래요."

"아란사야! 나를 따라갈 수는 없다. 내 말대로 하면 너의 운명이 바뀌니까 죽지 않는다. 지금 경박폭포로 가라."

이런 말을 남긴 노파는 어둠 속으로 연기처럼 스르르 사라져버렸다. 아란사는 여전히 발이 떨어지지 않아서 따라가지 못하고 조모를 안타깝게 소리쳐 불렀다. 하지만 목소리도 나오지 않았다.

아란사는 괴이한 환몽 속에 빠져 있는 것만 같았다. 아주 이상한 꿈을 꾸는 것 같았다.

이때 뒤에서 부르는 소리가 들렸다.

"아란사!"

그녀가 꿈에서 깨어난 것처럼 정신을 차리고 뒤를 돌아보니, 정청에서 돌아온 타루간이 성큼성큼 다가오고 있었다. 그는 옆으로 오더니 아란사의 손을 잡았다.

"산책을 하고 있었구나. 그만 들어가자."

어둠 속에서도 아란사의 아름다운 모습은 타루간에게 새삼스레 본능적인 욕망을 솟구치게 했다. 타루간은 넌지시 말했다.

"아란사! 오늘 밤에는 나랑 같이 자자."

"안 돼요. 내일은 보름이라서 오탑으로 들어가야 해요. 오늘은 마음의 준비를 잘해야 돼요."

타루간은 더 강요하지 않았지만, 내일 보름이 지나고 나면 아란사를 어떻게 어르고 달래서라도 동침을 해야겠다는 생각이 들었다. 내일은 아마도 모든 사태가 일단락 될 것이기 때문이다.

아란사가 정색을 하고 물었다.

"황법사를 어떻게 할 거죠? 그도 등천벽에 나타날 거예요."

타루간의 표정이 냉정해졌다.

"홀한부의 병사들이 황법사를 체포하기 위하여 출동준비를 마쳤다. 하지만 예친왕 다이샨이 지금 만호원에 있으므로 출동을 보류하고 있지. 그는 어제 부통수를 호출했어."

예친왕 때문에 타루간은 마음대로 출병을 하지 못하고 있는 터였다. 예친왕이 황법사를 감싸고 나서면 오히려 곤경에 몰릴 수도 있었다. 아란사는 의아한 빛을 보였다.

"예친왕이 왜 만호원에 가 있죠?"

"황법사가 예친왕을 매수한 모양이다. 홀한부가 요즘 자신의 지시를 제대로 이행하지 않으니까 예친왕을 내세워서 추궁을 하려는 것이다.”

“그럼 어떻게 해요? 예친왕이 가로막으면 병사들을 동원할 수 없잖아요?”

“예친왕이 만호원을 떠나면 출동하겠다.”

“만호원에 간 부통수가 만약 사실을 실토하면 어쩌죠? 당신이 살아서 여기 있다는 사실을 황법사가 알게 되면 어떤 비상수단을 쓸지 모르는데⋯⋯”

“그런 일은 없을 테니 걱정하지 말아라.”

타루간이 만호원에 보낸 부통수는 사실 오발투가 아니라 뇌옥에 갇혔던 한 죄인이었다. 풍채가 그럴 듯한 그 죄인을 뇌옥에서 끌어내어 독한 술을 인사불성이 되도록 퍼마시게 한 뒤, 장령의 옷으로 갈아입혀서 만호원으로 보냈던 것이다. 황법사의 심문에 아무 대답도 못하게 하기 위해서였다.

오발투의 얼굴을 미처 몰랐던 황법사와 다이샨은 결국 속은 것이다.

아란사가 잠시 생각에 잠기더니 마침내 결심한 듯 말했다.

“나는 경박폭포에 잠깐 다녀올께요.”

“갑자기 폭포엔 왜 간단 말이냐?”

“그럴 일이 있어요.”

“그럼 호위병을 붙여주겠다.”

“밤에는 사람이 없는 곳이니 혼자 다녀오겠어요.”

“하늘을 보니 비가 쏟아지겠다.”

“그래도 가봐야 돼요.”

이렇게 말한 아란사는 마구간으로 뛰어갔다.

타루간은 의혹을 느끼면서도 제지하지는 않았다. 아란사는 아직 길들지 않은 파랑새 같았지만 밖으로 날아가서 돌아오지 않는 일은 없을 것이다.

이때 한 병사가 나타나서 보고를 올렸다.

"쾌왜도라는 사내가 찾아왔습니다. 그 사내는 자신이 근위총령 님의 경호를 맡고 있다고 했습니다."

타루간은 반색을 했다.

"그가 살아 있었군. 그를 이리 데려와라."

"알겠습니다."

병사는 돌아서 나가더니 이내 한 사내를 데리고 들어왔다. 그 사내는 바로 쾌왜도였다. 타루간이 살아 있는 걸 보자, 쾌왜도는 내심 놀랐다. 하지만 그는 내심을 감추며 공손히 허리를 굽혔다.

"다행히 근위총령님께서 몸을 보존하셨군요. 저는 그동안 부상을 치료하느라고 마을에 머물다가 오늘 이렇게 근위총령님을 찾아 나섰습니다."

이것은 만약의 경우에 타루간을 만나면 이야기하도록 황법사가 가르쳐준 말이었다. 타루간은 고개를 끄덕였다.

"그대도 목숨을 보존했으니 정말 다행이다. 그동안 만호원을 찾아가거나 황법사를 만나보지는 않았는가?"

"이곳을 거쳐서 만호원으로 가볼 생각이었습니다. 황법사는 아직 만나지 못했습니다."

타루간의 표정이 냉막하게 변했다.

"암사곡에서 우리를 암습한 건 황법사의 지시를 받은 몽골전사들이었네. 황법사는 나를 제거하고 자무창이 우리 기주부의 후계자가 되도록 음모를 꾸민 것 같네."

"아! 그럴 수가……"

쾌왜도는 몹시 놀라는 기색을 보였다. 하지만 그로서는 이미 짐작하고 있는 사실이었다.

쾌왜도는 황법사나 타루간 누구에게도 진심으로 충성할 의도가 없었다. 더 많은 보수를 지불하는 쪽에 붙을 생각이었다. 그러므로 황법사에게 의심을 받지 않으려면 일단 만호원으로 돌아가야 했다.

쾌왜도는 자못 분노한 듯 말했다.

"제가 이제 만호원으로 가서 황법사를 제거하겠습니다."

타루간은 잠시 생각을 하더니 말했다.

"일단 만호원으로 가서 황법사의 동태를 살피며 대기하도록 하게. 자네는 물론 나를 만난 사실을 숨기고 아무것도 모르는 척해야 되네. 그러면 황법사는 자네를 수하로 거두어서 이용하려고 할 걸세."

"알겠습니다."

"황법사는 내가 직접 만나볼 생각이니까 서둘러 손을 쓸 필요는 없네. 자무창은 결국 자네가 제거해야 되지만, 역시 내가 지시할 때까지 기다리게."

"잘 알겠습니다."

쾌왜도는 머리를 숙여서 복명을 하면서도 속으로 중얼거렸다. 대공자! 당신이 나에게 위험한 일을 맡기려면 충분한 대가를 지불해야 할 게 아니오? 왜 보수에 대해서는 아무런 말이 없소?

쾌왜도는 지금까지 한 달에 백은 세 냥을 받고 타루간의 경호 일을 해왔다. 하지만 이제는 그 정도 보수로 만족할 수 없었다. 황법사로부터 더 많은 보수를 받고 있기 때문이다.

쌍방의 충돌이 불가피해진 지금, 더 중요한 어떤 역할을 하면 크게 한 몫 챙길 가능성도 있었다. 그것이 쾌왜도가 노리는 바였다.

또한 쾌왜도는 속으로 궁리를 하고 있었다. 두 명의 첩자는 내 손으로 제거해야 되겠군.

황법사가 만약의 경우에 대비하여 홀한부를 감시하려고 두 명의 첩자를 파견한 사실을 쾌왜도는 알고 있었다. 나무꾼으로 위장한 두 첩자는 가까운 숲속에서 병영의 동태를 살피고 있었다.

쾌왜도로서는 그 첩자들에 의해서 자신의 동태까지 밝혀질 염려가 있으므로 제거해야 했다. 쾌왜도는 곧 출발했다.

아란사는 말을 타고 어둠 속을 나아가고 있었다. 그녀는 마음이 좀 혼란스러웠다. 조모의 말대로 경박폭포를 찾아가고 있지만, 그곳에 가서 어떤 일을 겪게 될지 예측할 수 없었기 때문이다.

돌연 앞에 누군가 모습을 나타냈다. 컴컴한 어둠 속에서 천천히 다가오는 걸 보니 붉은 비단옷을 입은 한 여자였다.

아란사는 이내 그녀가 누구인지 알아보았다. 전번에 한 번 본 적이 있는 정체불명의 여인이었다. 계성과 함께 의원의 집으로 타루간을 찾아갔다가 떠나올 때 옆으로 스쳐갔었다. 그때 그녀는 이야기를 엿듣고 비웃는 듯한 이상한 미소를 흘리고 지나갔었다.

여인은 앞으로 다가와서 길을 막아섰다. 아란사가 멈칫하며 말을 세우자 그녀가 직선적으로 물었다.

"너는 비국새를 가지고 있지?"

아란사는 의아하여 되물었다.

"당신은 누구죠?"

"나는 주령이라고 하지만 너는 알지 못할 거야."

"당신이 비국새에 대해서 어떻게 알고 있죠?"

"비국새를 보여 주면 이야기를 해주지."

"그건 중요한 물건이라서 가지고 다니지 않아요."

여인은 내심 실망하는 눈치였다.

"네가 거짓말을 하는 것 같지는 않구나. 지금 비국새는 어디 있니? 누가 가지고 있지?"

"그걸 내가 당신에게 말해줄 이유가 있나요?"

"말을 안 하겠다는 얘기로군. 그럼 다음에 만나기로 하지. 내가 한 가지 사실만 미리 알려주마. 너는 비국새 때문에 결국 불행을 당하게 될 거야. 죽을 수도 있지."

이렇게 말한 여인은 야릇한 냉소를 흘리더니 몸을 돌려서 떠나갔다. 아란사는 어둠 속으로 사라지는 그녀를 멍하니 바라보며 미간을 찌푸렸다. 도대체 저 여자가 누구인가.

다음 순간 아란사의 표정이 저절로 굳어졌다.

"저 여인은 혹시……"

하지만 그녀는 이미 어디론지 사라지고 없었다.

아란사는 다시 말을 몰아서 나아가기 시작했지만 경직된 표정은 풀어지지 않았다.

용담비폭(龍潭飛瀑)이라고도 불리는 경박폭포는 지난번에 비가 온 탓으로 기세 좋게 쏟아졌다.

콰르르르르——콰르르르르릉——

계성과 옥정은 폭포의 물가에 모닥불을 피우고 앉아 있었다. 춥지는 않지만 물고기를 구워 먹기 위하여 불을 피웠다.

계성은 지난날 옥정과 처음 만났을 때, 모닥불을 피우고 물고기를 구워 먹던 일을 떠올렸다. 불과 몇 달밖에 지나지 않았지만 그때가 아주 오래 된 것처럼 느껴졌다. 그동안에 여러 가지 파란을 겪었기 때문이리라.

옥정도 지나온 날들을 회상하는지 아련한 표정이었다. 그녀는 이제 고뇌와 갈등이 사라져서 마음이 평온해진 것 같았다. 계성도 평온한 기색이었다. 두 사람은 마음이 완전히 합쳐진 것이다.

계성은 웅장한 기세로 쏟아지는 폭포를 바라보았다. 아란사는 폭포 속에서 비국새를 찾아냈다고 했다. 하지만 그녀는 이제 타루간에게로 가버렸다.

계성은 뒤로 밀려난 느낌이었지만, 내일은 선와소에 가볼 생각이었다. 내일 보름날 오탑을 찾아가면 비국새에 대한 수수께끼가 풀린다고 했으니까.

계성은 하늘을 올려다보았다. 어두운 밤하늘에 먹구름이 짙게 깔려서 폭우가 쏟아질 것 같았다. 비가 오면 가까운 암벽 밑으로 피하면 되니까 걱정할 필요는 없었다.

계성이 몸을 일으키더니 신발과 웃통을 벗었다.

"고기를 더 잡아와야겠소."

물속으로 발을 들여놓는 계성을 바라보며, 옥정은 모닥불이 꺼지지 않도록 나뭇가지를 더 얹었다.

계성은 폭포 쪽으로 헤엄쳐가서 물속으로 잠수를 했다. 깊은 용담으로 들어가 보려는 것이다. 고기를 잡는 것보다 소용돌이에 익숙해져서 선와소에 들어갈 준비를 하려는 목적이었다.

이때 암벽 위에 한 소녀가 말을 타고 나타났다.

그녀는 바로 아란사였다. 그녀는 용담 속으로 잠수해 들어가는 계성을 발견하자 얼굴이 굳어졌다. 수량이 많을 때 사나운 소용돌이가 생기는 용담은 등천벽의 선와소에 못지않게 위험하기 때문이었다.

하지만 옥정을 바라보는 아란사의 눈빛은 기묘하게 변했다. 이 순간 아란사의 머리에는 조모가 들려준 이야기가 스쳐갔다. 네가 그 여자로 바뀌면 죽지 않고 살 수가 있다. 그녀에게 네 숨을 불어넣어라. 그럼 네가 그녀의 육신을 얻을 수 있다. 호흡은 바로 혼백이자 생명이니까 말이다.

용담 속으로 들어간 계성이 좀체 나오지 않자 옥정의 얼굴에는 불안감이 나타났다. 옥정은 결국 몸을 일으켜서 물속으로 발을 들여놓았다. 옥정은 곧 용담 속으로 잠수해 들어갔다.

이 광경을 본 아란사는 하마하여 물가로 다가갔다.

번쩍! 번쩍! 우르르르르——콰앙!

돌연 하늘에서 번개가 작렬하고 우레가 터지더니 굵고 세찬 빗줄기가 쏟아지기 시작했다.

쏴아아아아아아……

이때 맹렬한 폭우 속에서 계성이 수면 위로 떠올랐다. 계성은 가쁜 숨을 내쉬며 물가로 헤엄쳐오더니, 옥정이 안 보이고 그 대신 아란사가 서 있는 걸 보고 의아한 낯을 했다.

"아란사가 왔구나. 옥정은 어디 갔지?"

"당신을 찾으러 물속에 들어갔어요. 옥정 언니가 혹시 소용돌이에 휩쓸려들었는지 모르니까 내가 들어가 볼께요."

이렇게 대답한 아란사는 물속으로 발을 들여놓더니 그대로 잠수해 들어갔다. 계성은 그냥 아란사를 지켜보는 수밖에 없었다.

한편, 용담의 소용돌이에 휩쓸린 옥정은 정신이 아득해진 채 캄캄한 수중에서 바람개비처럼 돌아가고 있었다. 아무것도 보이지 않아 계성을 찾을 수 없었고 헤엄도 칠 수 없었다. 그녀는 숨이 막혀서 의식이 점점 희미해졌다. 거의 빈사상태였다.

이때 아란사가 능숙하게 헤엄을 쳐서 나타나더니 옥정의 팔을 잡았다. 캄캄한 수중에서도 아란사의 두 눈동자는 기이하게 빛났다. 눈동자에서 보라색 광채가 발산되었다.

아란사는 곧 옥정을 바짝 끌어안고 입을 마주 댔다. 그리고는 숨결을 힘차게 불어넣었다. 아란사의 숨결은 옥정의 입 속으로 품어져 들어갔다.

휘리리리리리리……

두 사람을 휘감은 물결은 사나운 수룡처럼 소용돌이치며 수포를 분수처럼 품어올렸다.

얼마 후 아란사는 숨을 옥정에게 모두 불어넣고 떨어지더니 온몸에 힘을 잃고 축 늘어진 채 물결에 휩쓸려갔다. 반면에 맥없이 흐늘거리던 옥정은 의식을 회복했다. 그녀는 돌연 기운을 차려서 위로 헤엄쳐 올라갔다.

"후우우——"

수면 위로 불쑥 얼굴을 나타낸 옥정이 긴 숨을 품어내자, 물가에서 폭우를 맞고 서 있던 계성이 소리쳐 물었다.

"아란사를 보지 못했소? 아란사가 조금 전에 그대를 찾아보겠다고 잠수해 들어갔는데……"

"아란사가 나를 수면 위로 밀어올렸는데, 그다음에는 어떻게 됐는지 모르겠어요."

옥정은 이렇게 말하며 숨결을 골랐다. 계성은 용담 쪽을 뚫어지게 주시했다. 하지만 아란사는 모습을 보이지 않았다.

옥정이 헤엄쳐서 다가오며 말했다.

"아란사는 어쩌면 계류 아래로 떠내려갔는지도 몰라요."

계성은 계류 쪽을 둘러보았다. 저 아래로 떠내려갔다면 어떻게 찾아낸단 말인가. 폭우가 맹렬히 쏟아지는 캄캄한 어둠 속은 아무 것도 보이지 않았다.

옥정이 물 밖으로 나오며 중얼거렸다.

"나는 이렇게 바뀌었어. 아주 이상한 느낌이야."

계성이 의아하여 그녀를 돌아보았다.

"뭐가 바뀌었단 말이오?"

"내가 바뀐 걸 모르겠어요?"

"모르겠는데……"

옥정은 엉뚱한 걸 물었다.

"당신은 아란사를 사랑하나요?"

"……"

"당신은 원래 나도 사랑하잖아요? 당신은 두 여자를 모두 사랑하나요?"

계성은 놀라서 옥정을 뚫어지게 바라보았다. 그녀가 평소 하지 않던 말을 했기 때문이었다. 그녀의 눈동자에서는 은은한 보랏빛 광채가 발산되고 있었다. 빗물에 젖은 두 눈동자가 작은 보라색 등 불처럼 빛났다.

"옥정의 눈이 이상하오."

"뭐가 이상해요?"

"눈에서 보랏빛이 나오."

"그것은 영력 때문이에요."

"……"

"이따가 자세히 이야기해줄게요. 당신은 계속 나에게 동침을 하자고 졸랐으니까 오늘밤에는 같이 자요. 나는 이제 새로운 사람이 되었으니까 동침을 해도 안 될 게 없어요."

계성은 더욱 놀랐다. 옥정이 마치 아란사처럼 말하지 않는가. 계성의 얼굴에 기괴하다는 빛이 떠오르자 옥정은 홍소를 터뜨렸다.

"호호호……내가 동침하자니까 이상해요? 우리는 사랑하는 사이인데 뭐가 이상하죠? 난 지금 새로 태어난 것처럼 기분이 아주 좋아요. 몸이 날아갈 것 같아요. 호호호호……"

그녀는 날카로운 웃음을 터뜨리며 암벽 위로 뛰어올라갔다. 계성은 폭우 속에 서서 무언가에 홀린 것처럼 멍해졌다.

"저 웃음소리도 결코 옥정이 아니야! 옥정이 마치 아란사처럼 웃고 있어."

다시 뇌전이 하얗게 번쩍이며 하늘을 찢어나가더니 요란한 천둥이 고막을 때리며 터져나왔다.

우르르르르릉——쾅! 콰콰쾅!

거듭 번개가 치자 암벽 위에 사람이 한 명 환하게 비쳐 보였는데, 그는 바로 마발통이었다. 그는 똥장군을 짊어지지 않았지만 지게 작대기를 손에 들고 있었다.

마발통은 너털웃음을 터뜨리며 옥정의 앞을 막아섰다.

"허허허……그러면 안 된다."

옥정은 흠칫 놀라서 멈추어섰다. 그녀는 이상하게 몸이 굳어진 듯 움직이지 못했다. 마발통이 돌연 지게 작대기를 번쩍 들어서 옥정의 어깨를 딱, 소리가 나게 후려쳤다.

"으흑!"

충격을 받은 옥정은 의식을 잃고 그 자리에 풀썩 쓰러졌다.

마발통은 다시 너털웃음을 터뜨리며 돌아서서 떠나갔다.

"허허허허……그러면 안돼. 자기 자리로 돌아가야 돼."

계성은 의혹을 금치 못하며 급히 옥정에게로 뛰어갔다. 계성이 안아서 부축하자 옥정은 겨우 정신을 차리고 멍한 시선으로 바라보았다. 그녀의 눈동자에서 발산되던 보랏빛 광채는 어느새 사라지고 없었다.

계성은 그녀의 기색을 유심히 살펴보았다.

"옥정! 괜찮소?"

"내가 왜 쓰러져 있었죠? 나는 지금 아무 정신이 없어요."

그녀는 어리둥절한 기색이었다. 조금 전에 있었던 일을 전혀 모르는 것 같았다. 그리고 보니 그녀의 말투도 본래의 옥정으로 돌아와 있었다. 이제 아란사처럼 말하지 않았다.

계성은 마치 기괴한 꿈속에 빠져 있는 것만 같았다. 현실 같지가 않았다.

문득 계성이 용담 쪽을 돌아보니, 아란사가 수면 위로 불쑥 떠올라서 물가로 헤엄쳐나오는 게 보였다. 계성이 소리쳐 물었다.

"아란사! 괜찮으냐?"

그녀는 온몸에서 물을 줄줄 흘려내며 암벽 위로 올라왔다.

"괜찮아요."

계성이 유심히 살펴보아도 그녀는 정말 별다른 이상이 없는 것 같았다. 아란사는 말을 찾아서 올라타더니 계성을 돌아보았다.

"내일 저녁에 보름달이 뜨기 전에 여기서 만나요. 내일은 날씨가 맑아서 달이 뜰 거예요."

"알았다."

계성이 엉겁결에 고개를 끄덕이자, 아란사는 말을 몰아서 떠나가며 알 수 없는 독백을 토했다.

"결국 환몽에 지나지 않았어. 내 운명은 바꿀 수가 없어."

그녀가 막막하게 쏟아지는 빗줄기 속으로 사라진 뒤에도 계성은 이상한 꿈에서 깨어나지 못한 것처럼 그 자리에 우두커니 서 있었다. 정말 기괴한 환몽과 같은 순간이 아닌가. 조금 전에 옥정과 아란사 사이에 도대체 무슨 일이 일어났던 것일까.

쏴아아아아아아……

폭우는 계속 세차게 쏟아졌다.

홀한부 내성의 후원에도 폭우가 쏟아지고 있었다.

타루간은 창가에 서서 후원을 망연히 바라보았다. 아란사가 이 빗속에 경박폭포를 찾아가서 무얼 하고 있는지 새삼 의구심이 들었다.

타루간은 문득 창밖의 처마 밑에 한 여인이 그림자처럼 서 있는 걸 발견했다. 자세히 보니 붉은 비단옷을 입은 30대 초반의 아름다운 미인이었는데, 홀한부에 소속된 여인 같지는 않았다.

타루간은 창문을 열고 물어보았다.

"그대는 누구인가?"

여인은 다소곳하게 대답했다.

"죄송합니다. 저는 길을 가다가 갑자기 비를 만나서 당황하던 중에 하나의 쪽문이 열려 있는 걸 보고, 어디인지도 모르고 여기까지 들어왔어요."

타루간은 그럴 수도 있다는 생각이 들었지만, 여인의 용모와 차림새가 범상치 않은 걸 보자 은연중 관심이 가서 물었다.

"그럼 비를 피하려고 들어온 모양인데, 이 늦은 밤에 어디를 가는 길이오?"

"저는 중원 출신이지만 전란을 피하려고 요동으로 들어왔다가 떠돌아다니듯 이 변방까지 오게 되었어요. 오늘은 경박호를 둘러보다가 시간이 늦어버렸죠. 특별히 갈 곳이 있는 건 아니에요."

이렇게 말하는 여인의 요염하게 아름다운 얼굴을 보자 타루간은 자기도 모르게 어떤 충동이 솟구쳤다.

"그렇다면 방으로 들어와서 이야기를 좀 나누어도 되겠소? 나는 평소 중원에 대해서 관심을 가지고 있으니까 말이오."

"좋아요. 그렇게 하겠어요."

타루간은 문을 열어서 자신의 방으로 여인을 들어오게 했다.

여인은 탁자를 사이에 두고 타루간과 스스럼없이 마주앉더니 먼저 입을 열었다.

"중원에서는 대전란을 통해서 천하의 주인이 바뀌었다는 사실을 모두 알고 있으니까 더 이야기할 것도 별로 없어요. 언젠가는 천하의 주인이 또 바뀌겠지만요."

이렇게 간단히 말을 맺은 여인이 투명한 시선으로 타루간을 정시하며 좀 이상한 이야기를 꺼냈다.

"나는 앞날을 보는 약간의 능력이 있는데, 공자님의 얼굴을 보니까 곧 닥쳐올 한 가지 일이 떠오르는군요."

타루간은 기이하게 여겨지며 호기심이 생겼다.

"나에게 어떤 일이 닥쳐온단 말이오?"

"근래에 당신은 한 아름다운 소녀와 야생마처럼 거친 한 사내를 알게 됐군요. 그 두 남녀가 당신에게 재앙을 가져올 것 같아요."

타루간은 내심 놀랐다. 그녀는 아란사와 계성에 대해서 말하는 게 아닌가. 그들이 어떤 재앙을 가져온단 말인가.

여인의 이야기가 나직하면서도 또렷하게 이어졌다.

"소녀는 뛰어난 미색을 지녔지만 요사스런 일면이 있고, 사내는 내심 당신을 증오하기 때문에 목숨을 노릴 수도 있어요."

타루간은 저절로 표정이 굳어졌다. 여인의 말이 정곡을 찌르는 것 같았기 때문이다. 이 여인은 정말 예지력이 있단 말인가.

그녀가 가벼운 한숨을 토하며 다시 말했다.

"하지만 당신은 매우 영민한 사람이니까 너무 마음 쓸 필요는 없어요. 그들이 결코 당신을 해치지는 못할 거예요."

"……"

"이제 이야기는 그만 하고 제가 좀 쉬고 싶은데, 침상에 잠깐 누웠다 가도 될까요? 비를 좀 맞아서 옷도 척척하고……"

여인은 이렇게 말하며 한쪽에 놓인 침상을 바라보았다.

타루간은 고개를 끄덕였다.

"그렇게 하오."

"그럼……"

여인은 일어서서 침상 옆으로 가더니 옷을 벗기 시작했다. 붉은 겉옷이 흘러내리자 하얀 속옷이 드러났다. 그녀는 부끄러운 기색으로 타루간을 돌아보았다.

"불을 끄면 안 될까요?"

타루간은 다시 고개를 끄덕이며 몸을 일으켰다.

"내가 불을 꺼주겠소."

그는 침상 머리맡으로 가서 촛불을 훅 불어서 껐다. 방 안이 캄캄해지자 여인은 나직이 속삭였다.

"당신은 정말 친절하군요. 나는 당신을 처음 보자마자 좋은 분이라는 걸 알았어요. 그래서 이렇게 염치없이 폐를 끼치게 된 거죠."

그녀의 감미로운 교성이 귓속을 파고드는 가운데, 타루간은 달콤한 체향이 콧속으로 스며드는 걸 느꼈다. 그는 마치 자석에 끌리는 쇠붙이처럼 그녀에게로 다가섰다.

어둠 속에서도 요염한 미태가 넘치는 여인은 손을 가슴으로 가져가서 속옷 자락을 여몄다.

"제가 이렇게 분별없이 굴어서 죄송해요. 저는 당신이 너무나 좋은 분으로 여겨져서……"

이것은 교태로운 유혹이나 다름없었다. 이 순간 타루간은 강렬한 어떤 충동을 억제하지 못하고 그녀를 꽉 끌어안았다.

"아아!"

여인은 나직한 탄성을 토해냈을 뿐 크게 저항하지 않았다.

타루간은 여인을 번쩍 안아서 침대에 눕히고 덮쳐들었다. 입술이 겹쳐지자 여인은 두 팔을 뻗어서 타루간의 목을 끌어안았다.

얼마 지나지 않아서 두 남녀는 알몸으로 뒤엉킨 채 쾌락의 파도를 타고 있었다. 갑자기 벌어진 방사는 뜨겁고 격렬했다.

"하아! 하아아……"

여인은 사지를 활짝 벌려서 타루간을 휘감고 매달리며 교성과 같은 감창을 토해냈다. 쾌락의 늪을 정신없이 헤엄쳐가는 타루간은 숨이 턱에 닿을 듯 거칠고 급박했다.

실내의 기류는 뜨거운 열기와 거친 숨소리와 신음소리가 뒤섞여서 어지럽게 회오리를 치는 것 같았다.

이윽고 폭풍우처럼 거세게 휘몰아치던 열락의 순간이 지나갔다.

여인은 흩어진 머릿결을 쓸어올리며 몸을 일으켜서 침상을 내려오더니 침상 아래 벗어놓았던 옷을 집었다.

어둠 속에서도 하얗게 보이는 그녀의 등에는 생동하는 듯 선명한 황룡이 새겨져 있었다. 등을 가득 채우고 다리까지 뻗친 커다란 황룡은 살아서 꿈틀거리며 그녀를 칭칭 휘감은 것처럼 보였다. 은은한 금빛 광휘를 발산하는 듯한 황룡은 기괴하고도 장려했다.

타루간은 부스스 상체를 일으켰으나, 황룡에 압도되어 얼이라도 빠진 것처럼 멍한 얼굴이었다.

그녀는 옷을 입으며 미소를 지었다.

"당신은 나를 먹어버렸다고 생각하겠지만, 사실은 내가 당신을 삼켜버린 거예요. 내 말이 무슨 뜻인지 나중에 알게 될 거예요."

이런 요상한 말을 남긴 여인은 방을 나가더니 밖으로 바람처럼 사라져버렸다.

아직도 환몽과도 같은 쾌락의 도취에서 미처 벗어나지 못한 타루간은 망연한 시선으로 그녀가 사라진 문을 바라보고 있을 뿐이었다. 그는 물론 그녀의 이름이 주령이라는 사실도 알지 못했다.

27. 파열

석양이 스러지고 땅거미가 서서히 밀려왔다. 보름날의 둥그런 만월이 곧 떠오를 것이다.

계성과 옥정은 경박폭포 한쪽 물가의 바위에 나란히 앉아 있었다. 어제는 암벽 틈의 작은 동굴을 찾아내서 폭우를 피하고 하룻밤을 지냈다.

이제 아란사가 오면 계성은 선와소를 찾아갈 예정이었다. 옥정은 무언가 골똘히 생각에 잠겨 있었는데 표정이 밝지 않았다. 이윽고 그녀가 조용히 입을 열었다.

"선와소에 꼭 가야 해요?"

계성은 고개를 끄덕였다.

"그래야 할 것 같소."

"나는 가지 않으면 좋겠어요. 왠지 불길한 느낌이 들어요."

"아란사가 이리 온다고 했으니까 함께 가봐야 하오."

계성도 이날 밤 선와소에 가면 무슨 일이 벌어질지 예측하기 어려웠다. 황법사가 여전히 건재하고, 타루간도 어떻게 나올지 알 수 없기 때문이었다. 하지만 계성으로서는 부딪쳐보는 수밖에 없었다.

옥정의 태도는 냉정해졌다.

"나는 가지 않겠어요."

"옥정은 여기서 기다려도 좋소. 내가 혼자 다녀올 테니까."

"싫어요. 당신이 선와소로 가겠다면 나는 떠나겠어요."

그녀의 말이 매우 단호했으므로 계성은 약간 놀랐다.

"옥정! 왜 그러오?"

"나는 아란사를 믿을 수 없어요."

지금까지 옥정은 지난밤에 있었던 괴상한 일을 곰곰이 되새겨보았다. 그 결과 아주 불가해하게 여겨졌지만, 아란사에게 육신을 빼앗긴 듯한 순간이 있었다는 사실을 깨달았다. 용담 속에서 그런 순간이 분명 있었다. 아란사가 어떤 사술을 부린 것 같았다. 그리하여 옥정은 이제 아란사가 두렵고 싫었다. 그녀가 타루간에게로 갔다고 들었는데도 계성에게 손을 뻗치는 것 또한 싫었다.

사실 옥정은 비국새에 대해서는 큰 관심이 없었다. 부질없는 전설이 얽혀 있는 하나의 이물이라고 생각했다.

옥정이 왜 이런 태도를 보이는지 계성도 짐작했다. 계성도 지난밤의 이해할 수 없는 일에 대해서 아직 혼란을 느끼고 있었다. 그러나 계성은 이제 와서 물러설 수는 없으므로 다독이듯이 말했다.

"그대의 심정을 이해하오. 하지만 아란사는 아주 특이한 소녀라서 보통 사람과는 다르오. 그녀가 나쁜 생각을 품고 있는 건 아니니까 너무 걱정하지 마오. 나도 약간 불안감을 느끼지만 아무래도 선와소에는 가보아야 할 것 같소."

옥정이 몸을 벌떡 일으켰다.

"당신이 선와소에 가겠다면 나는 지금 떠나겠어요."

"옥정……"

"나와 함께 완달산으로 가겠어요? 아니면 아란사와 함께 선와소로 가겠어요?"

옥정은 선택을 하라는 듯 계성을 똑바로 정시했다. 그녀는 양자택일을 요구하고 있었다. 계성이 선와소에 가면 위험하다는 걸 예감하고, 이런 요구를 하는 것이리라.

계성은 곤혹을 느꼈다. 옥정과 함께 떠나고 싶기도 했으나, 막판에 와서 그냥 떠나버릴 수도 없지 않은가. 아란사와 함께 오탑을 찾아내서 비국새의 수수께끼를 풀어보아야 했다.

계성은 왠지 모르게 비국새에 대한 문제가 자신과 운명적으로 얽혀 있다는 느낌이 들었다. 회피할 수 없는 것이다.

아란사가 정말로 타루간과 혼약을 했는지 한 가닥 의구심이 남아 있었으므로 그냥 떠나기는 마음에 걸리기도 했다.

"옥정……조금만 기다려 주오. 내가 금방 다녀오리다."

"난 기다리지 않겠어요."

옥정은 휙 돌아서더니 말을 매어 놓은 곳으로 가서 올라탔다. 그녀가 이토록 냉정한 태도를 보이는 건 처음이었다.

돌연 한쪽에서 말발굽소리가 들려오더니 아란사가 모습을 나타냈다. 반대로 옥정은 말배를 걷어차서 출발했다. 아란사를 발견한 옥정은 태도가 더욱 차가워져서 급히 떠나가는 것이다.

계성은 그 자리에서 움직이지 못했다. 마음을 결정하여 어떤 행동을 취할 수가 없었다.

아란사는 계성에게로 다가오며, 멀어져가는 옥정을 바라보았다. 옥정이 왜 떠나는지 아란사는 아는 것 같았다. 아란사는 좀 복잡한 기색이었으나 계성 앞에 이르자 담담하게 말했다.

"출발해요."

계성은 어둠 속으로 사라지는 옥정을 우두커니 바라보다가 말을 매어 놓은 곳으로 가서 올라탔다. 이제 별수 없이 선와소로 가야 했다. 결국 선택을 한 셈이었다.

계성은 사실 옥정과 함께 떠나고 싶었으나 알 수 없는 어떤 힘이 발목을 잡은 것과도 같았다. 선와소에 먼저 가고, 완달산에는 나중에 찾아가면 된다는 속셈도 있었다. 일을 모두 마치고 옥정을 찾아갈 생각이었다.

계성과 아란사는 어두워지는 들판길을 따라서 나란히 말을 달려 갔다. 이때 말발굽소리가 들리더니 앞에서 누군가 모습을 나타냈다. 그는 바로 차일기였다. 계성은 미간을 찌푸렸다.

차일기는 가까이 다가와서 말을 세웠다.

"여기서 또 만나는군."

"당신은 정말 끈질기군. 이제 정말로 끝장을 내야겠소."

계성은 마지막 대결을 피할 수 없다고 생각하자 세강도를 뽑으려고 했다. 하지만 차일기는 칼을 뽑을 기색이 아니었다.

"홀한부의 수많은 병사들이 이동하는 걸 목격했으니 정말로 끝장이 가까운 것 같소. 나는 끝장이 오기 전에 황법사에게 돈을 받아내야 하니까, 지금 당신과 목숨을 걸고 싸울 생각은 없소."

"그럼 왜 나타나서 앞길을 막고 있소?"

"빌린 술값을 갚기 위해서지. 하지만 지금 내 주머니는 비어 있으니까 돈을 줄 수는 없소. 그 대신 한 가지 정보를 주리다."

계성은 의아한 낯을 했다.

"무슨 정보요?"

"황법사가 다량의 폭약을 폐전으로 들여갔소. 어떻게 사용할지는 모르지만 조심하는 게 좋으리다."

계성은 물론 아란사도 의혹을 느꼈다. 황법사는 선수전에 많은 폭약을 들여가서 무엇을 하려는 것일까.

"이제 술값을 갚았다고 생각하겠소."

이런 말을 남긴 차일기는 말머리를 돌려서 어둠 속으로 사라져 버렸다. 그는 이제 계성과 적대할 생각이 전혀 없는 것 같았다.

계성은 잠시 생각에 잠겼다. 홀한부의 병사들을 출동시킨 건 타루간일 것이다. 타루간이 어떻게 병사들을 움직일지는 알 수 없었다. 아란사도 무언가 생각에 잠기는 눈치였으나 입은 열지 않았다.

이윽고 두 사람은 다시 말을 달리기 시작했다. 그런데 얼마 가지 않아서 아란사가 급히 말을 세우며 한쪽을 가리켰다.

"저기 그 여자가 또 나타났어요."

계성도 말을 세우며 시선을 돌려보니, 무성한 수풀 옆에 한 여자가 그림자처럼 서 있는 게 보였다. 그녀는 바로 주령이었다.

아란사가 나직이 소곤거렸다.

"나는 저 여자의 정체를 짐작하고 있어요. 내가 지난번에 이야기한 화대도인의 제자예요. 저 여자의 등에는 틀림없이 황룡이 새겨져 있을 거예요. 그 황룡은 사유(邪幽)한 영력을 지니고 있어요."

"저 여인이 바로……"

계성은 전번에 대진국의 왕궁터 앞에서 그녀를 만났다. 그때 그녀는 불행과 큰 상처를 줄 아란사와 만나지 말고 자신과 함께 떠나자는 말을 했었다. 그녀가 바로 아란사에게 무서운 위협이 된다는 화대도인의 제자란 말인가. 화대도인이라는 기인은 장차 한족이 창대하게 부활하여 대황 땅까지 차지한다는 예언을 남겼다고 했다.

아란사가 싸늘한 표정으로 말했다.

"계성! 저 여자를 없애버려요! 그대로 두면 너무나 불길해요."

계성이 머뭇거리자 아란사는 등을 떠밀듯이 재촉했다.

"어서 가서 없애버려요!"

거절하지 못한 계성은 말에서 내린 뒤 주령에게로 다가갔다. 하지만 주령은 몸을 돌리더니 컴컴한 수풀 속으로 들어가버렸다.

계성이 뒤따라 수풀 속으로 들어가서 이리저리 찾아보았으나, 그녀는 어디로 갔는지 보이지 않았다.

별수 없이 계성이 그냥 되돌아나오려고 할 때, 한 나무 뒤에서 그녀가 소리 없이 모습을 나타냈다.

"나를 찾고 있나요?"

계성은 주춤했으나 곧 그녀를 정시하며 물었다.

"그대가 화대도인의 제자요?"

"그래요."

"그대의 등에는 황룡이 새겨져 있소?"

"그래요."

계성은 뚫어지게 그녀를 주시하며 거듭 물었다.

"그대는 비국새나 아란사 때문에 나타났소?"

주령은 묘한 미소를 지었다.

"내가 지금 관심을 가진 건 당신이에요."

"……"

"나와 함께 가겠어요?"

"그럴 수는 없소."

"당신 처지는 나도 알고 있으니까 더 권하지는 않겠어요. 하지만 전번에 내가 한 충고는 잊지 말아요. 당신은 오늘 밤에 생명의 위험에 부딪칠 거예요. 그럼 이만……"

말을 마친 주령은 발길을 돌리더니 컴컴한 수풀 뒤로 사라져버렸다. 계성은 사라지는 그녀를 물끄러미 바라보기만 했다.

아란사가 그녀를 없애버리라고 했지만 계성은 도저히 손을 쓸 수 없었다. 계성은 지금까지 여자를 해친 적이 없을 뿐만 아니라, 주령이 정말로 불길한 존재라고 해도 당장 잘못한 일이 없으니 어떻게 손을 쓰랴.

계성이 맥없이 돌아오자 아란사는 아미를 찌푸렸다.

"당신은 그녀를 살려 보냈군요. 그럴 줄 알았어요. 당신은 나중에 후회하게 될 거예요."

계성이 묵묵히 말에 오르자 아란사는 체념한 기색으로 말의 고삐를 후려쳐서 출발했다. 두 남녀는 다시 말을 달리기 시작했다.

만호원에도 해가 떨어져서 밤이 찾아들었다.

외채의 넓은 대청에는 기풍이 범상치 않은 칠팔 명의 인물들이 팔선탁자에 죽 둘러앉아 있었다. 그들은 황법사와 자무창을 비롯해서 몽골의 오부족장 그리고 한 중년여인이었다.

한쪽 옆에는 쾌왜도가 보였다. 쾌왜도는 홀한부에서 돌아온 뒤, 타루간을 보지 못했다고 황법사에게 보고했다.

만약 타루간이 살아서 대규모의 병사들을 거느린 홀한부에 있다는 사실을 알게 된다면, 황법사는 두려움을 느끼고 도망을 칠지 모른다. 그렇게 되면 돈벌이는 사라진다. 큰돈을 잡을 수 있는 결정적인 기회를 만들려면, 타루간이 살아 있다는 사실을 일단 숨겨야 했다. 쌍방의 충돌이 불가피하므로 결국 그런 기회는 올 것이다. 이것이 쾌왜도의 계산이었다.

몽골의 오부족장은 무라오족 바오안족 부랑족 사라족 쉐이족의 추장들이었는데, 세력이 강대한 패자들이었다. 자무창은 그중에서도 가장 세력이 큰 무라오족 출신이었다.

중년여인은 하늘의 뜻을 알고 귀신을 조종하는 능력이 있는 것으로 몽골족에게 인정을 받고 있는 카카추메 신녀였다.

이들은 모두 황법사의 초청을 받고 경박호를 찾아온 터였다.

이윽고 황법사가 진중하게 입을 열었다.

"양백기주부의 타루간 대공자가 뜻밖의 변사를 당했소이다. 이제 자무창이 카일락 기주의 후계자로서 장차 요동왕이 될 것이오. 어릴 때부터 가슴에 푸른 늑대가 나타난 자무창은 몽골의 희망이니 여러분의 기대를 저버리지 않으리다."

오부족장은 모두 놀라는 가운데에도 흡족한 빛을 보였다.

"자무창의 미래가 환하게 열렸으니 경하할 일이오."

얼굴이 가무잡잡하고 눈매가 가늘게 찢어진 카카추메 신녀가 자리에서 일어서더니 카랑카랑한 목소리로 말을 받았다.

"나는 대황제의 황릉에서 자무창이 이 땅의 제왕이 되리라는 신탁을 접했어요. 나는 이제 하늘과 땅과 모든 사람들에게 이 신탁을 전할 거예요. 자무창은 장차 우리 몽골의 제왕이 되리다. 그리하여 이 대황 땅에서 몽골초원에 이르는 광막한 영토에 위대한 제국을 건립하게 될 거예요."

오부족장은 일제히 고개를 끄덕였다.

"우리는 자무창이 대업을 이루리라 믿소."

"우리 부족들은 모두 자무창을 따르게 될 것이오."

그들은 자무창이 장차 몽골을 이끌어갈 제왕이 되리라 기대하는 것 같았다.

몽골족은 현재 청나라 만주족의 제어를 받고 있지만 지배를 받기는 원치 않았다. 비록 세력이 약화되어 변방의 초원지대로 밀려나 있지만 청나라를 눈 아래로 내려다보는 경향이 있었다. 지난날 청태종 홍타이시에게 정벌당하여 복속하게 된 걸 내심 수치로 여겼다. 그러므로 강력한 제왕이 나타나서 몽골의 대제국이 다시 건립되기를 기원하는 것이다.

황법사가 엄숙한 어조로 다시 말했다.

"불초는 지금 동방의 선가에서 전해지는 삼족오국새를 추적하고 있는 바, 오늘밤에 이 비국새를 손에 넣을 계획이외다. 비국새는 이 대황 땅의 제왕을 상징하는 신물이 되기 때문이오."

"비국새에 대해서는 우리도 들어서 알고 있소."

오부족장이 이렇게 응답하자 황법사의 말이 이어졌다.

"비국새에는 대진국의 부활에 대한 전설이 얽혀 있지만, 그것은 부질없는 이야기라 생각하오. 나는 여차하면 그 수수께끼가 깃들어 있다는 오탑을 파괴해버릴 생각이오. 이 땅에서 우리의 대업을 펼치는 데 방해가 된다면 말이외다."

"대진국이 부활한다는 건 어불성설이오."

오부족장은 다시 고개를 끄덕였다.

이때 한 몽골전사가 급히 나타나더니 황법사에게 보고를 올렸다.

416

"타루간 대공자가 오셨습니다."

황법사는 깜짝 놀랐다. 대공자가 살아 있었단 말인가. 자무창도 긴장하는 빛을 보였다. 타루간이 죽었다는 말을 들었던 몽골의 오부족장도 모두 놀라는 기색이었다. 사실을 이미 알고 있는 쾌왜도만은 냉정한 태도였다.

황법사가 굳어진 표정으로 물었다.

"홀한부의 병사들도 함께 왔느냐?"

"호위병 20여 명이 왔습니다."

그 정도의 병사를 거느리고 왔다면 당장 위험한 상황은 아니었다. 황법사는 몽골 오부족장 등에게 일단 자리를 피하게 한 뒤 대청을 나섰다.

뜰로 나가자 중문을 들어서는 타루간이 보였다. 타루간은 안색이 좀 창백했으나 표정이 아주 심상해서 별다른 기색은 보이지 않았다. 호위병들도 뒤에 둔 채 혼자 들어오고 있었다.

황법사는 얼굴에 반가움을 나타냈다.

"대공자! 이게 도대체 어떻게 된 일인가? 나는 그동안 암사곡을 샅샅이 수색했으나 대공자를 찾을 수가 없었네. 그리하여 지금까지 걱정과 불안으로 어쩔 줄을 모르고 있던 참일세."

타루간은 담담하게 말했다.

"나는 중상을 당했지만 어떤 사람이 구출을 해서 의원에게 데려다주었기 때문에 치료를 받고 목숨을 구했소이다. 하지만 너무 쇠약하고 의식도 혼미해서 죽은 듯 휴식을 취하고 있었던 중, 오늘은 보름을 맞이하여 겨우 일어나서 홀한부를 거쳐오는 길이오. 그동안 황법사에게 미처 전갈을 하지 못했으니 공연한 걱정을 끼쳐서 미안하오."

대공자는 아직 암사곡 사건의 내막을 모르고 있구나. 이렇게 판단한 황법사는 내심 안도감을 느꼈다.

"하늘이 도와서 대공자가 무사하니 천만다행일세. 나는 모든 걱정이 씻은 듯 사라졌네."

"나도 하늘의 뜻에 의해서 기적적으로 살아났다고 믿고 있소."

"홀한통수는 병석에 누워 있다고 들었는데, 지금은 어떠한가?"

"그는 겨우 일어났지만 아직 기력을 못 찾고 있소."

황법사는 더욱 안도감이 들어서 얼굴빛이 밝아지며 대청을 가리켰다.

"우선 들어가세. 그리고 잠시 후면 달이 떠오를 테니 그때 등천벽으로 함께 가보세. 아란사와 계성이 아직 잡히지 않았으므로 아마도 오늘밤에 비국새를 가지고 선와소에 나타날 것 같네."

"그렇게 합시다. 나도 그래서 서둘러 왔소."

두 사람은 대청으로 올라갔다. 이때 황법사는 속으로 음산하게 중얼거리고 있었다. 오늘은 대공자를 완전히 제거해야 된다.

타루간과 함께 차를 마시고 난 황법사는 곧 몸을 일으켰다.

"잠깐 쉬도록 하게. 내가 등천벽으로 나갈 준비를 하겠네."

"알겠소이다."

타루간은 태사의에 비스듬히 몸을 기댔다.

황법사가 뜰로 나오자 자무창이 옆으로 와서 나직이 말했다.

"지체할 필요 없이 지금 타루간을 제거하는 게 좋겠습니다."

패검을 잡고 있는 자무창의 얼굴에는 은은한 살기가 어려 있었다. 황법사가 머리를 흔들었다.

"지금은 안 된다. 보는 사람이 많아서 비밀이 지켜질 수가 없어. 내가 만약의 경우에 대비하여 준비를 해 놓았으니 서두를 필요 없다. 가서 쾌왜도를 불러와라."

"대공자가 나타났으니 쾌왜도는 처치해야 됩니다. 그는 우리의 비밀을 눈치 채고 있을 겁니다."

"그 사내는 오직 황금을 좇는 칼잡이니까 적당히 이용할 수가 있다. 그의 본색은 내가 잘 알고 있으니 염려할 필요 없다."

자무창은 마땅치 않은 낯이었으나 더 반대하지 못하고 물러갔다.

잠시 후 쾌왜도가 나타나자, 황법사는 나직한 음성으로 말했다.

"자네는 이제 대공자의 경호를 맡아야 하네."

"명을 내리신다면 따르겠습니다."

"자네는 나의 어떠한 명이라도 따르겠는가?"

"물론입니다."

주위를 한번 둘러본 황법사는 단도직입적으로 말했다.

"자네가 대공자를 제거한다면 황금 세 냥을 주겠네. 물론 한 달에 백은 일곱 냥의 보수도 계속 지불하겠네."

쾌왜도 역시 단도직입적이었다.

"언제 그를 제거할까요?"

"먼저 타루간을 만나서 그의 경호로 복귀를 하게. 그리고 내가 신호를 하면 즉각 손을 쓰도록 하게."

"알겠소이다."

쾌왜도는 허리를 깊숙이 숙여 보였다. 황금 세 냥이면 일단 괜찮은 대가라고 생각한 것이다.

황법사는 다음에 예친왕이 있는 내채로 향했다. 최악의 경우에는 예친왕의 힘을 빌려야 할지도 모른다.

예친왕은 아까 대낮부터 젊은 여인을 끼고 술을 마시고 있었다. 주안상 앞에서 여자의 젖통을 주무르고 있는 예친왕을 보자 황법사는 이야기를 꺼낼 수가 없었다.

예친왕은 만취한 상태에서 여자를 희롱하느라고 황법사가 나타난 걸 알아차리지도 못했다. 더욱 가관인 것은 여자도 같이 술이 취해서 정신을 차리지 못하고 흐느적거리는 모습이었다.

황법사는 몽골 오부족장과 카카추메 신녀가 피신한 방으로 향했다. 그들은 죽었다던 타루간이 갑자기 출현하자 동요를 일으키고 있었다. 황법사는 오늘 밤에 타루간이 완전히 제거된다는 사실을 알려주어서 그들을 진정시킬 필요가 있었다.

등천벽 위로 만월이 휘영청 떠올랐다. 밝고 둥근 달이었다.

황법사와 타루간과 자무창은 등천벽 옆의 물가로 다가갔다. 타루간의 옆에는 쾌왜도가 보였고, 뒤에는 호위병들이 따랐다.

황법사의 말을 따라서 쾌왜도는 타루간의 경호로 복귀했다. 그리고 황법사에게 별다른 이상한 점이 없다고 타루간에게 보고했다. 타루간은 아직 쾌왜도의 배신을 눈치 채지 못하고 있었다.

등천벽 일대는 조용했으나 어딘지 모르게 긴장된 기류가 충만해 있는 듯했다. 선와소에 배나 사람은 보이지 않았다.

황법사가 하늘을 올려다보았다.

"보름달이 아주 밝군. 선와소를 통해서 오탑으로 들어가기에 알맞은 날인 것 같네. 이제 아란사가 비국새를 가지고 꼭 나타나야 할 텐데……"

타루간이 덤덤하게 대꾸를 했다.

"그녀는 틀림없이 나타날 것이오. 나와 그렇게 약속을 했소."

황법사는 의아하다는 빛을 보였다.

"자네가 아란사를 만났단 말인가?"

"그렇소. 계성도 만났소."

"왜 그들을 체포하지 않았는가?"

"나를 암사곡에서 구출하여 살려낸 사람이 바로 계성이었소. 아란사는 나를 찾아와서 간병을 해주었소. 결국 계성과 아란사가 내 생명을 구한 셈이오."

"그들이 자네를 구했다고……"

상상도 못했던 뜻밖의 말을 들은 황법사는 매우 놀랐고, 자무창 역시 놀랐다. 황법사가 이해할 수 없다는 얼굴로 물었다.

"그들이 왜 대공자를 구해주었는가?"

"나를 친구로 여겼기 때문이 아니겠소? 그래서 나는 오탑을 함께 찾아가서 비국새의 수수께끼를 풀어보기로 했소."

"오탑에 함께 찾아가기로 했다고……"

황법사의 표정이 괴이하게 변할 때, 타루간이 말을 이었다.

"암사곡에서 나를 암습한 비적들의 정체도 알아냈소. 얼굴에 진흙칠을 한 그들은 비적떼로 위장한 몽골전사들이었소."

순간 황법사는 물론 자무창도 안색이 변했다. 타루간이 비밀을 다 알고 있는 것이다. 주위의 기류는 갑자기 격랑의 회오리를 일으키는 것 같았다.

타루간이 싸늘한 시선으로 황법사를 정시했다.

"그 몽골전사들은 당신이 매복시키고, 자무창이 지휘하지 않았소? 당신은 나를 제거하려고 암사곡으로 유인을 하지 않았소?"

황법사와 자무창의 얼굴은 딱딱하게 경직되었다. 타루간이 모든 사실을 알고 있는 것이다. 음모의 실체가 이미 드러났다. 결국 모든 게 깨져버리는 파열의 시간이 오고 말았다.

타루간이 자무창에게로 시선을 돌렸다.

"너는 나를 제거하고 아버님의 후계자가 되고 싶었느냐?"

싸늘한 비웃음을 띤 날카로운 질문이었다. 하지만 자무창은 이미 냉담한 기색이었다.

"나는 백양기주부의 후계자 따위는 관심이 없다. 나는 원래 나 자신을 만주족이라고 생각해본 적이 없기 때문이다. 나는 옛날부터 내 갈 길을 가려고 했다."

"네가 본색을 드러내는구나."

자무창은 더 대꾸하지 않았다. 이제 행동이 필요할 뿐 더 이상 이야기할 필요가 없다는 태도였다.

타루간은 황법사를 돌아보았다.

"당신은 어떤 야심을 품고 있소?"

황법사가 무겁게 입을 열었다.

"나는 오래 전에 이미 세상이 이렇게 되리라는 걸 예견했네. 청나라가 결국 중원으로 들어가서 명나라를 집어삼키리라는 걸 알았지. 그래서 공백이 찾아올 이 대황 땅에서 대업을 이루어볼 계획을 세웠네. 이 땅을 지배하고 경영하는 일 말일세."

"당신은 그런 속셈을 품고 오래 전부터 우리 집안에 들어와서 모략을 꾸몄소?

"자네 부친이 명나라와의 전쟁에서 대공을 세우고 군왕이나 다름없는 존재가 된 건 내 덕분이라고도 할 수 있네. 자네 가문은 사실 내가 힘써서 일으켜 세운 셈이지."

타루간이 노성으로 소리쳤다.

"공치사는 치우시오! 당신은 나대신 자무창을 내세워서 우리 기주부를 장악한 뒤 이 땅의 주인이 되려고 했겠지?"

황법사는 부인하지 않았다.

"자네 말이 맞네."

"나중에는 몽골족을 이용하여 우리 만주족에 맞서며 이 땅의 제왕 노릇을 하려고 했소?"

"그 말도 맞네. 몽골족은 지금 비록 성세가 위축되었지만, 만주족을 내심 경멸하지. 칭기즈칸 대황제의 후예인 자무창이 장차 이 땅의 지배자가 되면 몽골족은 모두 충성을 바치게 될 걸세. 그렇게 되면 자금성도 쉽사리 간섭을 할 수 없게 되지."

"당신은 황당한 꿈을 꾸면서 터무니없는 잠꼬대를 하고 있소!"

"황당한 꿈인지 아닌지 두고 보면 알겠지. 만주족에게는 미래가 없네. 청조가 중원으로 진입하며 이미 멸망의 길로 들어선 것과 마찬가지일세. 비국새가 출현한 것도 그 때문이지."

분노한 타루간은 보검의 손잡이를 움켜잡았다.

"요망스런 입을 닥치시오!"

"나도 이제 결말을 보아야겠네."

이렇게 대구한 황법사는 오른손을 번쩍 들었다. 그러자 한쪽 수풀 속에서 많은 무사들이 창칼을 들고 우르르 몰려나왔다. 그들은 소패륵장의 무사들이었다.

웅타이가 거느린 그 무사들은 만에 하나 타루간이 살아 있거나 계성이 출현하는 경우에 대비해서 매복을 시킨 터였다.

능목소와 목단보가 해체되고, 부친을 죽인 약점까지 틀어잡힌 웅타이로서는 살길을 찾으려면 무조건 황법사의 지시를 따르는 수밖에 없었다.

소패륵장의 무사들은 일제히 타루간을 향하여 덤벼들었다.

타루간의 호위병들은 급히 나서서 그들을 막아섰다. 결국 쌍방 간에는 칼바람이 어지럽게 휘몰아치는 격전이 벌어졌다.

황법사는 재차 손을 번쩍 들었다. 그러자 이번에는 뒤쪽 숲에 매복했던 몽골전사들이 우르르 몰려나오더니 타루간의 배후에서 덤벼들었다. 타루간은 사방에서 포위를 당한 채 공격받는 형세가 되어버렸다.

황법사는 쾌왜도에게도 손을 들어 신호를 보냈다. 타루간을 처치하라는 신호였다. 쾌왜도는 소리 없이 칼을 뽑았다. 그리고는 타루간을 겨누었다.

이 순간 눈부시게 작렬하는 한 줄기 불꽃이 하늘로 솟구치더니 요란한 폭음이 터져나왔다.

펑! 펑! 펑!

그것은 타루간이 터뜨린 신호용 폭약이었다. 다음 순간 웅장한 말발굽소리가 사방에서 들려오기 시작했다.

쿠두두두두……쿠두두두두두두두……

엄청난 숫자의 기마대가 노도처럼 밀려오는 소리였다. 어디에서 오는 대군인가.

타루간이 포효하듯 크게 외쳤다.

"홀한부의 군대가 총출동했으니 아무도 경동하지 말라! 팔기군이 등천벽 일대를 완전히 포위하고 있다!"

황법사와 자무창은 안색이 확 변했다. 쾌왜도는 멈칫해서 칼을 내렸다. 몽골전사들과 소패륵장 무사들도 대규모의 병사들이 출동했다는 걸 알자 놀라고 당황했다.

황법사는 나무꾼으로 위장시킨 첩자를 홀한부에 보내어 병영의 동태를 살피게 했지만, 그들이 쾌왜도에게 목숨을 잃었다는 사실을 모르고 있었다. 그러므로 팔기군의 출동을 미처 알아차리지 못했다. 결과적으로 쾌왜도가 황법사의 목을 조른 셈이 되었다.

타루간은 일찍 출동을 할 계획이었으나 만호원에 와 있는 예친왕 때문에 움직이지 못했다. 하지만 예친왕이 떠나지 않고 계속 만호원에 머물자, 부통수 오발투로 하여금 병사들을 거느리고 출동하여 만호원과 등천벽 일대를 완전히 포위한 채 신호를 기다리게 했다.

황법사에게 다시 암수를 쓸 기회를 주면 안 되므로 타루간은 경우에 따라서 예친왕도 무시하고 사태를 처리할 생각이었다. 아란사가 달이 뜰 때는 선와소로 들어가야 한다고 했으므로 언제까지나 기다릴 수도 없었다.

콰두두두두두……콰두두두두두두두두두……

엄청난 대군의 말발굽소리는 지축을 뒤흔들며 쇄도했다. 오발투가 거느린 수많은 기마병이 노도처럼 진군해오고 있었다.

결국 웅타이를 비롯한 소패륵장 무사들이 먼저 이리저리 흩어져서 도망치기 시작했다. 당장 눈앞에 죽음이 닥쳐오고 있으니 앞뒤를 생각할 겨를이 없었다. 몽골전사들도 뒤따라 허둥지둥 도망을 쳤다.

타루간이 냉소를 지으며 황법사를 바라보았다.

"당신은 이제 어떻게 할 셈이오?"

황법사는 대답하지 못했다. 자무창도 마찬가지였다. 그들이 아무리 대단한 능력을 지녔다고 해도 대규모의 팔기군을 어떻게 감당할 것인가. 황법사는 결국 물러나지 않을 수 없었다.

"자무창! 일단 피하자!"

자무창은 이를 악물더니 패검을 사납게 휘두르며 타루간의 호위병들에게 덤벼들었다. 곧 격렬한 싸움이 벌어지고, 자무창이 무차별로 휘두르는 패검은 병사들을 연이어 거꾸러뜨렸다.

병사들이 흩어지고 빈틈이 생기자 자무창은 숲을 향하여 도주했고, 황법사가 뒤를 따랐다. 이내 두 사람은 어두운 숲속으로 도망쳐버렸다. 예상외로 쾌속한 도주였다.

"황법사와 자무창을 반드시 체포하라!"

타루간이 크게 외치며 호위병들을 독려했으나 이미 도망쳐버린 두 사람을 잡지는 못했다.

쾌왜도는 이제 칼을 돌려 세운 채 타루간을 경호하는 자세를 취하고 있었다. 상황이 변해버리자 태도를 바꾼 것이다. 쾌왜도는 이렇게 변신을 할 수 있으므로 팔기군이 출동해도 당황하거나 놀라지 않았다.

아무튼 황법사와 자무창이 도주했으니 파열은 아직 마무리가 되지 못한 셈이었다. 상황이 수습되지 않은 것이다.

28. 오탑

밤하늘은 구름 한 점 없이 맑았다. 보름달은 중천 높이 떠올랐다. 이제 등천벽 일대는 조용해졌다.

황법사와 자무창은 끝내 잡히지 않았다. 수많은 병사들이 펼친 포위망을 뚫고 어디로 도주했는지 행방을 찾을 수 없었다.

웅타이는 여러 명의 수하들과 함께 피투성이 시체로 발견되었다. 그는 소패특장이 불타서 잿더미로 변했다는 사실도 알지 못하고 죽었다.

무사들이 모두 출동하여 텅 빈 소패특장을 현무가 거느린 다물계 요원들이 접수하여 불태워버린 것이다. 수많은 노예들을 혹사하던 벌목장과 사금광은 완전히 해체가 된 셈이었다.

예친왕 다이샨은 만취한 채 초저녁부터 만호원의 내채에서 여자를 끌어안고 자느라고 밖에서 무슨 일이 벌어지는지 알아차리지 못했다. 타루간으로서는 다행한 일이었다.

몽골전사들은 도망을 쳤거나 죽음을 당했다. 몽골 오부족장과 카카추메 신녀도 혼란 속에서 뿔뿔이 흩어져버렸다.

타루간은 그들을 잡을 수 있었으나 몽골족과의 관계를 고려해서 추격하지 않았다. 그들은 황법사와 자무창의 모사가 틀어져버렸다는 사실을 깨닫고, 몽골 초원으로 되돌아가는 수밖에 없을 것이다.

계성과 아란사가 등천벽에 도착한 건 이렇게 한 차례의 사나운 격랑이 회오리치며 지나간 뒤였다.

타루간은 두 사람을 기다리고 있었다. 황법사가 도망쳤다는 이야기를 들은 아란사는 안도하는 빛을 보였다. 계성도 위험이 사라졌다는 생각이 들었으나 아직 마음이 놓이지는 않았다. 상황이 끝나지는 않았기 때문이다.

이윽고 그들은 물가로 다가갔다. 드디어 오탑으로 들어갈 시간이 온 것이다. 하지만 보름달이 떴다고 해도 선와소의 거센 소용돌이를 헤치고 과연 오탑을 찾아서 들어갈 수 있을까.

이때 한쪽 기슭에서 나룻배 한 척이 나타났다. 배에는 마발통과 시오눈이 타고 있었다.

마발통은 노를 저어서 다가왔다.

"오탑으로 갈 사람이 모두 모였으니 내가 안내를 해주어야겠군. 나는 오탑을 지키는 탑지기일세."

계성 등 세 사람은 모두 놀랐다. 그렇다면 마발통은 천 년의 세월을 이어져 내려온 조의선인의 후예나 전인일 것이다.

계성은 이미 마발통이 보통 사람이 아닌 이인(異人)이라는 생각을 했었다. 타루간도 암사곡에서 중상을 당한 한 근위병을 구해준 사람이 마발통이라는 이야기를 들었으므로 예사롭게 생각할 수 없었다.

아란사는 몹시 반가운 기색이었다.

"오탑에는 어떻게 들어가면 되죠?"

"배에 타도록 해라."

마발통이 나룻배를 뭍에 대자 아란사는 앞서서 올라탔다.

"그럼 모두 배에 올라요."

계성과 타루간이 뒤따라 승선을 하자, 마발통은 선와소 쪽으로 노를 저어갔다. 배가 소용돌이를 향해 접근하자 요동을 치기 시작했다. 등천벽 앞으로 다가가자 파도가 점점 높아져서 나룻배를 당장 뒤엎어버릴 것 같았다. 검푸른 물결 위에서 은색 달빛은 어지럽게 부서지며 흩어졌다.

배가 선와소 한가운데로 들어서자, 마발통이 지게 작대기를 집어들더니 계성과 타루간 앞에 내밀었다.

"자네 두 사람은 이걸 잡고 나를 따라오게. 아란사는 헤엄쳐서 소용돌이를 헤칠 수 있으니까 내 옆을 바짝 따르면 돼."

계성과 타루간은 손을 내밀어 작대기를 잡았다. 마발통이 배에서 내려 물속으로 들어섰으므로 계성과 타루간도 뒤를 따랐다.

마발통과 아란사가 앞서서 수중으로 잠수해 들어가자, 계성과 타루간은 한 손으로 작대기를 잡은 채 다른 손으로 물결을 헤치며 뒤를 따랐다. 소용돌이는 이내 그들을 모두 휘감아서 삼켜버렸다.

그들은 소용돌이를 헤치고 깊숙이 잠수해 들어갔다. 한동안 수중으로 내려가자 다른 소용돌이가 거대한 수룡처럼 밀려와서 그들을 휘감더니 맹렬히 회오리쳐 돌아가기 시작했다.

그들은 빙글빙글 돌아가며 어디론지 급속히 빨려들어갔다.

휘리리리리리리리……

마치 강력한 인력을 지닌 깔때기 속으로 빨려들어가는 듯했다. 끝없이 깊은 암흑 속으로 끌려들어가는 것 같기도 했다.

숨이 막혀서 의식이 희미해지던 계성과 타루간은 일순간 몸이 위로 쑥 솟구치는 걸 느꼈다. 잠시 후 머리가 수면 위로 불쑥 떠올랐다.

"후우우——"

계성과 타루간은 겨우 정신을 차려서 긴 숨을 토해냈다.

마발통과 아란사가 앞에 보였는데, 일행은 한 동굴 안의 물속에 있었다. 등천벽 내부에 뚫린 동굴일 것이다.

"나를 따라오게."

마발통이 아란사와 함께 앞서가며 손짓을 했으므로 계성과 타루간은 물 밖으로 나서서 뒤를 따라갔다.

화산 폭발로 생성된 현무암 동굴은 길게 뻗어 있었다.

동굴 내부는 어두웠으나 어디선지 희미한 달빛이 흘러드는 것처럼 어슴푸레해서 사물을 분간할 수는 있었다. 암벽에는 퍼런 이끼가 두텁게 끼어서 기나긴 세월의 갑옷을 입은 듯했다.

일행이 동굴을 잠시 걸어들어가자 벌겋게 녹이 슨 철문이 앞에 나타났다. 마발통이 아란사에게 손을 내밀었다.

"청동갑을 이리 다오. 그 안에 철문을 여는 열쇠가 있다."

아란사는 품속에서 청동갑을 꺼내어 건네주었다. 마발통은 비국새를 도로 그녀에게 넘겨주고, 청동갑 안에서 열쇠를 꺼냈다. 열쇠는 매우 정교하면서도 특이하게 생겨서, 계성과 아란사는 하나의 장식품인 줄 알고 있던 것이었다.

마발통이 열쇠를 철문의 가운데에 뚫린 구멍에 넣고 몇 번 돌리자 둔중한 음향이 울렸다.

끼이이이익——

육중한 철문이 서서히 열려서 어두컴컴한 입구를 드러내자, 마발통은 할 일을 마친 듯 손을 툭툭 털며 돌아섰다.

"여기가 바로 오탑이 있는 곳이니 모두 안으로 들어가 보게. 나는 이만 가겠네."

이런 말을 남긴 그는 탑지기로서의 임무를 다했는지 동굴의 입구 쪽으로 떠나갔다. 그가 어둠 속으로 사라지자, 나머지 세 사람은 은연중 긴장하여 열린 철문 안으로 발을 들여놓았다.

안에는 컴컴한 복도가 뻗어 있고 그 끝에 둥그런 궁륭문이 보였다. 그들은 복도를 지나서 궁륭문 안으로 들어섰다. 이 순간 그들은 일제히 탄성을 토해냈다.

"아아! 오탑이다!"

그곳은 천연의 공간을 깎아서 만든 넓은 대전이었는데, 중앙에 거무튀튀한 현무암 석탑이 우뚝 솟아 있었다. 7자 높이의 석탑은 그리 크지 않았지만 비국새와 똑 같은 모양이었다.

탑신 위에는 두 날개를 활짝 펴고 비상하려는 삼족오가 살아서 생동하듯 조각되어 있었다. 네모난 탑신은 인문판과 같았다.

비국새의 형상을 한 그 석탑은 바로 오탑이 틀림없었다. 대야덕 선인이 제자들과 함께 백성들의 염원을 모아서 비밀리에 세운 삼족오탑이다.

세 사람은 오탑을 뚫어지게 바라보았다. 오탑은 신비로운 정기와 영기를 품고 있는 것 같았고, 탑신에서 흘러나오는 유현한 기운이 대전 전체를 가득 채운 듯했다. 어디에서 흘러드는지 알 수 없는 달빛 같은 어슴푸레한 광채는 탑 주위에서 잔잔하게 물결쳤다.

세 사람은 대전을 둘러보았다. 좌우 벽에는 수많은 철갑기마군이 양각으로 새겨져 있었다. 말을 탄 병사들은 투구 쓰고 갑옷 입고 장검과 철퇴를 들고 있어 위세가 당당하게 보였다. 말들은 갈기를 휘날리며 힘차게 달리고 있어 지축을 흔드는 말발굽소리가 고막을 울리며 들려오는 것만 같았다.

전면에는 웅장하고 화려한 궁궐이 조각되어 있었다. 호화로운 전각과 누대와 망루가 기라성처럼 즐비하게 늘어선 궁궐이었다. 그것은 옛날에 상경용천부에 있었던 대진국의 왕궁일 것이다.

계성은 선수전에서 본 대전을 떠올렸다. 선수전은 이미 퇴락하여 황량한 폐전이 돼버렸지만 모습이 거의 같았다.

"저기 글이 새겨져 있어요."

아란사가 오탑의 전면을 가리켰다. 과연 탑신의 한가운데에는 양각으로 새겨진 몇 줄의 글이 보였다.

세 사람은 가까이 다가가서 자세히 살펴보았다.

高句麗靺鞨合心
大震國起出入世
互爭鬪呼來滅亡
現今兄弟再合手
血紅三足烏飛翔
復活之芽落地生

그 뜻은 다음과 같았다.

고구려와 말갈이 마음을 합쳐
이 땅에 대진국을 건립했으나

서로 싸우매 멸망을 불렀도다
이제 형제가 다시 손을 잡고
붉은 삼족오를 하늘에 날리어
부활의 싹을 이 땅에 뿌리리라

옛날에 고구려계와 말갈계가 마음을 합쳐서 대진국을 건립했으나 서로 싸워서 멸망했다. 하지만 이제 형제인 동이족과 만주족이 다시 손을 잡고 삼족오를 날리어 대진국을 부활시킨다는 뜻이었다.

그 글은 아란사가 들려준 이야기와 다르지 않았다. 지금까지 계성은 그 이야기를 그대로 믿지는 않았지만, 막상 오탑에 새겨진 글을 눈앞에 보니까 깊은 진실이 깃들어서 숨 쉬고 있는 것 같았다.

계성과 아란사는 기이한 감흥을 느끼며 그 뜻을 거듭 새겨보았다. 타루간도 무언가 미묘한 감정을 느끼는 눈치였다.

그런데 삼족오는 어떻게 날아오르는가. 그게 중요한 수수께끼였다.

돌연 한쪽 벽에서 둔탁한 소리가 들렸다.

덜컥!

세 사람이 휙 돌아보니 벽 한쪽이 열리며 컴컴한 출입구가 나타나고 있었다. 알고 보니 그곳에는 이끼로 덮여서 미처 발견하지 못한 비상문이 있었다.

열려진 문에는 황법사와 자무창이 우뚝 서 있었다. 뒤에는 차일기도 보였다. 계성 일행은 깜짝 놀라지 않을 수 없었다. 황법사와 자무창이 어떻게 여기에 나타났을까.

병사들의 포위망을 뚫은 황법사와 자무창은 선수전 안으로 도망을 쳤다. 그리하여 그곳에서 대기하던 차일기와 함께 지난번에 발견한 동굴의 비밀통로를 거쳐서 비상문을 열고 나타난 것이다.

황법사는 사전에 비밀통로를 찾아냈으므로 이곳에서 아란사와 결국 마주치리라 예상하고 있었다. 그녀를 유인해들이기 위해서 선와소 주위에는 아무도 나가지 못하도록 했었다.

"여기서 모두 다시 만나는군."

황법사는 대전으로 들어서며 회심의 빛을 보였다. 패검을 잡은 자무창도 뒤따라 들어섰는데, 차일기는 움직이지 않고 뒤에 그대로 서 있었다.

황법사가 천천히 다가서며 아란사에게 손을 내밀었다.

"비국새를 이리 다오."

아란사는 뒤로 물러섰다.

"안 돼요."

계성은 그녀를 보호하기 위하여 앞으로 나섰다. 그러자 자무창이 패검을 스르릉 뽑아들더니 계성에게로 성큼 다가왔다.

"물러나라."

"그럴 순 없지."

계성은 물러나지 않고 세강도를 뽑았다. 결국 대결은 불가피했다. 생사를 걸어야 할 결전의 시간이 온 것이다. 피할 수 없는 운명의 순간이었다.

자무창은 즉각 출수를 개시했다.

"너는 그만 가라!"

그는 전부터 계성을 없애버리고 싶던 차였다. 옥정이 도망친 게 계성 때문이라고 생각했기 때문이다.

자무창은 오탑을 찾아올 때, 비국새를 손에 넣는 것보다 옥정을 만나지 않을까 싶은 기대가 더 컸다. 하지만 옥정이 보이지 않자 낙담했고, 계성에 대해서는 더욱 미움을 느꼈다.

자무창이 사나운 기세로 패검을 뻗쳐오자 계성은 급히 세강도로 쳐내며 맞섰다.

챙! 차차창!

두 개의 도검이 격렬하게 충돌하며 눈부신 첨광이 번쩍이고 고막을 찌르는 쇳소리가 터져나왔다. 대결은 처음부터 격렬하고 급박하고 살벌했다. 용호상박의 치열한 싸움이었다.

아란사와 타루간은 물론 황법사도 손에 땀을 쥐고 대결을 주시했다.

자무창은 초인적인 용력을 지녔고 무적을 자부할 만큼 검술이 뛰어났으므로 계성을 단번에 거꾸러뜨릴 것처럼 계속 공격을 퍼부었다. 계성은 당장 피를 뿌리고 쓰러질 듯 위태위태했다. 하지만 계성이 필사적으로 반격을 개시하자, 이번에는 자무창이 그 기세에 밀려서 뒤로 주춤주춤 물러났다.

채채챙!

도검은 연속 충돌하며 새파란 불꽃이 작렬하고 어지러운 칼바람이 휘몰아쳤다. 열세에 빠져서 분노한 자무창은 더 한층 힘을 내어 바위라도 쪼갤 듯 맹렬한 기세로 패검을 휘둘렀다. 세강도가 부러질 듯 튕겨지며 이번에는 계성이 충격을 받고 쓰러질 것처럼 휘청거렸다.

"으으음!"

자무창은 이 틈을 놓치지 않고 계성의 목을 향해서 패검을 푹 찔렀다. 목이 그대로 관통되는가. 이 위험천만의 순간 계성이 반사적으로 몸을 틀자 칼날은 아슬아슬하게 옆으로 빗나갔고, 찰나지간 세강도가 번개처럼 바람을 갈랐다.

"허억!"

자무창은 비틀비틀 물러섰다. 그의 가슴 옷자락은 길게 베어져서 갈라지고 붉은 피가 주르르 흘러나왔다. 돌이킬 수 없는 패배였다. 계성을 경시했거나 너무 급하게 서두른 탓인지 모른다. 비적단에서 생활하며 많은 싸움을 겪어온 계성의 실력은 예상보다 강했다.

황법사는 놀라고 당황하는 빛을 보였다. 자무창이 충분히 계성을 제압하리라 믿었는데 뜻밖의 결과가 나타난 것이다.

황법사는 뒤를 돌아보며 소리쳤다.

"차일기! 어서 들어오라!"

하지만 차일기는 어디로 사라져버렸는지 그곳에 없었다. 그는 이 대결에 관여할 생각이 없어서 말없이 사라진 것 같았다. 그는 이미 계성에 대한 적대감을 버렸기 때문이다.

황법사는 일이 틀어졌다는 걸 알자 자무창에게 지시했다.

"너는 먼저 밖으로 나가라!"

자무창은 고통으로 얼굴을 일그러뜨린 채 비틀거리며 비상문을 빠져나갔다. 계성은 세강도를 내리고 물러섰다. 중상을 입고 물러나는 자무창을 뒤따라가서 처치하고 싶지는 않았다.

이번에는 타루간이 보검을 세우며 황법사 앞으로 나섰다.

"이제 내가 당신의 목숨을 취하겠소."

황법사는 뒤로 한 걸음 물러났으나 두려워하는 빛은 없었다. 그는 냉정을 회복하여 태연한 기색이었다.

"나를 죽인다면 자네도 목숨을 보존할 수 없네. 여기 있는 모든 사람이 살아나갈 수 없지. 내가 밖에 매설해 놓은 폭약을 자무창이 터뜨려서 이 대전이 모두 붕괴될 테니까 말일세."

황법사는 사실 홀한부에서 홍이포(대포)에 사용하는 강력한 폭약을 구하여 밖에 다량으로 매설해 놓았다. 상황이 여의치 않을 경우 대전과 오탑을 모두 파괴하기 위해서였다.

타루간은 비웃음을 흘리며 보검을 겨누었다.

"황법사! 내가 그런 말을 믿을 것 같소?"

그는 살기가 등등하여 당장 황법사를 제거할 기세였다.

계성은 아까 차일기에게 들은 이야기가 있으므로 황법사의 말을 믿지 않을 수 없었다. 계성은 앞으로 나서서 타루간을 제지하며 말했다.

"잠깐 기다리시오. 폭약을 매설한 건 사실인 것 같소. 내가 아까 그런 정보를 입수했소."

타루간은 반신반의하면서도 계성의 태도가 매우 엄중했으므로 뒤로 물러섰다. 계성은 냉정한 빛으로 황법사에게 물었다.

"당신은 이제 어떻게 할 생각이오?"

"나는 이곳을 떠나겠네. 그대는 나를 잡지 말게."

"당신이 밖으로 나가서 폭약을 터뜨리고 떠나면 우리는 어떻게 되오?"

"나는 그냥 떠나겠네."

"그 말을 어떻게 믿소?"

"지금은 내 말을 믿는 수밖에 없지. 내가 더 지체하면 자무창은 변고가 발생했다고 판단하여 폭약을 터뜨려버릴 걸세."

황법사가 자무창을 먼저 나가도록 한 건 이런 도피 방법을 쓰기 위해서였던가.

계성은 황법사를 제거하는 게 목적이 아니므로 위험은 피하고 싶었다. 만약 대전이 붕괴된다면 모두가 등천벽 안에 매몰되어 끝장이 날 것이다. 황법사가 밖으로 나가서 또 무슨 수를 쓸지 모르지만 당장은 어쩔 도리가 없었다.

계성이 뭐라고 더 말하지 못하자 황법사는 밖으로 나가려고 몸을 돌렸다.

"그럼 나중에 다시 만나세."

바로 이 순간 천둥치는 듯한 엄청난 폭발음이 터져나왔다.

콰아앙!

다음 순간 강력한 기류의 회오리가 폭풍처럼 휘몰아치며 대전의 석벽과 천장이 와르르 무너져내렸다. 황법사는 안색이 확 변했다.

"자무창이 폭약을 터뜨렸구나!"

황법사를 기다리지 않고 자무창이 폭약에 불을 붙여서 폭발시킨 것이다. 계성 일행을 모두 제거하기 위해서일 것이다. 또한 황법사와 함께 행동할 생각이 없기 때문이었다. 자무창은 스승을 버린 것이다.

쾅! 콰앙! 콰콰쾅!……

폭발음이 연속 터져나오며 대전의 천장과 석벽이 쩍쩍 갈라져서 걷잡을 수 없이 무너지기 시작했다. 대전에는 암흑과 혼돈의 순간이 찾아왔다. 이것은 아무도 예상치 못했던 무서운 상황이었다.

우르르르르——우르르르르르릉——쿠쿠쿠쿵!

대전이 계속 무너져서 아수라장이 되는 가운데 누군가의 입에서 고통스런 신음소리가 흘러나왔다.

"으으윽!"

얼마 후에야 붕괴가 멈추고 정적이 찾아왔다.

아란사를 끌어안고 한쪽 돌기둥 옆으로 피해 있던 계성이 컴컴한 어둠 속을 살펴보니, 황법사가 육중한 암석에 깔려 있었다. 붕괴되어 쓰러진 암벽이 그대로 몸을 덮쳐버린 것이다.

계성은 주춤주춤 황법사 옆으로 다가갔다. 아란사와 타루간도 가까이 다가왔다. 황법사의 몸은 돌덩이 밑에서 빠져나오지 못했다. 그는 고통에 찬 눈길로 세 사람을 올려다보았다.

"나의 최후는 결국 이런 것이었군."

계성은 어두운 표정으로 그를 내려다보았다.

"당신의 진정한 목적은 도대체 무엇이었소?"

황법사가 가쁜 숨을 몰아쉬며 띄엄띄엄 입을 열었다.

"으으음……이제 다 끝났으니까 이야기를 해주지. 나는 원래 조선의 한양에서 태어났으나……어릴 때 고향을 버리고 중원으로 들어왔네."

그가 조선 출신이라는 걸 알자, 계성과 타루간은 내심 놀랐다. 아란사는 어느 정도 짐작을 했는지 크게 놀라지 않았다.

황법사가 괴로운 숨을 토하며 말을 이었다.

"나의 부친은 선비였으나 당파싸움에 휘말려서 잡혀간 뒤 모진 형벌로 결국 목숨을 잃었지. 이권과 세도를 차지하려는 벼슬아치들의 이전투구에 희생된 거야. 역모를 도모했다는 누명까지 쓰고 일가친척이 모두 잡혀가기 시작하자, 모친은 바다 건너 중원대륙으로 가는 밀상(密商)에게 돈을 주고 나를 맡겨서 도망치게 했네."

계성과 아란사와 타루간은 표정이 굳어진 채 황법사의 말에 귀를 기울였다. 비로소 황법사의 진실한 내력이 밝혀지고 있었다.

"모친은 집 뒤뜰의 대추나무에 목을 매어 자결하기 전에 나에게 부친의 마지막 유언을 전해주었네. 조선을 버리고 큰 나라로 가서 자유롭게 살라는 게 부친의 유언이었네. 이렇게 하여 나는 8살 때 밀상의 배를 타고 중원으로 들어가게 되었지."

"……"

"그 이듬해 임진년에 조선에 왜란이 일어나서 나라가 온통 초토로 변했다는 이야기를 듣자, 나는 어린 나이에도 지극히 당연하게 여겼네. 당쟁으로 날이 가고 달이 가는 조선이 초토로 변해서 망해버려도 이상할 게 없다고 생각했지. 나중에 호란을 당하여 나라가 쑥대밭이 된 것도 당연하게 여겼네."

황법사가 전번에 만호원에 침투한 계성을 사로잡은 뒤, 동이족에 대하여 저주처럼 불길한 예언을 한 이유도 밝혀진 셈이었다. 그는 동이족이 집안싸움을 하다가 자멸할 거라고 했었다.

"하지만 중원도 결코 낙토(樂土)는 아니더군. 온갖 재난과 전란이 끊이지 않는 땅이었네. 그리하여 나는 세상을 알기 위하여 천하를 떠돌며 공부를 시작했지. 그 뒤 이런저런 공부를 했는데, 청나라의 중원 진출로 이 대황 땅에 공백이 생기리라는 걸 십여 년 전부터 예견했지. 그리하여 나는 양백기주부에 들어가서 대업을 이루어볼 계획을 세웠네."

세 사람은 묵묵히 들었고, 황법사는 가쁜 숨을 몰아쉬며 이야기를 계속했다.

"나는 먼저 카카추메 신녀를 매수하여 자무창을 대황제의 황릉에서 하늘의 신탁을 받은 양 꾸몄네. 그리고 자무창을 제자로 삼은 뒤, 요동으로 데려가서 카일락 기주의 양자로 만들었지."

"……"

"다음에는 대공자를 제거한 뒤 자무창을 요동왕으로 만들고, 배후에서 내가 지배를 할 생각이었네. 나중에는 몽골족을 적절하게 이용해서 이 대황 땅을 청조의 힘이 미치지 않는 영토로 만들고 싶었네. 자금성에서 책봉하는 요동왕은 사실상 허수아비에 불과하니까 말일세."

"……"

"비국새는 이 땅을 지배할 제왕의 신물과 증표로 삼기 위해서 손에 넣으려 했네. 삼족오의 비상을 막기 위하여 오탑은 파괴할 계획이었지."

황법사가 품었던 야망은 거창했지만, 부질없는 망상은 아니었다. 타루간을 제거하고 자무창이 정말로 요동왕이 된다면, 가능한 일인지도 모른다. 물론 탐욕에서 비롯된 지나친 야심이기는 했다.

죽음의 그림자가 드리워지는 황법사의 음성은 점점 미약해졌다.

"하지만 자무창이 이렇게 나를 배반할 줄은 몰랐네. 나는 사실 아들에게 배반을 당했다네. 자무창은 나와 몽골 무라오족 족장의 조선인 애첩 사이에서 태어났지만, 진정한 출생을 숨기고 어릴 때부터 카일락 기주의 아들로 키운 탓이겠지. 자무창이 내 아들이라는 사실은 지금까지 아무에게도 밝히지 않아서 그 아이 본인도 모르고 있네."

계성은 이 순간 자무창에게 출생의 비밀이 있는 것 같다고 하던 아란사의 말이 맞았다는 걸 알았다. 자무창은 바로 황법사의 아들이었던 것이다. 자무창이 유별나게 옥정에게 집착한 것은 모친이 조선 출신이었기 때문인지도 모른다.

황법사의 말이 끊어질 듯 이어졌다.

"아무튼 내가 대전을 붕괴시켰으니 그대들의 일을 망쳤군. 나는 우리 동이족이 집안싸움을 하다가 결국 자멸할 거라고 했는데, 내가 스스로 그 사실을 증명한 셈이 되었네."

황법사는 이렇게 말하며 흐릿해진 시선으로 허공을 바라보더니 눈을 스르르 감으며 고개를 떨어뜨렸다. 결국 숨이 끊어졌는가. 허망하고 비참한 최후였다.

세 사람은 묵묵히 황법사의 시신을 내려다보았다. 커다란 장애가 겨우 사라졌지만 왠지 모르게 참담하고 복잡한 느낌이었다.

아란사가 정신을 가다듬고 오탑 앞으로 다가갔다.

"다행히 오탑은 부서지지 않았어요."

계성과 타루간도 오탑 앞으로 갔다. 아란사는 비국새를 받쳐들고 오탑 앞에 섰으나, 역시 어떻게 해야 삼족오를 날리는지 알지 못하여 머뭇거렸다.

이때 한 줄기 서늘한 바람이 휙 불어오더니 오탑 뒤에서 한 사람이 그림자처럼 나타났다. 그는 황금관을 쓰고 금포를 입은 위풍당당한 왕의 모습이었는데, 가슴 부위가 검붉은 선혈로 물들어서 핏방울이 뚝뚝 떨어지고 있었다.

왕은 어둡고 깊은 눈길로 아란사를 바라보고, 계성과 타루간에게도 시선을 던졌다. 그의 얼굴에는 고통과 고뇌가 깃들어 있었으나 눈길에는 한 가닥 희망의 빛이 보였다.

아란사는 크게 놀라서 자신도 모르게 뒤로 물러났다.

"애왕이 현신했어요."

그가 바로 대진국의 마지막 임금인 애왕이란 말인가. 물론 애왕은 수백 년 전에 죽었으니 실체가 아닌 환영일 것이다. 비록 환영이라고 해도 애왕의 출현 앞에서 계성과 타루간도 놀라지 않을 수 없었다.

애왕은 아란사에게 무언가 말을 하는 것 같았다. 계성과 타루간은 음성을 들을 수 없었으나, 아란사는 그 말을 알아들은 것 같았다. 얼굴에 기쁜 빛이 나타난 그녀는 오탑 앞으로 다가서더니 비국새를 조심스레 탑실 안에 넣었다.

애왕은 만족한 기색이 되더니 오탑 앞으로 다가섰다. 그리고는 오탑 안으로 빨려들 듯이 스르르 사라졌다. 마치 환영이 오탑에 스며들어서 하나로 합쳐지는 것 같았다.

다음 순간 오탑에서 투명하면서도 불그레한 광채가 발산되기 시작했다. 그 광채는 허공으로 휘황하게 뻗쳐오르더니 신비롭고도 장려한 환영을 만들었다.

"오오! 삼족오다!"

세 사람은 눈을 크게 뜨고 탄성을 토했다.

허공에 나타난 환영은 바로 삼족오였다. 두 날개를 활짝 편 삼족오는 번쩍이는 두 눈과 날카로운 부리와 위로 뻗어 올라간 벼슬을 지니고 있었다. 꼬리는 길게 말아 올렸고 세 발은 굵고 세 발가락도 튼튼했는데, 온몸에는 은은한 서기가 무지개처럼 어려 있었다. 삼족오는 곧 하늘로 비상할 것만 같았다. 전설 그대로 애왕이 삼족오를 날리는가.

이때 다시 요란한 폭발음이 터져나왔다.

콰앙! 콰콰쾅! 우르르르──우르르르릉──

미처 점화되지 않았던 폭약에 뒤늦게 불이 붙은 모양이었다. 대전은 재차 붕괴되기 시작했다. 이번에는 대전뿐만 아니라 밖의 동굴까지 산사태처럼 무너지는 것 같았다.

우르르르──우르르르릉──쿠쿠쿵!

계성과 타루간은 본능적인 공포를 느꼈다. 당장 밖으로 빠져나가야 한다는 생각이 들었다. 동굴이 무너지면 출구가 완전히 막혀 버리므로 결코 살아나갈 수 없다.

"빨리 나가자!"

계성은 급히 아란사의 팔목을 잡았다. 아란사는 놀랄 만큼 침착했다.

"당황하지 말아요. 삼족오가 비상하는 걸 보아야 돼요."

"지금은 그럴 시간이 없다!"

계성은 아란사의 팔을 잡아끌고 궁륭문으로 향했다. 하지만 너무 서두른 게 불찰이었다. 한쪽 석벽이 와르르 무너지며 계성의 다리를 덮치고 말았다. 계성은 무릎을 털썩 꿇으며 신음을 토해냈다.

"으윽!"

아란사는 깜짝 놀라서 계성의 다리를 덮친 돌덩이를 끌어내렸다. 다리는 온통 피투성이였다. 아란사는 품속에서 명주수건을 꺼내어 계성의 다리를 동이려 했다. 그것은 지난날 그녀가 계성에게 주려고 했던 석류가 수놓아진 수건이었다.

이때 타루간이 급히 다가와서 아란사의 팔을 끌어당겼다.

"어서 나가자!"

"계성도 함께 가야 돼요!"

"시간이 없다!"

타루간은 강제로 아란사를 잡아끌고 문을 나갔다. 아란사가 질질 끌려가는 바람에 계성의 무릎을 동이려던 명주수건은 바닥에 떨어지며 타루간의 발길에 밟혀버렸다. 사실 타루간은 이때 주령이 한 이야기를 떠올리고, 계성이 변을 당하기를 바랐는지도 모른다.

계성은 이 순간 청병에게 끌려가서 능욕을 당하고 강에 뛰어들어 자결한 누이가 떠올랐다. 계성은 분노하여 피가 끓어올랐다. 바닥에 떨어진 채 짓밟힌 하얀 명주수건에 묻은 붉은 피는 분노를 불길처럼 타오르게 했다.

가슴속에 맺힌 채 미처 풀어지지 않은 과거의 울혈이 이 순간 결국 터져버렸는가. 계성은 이를 악물고 몸을 벌떡 일으키더니 타루간을 향하여 사납게 덮쳐들며 세강도를 뻗었다.

"타루간! 내가 살려낸 네 목숨을 도로 취하겠다!"

휙 돌아본 타루간은 보검을 들어서 급히 막아냈다. 결국 두 사람 사이에는 갑작스런 격전이 벌어졌다.

챙챙챙!

새파란 불꽃이 번쩍이며 칼바람이 어지럽게 휘몰아쳤다.

"안 돼요! 싸우지 말아요!"

아란사가 다급하게 소리쳤으나 소용이 없었다. 계성의 세강도가 타루간의 어깨를 후려치며 피가 확 뿌려졌다. 타루간은 쓰러질 듯 비틀거렸다. 세강도가 재차 타루간의 목을 푹 찔러가는 찰나, 아란사가 황급히 몸을 날려 막으며 소리쳤다.

"계성! 안 돼요!"

다음 순간 아란사는 목에서 선혈을 뿌려내며 풀썩 쓰러졌다. 세강도가 목을 찔러버린 것이다.

타루간도 분노하여 보검을 사납게 뻗었다. 계성은 고통스런 신음을 토하며 털썩 쓰러졌다.

"우욱!"

이번에는 타루간의 보검이 계성의 옆구리를 깊이 찔러버린 것이다. 이 모든 것은 순식간에 벌어진 돌발사태였다.

이렇게 되면 주령이 한 말은 그대로 들어맞은 것 같았다. 그녀의 예언이 마치 저주처럼 실현된 것일까.

우르르르릉——쿠쿠쿵! 우르르르르르르——

대전과 동굴은 계속 굉음을 울려내며 걷잡을 수 없이 붕괴되어 무너졌다. 오탑도 파괴되어 쓰러지고 있었다. 허공에 나타났던 삼족오의 환영도 산산이 흩어지고 없었다.

타루간은 보검을 던지고 비틀거리며 동구를 향해 뛰어갔다. 죽음의 공포 속에서 그는 이제 아란사를 데려갈 여유도 없었다.

계성은 고통을 참고 가까스로 몸을 일으켰다. 그리고는 쓰러진 아란사를 안아들고 비틀비틀 동구로 향했다.

계성이 동굴을 벗어나 물속으로 들어설 때는 사방의 암벽이 마구 무너져내리고 있었다.

쿠르르르——쿠르르르르르——쿠쿠쿠쿵!

얼마 후 붕괴가 멈추고 암흑만이 남은 대전에는 음산한 적막이 찾아들었다. 그런데 캄캄한 폐허 속에서 신음소리가 미약하게 흘러나왔다.

"으으음……"

그는 바로 황법사였다. 그는 아직 생명이 끊어지지 않았던가.

황법사는 안간힘을 다하여 암석 밑에서 몸을 뽑아냈다. 그리고는 부서진 오탑 옆으로 엉금엉금 기어갔다. 그곳에는 비국새가 떨어져 있었다.

황법사는 떨리는 손길로 비국새를 집어들더니 무너진 궁륭문을 향하여 다시 기어가기 시작했다.

"으으음……비국새가 암석더미에 묻히지 않고 호수로 나가야……삼족오가 날아오르게 될 거야……으으음……나도 심장에 흐르는 피는 속일 수가 없구나……"

그는 숨이 끊어지기 직전의 거친 호흡을 토하며 대전을 빠져나간 뒤, 동굴을 계속 기어갔다. 벌레처럼 꿈틀거리며 기어가는 몸에서 줄줄 흘러내리는 핏물이 검붉은 실뱀처럼 뒤를 따라갔다.

29. 종막

선수전 밖으로 나온 차일기는 가까운 등천벽에서 구름처럼 피어오르는 돌가루와 흙먼지를 보았다. 그는 대전에서 벌어진 싸움에 끼어들고 싶지 않아서 비밀통로를 빠져나왔다가 요란한 폭발음을 듣고 폐전을 나선 참이었다.

문득 가쁜 숨소리가 들려서 돌아보니 자무창이 비틀거리며 폐전의 계단을 내려오고 있었다. 자무창은 동굴의 비밀통로를 빠져나온 것이다.

그는 폭약을 터뜨려서 오탑이 있는 대전을 붕괴시켰으나 그 자신도 중상을 당하여 빈사상태였다. 물론 폭약을 터뜨린 것은 타루간의 추격을 피하기 위해서였다.

차일기는 괴롭게 숨을 헐떡이는 자무창에게 물었다.

"황법사는 어디 있소?"

자무창은 힘겹게 손을 내저었다.

"알 필요 없다. 자네는 가고 싶은 데로 가게."

"나는 아직 황법사로부터 받아야 할 보수가 남아 있소. 당신이 지불을 하겠소?"

"지금은 돈 얘기를 할 때가 아니다."

"나에게는 중요한 이야기요. 당신이 돈을 주겠소?"

차일기가 거듭 캐묻자, 자무창은 분노하여 패검을 잡았다.

"살고 싶으면 내 앞에서 썩 꺼져라!"

그는 당장 출수를 할 기세였다. 차일기는 태연했으나 뒤로 한 걸음 물러섰다.

이때 한쪽 수풀 뒤에서 쾌왜도가 모습을 나타내며 말했다.

"황법사는 나에게도 돈을 지불해야 하오. 그가 혹시 죽었다면 당신이 대신 주어야 하니까 사실을 밝히시오."

쾌왜도는 여전히 타루간을 제거할 기회를 엿보고 있던 참이었다. 황법사가 약속한 황금 3냥을 받아내기 위해서였다.

자무창은 분노를 더 참지 못하고 패검을 번쩍 들어서 쾌왜도를 후려쳤다.

"미친 놈! 가라!"

이 순간 쾌왜도의 손에서 예리한 칼빛이 번쩍이며 자무창의 가슴에서 붉은 피가 확 뿌려졌다.

"우욱!"

자무창은 외마디 신음을 토하며 비틀거리더니 털썩 쓰러졌다. 쾌왜도가 먼저 손을 쓴 것이다. 이미 중상을 당한 자무창은 귀신처럼 빠른 쾌왜도의 칼을 피할 수 없었다.

땅바닥에 널브러진 자무창을 바라보며 쾌왜도는 무감동하게 중얼거렸다.

"타루간 대공자의 말대로 당신을 제거했으니 돈을 요구해야겠어. 하지만 황법사가 만약 죽었다면, 내가 대공자를 제거해도 황금

3냥을 받을 수가 없겠군."

차일기가 미간을 찌푸리며 쾌왜도에게 물었다.

"당신은 도대체 타루간의 수하인가 아니면 황법사의 수하인가?"

쾌왜도의 어조는 여전히 무감동했다.

"나는 황금을 지불하는 사람의 수하지."

"왜인의 본성은 어쩔 수가 없구나."

"뭐라고?"

"너 같은 왜구는 칼을 잡을 자격이 없다."

"너도 죽고 싶으냐?"

쾌왜도는 칼을 번쩍 들어서 차일기를 후려쳤다. 차일기도 지체 없이 예도를 뽑아서 맞섰다.

채챙!

두 개의 칼이 격렬하게 충돌하며 날카로운 쇳소리가 울렸다. 이어서 칼이 바람을 가르고 번개처럼 교차되더니 괴로운 신음소리가 연이어 흘러나왔다.

"으헉! 으으윽——"

몸이 휘청하며 먼저 쓰러진 사람은 쾌왜도였다. 그는 고개를 푹 꺾고 땅바닥에 처박혔는데, 깊이 베어진 목에서는 검붉은 피가 줄줄 흘러나왔다. 황금만을 좇던 칼잡이의 허망하기 짝이 없는 최후였다.

차일기도 길게 베어진 가슴에서 선혈을 흘려내고 있었다.

"나는 이득 없는 일에는 칼을 쓰지 않는 방침인데, 이번에는 예외였군. 내가 원래 섬나라 왜구를 매우 싫어하기 때문이지."

이렇게 중얼거린 차일기는 몸이 기우뚱하더니 그 자리에 풀썩 쓰러졌다. 그 역시 숨이 끊어진 상태였다. 이것은 순식간에 벌어진 일막의 도살극이었다.

칼잡이의 최후는 본래 풀잎에서 이슬방울이 뚝 떨어지듯 덧없는 것이다. 언제 어떻게 마지막 순간이 닥칠지 알 수 없다.

두 사람은 실력 있는 칼잡이였으므로 한번 충돌하면 두 마리의 독사가 서로의 목줄기에 독아를 박듯이 치명적일 수밖에 없었다.

자무창은 아직 숨이 완전히 끊어진 게 아니었다. 그는 허공을 멍하니 응시하며 미약한 독백을 토했다.

"으으음……황법사……당신은 오직 자신의 야심을 위하여 나를 이용하려 했을 뿐이니……나는 결코 당신을 스승으로 인정하지 않소. 나도 사실 당신을 이용할 속셈이었지만……"

그는 결국 눈을 스르르 감으며 고개를 옆으로 꺾었다. 그 역시 최후는 허망하고 비참했다. 황법사가 부친이라는 사실도 모르고 죽었다. 기구한 운명이라고나 할까.

이때 호수의 가까운 기슭에 나룻배 한 척이 나타났다. 배 위에서 노를 젓는 사람은 옥정이었다.

그녀는 물가에 배를 대고 내리더니, 자무창의 시체가 있는 곳으로 다가왔다. 그녀는 선와소로 접근하다가 자무창이 칼을 맞고 쓰러지는 걸 보았던 것이다.

그녀는 차마 떠나지 못하고 계성을 만나려고 선와소를 찾아온 길이었다. 경박폭포에서 완달산으로 떠나버릴 것처럼 행동한 건 사실 계성을 선와소에 보내지 않기 위해서였다. 계성을 위험한 곳에 보내고 싶지 않았기 때문이다. 아란사와 떼어놓고 싶기도 했다.

옥정은 복잡한 표정으로 자무창의 시체를 내려다보았다. 그녀는 예전에 백호를 사냥하다가 자무창에게 구명의 은혜를 입었다. 자무창에게 납치당한 뒤에는 청혼을 거절하고 본의 아니게 동침도 했지만, 내심으로 그에게 미안한 마음도 있었다. 그러므로 비참하게 죽은 자무창의 모습을 보니 연민이 느껴졌다. 하지만 이제 어쩔 도리가 없다.

자무창의 시신을 뒤로 하고 옥정은 물가로 가서 나룻배에 올랐다. 그리고는 노를 저어서 선와소로 향했다.

조금 전에 옥정은 등천벽 쪽에서 요란한 폭발음을 들었고, 돌가루와 흙먼지가 구름처럼 피어오르는 걸 보았다. 암벽과 바위가 쩍쩍 갈라져서 산사태처럼 무너지는 것도 보았다. 등천벽 내부에서 엄청난 폭발이 일어난 것 같았다. 아까도 그곳에서 천둥 같은 폭발음이 들렸었다. 도대체 무슨 일이 벌어진 것일까.

옥정의 나룻배가 선와소로 들어서는데, 사람이 한 명 수면 위로 불쑥 떠올랐다. 그는 바로 타루간이었다.

타루간은 부상을 당한 듯했으나 기슭을 향하여 헤엄쳐갔다. 옥정은 주위를 이리저리 둘러보았다. 계성은 어디 있는 것일까.

잠시 후에 두 사람이 다시 수면 위로 불쑥 솟아올랐다. 그들은 바로 계성과 아란사였다.

옥정은 그리로 노를 급히 저어갔다. 그리고는 계성과 아란사를 배 위로 끌어올렸다. 아란사는 중상을 입은 듯 목에서 선혈을 흘려내고 있었다. 계성도 옆구리에서 피를 줄줄 흘렸다.

옥정이 놀라서 물었다.

"계성! 많이 다쳤어요?"

"옥정이 돌아와 주었군. 난 괜찮소."

계성은 고통스런 기색이었으나 아란사의 상태부터 살펴보았다. 그녀는 창백한 얼굴로 입술을 지그시 깨물고 있었다. 계성은 옷을 찢어서 피가 흐르는 아란사의 목을 감쌌다.

옥정도 계성의 부상에 응급처치를 해주었다. 다음에 옥정은 호수를 벗어나려고 기슭 쪽으로 뱃머리를 돌렸다.

높이 솟았던 등천벽은 완전히 붕괴되어 주저앉아 버렸다. 절벽과 동굴이 다 무너지자 지형이 변하고 수중의 빈 동공도 없어져서 선와소의 소용돌이도 사라졌다.

호수를 벗어난 타루간은 물가에 쓰러진 채 가쁜 숨을 몰아쉬고 있었다. 그는 부상의 고통이 컸지만 마음의 괴로움도 컸다.

타루간은 원래 대진국의 부활을 터무니없고 부질없는 이야기로 여겼지만, 오탑에서 경이롭고 불가사의한 일을 겪게 되자 생각이 달라졌다. 대황 땅에 있는 만주족의 미래를 다시 생각하게 되었다.

돌이켜 보니 아란사를 만나서 오탑을 찾아들어간 게 결코 우연 같지 않았다. 마치 숙명과 같다는 느낌이 들었다.

오탑에 새겨진 글은 거역할 수 없는 진실로 여겨졌다. 하지만 죽음의 공포와 혼돈 속에서 계성과 싸운 뒤, 중상을 입은 아란사를 버리고 혼자 도망쳐 나왔으니 이제 다 끝나버렸다.

고통을 참고 겨우 몸을 일으키던 타루간은 나룻배 한 척이 다가오는 걸 보았다. 옥정이 노를 젓는 배에는 계성과 아란사가 보였다.

타루간은 눈을 크게 뜨고 아란사를 바라보았다. 계성에게 안긴 아란사는 눈을 감은 채 움직임이 전혀 없었다. 죽은 것일까.

타루간은 배를 향하여 주춤주춤 다가갔다. 배가 물가에 닿자, 아란사가 눈을 스르르 뜨며 희미한 목소리로 입을 열었다.

"계성 그리고 대공자……내가 할 이야기가 있어요."

그녀는 안색이 백지장처럼 창백했지만 은은한 보랏빛 광채가 발산되는 눈동자는 투명하게 맑았다. 밝은 달빛에 비친 눈동자가 신비롭고 아름다웠다. 아란사의 입에서는 조용한 음성이 흘러나왔다.

"결국 삼족오는 날아오르지 못했고, 비국새는 오탑과 함께 붕괴된 암석더미 속에 파묻혔어요."

계성과 타루간의 얼굴에는 착잡한 회한의 빛이 나타났다. 순간적인 격동으로 마찰을 빚어서 중대사를 망친 것이다.

아란사의 말이 이어졌다.

"하지만 우리는 수많은 노예들을 해방시키고 오탑에서 진실을 확인했으니 아주 큰일을 했어요. 삼족오가 날아오르지 못한 건 아직 천기가 이르지 못했기 때문일 거예요."

아란사의 위로에도 불구하고 계성과 타루간은 후회와 자책을 느낄 뿐 아무 말도 하지 못했다.

돌연 붕괴된 등천벽 아래 수중에서 한 줄기 밝은 빛이 눈부시게 발산되어 나왔다. 그 휘황한 빛은 아란사에게로 뻗쳐왔다. 이 순간 아란사의 몸에서도 눈부신 광채가 둥그렇게 발산되었다. 두 줄기 빛은 하나로 합쳐지지더니 허공으로 뻗쳐올랐다.

"삼족오다!"

계성과 타루간은 놀라서 탄성을 토했다. 옥정도 놀라는 기색이었다. 허공에는 거대한 삼족오가 나타나 있었다. 비국새와 아란사에게서 발산된 광채가 삼족오의 환영을 만든 것이다.

삼족오가 두 날개를 활짝 펴고 기울어가는 달을 향해서 날아오르자, 아란사의 목소리는 기쁨으로 떨려나왔다.

"삼족오가 비상했어요! 비국새가 호수로 나온 모양이에요. 내 등에 새겨진 삼족오가 다행히 비국새의 영기를 받았어요."

삼족오는 보름달을 가로질러서 천공으로 솟아올랐다.

네 사람은 흥분과 감동으로 삼족오를 뚫어지게 바라보았다.

바로 이때 건너편 언덕에서 황금빛 광채가 허공으로 휘황하게 뻗쳐올랐다. 그 언덕 위에는 한 여인이 그림자처럼 서 있었다. 그녀는 바로 주령이었다.

주령의 몸에서 허공으로 뻗쳐오른 광채는 거대한 황룡의 환영을 이루었다.

황룡의 눈동자는 붉은 화염처럼 이글거렸고 머리에는 창날 같은 두 개의 뿔이 솟았고 발톱은 강철의 갈고리 같았는데, 몸은 번쩍이는 금빛 비늘로 덮여 있었다.

황룡은 입에서 시퍼런 독무를 품어내며 솟구치더니 삼족오에게 덮쳐들었다.

계성과 아란사는 물론 옥정과 타루간도 놀라서 눈을 크게 뜨고 이 광경을 주시했다.

계성은 사유한 영력을 지닌 황룡이 삼족오를 노린다고 하던 아란사의 말을 떠올렸다. 그 말이 그대로 눈앞에서 벌어지고 있었다.

타루간은 주령과의 방사를 떠올리자 기괴한 느낌이 들었다.

삼족오와 황룡 사이에는 치열한 싸움이 벌어졌다. 허공의 기류가 거센 파도처럼 소용돌이치며 하늘이 온통 삼족오와 황룡의 환영으로 뒤덮였다. 삼족오의 깃털이 떨어져서 휘날리고 황룡의 비늘이 떨어져서 어지럽게 흩어졌다. 마치 천번지복을 하는 듯한 무시무시한 대결이었다.

네 사람은 긴장해서 숨을 죽인 채 대결을 지켜보았다.

삼족오는 점점 열세에 빠져서 매우 위태롭게 보였다. 이제 황룡의 살벌한 공세 앞에 날개가 꺾여서 추락할 것만 같았다.

아란사의 얼굴은 더욱 창백해졌다. 이 위험한 순간, 한쪽 둔덕 위에 똥지게 지팡이를 든 마발통이 나타났다. 그는 지팡이를 세워서 몇 번 휘둘렀다. 그러자 싸움의 형세가 변하기 시작했다.

삼족오가 힘을 내어서 필사적으로 반격을 개시했고, 황룡은 괴롭게 몸통을 뒤틀며 뒤로 물러났다. 이 틈에 삼족오는 하늘 높이 솟아올랐다.

황룡은 다시 험악한 기세로 덮쳐갔으나, 삼족오는 세 발을 뻗어서 추격을 막아내고 힘찬 날갯짓으로 빠르게 멀어져갔다.

더 이상 추격을 할 수 없게 된 황룡은 분노의 울부짖음을 토하더니 꼬리를 돌려서 서쪽하늘로 가물가물 사라져버렸다. 환영은 사라진 것이다. 이때는 주령도 결국 체념했는지 어디론지 사라지고 없었다.

삼족오는 마침내 비상한 것이다. 네 사람은 감격과 기쁨 속에서 안도의 한숨을 내쉬었다.

아란사가 숙연하게 말했다.

"비국새가 비상했으니 대진국 부활의 씨는 뿌려졌어요. 하지만 훗날 비국새가 다시 세상에 나와서 대진국이 완전히 부활하려면, 매우 힘겹고 어려운 파란의 역정을 겪게 될 거예요. 아마도 황룡이 다시 출현할 테니까요."

"……"

"또한 우리가 앞으로 피를 흘리며 서로 싸운다면 오늘 비상한 삼족오도 결국 추락할 거예요. 애왕처럼 자기를 희생시키는 피를 흘려야 삼족오를 날릴 수 있어요. 삼족오는 그런 혼백의 비밀을 지녔어요. 그게 수수께끼의 해답이죠."

삼족오는 결국 아란사가 흘린 희생의 피로 날아오른 것이다. 계성과 타루간도 숙연해졌다.

"계성 그리고 대공자……내가 마지막으로 한 가지 부탁을 할께요. 우리가 지금까지 겪은 일과 진실을 그대로 세상에 전해줘요. 사실 우리는 그런 임무를 띠고 선택된 거예요."

아란사가 이렇게 당부하자, 계성과 타루간은 무겁게 고개를 끄덕였다. 그녀의 뜻을 받아들인 것이다.

아란사가 다시 힘겹게 입을 열었다.

"옥정 언니……이제 배가 호심으로 나가게 해줘요. 언니에게는 너무나 미안해요. 그리고 계성은 나를 호수 속에 수장해줘요. 계성……당신에게도 정말 미안해요. 나를 만난 뒤 당신이 너무 힘들었으니까요. 대공자……안녕히 계세요. 나는 이제 영원한 생명을 찾아서 떠나니……훗날 모두 다시 만나기를……"

이 말을 끝으로 아란사는 눈을 스르르 감고 고개를 떨어뜨렸다. 숨이 끊어진 것이다. 계성과 타루간은 처연한 심정이 되어서 끝내 아무 말도 하지 못했다. 옥정도 슬픈 표정이었다.

옥정이 뱃머리를 돌려서 호심을 향해 노를 젓기 시작했다. 타르간은 멀어져가는 나룻배를 바라보며 그 자리에 석상처럼 서 있었다.

배가 호수 가운데로 나오자, 아란사의 차갑게 식어가는 몸을 부둥켜안고 있던 계성이 얼굴을 숙여서 그녀의 뺨에 입을 맞췄다. 그리고 뱃전 너머로 시신을 내려서 물 위에 띄웠다. 아란사! 영원한 세상으로 잘 가거라. 다음 생에서 다시 만나기를 기다리마.

시신은 물 위에서 잠시 떠돌다가 서서히 가라앉아서 사라졌다. 컴컴한 물속을 망연히 응시하던 계성은 얼굴을 돌리더니 손을 내밀어 옥정의 손을 잡았다. 옥정도 마주 손을 꼭 잡았다.

이윽고 나룻배는 다시 움직이기 시작했다.

호숫가의 둔덕 위에서는 마발통과 시오눈이 떠나가는 나룻배를 바라보고 있었다. 다른쪽 언덕 위에는 현무를 비롯한 다물계 요원들이 보였다. 그들도 점점 멀어지는 나룻배를 바라보고 있었다.

나룻배가 어둠 속으로 사라져서 보이지 않게 되자, 시오눈이 얼굴을 돌리며 마발통에게 물었다.

"스승님! 사이좋게 살아가야 할 사람들이 왜 그렇게 싸울까요? 싸우면 다치거나 죽고 나라가 망하기도 하는데……"

"그건 바람소리를 듣지 않기 때문이다."

"호수 속에 잠겨버린 비국새는 언제 다시 나타날까요?"

"그 시기는 이 청동갑이 알고 있다. 이제 청동갑은 네가 지녔다가 후세에 전해주어라."

마발통은 빈 청동갑을 시오눈에게 건네주었다. 시오눈은 청동갑을 잠시 살펴보더니 품속에 집어넣었다.

마발통이 발길을 돌렸다.

"밭에 거름을 줘야 되니까 지게를 찾으러 가야겠다."

"제가 지게를 질께요."

"너는 앞으로 똥장군을 져야 된다."

"똥장군이 비어 있을 때는 제가 질 테니까, 꽉 차 있을 때는 스승님이 지세요."

"네가 똑똑하니까 청동갑을 맡겨도 안심이 되는구나."

사제가 이런 대화를 나누며 언덕 너머로 사라지고, 현무를 비롯한 다물계 요원들도 떠나버리자 호변에는 정적이 찾아들었다. 어느덧 달은 서쪽으로 기울어서 핼쑥해졌다.

아침이 오면 호수는 검푸른 등줄기를 드러내며 일렁거리고, 밝은 햇살이 쏟아지면 물고기들이 은빛 비늘을 번쩍이며 수면 위로 뛰어오를 것이다. 비국새는 호수 속에서 깊은 잠에 빠지게 되리라.

여정을 마치며

보경의 긴 이야기는 이렇게 끝났다. 이야기 속에 깊이 몰입해 있
던 나는 겨우 현실로 돌아왔다. 하지만 아직도 그 놀랍고 환상적인
세계에서 벗어나지 못하여 정신이 몽롱했다.

어느덧 해가 지고 어둠이 밀려왔다. 멀리 불이 밝혀진 주루(酒樓:
호텔) 쪽에서 관광객들이 부르는 노랫소리가 희미하게 들려왔다.

보경이 노를 젓기 시작했다. 잔잔한 검은 물결이 소리 없이 갈라
지며 배는 유유히 나아갔다.

자청색으로 변해가는 하늘에는 별들이 흩어진 모래처럼 희끗희
끗 나타나고 있었다.

"별에 관심이 있으세요?"

보경이 하늘을 올려다보며 물었다.

"그야 뭐 약간……"

"저는 여행을 하면서 밤에는 별을 유심히 보기도 해요. 점성술사
가 되려는 건 아니지만, 별자리를 보고 이런 저런 세상일을 짐작하
고 상상도 해봐요. 일종의 취미죠."

"재미있는 취미를 가졌군."

"며칠 전에는 수많은 별똥별이 우박처럼 쏟아지는 걸 보았어요. 혜성의 잔해들이 떨어지면서 무수한 별똥별이 사자자리 쪽으로 소나기처럼 쏟아졌죠. 마치 환생을 하려는 인간의 영혼들이 눈부시게 명멸하며 쏟아지는 것 같았어요. 별에는 이 세상의 지난 일이 새겨져 있고 현재와 미래가 나타나는지도 몰라요."

점성학에서는 별이 인간의 운명에 대하여 일련의 지침을 제공한다고 한다. 별자리가 사람을 지배하는 초월적인 힘을 지녔다고도 한다.

별에는 정말로 이 세상 일이 낱낱이 새겨져 있는지도 모른다. 인간이 누리는 작은 삶은 우주의 방대한 시공 속에 어떤 무늬로 새겨지는 것일까. 이 세상의 종족과 나라는 장대하면서도 그로테스크한 무늬를 계속 별에 새겨가고 있을까.

보경이 손을 들어 한쪽 기슭을 가리켰다.

"저기를 보세요. 어쩌면 저쪽 호변에 등천벽이 있었을지도 몰라요. 하지만 등천벽은 붕괴되어 없어졌지요. 수중의 지형이 변하며 선와소의 소용돌이도 사라져버렸어요. 지금은 이름조차 아는 사람이 없을 거예요."

그녀가 가리키는 쪽에는 거무튀튀한 암벽이 보였지만 그다지 높지는 않았다. 별로 눈에 띄지 않는 평범한 암벽이었다. 자세히 보니 그곳은 바로 우리가 처음 만났던 곳이었다.

보경이 그쪽으로 배를 몰고 갔지만 소용돌이는 보이지 않았다. 배가 나아가는 데 따라서 잔잔한 물결이 일렁거리며 갈라질 뿐이었다. 보경이 노를 놓으며 말했다.

"잠깐 눈을 감으세요."

"설마 여기서 숨바꼭질을 하려는 건 아니겠지?"

"보물찾기를 할 거예요. 제가 신호를 할 때까지 눈을 뜨시면 안 돼요."

보경은 미소를 지었다. 비록 어둠 속이지만 그녀의 매혹적인 미소가 눈이 부시다는 느낌을 받으며 나는 눈을 감았다.

옷자락 스치는 소리가 조금 나더니 잠시 후에는 첨벙, 하는 물소리가 났다.

내가 눈을 떠보니 보경은 물속으로 쑥 잠수해 들어가고 있었다. 배 위에는 그녀가 벗어서 단정하게 개켜 놓은 옷이 놓여 있었다. 옆에는 가방과 청동갑도 놓여 있다.

그녀의 행동은 너무나 천진무구하게 느껴졌다. 하지만 그렇게 단순히 생각할 수만은 없었다.

보경은 어제 밤에도 호수에 들어가서 잠수를 했다. 그녀는 이미 사라진 선와소에 들어가보고 싶은 충동을 느낀 게 아닐까. 혹시 비국새를 찾아보려는 건 아닐까. 그녀는 그런 것들의 실재를 확인하고 싶었는지도 모른다.

수중으로 사라진 보경은 좀체 떠오르지 않더니 한참 후에야 얼굴이 수면 위에 나타나며 긴 숨을 토해냈다. 그녀는 능숙하게 헤엄을 쳐서 다가오더니 백사처럼 하얀 팔을 뻗어서 뱃전을 잡았다.

"다시 눈을 감으셔야 돼요."

나는 눈을 감았지만, 잠시 후에는 참지 못하고 눈을 살며시 떴다. 이 순간 나는 심장에서 덜컥, 하는 소리가 들린 것 같았다.

보경은 돌아서서 옷을 입고 있었는데, 달빛을 받아서 하얗게 빛나는 그녀의 등에는 검붉은 새가 살아서 생동하는 듯 새겨져 있지 않은가. 세 발을 모으고 두 날개를 활짝 펴고 금방 하늘로 비상할 것 같은 삼족오였다.

나는 숨이 막히는 느낌을 받으며 도로 눈을 감았다. 이 순간 나는 비로소 보경의 정체를 알아차렸다. 그녀의 등에 새겨진 비국새는 분명 신비롭고도 경이로운 증표였다.

나는 이제 비국새에 대한 문제가 과거로 끝나지 않고 현재까지 이어지고 있다는 사실을 깨달았다.

팔당호에 석양이 스러져가고 있었다.

건너편의 산 너머로 해가 떨어지자 동쪽 하늘에 달이 떠올랐다. 황사가 다가오기 때문인지 달은 석양처럼 불그스름하게 보였다.

어둠에 잠겨가는 호수는 거대한 흑색 양탄자처럼 보였고, 가로등이 밝혀진 도로에는 차량의 불빛이 번쩍이며 지나다녔다.

나는 호숫가를 천천히 거닐며 보경을 생각했다. 경박호에서 보경과 헤어질 때, 내가 다시 만날 수 있느냐고 묻자, 그녀는 머지않아 서울을 방문할 예정이니까 그때 만나자고 했다. 그래서 나는 전화번호를 알려준 뒤 헤어졌었다.

만주여행에서 돌아온 나는 즉시 작업을 시작했다. 보경에게 들은 이야기를 글로 옮기는 작업이었다. 책으로 만들어 사람들에게 읽히기 위해서 사건을 구성하고 살과 피부를 붙여서 형상화시키고 상상과 보충도 가했지만, 이야기의 뼈대와 진실은 훼손되거나 변하지 않도록 노력했다.

보경이 긴 시간 동안 나에게 이야기를 들려준 건 이러한 작업을 희망했기 때문인 듯했다. 내가 작가라는 사실을 그녀는 알고 있었던 것이다.

나는 그녀와 재회할 날을 기다리며 작업을 계속했다. 하지만 보경은 좀체 나타나지 않았다. 작업이 끝나도록 연락이 오지 않았다. 나에게는 우울증이 나타났다.

멜라토닌이라는 신경성전달물질의 분비가 줄어들어서 걸린다는 우울증에 빠지면 과거는 후회스럽고 현재는 비참하고 미래는 암담하게 느껴진다. 세상은 회색빛으로 보인다. 우울증은 이 시대의 유행성 질환으로서 시대에 잘 적응하지 못하는 사람에게 찾아오는지 모른다.

나는 기분이 우울해지면 팔당호를 찾아오곤 했다. 팔당호가 경박호를 연상시켜 주기 때문이었다. 이날도 그래서 팔당호를 찾아왔지만, 보경을 만나지 못하니까 마음이 울적했다.

나는 호수에 어린 둥근 달을 바라보았다.

달과 지구의 생태계는 밀접한 관계가 있다. 사람은 달빛의 리듬에 공명하며 살아가고, 여자의 생리주기도 달에 따른다. 늑대는 달을 보고 고독한 영혼이 절규하듯 울부짖는다. 달의 인력은 바다의 밀물과 썰물을 만들고, 달빛은 지구의 전자장에 영향을 미치기도 한다.

달은 또한 부활을 상징한다. 암흑 속으로 사라졌던 그믐달이 날짜가 흐르면 다시 초승달로 떠오르기 때문이다. 인간이 환생을 하는 것과도 같다.

물가에 한 아가씨가 나타나서 천천히 다가오는 게 문득 눈에 띄었다. 유심히 보니 그녀는 바로 보경이 아닌가.

나는 너무나 반가워서 급히 다가갔다.

"보경! 드디어 서울을 찾아왔군."

"안녕하셨어요?"

그녀는 여전히 신비롭고 아름다웠다. 연락도 없이 그녀를 만난 게 너무나 신기해서 나는 성급하게 물어보았다.

"보경은 예지력이 있지? 미래를 아는 능력 말이야."

"누구나 미래를 알 수 있죠. 과거는 미래의 거울이고 현재에는 미래가 내재되어 있으니까요. 하지만 미래는 가변적이라서 운명처럼 결정되어 있는 건 아니죠."

인간의 미래 투시는 뇌에서 일어나는 일종의 화학적 물리현상으로서 사실상 자연스런 일이라는 이론도 있다. 아직도 불가사의한 수수께끼에 싸여 있는 사람의 뇌는 어떤 규명되지 않은 메커니즘에 의해 미래를 볼 수 있다는 것이다.

뛰어난 초능력자는 한 사회나 국가의 미래를 예지하기도 한다. 그들은 특별한 정신력을 어느 시공에 집중시키거나, 현실의 찢어진 틈바구니를 통해서 다른 차원을 엿보는 방법으로 그런 능력을 발휘하는지 모른다.

나는 또 성급한 질문을 했다.

"우리의 미래는 어떨까? 화도대인의 예언은 그대로 이루어졌지. 그렇다면 우리는 이웃에 강포한 종족이 노리고 있는데도 아귀다툼하듯 항상 집안싸움을 벌이다가 재앙과 참화를 거듭 불러들이며 점점 쪼그라들어서 결국 자멸한다는 황법사의 예언도 그대로 들어맞는 건 아닐까? 그의 예언은 지금까지 계속 현실로 이루어졌고, 현재도 그런 판국이 벌어지고 있는데……"

"이 땅의 미래는 여기 사는 사람들에게 달려 있죠."

"그렇다면 역시……"

내가 낙담하는 기색을 보이자 그녀는 미소를 지었다.

"너무 실망하지 마세요. 희망을 가져야지요."

칙칙한 그림자처럼 드리워진 불안과 환멸 속에서, 진실은 무의미해지고 사랑은 사라지고 전망은 보이지 않고 욕망만이 비대해진 혼돈의 땅에서 난파선을 타고 떠내려가듯이 살아가면서도 희망을 가져야 된다는 말은 맞다. 그 외에는 달리 살아갈 방법이 없기 때문이다.

나는 보경의 눈동자를 바라보았다. 달빛에 비친 그녀의 눈동자에서는 은은한 보랏빛 광채가 발산되고 있었다.

내가 참지 못하고 물었다.

"보경은 아란사의 환생인가?"

"저 세상과 관계 되는 일을 이 세상에서는 알 수가 없죠."

"경박호에서 비국새를 찾아냈는가?"

"앞으로 찾아내야죠."

"언젠가는 비국새의 천기가 정말로 이루어질까?"

"그것은 장엄한 꿈이죠. 하지만 덧없는 백일몽은 아니에요. 우리가 가슴속에 지녀야 할 꿈이죠."

"……"

"꿈을 버리면 우리는 점점 더 위축되어서 정말로 몰락할지도 몰라요. 과거를 망각하고 역사를 잃어버리면, 결국 미래까지 침범당하여 빼앗기게 되죠. 비국새는 그 침략을 막아내는 방패예요."

이것이 바로 보경이 들려준 이야기에 내재되어 있는 참뜻이리라. 또한 나에게 책을 쓰도록 긴 이야기를 들려준 이유이기도 하다.

"저는 이만 떠나요. 나중에 또 뵙도록 하죠. 그때는 그 꿈에 대해서 다시 이야기를 해요. 그럼 안녕히 계세요."

나는 아직 할 이야기가 많이 남아 있는데, 그녀는 작별을 고하고 발길을 돌렸다. 어둠 속으로 사라지는 그녀의 뒷모습을 나는 아쉬운 마음으로 물끄러미 바라보았다.

하지만 그녀의 모습은 실체가 아니었다. 보경과 만나는 상상을 하며, 내가 만들어낸 환영이었다. 환영이 사라져버리자 호변에는 서늘하고 쓸쓸한 바람만 불었다.

이윽고 나는 집으로 가기 위하여 발길을 돌리며, 보경이 언젠가는 경박호에서 비국새를 찾아내어 찾아오리라 믿고 기다리기로 했다. 그리하여 밝은 달빛 속에서 비상하여 찬란한 태양을 향하여 날아가는 장려한 삼족오를 목도하기를 기원했다.

〈끝〉

후기

작업을 마치고 나와 본 오전 3시 반의 아파트 단지는 적막했다. 불이 켜진 집의 창문에도 사람 그림자는 보이지 않는다. 은광이 발산되는 가로등 주위에는 눈발이 몰려들어서 하루살이떼처럼 휘날린다. 앙상한 나뭇가지에 눈발이 스쳐간다. 차들은 어둠 속에 조용히 엎드려서 흰 눈으로 덮여간다.

눈이 오는데도 회색구름이 흩어지며 하늘 한쪽이 드러나서 희끗희끗한 별이 몇 개 보였다. 무인 우주탐사선 보이저1호가 지금 아득하고 광막한 태양계의 끝에서 캄캄하고 새로운 미지의 영역으로 진입하고 있을 거라는 생각이 문득 머리를 스쳐갔다.

하얀 공백 속에 들어선 듯 고요하고 투명한 이 의식의 순간을 나는 기억해 놓고 싶었다.

우주 저쪽에 멀리 있는 별은 소멸한 뒤에도 그 거리에 따른 광년의 시간 동안 사라지지 않고 빛을 뿌린다. 이때 보이는 별은 이미 존재하지 않으므로 허상이다. 삶의 순간들도 시간의 흐름 속에서 이렇게 기억의 잔상을 남기다가 망각 속으로 사라진다. 소멸하는 별과 같다.

책은 잃어버렸거나 사라진 것들을 망각의 껍질 속에서 꺼내어 보여주는 기능이 있다. 하지만 출간 후에는 종종 후회가 뒤따른다. 왜 이런 소설을 썼을까. 작품의 성격은 어차피 작자의 관념과 기호에 따른다. 문학적 포즈를 취하는 소설은 언제부터인지 관심을 잃었다. 소설은 구상적이어서 작자의 한계를 숨기지 못하고 드러내기도 한다. 사실 소설의 출간은 나에게 부끄러움을 무릅써야 하는 행위다.

　삶도 아쉬움과 후회를 많이 남긴다. 고적하고 추운 겨울의 꼬리를 밟고 서서 연모하는 여인을 기다리듯 봄을 기다린다. 언제나처럼 봄은 오자마자 가버리겠지만, 부질없는 바람이라도 버리지는 못한다. 어느새 눈이 그치고 여명이 발자국 소리 없이 다가오고 있다.

2013년 겨울. 저자.

『비극새』를 읽고

이덕옥(방송작가)

책이 나오기 전에 나는 이 작품의 원고를 읽어볼 기회를 가졌다.

원고를 독파한 뒤, 주제나 서사나 문체 등이 놀랄 만큼 신선하고 유니크하다는 느낌을 받았다. 이런 독창적인 작품도 있구나 하는 생각이 들었다.

생동하는 캐릭터와 파도치는 사건은 그야말로 삼차원의 원색 홀로그램처럼 펼쳐졌다. 하지만 전설을 해석하고 역사를 조망하여 현실을 투시하는 작가의 시선은 폐부를 찌르는 듯해서 일말의 두려움까지 느끼게 했다.

나는 지금까지 많은 중국 작품을 우리말과 글로 번역했지만, 이번에는 이 소설을 중국어로 번역하면 어떨까 하는 생각이 들었다. 아울러 이 작품이 장려하고 스펙터클한 영상물로 탄생되면 좋겠다는 바람도 생겼다.

이 역사의 환상곡이 우리들의 현재 이야기이자 미래의 문제라는 작가의 말에 동의한다.

이덕옥 ▶한국방송작가협회 이사이자 번역작가 연구회 고문. TV에 방영되거나 영화로 출시된 〈붉은 수수밭〉〈측천무후〉〈판관포청천〉〈마지막황제〉〈패왕별희〉〈음식남녀〉〈칭기즈칸〉〈동방불패〉 등을 번역했고, 『주역』『금병매』 등 다수의 책도 번역했다.

박두현 장편소설

비국새

지은이 | 박두현
펴낸이 | 황인원
펴낸곳 | 다차원북스

신고번호 | 제313-2011-248호

초판 1쇄 인쇄 | 2013년 05월 06일
초판 1쇄 발행 | 2013년 05월 13일

우편번호 | 121-897
주소 | 서울특별시 마포구 독막로 10(합정동 373-4) 성지빌딩 510호
전화 | (02)333-0471(代)
팩시밀리 | (02)334-0471
E-mail | dachawon@daum.net

ISBN 978-89-97659-21-0 03810

값 · 14,000원

이 도서의 국립중앙도서관 출판시도서목록(CIP)은
서지정보유통지원시스템 홈페이지(http://seoji.nl.go.kr)와
국가자료공동목록시스템(http://www.nl.go.kr/kolisnet)에서 이용하실 수 있습니다.
(CIP제어번호: **CIP2013005396**)